A VISTA DE CASTLE ROCK

A VISTA DE CASTLE ROCK
ALICE MUNRO

Tradução
Cid Knippel

Copyright © 2006 by Alice Munro
Copyright da tradução © 2014 by Editora Globo s.a.

Todos os direitos reservados. Nenhuma parte desta edição pode ser utilizada ou reproduzida — em qualquer meio ou forma, seja mecânico ou eletrônico, fotocópia, gravação etc. — nem apropriada ou estocada em sistema de banco de dados sem a expressa autorização da editora.

Texto fixado conforme as regras do novo Acordo Ortográfico da Língua Portuguesa (Decreto Legislativo nº 54, de 1995).

Título original: *The view from the Castle Rock*

Editor responsável: Ana Lima Cecilio
Editor assistente: Erika Nogueira Vieira e Juliana de Araujo Rodrigues
Revisão: Vanessa Carneiro Rodrigues e Rinaldo Milesi
Capa: Mariana Newlands
Diagramação: Jussara Fino
Foto de capa: David Rubinger/ Corbis/ Latinstock

CIP-BRASIL. CATALOGAÇÃO NA PUBLICAÇÃO
SINDICATO NACIONAL DOS EDITORES DE LIVROS, RJ

M939v
Munro, Alice, 1931-
A vista de Castle Rock/Alice Munro; tradução Cid Knippel.
1ª ed. – São Paulo: Globo, 2014.
352 p.; 21 cm.
Tradução de: *The view from the Castle Rock*

ISBN 978-85-250-5704-4

1. Literatura canadense. I. Knippel, Cid. II. Título.

14-10792	CDD: 869.13
	CDU: 821.111(71)-3

Direitos exclusivos de edição em língua portuguesa para o Brasil adquiridos por
EDITORA GLOBO S. A.
Av. Jaguaré, 1485
São Paulo-SP 05346-902
www.globolivros.com.br

Dedicado a Douglas Gibson, que me apoiou na concepção desta história e cujo entusiasmo por este livro levou-o até mesmo a rondar o cemitério de Ettrick Kirk. Provavelmente na chuva.

SUMÁRIO

PREFÁCIO 9

PRIMEIRA PARTE
SEM PROVEITO

SEM PROVEITO 15

A VISTA DE CASTLE ROCK 39

ILLINOIS 97

AS INEXPLORADAS TERRAS DE MORRIS 119

TRABALHANDO PARA VIVER 135

SEGUNDA PARTE
LAR

PAIS 181

DEITADA SOB A MACIEIRA 205

EMPREGADINHA 235

O BILHETE 263

LAR 291

PARA QUE VOCÊ QUER SABER? 321

EPÍLOGO
MENSAGEIRO 345

PREFÁCIO

Há uns dez ou doze anos, passei a ter um interesse mais que fortuito pela história de um lado de minha família, cujo nome era Laidlaw. Havia uma boa dose de informações disponíveis sobre eles — na verdade, um volume incomum, considerando que não eram conhecidos nem prósperos e viviam no vale do Ettrick, que o Statistical Account of Scotland de 1799* descreve como *sem proveito*. Morei na Escócia durante alguns meses, próximo ao vale do Ettrick, e por isso consegui encontrar seus nomes nas histórias locais nas bibliotecas públicas de Selkirk e Galashiels, e descobrir o que James Hogg tinha a dizer sobre eles na revista *Blackwoods*. A mãe de Hogg era uma Laidlaw, e ele levou Walter Scott para vê-la quando Scott estava coletando baladas para *The minstrelsy of the Scottish border*. (Ela forneceu algumas, embora mais tarde tenha se ofendido por terem sido impressas.) E tive sorte, pois cada geração de nossa família pareceu produzir alguém que se dedicou a escrever cartas longas, francas e às vezes ultrajantes, e recordações detalhadas. A Escócia, é bom

---

* Estes informes eram baseados em relatórios paroquiais detalhados (com relatórios complementares, por exemplo, sobre as universidades), enumeram e descrevem tópicos como agricultura, antiguidades, produções industriais, população e história natural em períodos decisivos do passado da Escócia. [N. T.]

lembrar, era o país onde John Knox decidira que toda criança devia aprender a ler e escrever, em algum tipo de escola aldeã, para que todos pudessem ler a Bíblia.

Isso não parou por aí.

Juntei todo esse material ao longo dos anos e, quase sem que eu notasse o que estava acontecendo, começaram a transformar-se, aqui e acolá, em algo parecido com histórias. Alguns personagens se me apresentaram em suas próprias palavras, outros brotaram das situações. Suas palavras e as minhas, uma curiosa recriação de vidas, em um contexto que era tão fiel quanto pode ser nossa noção do passado.

Durante esses anos, também estive escrevendo um conjunto especial de histórias. Elas não foram incluídas nos livros de ficção que organizei a intervalos regulares. Por que não? Julguei que não cabiam. Não eram memórias mas estavam mais próximas de minha própria vida que as outras histórias que eu havia escrito, mesmo em primeira pessoa. Em outras histórias em primeira pessoa, eu também aproveitei material pessoal, mas fiz tudo o que quis com esse material. Isso porque o principal era que eu estava produzindo uma história. Nos contos que não havia coligido, eu não estava fazendo exatamente isso. Estava fazendo algo mais próximo a um livro de memórias — explorando uma vida, minha própria vida, mas não de uma maneira austera ou rigorosamente factual. Colocava-me a mim mesma no centro e escrevia sobre esse eu, do modo mais inquisitivo que conseguia. Mas as figuras em torno desse eu assumiam sua própria vida e feições e faziam coisas que não tinham feito na realidade. Entravam para o Exército da Salvação, revelavam que outrora tinham morado em Chicago. Um deles era eletrocutado e outro disparava uma arma em um estábulo cheio de cavalos. De fato, alguns desses personagens se afastaram tanto de suas origens que não consigo me lembrar quem eram no começo.

São *histórias*.

Pode-se dizer que tais histórias atentam mais para a verdade de uma vida do que normalmente faz a ficção. Mas eu não seria capaz de jurar. E a parte deste livro que poderia ser chamada de história familiar se expandiu para a ficção, mas sempre dentro do contorno de uma narrativa verdadeira. Com esses desdobramentos, as duas vertentes se aproximaram tanto que me pareceram destinadas a fluir em um único canal, como fazem neste livro.

PRIMEIRA PARTE

SEM PROVEITO

SEM PROVEITO

Esta paróquia não possui nenhum proveito. Nas montanhas em muitos locais o solo é musgoso e não serve para nada. O ar em geral é úmido. Isso é ocasionado pela altitude das montanhas que constantemente atrai as nuvens e o vapor permanente que exala do terreno musgoso… O mercado mais próximo fica a vinte e quatro quilômetros de distância e as estradas são tão lamacentas que se tornam quase intransitáveis. Às vezes a neve também é um grande estorvo, não raro ficamos muitos meses sem contato com a humanidade. E uma grande desvantagem é a carência de pontes, de sorte que o viajante fica bloqueado quando as águas se avolumam… Só se cultivam cevada e batatas. Não se chega a experimentar trigo, centeio, nabo nem repolho…

Existem dez proprietários de terra nesta paróquia: nenhum deles reside na propriedade.

(Contribuição do ministro da Paróquia de Ettrick, no condado de Selkirk, para o Informe Estatístico da Escócia, 1799.)

O vale do Ettrick se estende cerca de oitenta quilômetros diretamente ao sul de Edimburgo e a uns quarenta e oito quilômetros ao norte da fronteira inglesa, que corre próximo ao muro que Adriano construiu para afastar os povos selvagens do norte. Durante o reinado dos Antoninos, os romanos avançaram mais e construíram uma linha de fortificação entre o estuário do Clyde e o do Forth, mas ela não durou muito. A terra entre os dois muros foi ocupada durante muito tempo por uma mistura de povos — os celtas, alguns deles vindos da Irlanda e chamados escoceses, além de anglo-saxões do sul, nórdicos do outro lado do mar do Norte e talvez também alguns pictos remanescentes.

A fazenda alta e pedregosa onde minha família morou por algum tempo no vale do Ettrick era chamada de Far-Hope. A palavra *hope*, conforme empregada na geografia local, é um termo antigo, um termo nórdico — como seria de esperar, palavras nórdicas, anglo-saxônicas e gaélicas estavam todas misturadas naquela parte do país a algumas outras bretãs adicionadas para indicar uma antiga presença galesa. *Hope* significa uma baía, não uma baía cheia de água mas de terra, parcialmente cercada por montanhas, que nesse caso são as altas colinas peladas, as montanhas vizinhas do planalto meridional. A Black Knowe, a Bodesbeck Law, a Ettrick Pen — aí estão as três grandes colinas, com a palavra *hill* [colina] em três línguas. Algumas dessas colinas estão sendo agora reflorestadas, com plantações de abetos de Sitka, mas nos séculos XVII e XVIII elas estavam peladas ou quase peladas — a grande Floresta de Ettrick, os campos de caça dos reis da Escócia, foram ceifados e convertidos em pastos ou brejos desertos um ou dois séculos antes.

A elevação de terra acima de Far-Hope, situada bem no final do vale, é a espinha dorsal da Escócia, marcando a divisão das águas que fluem a oeste para o Estuário do Solway e o Oceano Atlântico, das que fluem a leste para o Mar do Norte. A uma distância de dezesseis quilômetros ao norte fica a mais famosa catarata do país, a Grey Mare's Tail.* A oito quilômetros de Moffat, que seria o mercado para os que vivem no alto do vale, fica a Devil's Beef Tub,** uma grande fenda nas colinas, que se acredita ter sido esconderijo para gado roubado — isto é, gado inglês tomado pelos saqueadores no anárquico século XVI. Mais abaixo no vale do Ettrick ficava Aikwood, a terra de Michael Scott, filósofo e mago dos séculos XII e XIII, que aparece

* Literalmente, Rabo da Égua Cinzenta. [N.T.]
** Literalmente, Banheira do Boi do Diabo. [N.T.]

no *Inferno* de Dante. E como se não bastasse, consta que William Wallace, o herói guerrilheiro dos escoceses, ali se escondeu dos ingleses, e há uma história de Merlin — *Merlin* — sendo perseguido e assassinado, na velha floresta, por pastores do Ettrick.

(Até onde sei, meus ancestrais, geração após geração, eram pastores do Ettrick. Pode soar estranho haver pastores empregados em uma floresta, mas parece que as florestas de caça em muitos pontos eram clareiras.)

Mesmo assim, o vale me decepcionou da primeira vez que o vi. Isso tende a acontecer quando montamos esses lugares em nossa imaginação. A estação era o comecinho da primavera e as colinas estavam marrons, ou com uma espécie de marrom-lilás, lembrando-me das colinas ao redor de Calgary. O rio Ettrick corria rápido e límpido, mas não chegava a ser tão largo quanto o Maitland, que passa pela fazenda onde cresci, em Ontário. Os círculos de pedras que em princípio eu tinha tomado como remanescentes curiosos do culto celta eram por demais numerosos e bem conservados para serem meros currais de ovelhas.

Eu estava viajando sozinha e chegara de Selkirk no ônibus dos compradores, que não me levou além da ponte Ettrick. Por ali perambulei, esperando pelo carteiro. Haviam-me dito que ele me levaria ao vale. O principal a ser visto na ponte Ettrick era uma placa em uma loja fechada, anunciando Silk Cut. Não consegui imaginar o que podia ser aquilo. No fim era uma famosa marca de cigarros.

Após algum tempo o carteiro chegou e fui de carro com ele até a igreja de Ettrick. A essa altura tinha começado a chover forte. A igreja estava trancada. Ela também foi uma decepção. Tendo sido construída em 1824, não se comparava, na aparência histórica, ou caráter sombrio, às igrejas que eu já tinha visto na Escócia. Senti-me muito exposta, fora de contexto e com frio. Abriguei-me junto à parede até que a chuva atenuou um pouco e então explorei o cemitério da igreja, com o alto capim molhado ensopando-me as pernas.

Lá encontrei, primeiro, o túmulo de William Laidlaw, meu ancestral direto, nascido no final do século XVII e conhecido como Will de Phaup. Ele foi um homem que adquiriu, pelo menos em nível local, algo do fulgor do mito, e isso ele conseguiu pela última vez na história — isto é, na história do povo das ilhas britânicas — quando um homem assim podia fazer. A mesma lápide traz os nomes de sua filha Margaret Laidlaw Hogg, que censurou sir Walter Scott, e de Robert Hogg, seu marido, o ocupante de Ettrickhall. Em seguida, bem ao lado dessa, vi a lápide do escritor James Hogg, que era filho deles e neto de Will de Phaup. Ele era conhecido como O Pastor de Ettrick. E não muito afastado dessa estava o túmulo do reverendo Thomas Boston, famoso em certa época na Escócia toda por seus livros e pregação, embora a fama nunca o tenha alçado a nenhum ministério mais importante.

Além disso, entre vários Laidlaws, uma lápide portando o nome de Robert Laidlaw, que morreu em Hopehouse em 29 de janeiro de 1800 aos setenta e dois anos. Filho de Will, irmão de Margaret, tio de James, provavelmente nunca soube que seria lembrado por seu vínculo com esses outros, não mais do que saberia a data de sua própria morte.

Meu tatatataravô.

Enquanto eu lia essas inscrições, a chuva chegou novamente, suave, e julguei que seria melhor caminhar de volta a Tushielaw, onde eu devia tomar o ônibus escolar para a viagem de volta a Selkirk. Eu não podia perder tempo porque o ônibus poderia sair antes e a chuva ficar mais forte.

Fui acometida, suponho, por um sentimento familiar a muitos cuja longa história remonta a um país bem distante do local onde cresceram. Eu era uma norte-americana ingênua, a despeito de meu conhecimento armazenado. Passado e presente aqui embolados compunham uma realidade que era lugar-comum e, no entanto, mais perturbadora do que tudo que eu havia imaginado.

HOMENS DO ETTRICK
Will de Phaup

Aqui jaz William Laidlaw, o muito famoso Will de Phaup, que por seus
feitos de travessura, agilidade e força não encontrou par em seu tempo...

Epitáfio composto por seu neto, James Hogg, para o
túmulo de Will de Phaup no cemitério da igreja de Ettrick

Seu nome era William Laidlaw, mas seu nome anedótico era Will
de Phaup, sendo Phaup simplesmente a versão local de Far-Hope, o
nome da fazenda que ele ocupou no alto do vale do Ettrick. Parece
que Far-Hope tinha ficado abandonada durante anos quando Will
passou a habitá-la. Ou seja, a casa tinha sido abandonada, porque se
situava muito no alto no extremo do vale remoto e pegava as piores
tempestades de inverno e a famosa nevasca. A casa de Potburn,
sua vizinha, mais abaixo, até recentemente era tida como a mais
alta casa habitada em toda a Escócia. Ela agora permanece deserta,
exceto pelos pardais e pintassilgos que ocupam as redondezas de
suas construções anexas.

A terra em si não teria pertencido a Will, nem mesmo lhe teria
sido alugada — ele deve ter alugado a casa ou a obtido como parte
de seus salários de pastor. Prosperidade mundana jamais foi o que
ele buscou.

Apenas a Glória.

Ele não era nativo do vale, embora houvesse Laidlaws ali desde os
primeiros registros mantidos. O homem mais antigo que encontrei
com esse nome encontra-se nos registros judiciários do século XIII, e
era acusado de ter assassinado um outro Laidlaw. Não havia prisões
naquele tempo. Apenas calabouços, principalmente para a classe
mais alta ou para as pessoas de alguma importância política que

haviam caído em desgraça com seus governantes, e execuções sumárias — mas essas aconteciam principalmente em tempos de grande inquietação, como durante as invasões de fronteira do século XVI, quando um meliante podia ser enforcado em sua própria porta ou linchado na praça de Selkirk, como o foram dezesseis ladrões de gado do mesmo nome — Elliott — em um único dia de punição. Meu homem escapou com uma multa.

Dizia-se que Will era "um dos velhos Laidlaws de Craik" — sobre os quais não consegui descobrir nada, exceto que Craik é uma aldeia quase desaparecida em uma estrada romana totalmente desaparecida, em um vale vizinho ao sul do Ettrick. Ele deve ter caminhado pelas colinas, quando ainda era adolescente, em busca de trabalho. Ele nascera em 1695, quando a Escócia ainda era um país distinto, embora compartilhasse um monarca com a Inglaterra. Ele devia estar com doze anos na época da controversa União, era um garoto no momento do amargo fracasso da Rebelião Jacobita de 1715, e estava na meia-idade no tempo de Culloden. Não se sabe o que ele achava desses eventos. Tenho a impressão de que levou a vida em um mundo ainda remoto e autossuficiente, ainda dotado de sua própria mitologia e das maravilhas locais. E ele era uma delas.

A primeira história contada a respeito de Will é sobre sua proeza como corredor. Seu primeiro trabalho no vale do Ettrick foi como pastor de um tal sr. Anderson, e este sr. Anderson notara como Will corria direto sobre uma ovelha e não a cercando quando queria apanhá-la. Assim, ele sabia que Will era um corredor veloz, e quando um campeão inglês chegou ao vale, o sr. Anderson apostou uma larga soma em Will contra ele. O inglês zombou, seus apoiadores zombaram e Will venceu. O sr. Anderson arrebatou um belo monte de moedas e, por seu turno, Will ganhou um casaco de tecido cinza e um par de calções.

Muito justo, disse ele, pois o casaco e os calções significavam tanto para ele quanto todo aquele dinheiro para um homem como o sr. Anderson.

Esta é uma história clássica. Ouvi versões dela — com nomes diferentes e proezas diferentes — quando eu ainda era criança no condado de Huron, em Ontário. Um estranho chega cheio de fama, gabando-se de suas habilidades, e é batido pelo campeão local, um sujeito simples que nem mesmo está interessado em uma recompensa.

Esses elementos se repetem em outra história antiga, segundo a qual Will vai pelas colinas até a cidade de Moffat para realizar alguma incumbência, sem saber que é dia de feira, e é engabelado para participar de uma corrida pública. Ele não está adequadamente vestido para a ocasião e durante a corrida seus calções caem. Ele os deixa cair, chuta-os para fora do caminho e continua correndo apenas com uma camisa, e vence. Há um grande alvoroço em torno dele e ele é convidado a jantar na taverna local com cavalheiros e damas. A essa altura deveria estar de calças, mas mesmo assim ele ruboriza e não aceita, alegando ficar mortificado diante de tais *rapazotes*.

Talvez estivesse, mas claro que o reconhecimento dos rapazotes de tão bem-dotado jovem atleta é o detalhe escandaloso e saboroso da história.

Will se casa, em algum momento ele se casa com uma mulher chamada Bessie Scott e começam a constituir família. Durante esse período, o jovem herói converte-se em homem mortal, embora ainda haja proezas de força. Certo lugar no rio Ettrick se torna o "Salto de Will" para celebrar um pulo que ele deu para buscar socorro ou remédio para alguém que estava doente. Nenhuma proeza, porém, lhe trouxe dinheiro, e as pressões de ganhar a vida para sua família, combinadas a um caráter jovial, parecem tê-lo transformado em um contrabandista eventual de bebidas. Sua casa está bem situada para receber as bebidas alcoólicas que entram clandestinamente pelas colinas vindas de Moffat. O surpreendente é que não se trata de uísque, mas de conhaque francês, sem dúvida entrando ilegalmente no país através do estuário do Solway — tal como continuará a ocorrer apesar dos esforços empreendidos mais tarde naquele século por Robert Burns, poeta e coletor de impostos. Phaup se torna bem conhecido para ocasiões de bebedeira ou pelo menos de alta sociabilidade. O nome do herói ainda representa comportamento nobre, força e generosidade, mas não mais sobriedade.

Bessie Scott morre bem jovem, e provavelmente após sua morte é que começam as festas. As crianças eram expulsas, quase com certeza, para alguma construção anexa ou dormiam no sótão da casa. Não parece ter havido nenhum banimento sério ou perda de respeito. O conhaque francês, porém, pode ser digno de nota à luz das aventuras que sobrevieram a Will em sua maturidade.

Ele se encontra nas colinas quando o dia vira noite e ele continua a ouvir um som como um chilreio e um pipilo. Ele conhece todos os sons que os pássaros podem produzir e sabe que não se trata de nenhum pássaro. O som parece vir de um buraco fundo nas imediações. Assim, se esgueira aos poucos e muito suavemente até a beira do buraco e se estira no chão, erguendo a cabeça apenas o bastante para poder olhar.

E o que ele vê lá embaixo senão um grupo inteiro de criaturas, todas mais ou menos do tamanho de uma criança de dois anos, mas nenhuma delas sendo criança? São pequenas mulheres, todas graciosas e vestidas de verde. E tão ocupadas quanto podem ser. Algumas assando pão em um pequenino forno e outras vertendo bebida de pequenos barris para jarros de vidro, e outras arrumando os cabelos umas das outras e o tempo todo cantarolando e chilreando sem olhar para cima ou erguer a cabeça, apenas mantendo os olhos no que faziam. Mas quanto mais ele continua a ouvi-las mais ele pensa ouvir algo familiar. E torna-se cada vez mais claro — a canção chilreada que elas produzem. Finalmente ela se torna clara como uma campainha.

Will de Phaup, Will de Phaup, Will de Phaup.

Seu próprio nome é a única palavra em suas bocas. A canção que soava para ele muito melodiosa quando a ouviu pela primeira vez já não é isso, está cheia de risos mas não é um riso decente. Ela faz o suor frio correr pelas costas de Will. E, nesse momento, ele se lembra que é véspera de Todos os Santos, o período do ano em que essas criaturas podem operar como bem quiserem com qualquer ser humano. Assim, ele se ergue de um salto e corre, corre todo o caminho de volta até sua casa, mais depressa do que qualquer demônio que o caçasse.

Ao longo de todo o caminho ele ouve a canção *Will de Phaup, Will de Phaup* tinindo logo atrás de suas orelhas sem jamais se reduzir ou enfraquecer. Ele chega em casa, entra e barra a porta, junta todos os filhos ao seu redor e começa a rezar o mais alto que já conseguira e enquanto reza não consegue ouvir. Mas bastou que parasse para recuperar o fôlego e a canção desce pela chaminé, entra pelas frestas na porta e fica mais alta à medida que as criaturas lutam contra sua prece e ele não ousa descansar até que ao bater da meia-noite ele implora Ó Senhor, tende misericórdia e fica em silêncio. E não se ouvem mais as criaturas, nem um pio. É uma noite calma como qualquer noite, e a paz do Céu cobre o vale inteiro.

Então, em outra ocasião, no verão mas por volta da hora escura do entardecer, ele está voltando para casa após recolher as ovelhas e julga ver alguns de seus vizinhos bem ao longe. Ocorre-lhe que devem estar voltando da Feira de Moffat, já que de fato é Dia da Feira de Moffat. Assim, ele pensa em aproveitar a oportunidade para ir adiante e falar com eles e saber das novidades e de como eles se saíram.

Assim que se aproxima o bastante deles, ele chama.

Mas ninguém toma conhecimento. E mais uma vez ele chama, mas ainda nenhum deles se volta ou olha em sua direção. Ele os reconhece claramente pelas costas, todos gente do campo com seus mantos e gorros axadrezados, homens e mulheres, de tamanho normal, mas não consegue olhar seus rostos, eles continuam sem se voltar para ele. E não parecem estar com pressa, estão vadiando, fofocando e conversando e ele consegue ouvir o ruído que fazem mas nada das palavras.

Por isso, ele segue cada vez mais depressa e finalmente passa a correr para alcançá-los, mas por mais que corra não consegue — embora eles não estejam com pressa nenhuma, estão apenas vadiando. E tão ocupado está, pensando em alcançá-los, que não lhe ocorre em momento algum que eles não estão voltando para casa.

Eles não estão descendo o vale mas subindo um tipo estreito de valezinho lateral com um córrego minguado que flui para o Ettrick. E com a luz esmaecendo eles parecem tornar-se menores, porém mais numerosos, um fato estranho.

E das colinas vem uma lufada fria de ar, embora seja uma noite quente de verão.

E Will então entende. Não são vizinhos. E não o estão conduzindo a nenhum lugar aonde ele gostaria de ir. E com o mesmo empenho com que havia antes corrido atrás deles, ele se vira e corre em sentido contrário. Por ser esta uma noite comum e não véspera de Todos os Santos, eles não têm poder para persegui-lo. Seu temor é diferente do que sentira da outra vez, mas igualmente arrepiante, por causa de sua convicção de que se tratava de fantasmas de seres humanos transformados em fadas.

Seria um erro pensar que todos acreditavam nessas histórias. Havia o fator conhaque. Mas a maioria das pessoas, acreditando ou não, ouvia-nas sentindo um forte arrepio. Podiam sentir certa curiosidade e algum ceticismo, mas principalmente uma grande parcela de puro terror. Fadas e fantasmas e religião nunca se misturavam nos termos de alguma designação benigna (*poderes espirituais?*) como costuma ocorrer hoje. Fadas não eram joviais e cativantes. Pertenciam aos velhos tempos, não aos antigos tempos históricos de Flodden, em que todo homem de Selkirk podia ser morto exceto aquele que trazia as notícias, ou dos homens sem lei atacando à noite pelas Terras Litigiosas, ou da Rainha Maria — ou mesmo dos tempos anteriores a isso, de William Wallace ou de Arquibaldo "Guizo no Gato" ou da Donzela da Noruega, mas dos tempos realmente escuros, antes da Muralha de Antonino e antes de os primeiros missionários cristãos chegarem da Irlanda pelo mar. Pertenciam aos tempos de poderes ruins e confusão maligna e suas atenções eram quase sempre maliciosas ou mesmo mortíferas.

Thomas Boston
Como testamento da Estima pelo
Reverendo Thomas Boston o Velho,
cujo caráter pessoal era altamente respeitável,
cujas missões públicas eram abençoadas para muitos e
cujos escritos contribuíram muito para promover
o avanço da Cristandade vital.
Este monumento foi erigido por um público
religioso e agradecido.

Esforçai-vos por entrar pela porta estreita, pois eu vos digo
que muitos procurarão entrar e não poderão.
Lucas XIII, 24

As visões de Will certamente não eram bem recebidas pela Igreja,* e durante a primeira parte do século xviii a igreja era particularmente poderosa na paróquia de Ettrick.

Seu ministro na época era o pregador Thomas Boston, que é hoje lembrado — quando chega a ser lembrado — como autor de um livro chamado *Human nature in its fourfold state* [*A natureza humana em seu quádruplo estado*], que se dizia ficar ao lado da Bíblia na prateleira de todo lar devoto na Escócia. E todo lar presbiteriano na Escócia estava fadado a ser um lar devoto. A constante investigação da vida pessoal e torturadas reformulações da fé eram a base para garantir isso. Não havia o consolo do ritual, nem a elegância da cerimônia. A prece não era apenas formal, mas pessoal, agônica. A prontidão da alma para a vida eterna estava sempre em dúvida e risco.

Thomas Boston mantinha esse drama em andamento sem pausa, para si e para seus paroquianos. Em sua autobiografia ele fala de suas próprias penas recorrentes, seus períodos de seca, sua sensação de indignidade e tédio mesmo no ato de pregar o Evangelho, ou ao orar em seu escritório. Ele roga pela graça. Abre seu peito ao Céu — pelo menos simbolicamente — em seu desespero. Por certo ele se laceraria com açoites espinhosos se tal comportamento não fosse católico, não constituísse de fato um pecado adicional.

Algumas vezes Deus o escuta, outras não. Seu anseio por Deus jamais pode abandoná-lo, mas ele jamais pode contar com sua satisfação. Ele pode se erguer pleno do Espírito e ingressar em maratonas de pregação, presidir festivais solenes de Comunhão nos quais ele sabe que é o vaso de Deus e testemunha a transformação de muitas almas. Mas ele toma o cuidado de não assumir o crédito pessoalmente. Ele sabe que é totalmente suscetível ao pecado de soberba, e sabe também da rapidez com que a Graça lhe pode ser retirada.

Ele se esforça, cai. Trevas novamente.

---

* No original, *Kirk*, palavra nórdica que quer dizer "igreja" entre os escoceses. [N.T.]

*   *   *

Enquanto isso o telhado do presbitério está com goteiras, as paredes estão úmidas, a chaminé faz fumaça, sua esposa, seus filhos e ele mesmo frequentemente adoecem com febres. Têm infecções de garganta e dores reumáticas. Alguns de seus filhos morrem. O primeiro bebê, uma menina, nasce com o que me parece ser *spina bifida* e morre logo após o parto. Sua esposa fica profundamente transtornada, e embora ele faça o melhor que pode para consolá-la, também se sente obrigado a repreendê-la por reclamar contra a vontade de Deus. Ele tem de repreender a si mesmo mais tarde por levantar a tampa do caixão para dar uma última olhada no rosto de seu favorito, um garotinho de três anos. Que perversidade, que fraqueza a sua amar esse fragmento pecaminoso de carne e questionar em algum sentido a sabedoria de Deus ao levá-lo. Deve haver pelejas adicionais, autoflagelação e ataques de oração.

Pelejas não só com sua obtusidade de espírito mas com a maioria de seus colegas ministros, pois ele passa a se interessar profundamente em um tratado chamado *The marrow of modern divinity* [*A medula da divindade moderna*]. Ele é acusado de ser um homem-medula, em risco de aderir ao antinomianismo. O antinomianismo procede logicamente da doutrina da predestinação e faz uma pergunta simples, direta — por que, se desde o começo você é um dos eleitos, você não seria capaz de sair impune de tudo o que você quiser?

Mas espere. *Espere*. Quanto a ser um dos eleitos, quem pode ter tanta certeza?

E o problema para Boston certamente não se trata de sair impune, mas da compulsão, a honrosa compulsão, de descobrir para onde conduzem certas linhas de raciocínio.

Na hora H, porém, ele recua do erro. Ele se retira, ele se salva.

Sua mulher, em meio aos nascimentos e mortes, ao cuidado com os filhos restantes e às dificuldades com o telhado e à contínua chuva fria, é vencida por certo transtorno nervoso. Ela é incapaz de sair da cama. Sua fé é forte, porém viciada, como ele diz, em um aspecto essencial. Ele não diz qual é esse aspecto. Ele reza com ela. Não sabemos como ele administra a casa. Sua mulher, outrora a bela Catherine Brown, parece ter ficado na cama durante anos, exceto pelas singulares pausas patéticas quando toda a família é acometida por alguma infecção passageira. Aí ela se levanta de seu leito e cuida deles, incansável e ternamente, com a força e o otimismo que manifestava em sua juventude, quando Boston se apaixonou por ela. Todos se recuperam e a seguir sabe-se que ela voltará à cama. Ela está bem idosa mas ainda viva quando o próprio ministro está morrendo, e podemos esperar que ela então se levantará e irá morar em uma casa seca com algumas relações agradáveis em uma cidade civilizada. Mantendo sua fé mas a certa distância, talvez para desfrutar um pouco de felicidade secular.

Seu marido prega da janela de seu quarto quando está por demais fraco e próximo da morte para ir à igreja e subir ao púlpito. Ele exorta com a coragem e o fervor de sempre e multidões se juntam para ouvi-lo, ainda que esteja chovendo, como é bastante comum. A vida mais sombria e desesperada, sob qualquer ponto de vista externo. Apenas do interior da fé é possível fazer uma ideia do prêmio, bem como da luta, da busca viciante da pura retidão, a embriaguez de um lampejo do favor de Deus.

Assim, parece-me estranho que Thomas Boston tenha sido o ministro a quem Will de Phaup ouvia todo domingo durante sua jovem maturidade, provavelmente o ministro que o casara com Bessie Scott. Meu ancestral, um quase pagão, um homem alegre, um bebedor de conhaque, alguém em quem se aposta, um homem que acredita nas fadas, deve ter ouvido e acreditado nas constrições e duras esperanças dessa fé calvinista punitiva. E, de fato, quando Will foi perseguido na véspera de Todos os Santos, não invocou ele a proteção do mesmo Deus a quem Boston chamou quando rogou para que o peso — da indiferença, da dúvida, da tristeza — deixasse sua alma? O passado está cheio de contradições e complicações, talvez iguais às do presente, embora habitualmente não pensemos assim.

Como essas pessoas poderiam não levar a sério sua religião, com sua ameaça do Inferno inescapável, com Satã tão astuto e implacável em seus tormentos e com a população do Céu tão esparsa? E o que faziam elas? Levavam a religião a sério. Eram chamadas por seus pecados a sentar-se no banco do arrependimento* e suportar sua vergonha — geralmente por alguma questão sexual, solenemente referida como *Fornicação* — diante da congregação. James Hogg foi para ali convocado pelo menos duas vezes, acusado de paternidade por moças do local. Em um caso ele prontamente admitiu e no outro ele apenas disse que seria possível. (A cerca de cento e vinte quilômetros para oeste, em Mauchline in Ayrshire, Robert Burns, onze anos mais velho que Hogg, passou exatamente pela mesma humilhação pública.) Os anciãos iam de casa em casa para cuidar que nada estivesse sendo cozido em um domingo, e em todos os momentos suas mãos ásperas eram empregadas para espremer severamente os seios de qualquer mulher suspeita de ter parido um filho ilegítimo, de sorte que uma gota de leite pudesse denunciá-la. Mas o próprio fato de que se julgasse necessária tal vigilância mostra como esses fiéis eram espreitados naturalmente em suas vidas, como as pessoas sempre são. Um ancião na igreja de Burns registra "Apenas vinte e seis fornicadores desde o último sacramento", como se essa cifra fosse de fato um passo na direção certa.

E eram espreitados também na própria prática da fé, até pelo engenho de suas próprias mentes, pelos argumentos e interpretações que não podiam deixar de surgir.

---

* No original, *cutty-stool*: na Escócia, determinado assento em uma igreja, onde os que pecavam contra a castidade, ou outros delinquentes, tinham de sentar-se durante a hora do culto e receber uma repreensão pública do ministro. [N.T.]

Isso pode ter tido algo a ver com o fato de terem sido o campesinato mais bem educado da Europa. John Knox desejara que fossem educados para que pudessem ler a Bíblia. E eles a liam, com devoção mas também com fome, para descobrir a ordem de Deus, a arquitetura de Sua mente. Encontraram muita coisa intrigante. Outros ministros da época de Boston se queixavam de que seus paroquianos eram muito contestadores, *mesmo as mulheres*. (Boston não menciona isto, estando por demais ocupado em culpar a si mesmo.) Eles não aceitam calados os sermões de horas de duração, mas se apoderam deles como forragem intelectual, sentindo como se estivessem envolvidos em debates vitalícios e de terrível seriedade. Estão eternamente se preocupando com detalhes da doutrina e passagens das escrituras que seria melhor deixar em paz, dizem seus ministros. Melhor confiar naqueles que são treinados para lidar com essas coisas. Mas não farão isso, e o fato é que os ministros treinados também são por vezes levados a conclusões que outros ministros condenariam. Resulta daí que a igreja é crivada por divisões, os homens de Deus estão muitas vezes se digladiando entre si, como mostraram as próprias dificuldades de Boston. E pode ter sido a mancha de ser um homem-medula, de seguir seu próprio raciocínio ineludível, que o manteve por tanto tempo na remota Ettrick, não sendo nunca, até sua morte, "trasladado" (tal era a palavra na época) para um lugar moderadamente confortável.

James Hogg e James Laidlaw

"Ele sempre foi um personagem singular e muito divertido
que acalentava toda ideia antiquada e desacreditada na
ciência, religião e política... Nada estimulava mais sua
indignação que a teoria da terra girando em torno de seu eixo e
viajando ao redor do sol...

… por muitos anos já passados ele falou e leu sobre a América até que ficou completamente infeliz e, por fim, ao aproximar-se seu sexagésimo aniversário começou efetivamente a procurar um lar temporário e um túmulo no Novo Mundo."

(James Hogg, escrevendo sobre seu primo James Laidlaw.)

"Hogg, coitado, passou a maior parte de sua vida repetindo mentiras…"

(James Laidlaw, escrevendo sobre seu primo James Hogg, poeta e romancista da Escócia do início do século XIX.)

"Ele era um homem consideravelmente sensível, apesar de todo o absurdo que escrevia…"

(Tibbie Shiel, estalajadeiro, também enterrado no adro da igreja de Ettrick, falando sobre James Hogg.)

James Hogg e James Laidlaw eram primos em primeiro grau. Ambos nascidos e criados no vale do Ettrick, um lugar que não fazia muito sentido para o tipo deles — isto é, para o tipo de homem que não se acomoda ao anonimato e a uma vida pacata.

Se um homem assim fica famoso, claro que é outra história. Vivo, ele é posto para fora; morto, é bem recebido de volta. Após uma geração ou duas, é outra história.

Hogg partiu para o papel incômodo do comediante ingênuo, o gênio paisano, em Edimburgo, e depois partiu, como autor de *Confessions of a justified sinner,** para a fama duradoura. Laidlaw, carecendo dos dotes de seu primo, mas aparentemente não de seu jeito para a autodramatização e de sua necessidade de outro palco além da taverna de Shiel, produziu alguma marca ao arregimentar

---

* Publicado em português como *Memórias e confissões íntimas de um pecador justificado.* Editora Bruguera, 1969. [N.T.]

os membros mais dóceis de sua família e carregá-los para a América — na verdade para o Canadá — quando estava velho o suficiente, como salienta Hogg, para ter um pé na cova.

Nossa família tinha pouca complacência com a autodramatização. No entanto, agora pensando bem, não era essa exatamente a palavra que usavam. Falavam em *chamar a atenção*. *Chamar atenção para si mesmo*. O oposto disso não era exatamente a modéstia mas uma zelosa dignidade e controle, uma espécie de recusa. A recusa em sentir qualquer necessidade de transformar sua vida em uma história, para outra pessoa ou para si mesmo. E quando estudo as pessoas que conheço na família, parece que alguns de nós possuem essa necessidade numa medida extensa e irresistível — o bastante para os demais se encolherem de constrangimento e apreensão. É por isso que a avaliação ou advertência tinham de ser manifestadas com tanta frequência.

Na época em que seus netos — James Hogg e James Laidlaw — eram jovens, o mundo de Will de Phaup estava quase nas últimas. Havia uma consciência histórica daquele passado recente, até uma valorização e exploração dele, o que só é possível quando as pessoas se sentem de fato apartadas. James Hogg sentia isso com clareza, ainda que fosse um homem do Ettrick. É graças, sobretudo, a seus escritos que sei sobre Will de Phaup. Hogg era tanto uma pessoa de dentro como um intruso, moldando e registrando de forma aplicada e — segundo esperava — proveitosa as histórias de sua gente. E ele encontrou uma ótima fonte em sua mãe — a filha mais velha de Will de Phaup, Margaret Laidlaw, que havia crescido em Far-Hope. É provável que houvesse certos recortes e adornos no material por parte de Hogg. Alguns astutos falseamentos do tipo que se pode esperar que um escritor faça.

Walter Scott era uma espécie de forasteiro, um advogado de Edimburgo então designado para um alto posto no território tradicional de sua família. Mas ele também compreendeu, como às vezes os de fora fazem melhor, a importância de algo que estava desaparecendo. Quando se tornou o xerife de Selkirkshire — isto é, o juiz local — passou a circular pelo país recolhendo as antigas canções e baladas que nunca haviam sido colocadas no papel. Ele as publicaria em *The minstrelsy of the Scottish border* [*O cancioneiro da fronteira escocesa*]. Margaret Laidlaw Hogg era famosa no local pelo número de versos que guardava na cabeça. E Hogg — com um olhar na posteridade bem como na vantagem pessoal — se encarregou de levar Scott para visitar sua mãe.

Ela recitou uma profusão de versos, inclusive a recém-descoberta "Balada de Johnie Armstrong", que ela disse terem ela e seu irmão conseguido "do velho Andrew Moore que o conseguira de Bebe Mettlin [Maitland], que era governanta do Primeiro Proprietário de Tushielaw".

(Acontece que este mesmo Andrew Moore tinha sido um criado de Boston e foi ele quem havia informado que Boston havia "colocado o fantasma" que aparece em um dos poemas de Hogg. Um novo dado sobre o ministro.)

Margaret Hogg fez um grande estardalhaço quando viu o livro que Scott produziu em 1802 com as suas contribuições.

"Elas foram feitas para cantar e não para imprimir", supõe-se que ela tenha dito. "E nenhuma deve mais ser cantada".

Ela reclamava ainda que elas "não estavam nem compostas direito nem grafadas direito", embora isso possa parecer uma apreciação estranha de ser feita por alguém que fora apresentada — por si mesma ou por Hogg — como uma simples e velha mulher do campo com apenas um mínimo de instrução.

É provável que ela fosse simples e também perspicaz. Ela sabia o que estava fazendo mas não podia deixar de lamentar o que fizera.

E nenhuma deve ser mais cantada.

Ela pode também ter gostado de mostrar que era preciso mais que um livro impresso, mais que o xerife de Selkirk, para produzir nela uma impressão favorável. Os escoceses são desse jeito, acho. Minha família era assim.

Cinquenta anos depois que Will de Phaup abraçou seus filhos e rezou pedindo proteção na véspera de Todos os Santos, Hogg e alguns de seus primos homens — ele não fornece os nomes — vão se encontrar naquela mesma casa elevada em Phaup. A essa altura a casa é usada como alojamento por qualquer pastor solteiro encarregado das ovelhas que pastam no alto, e os outros estão presentes naquela noite não para se embebedar e contar casos, mas para ler ensaios. Esses ensaios são descritos por Hogg como inflamados e bombásticos, e por essas palavras e pelo que era dito depois, é de se presumir que esses jovens no interior do Ettrick tinham ouvido sobre a Idade da Razão, embora provavelmente não a chamassem assim, e sobre as ideias de Voltaire e Locke e sobre David Hume, seu compatriota escocês das terras baixas. Hume crescera em Ninewells, próximo a Chirnside, a cerca de oitenta quilômetros de distância, e foi para Ninewells que ele se retirou quando sofreu uma crise nervosa aos dezoito anos de idade — talvez agoniado, temporariamente, pela amplitude da investigação que percebeu diante de si. Ele ainda estava vivo quando esses rapazes nasceram.

Claro que minhas suposições podem estar erradas. O que Hogg chama de ensaios podem ser histórias. Relatos sobre os Pactuantes [Covenanters] perseguidos em seus cultos ao ar livre pelos dragões de casacos vermelhos, sobre bruxas, sobre os mortos-vivos. Eram rapazes que seriam experimentados em qualquer composição, em prosa ou verso. As escolas de John Knox tinham feito seu trabalho e uma avalanche de literatura, uma febre de poesia, irrompia em todas as classes. Quando Hogg estava em seu ponto mais humilde, trabalhando como pastor nas colinas solitárias de Nithsdale, morando em um abrigo rústico chamado bothy [cabana], os irmãos

Cunningham — o aprendiz de pedreiro e poeta Allan Cunningham, e seu irmão James — haviam chegado a pé pelo campo para encontrá-lo e dizer-lhe de sua admiração. (Hogg ficou em princípio alarmado, achando que eles vinham acusá-lo de algum problema com uma mulher.) Os três deixaram o cão Hector guardando o rebanho e puseram-se a falar de poesia o dia inteiro, depois lentamente se recolheram para dentro da cabana para tomar uísque e falar de poesia a noite inteira.

O encontro dos pastores em Phaup, a que Hogg alega não ter conseguido comparecer pessoalmente, a despeito de estar com um ensaio em seu bolso, foi realizado no inverno. O tempo estivera estranhamente quente. Naquela noite, porém, sobreveio uma tempestade que se revelou a pior em cinquenta anos. As ovelhas ficaram congeladas em seus redis e homens e cavalos ficaram presos e congelados nas estradas, enquanto as casas eram soterradas com neve até o telhado. Durante três ou quatro dias a tempestade prosseguiu, estrondosa e devastadora, e quando terminou, e os jovens pastores desceram vivos para o vale, seus familiares ficaram aliviados mas de modo algum contentes com eles.

A mãe de Hogg simplesmente disse a ele que aquilo era uma punição trazida para todo o meio rural pelo trabalho diabólico realizado pelo que quer que estivessem lendo e conversando naquela noite em Phaup. Sem dúvida, muitos outros pais pensaram a mesma coisa.

Alguns anos depois, Hogg escreveu uma ótima descrição dessa tempestade, que foi publicada na *Blackwoods Magazine*. A *Blackwoods* era a leitura favorita das pequenas Brontës, na casa do pároco em Haworth, e quando cada uma escolheu um herói para interpretar em suas brincadeiras, Emily optou pelo pastor de Ettrick, James Hogg. (Charlotte escolheu o duque de Wellington.) *O morro dos ventos uivantes*, o grande romance de Emily, começa com a descrição de uma terrível tempestade. Muitas vezes me perguntei se há qualquer ligação.

* * *

Não creio que James Laidlaw tenha sido um dos presentes em Phaup naquela noite. Suas cartas não denotam nada de uma mente cética, teórica ou poética. Claro que as cartas que li foram escritas quando ele estava velho. As pessoas mudam.

Por certo ele é um brincalhão quando o encontramos pela primeira vez, por meio do relato de Hogg, na estalagem de Tibbie Shiel (que ainda está no local, a mais de uma hora de caminhada pelas colinas saindo de Phaup, tal como Phaup ainda está lá, hoje uma cabana-abrigo no Caminho das Terras Altas do Sul,* uma trilha de caminhada). Ele está interpretando algo que poderia ser visto como blasfemo. Blasfemo, audacioso e divertido. De joelhos, ele está ofertando preces para vários dos presentes. Ele pede perdão e especifica os pecados que estão pendentes, introduzindo cada um com a frase *e se for verdade* —

E se for verdade que o menino parido quinze dias atrás pela mulher de _____ _____ tem o terrível olhar de _____, então Vós, Senhor, tende misericórdia de todos os participantes...

E se for verdade que _____ trapaceou _____ em vinte peças de carne de ovelha na última feira de ovelhas de St. Boswell, então oramos a Vós, Ó Senhor, a despeito de tal feito diabólico...

.Alguns dos nomeados não conseguiram ser contidos e os amigos de James tiveram de arrastá-lo para fora antes que algum dano lhe ocorresse.

A essa altura provavelmente ele era viúvo, um sujeito desgarrado, pobre demais para que desposasse qualquer mulher. Sua esposa lhe dera uma filha e cinco filhos e depois morrera no parto do último. Mary, Robert, James, Andrew, William, Walter.

---

* No original, Southern Uplands Way. [N.T.]

Escrevendo para uma sociedade de emigração por volta da época de Waterloo, ele se apresenta como um excelente partido, por causa dos cinco filhos saudáveis que o acompanharão para o Novo Mundo. Se ele recebeu ou não ajuda para emigrar, não sei. Provavelmente não, porque em seguida sabemos sobre suas dificuldades em levantar o dinheiro para a passagem. Uma depressão se seguira após o fim das Guerras Napoleônicas e o preço da ovelha havia caído. E não há como se gabar pelos cinco filhos. Robert, o mais velho, parte para as terras altas. James — o filho James — vai para a América, o que inclui o Canadá, totalmente por sua conta e parece que não manda notícia dizendo onde está ou o que está fazendo. (Ele está na Nova Escócia e leciona em um lugar chamado Economy, embora não tenha qualificações para isso, exceto as que conseguiu na escola de Ettrick, e provavelmente por um forte apoiador.)

E quanto a William, o segundo mais jovem, um rapaz que ainda não saiu da adolescência e que será meu trisavô — ele também parte. O que sabemos mais tarde sobre ele é que está estabelecido nas terras altas, um capataz em uma das novas fazendas de ovinos liberadas dos arrendatários. E é tão desdenhoso do lugar onde nasceu que escreve — em uma carta para a moça com quem mais tarde se casará — que seria impensável para ele morar novamente no vale do Ettrick.

A pobreza e a ignorância visivelmente o angustiam. A pobreza que lhe parece obstinada, e a ignorância que ele julga ser ignorante até de sua própria existência. Ele é um homem moderno.

A VISTA DE CASTLE ROCK

Na primeira vez que Andrew esteve em Edimburgo ele tinha dez anos. Com seu pai e alguns outros homens ele escalou por uma rua escura escorregadia. Estava chovendo, o cheiro de fumaça da cidade enchia o ar e os postigos estavam abertos, mostrando os interiores iluminados pelo fogão das cantinas onde ele esperava que pudessem entrar, porque ele estava todo encharcado. Não o fizeram, seu destino era outro lugar. Mais cedo, na mesma tarde, eles haviam estado em um lugar desse tipo, mas não era muito diferente de um nicho, uma espelunca, com tábuas sobre as quais eram colocados os copos e garrafas e onde depositavam-se moedas. A todo momento ele era espirrado desse abrigo para a rua, na poça que acumulava a água que caía do beiral sobre a entrada. Para evitar que isso acontecesse, ele se enfiara de cabeça por debaixo das mantas e peles de carneiro, encaixando-se entre os beberrões e sob seus braços.

Ele estava surpreso com a quantidade de pessoas que seu pai parecia conhecer na cidade de Edimburgo. Era de se esperar que as pessoas na taverna fossem estranhas para ele, mas ficou claro que não era assim. Em meio às discussões e vozes que soavam estranhas, a voz de seu pai soava mais alto. *América*, dizia ele, e dava um tapa na tábua para chamar a atenção, do mesmo modo que faria em casa. Andrew ouvira aquela palavra falada naquele mesmo tom comprido antes de saber que se tratava de uma terra do outro lado do oceano. Era enunciada como um desafio e uma verdade irrefutável, mas às vezes — quando seu pai não estava — era falada como um insulto ou uma piada. Seus irmãos mais velhos poderiam perguntar entre si "Você vai pra América?" quando um deles punha seu manto para sair e fazer alguma tarefa como recolher as ovelhas para o redil. Ou "Por que você não parte pra América?" quando eles entravam em discussão, e um deles queria fazer o outro de bobo.

As cadências da voz de seu pai, na conversa que se seguiu a essa palavra, eram tão familiares, e os olhos de Andrew estavam tão turvos com a fumaça, que num instante ele tinha adormecido em pé. Acordou quando vários homens investiam juntos para fora do lugar, inclusive seu pai. Alguém disse: "Este é seu rapaz ou é algum pivete que se meteu aqui para esvaziar nossos bolsos?". E seu pai riu e tomou a mão de Andrew e começaram a subida. Um homem tropeçou e outro trombou nele e praguejou. Duas mulheres bateram suas cestas no grupo com grande desdém, e fizeram comentários em sua fala pouco conhecida, da qual Andrew só conseguiu entender as palavras "corpos decentes" e "trilhas públicas".

Depois seu pai e os amigos entraram por uma rua muito mais larga, que de fato era um pátio, pavimentado com grandes blocos de pedra. Nesse momento o pai se voltou e deu atenção a Andrew.

— Você sabe onde está, rapaz? Você está no pátio do castelo, e este é o castelo de Edimburgo, que está aí há dez mil anos e estará aí por mais dez mil. Coisas terríveis foram feitas aqui. Nestas pedras correu sangue. Sabia disso? — Ele ergueu a cabeça para que todos escutassem o que ele dizia. — Foi o rei Jamie quem pediu aos jovens Douglas que ceassem com ele e quando eles estavam bem sentados ali ele diz: ora, não vamos nos incomodar com sua ceia, levem-nos para o pátio e cortem suas cabeças. E assim fizeram. Aqui no pátio onde estamos. Mas esse Rei Jamie morreu leproso — continuou ele com um suspiro, depois um gemido, fazendo todos eles pararem para considerar esse destino. Depois, ele meneou a cabeça. — Ah, não, não foi ele. Foi o rei Robert The Bruce que morreu leproso. Ele morreu rei mas morreu leproso.

Andrew não via nada além de imensas paredes de pedra, portões trancados, um soldado de casaco vermelho marchando para cima e para baixo. Em todo caso, seu pai não lhe deu muito tempo, empurrando-o adiante e através de uma arcada, dizendo:

— Cuidado com a cabeça aqui, rapazes, eles eram homens bem pequeninos naquele tempo. Bem pequeninos. Assim é Boney o Francês, há muito espírito de luta em seus homens pequeninos.

Eles escalavam degraus de pedra irregulares, alguns tão altos quanto os joelhos de Andrew — de vez em quando ele tinha de rastejar —, dentro do que, até onde ele conseguia imaginar, parecia uma torre sem telhado. Seu pai gritou:

— Estão todos comigo então, todos concordam com a escalada?

E algumas vozes desordenadas responderam. Andrew teve a impressão de que não havia tanta gente os seguindo como havia na rua.

Eles subiram muito acima na escadaria em curva e por fim chegaram a uma rocha nua, um terraço, de onde o terreno descia abruptamente. Agora a chuva tinha parado.

— Ah, pronto — disse o pai de Andrew. — Agora onde foram parar todos os que estavam pisando no nosso calcanhar até chegar aqui?

Um dos homens que acabava de alcançar o degrau superior disse:

— Tem dois ou três deles que saíram para dar uma olhada no Meg.

— Máquinas de guerra — disse o pai de Andrew. — Tudo o que desejam ver são máquinas de guerra. Cuidem para que eles mesmos não se explodam.

— Não têm coragem para os degraus, isso sim — disse outro, que estava ofegando. E o primeiro respondeu, animado:

— Medo de subir o caminho todo até aqui, medo de que estejam fadados a cair.

Um terceiro homem — e isso completava o grupo — chegou cambaleante pelo terraço como se tivesse em mente fazer exatamente isso.

— Onde está então? — gritou. — Chegamos finalmente ao assento de Arthur?

— Ainda não — disse o pai de Andrew. — Olhe além de você.

O sol agora tinha saído, brilhando sobre o enorme amontoado de casas e ruas abaixo deles, e sobre as igrejas cujos pináculos não chegavam tão alto, e sobre algumas pequenas árvores e campos, e depois sobre uma extensão prateada de água. E além uma terra verde-claro e azul-acinzentado, parte banhada de sol e parte na sombra, uma terra tão leve quanto névoa, sugada para o céu.

— Então, eu não falei para você? — disse o pai de Andrew. — América. Mas é só um pouquinho dela, apenas a orla. Lá todo homem está sentado no meio de suas propriedades, e até os mendigos passeiam de carruagem.

— Ora, o mar não parece tão grande quanto eu pensava — disse o homem que havia parado de cambalear. — Não parece que levaria semanas para cruzá-lo.

— É o efeito da altitude em que estamos — disse o homem ao lado do pai de Andrew. — A altitude em que estamos diminui a extensão dele.

— É um dia de sorte para a vista — disse o pai de Andrew. — Muitos dias você pode subir aqui e não ver nada além da névoa.

Ele se voltou e dirigiu-se a Andrew.

— Pronto, meu rapaz, você está aqui e viu a América de cima — disse ele. — Deus permita que um dia você a veja mais de perto e por você mesmo.

Depois disso Andrew esteve uma vez mais no Castelo, com um grupo de rapazes do Ettrick, que queriam todos ver o grande canhão, o Mons Meg. Mas nada parecia estar então no mesmo lugar e ele não conseguiu encontrar a rota que haviam tomado para subir até a rocha. Ele viu dois lugares bloqueados com tábuas que poderiam ser ela. Porém nem tentou espiar através delas — ele não tinha a menor vontade de contar aos outros o que estava procurando. Mesmo quando tinha dez anos de idade ele sabia que os homens que andavam com seu pai estavam bêbados. Se não entendeu que seu pai estava embriagado — devido aos pés firmes e sua determinação, seu comportamento imperioso — ele certamente entendeu que algo não era como devia ser. Ele sabia que não estava olhando para a América, embora tenha acontecido alguns anos antes dele estar bem familiarizado com mapas para saber que ele estivera olhando para o Fife.*

No entanto, ele não sabia se aqueles homens que encontraram na taverna estavam zombando de seu pai, ou se era seu pai pregando neles uma de suas peças.

O velho James, o pai. Andrew. Walter. Sua irmã Mary. Agnes, a mulher de Andrew, e James, filho de Agnes e Andrew, de menos de dois anos de idade.

No porto de Leith, no dia 4 de junho de 1818, subiram a bordo de um navio pela primeira vez em suas vidas.

O velho James dá o fato a conhecer ao oficial do navio que está conferindo os nomes.

—A primeira vez, por Deus, em toda minha longa vida. Nós somos homens do Ettrick. É uma parte do mundo sem acesso ao mar.

O oficial diz uma palavra que lhes é ininteligível mas com um significado simples. Passem adiante. Ele traçou uma linha atraves-

---

* Fife é uma península na costa oriental da Escócia, originalmente parte do Reino Picto e, por isso, conhecida até hoje como *Reino de Fife*. A partir de 1996, com a abolição dos distritos e regiões, Fife tornou-se uma Área de Conselho, uma unidade com poderes próprios similar aos estados no Brasil. [N.E.]

sando seus nomes. Eles passam ou são empurrados adiante, o jovem James montado no quadril de Mary.

— O que é isto? — diz o velho James, referindo-se à multidão no convés. — Onde iremos dormir? De onde veio toda esta chusma? Olhem a cara deles, são os negros da Etiópia?

— Parecem mais negros montanheses — diz seu filho Walter. É uma piada, murmurada para que seu pai não possa ouvir; montanheses são um dos tipos de que o velho desdenha.

— Tem gente demais — continua seu pai. — O navio vai afundar.

— Não — diz Walter, agora falando mais alto. — Navios não costumam afundar por causa de excesso de gente. É por isso que o sujeito estava lá, para contar as pessoas.

Mal haviam embarcado e este fedelho de dezessete anos já assumiu ares de sabedor, passou a contradizer seu pai. Fadiga, espanto e o peso do capote que está usando impedem o velho James de lhe dar um bofetão.

Todas as atividades da vida a bordo já tinham sido explicadas para a família. De fato isso foi explicado pelo próprio velho. Era ele quem sabia tudo sobre mantimentos, acomodações e o tipo de gente que se encontraria a bordo. Todos escoceses e todos pessoas decentes. Nenhum montanhês, nenhum irlandês.

Mas agora ele clama que é como o enxame de abelhas na carcaça do leão.

— Mau sinal, mau sinal. Tomara que já tenhamos saído de nossa terra natal!

— Ainda não saímos — diz Andrew. — Ainda olhamos para Leith. Seria melhor irmos lá embaixo e encontrar um lugar para nós.

Mais lamentação. Os beliches são estreitos, tábuas nuas com colchões de crina de cavalo duros e espinhosos.

— Melhor que nada — diz Andrew.

— Ah, se isto tivesse passado por minha cabeça, nos trazer aqui, sobre este túmulo flutuante.

"Ninguém o fará calar?", pensa Agnes. "É desse jeito que ele ficará, falando sem parar, como um pregador ou um lunático, quando o ataque o pegar." Ela não suporta isto. Ela própria está em uma agonia maior do que ele talvez nunca chegue a saber.

— Bem, vamos ficar por aqui ou não? — diz ela.

Alguns penduraram seus mantos ou xales para produzir um espaço semirreservado para suas famílias. Ela vai em frente e tira seus agasalhos para fazer o mesmo.

A criança está dando cambalhotas em sua barriga. O rosto dela está quente como brasa e suas pernas latejam e a carne inchada entre elas — os lábios que a criança logo afastará para sair — é um saco escaldante de dor. A mãe dela teria sabido o que fazer a respeito, ela saberia que folhas macerar para fazer um emplastro balsâmico.

Ao pensar em sua mãe, ela é vencida por tamanho desconsolo que deseja chutar alguém.

Andrew dobra seu manto para fazer um assento confortável para seu pai. O velho se acomoda, gemendo, e ergue suas mãos até o rosto, de sorte que sua fala tem um som oco.

— Eu não vou ver mais nada. Não darei ouvidos a essas vozes que gritam ou a essas línguas satânicas. Não engolirei nenhum pedaço de carne ou comida até que eu veja a costa da América.

"Menos ainda para o resto de nós", Agnes sente vontade de dizer.

Por que Andrew não fala claramente com seu pai, lembrando-lhe de quem foi a ideia, quem foi que arengou e tomou empréstimo e implorou para trazê-los onde agora estão? Andrew não fará isso, Walter vai só brincar e quanto a Mary, ela mal consegue tirar a voz da garganta na presença de seu pai.

Agnes vem de uma grande família de tecelões de Hawick, que hoje trabalham nos moinhos, mas que durante gerações trabalharam em casa. E trabalhando lá aprenderam todas as artes de colocar o outro no devido lugar, de entrar em contenda e sobreviver em proximidade. Ela ainda se surpreende com os modos rígidos, a deferência e os silêncios na família de seu marido. Desde o início ela achou que eram um tipo esquisito de pessoa e ainda pensa assim. Eles são tão pobres quanto sua própria gente, mas têm a si mesmos em tão alta conta! E o que eles têm para respaldar isso? O velho durante anos foi um prodígio na taverna, e seu primo é um poeta de meia-pataca que teve de dar no pé para Nithsdale quando ninguém confiava nele para cuidar de ovelhas no Ettrick. Eles foram todos criados por três tias bruxas que tinham tanto pavor de homens que corriam e se escondiam no redil das ovelhas se alguém que não os de sua própria família estivesse chegando pela estrada.

Como se não fossem os homens que deviam fugir delas.

Walter volta após carregar os fardos mais pesados para um patamar mais baixo do navio.

— Vocês nunca viram tamanha montanha de caixas e baús e sacos de comida e batatas — diz ele, entusiasmado. — A gente tem de subir por cima deles para chegar ao cano d'água. Não há como não derramar a água no caminho de volta e os sacos vão ficar todos molhados e as coisas vão apodrecer.

— Eles não deviam ter trazido tudo aquilo — diz Andrew. — Eles não prometeram nos alimentar quando pagamos nossa parte?

— Sim — diz o velho. — Mas será comida boa?

— Então ainda bem que eu trouxe meus bolos — diz Walter, que ainda está com humor para fazer piada com tudo. Ele bate o pé na bem guardada caixa de metal cheia de bolos de aveia que suas tias lhe deram como um presente particular porque ele era o mais jovem e elas ainda pensavam nele como o órfão de mãe.

— Quero ver se você vai continuar alegre quando passarmos fome — diz Agnes.

Walter é uma peste para ela, quase tanto quanto o velho. Ela sabe que provavelmente não há nenhuma chance de que passem fome, porque Andrew parece impaciente, mas não ansioso. É preciso muito para deixar Andrew ansioso. Por certo não está ansioso por ela, já que pensou primeiro em arranjar um assento confortável para seu pai.

Mary levou o jovem James de volta para o convés. Ela sabia que ele estava alarmado lá embaixo na semiescuridão. Ele não precisa choramingar ou reclamar — ela conhece seus sentimentos pelo jeito como ele enfia nela os seus pequenos joelhos.

As velas se enfunam tesas.

— Olha lá em cima, olha lá em cima — diz Mary, e aponta para um marinheiro que está ocupado no alto do mastro. O menino em seu quadril faz seu som para passarinho. — Marujo-piu, marujo-piu — ela diz. Ela diz a palavra certa para *marinheiro* mas a palavra dele para *passarinho*. Ela e ele se comunicam em uma linguagem meio a meio — metade ensino dela e metade invenção dele. Ela acredita que ele é uma das crianças mais espertas já nascidas no mundo. Sendo a primogênita de sua família, e a única menina, ela cuidou de todos os seus irmãos, e se orgulhava de todos eles ao mesmo tempo, mas nunca conhecera uma criança como esta. Ninguém faz a menor ideia do quanto ele é original e independente e inteligente. Homens não possuem o menor interesse em crianças tão novas, e sua mãe, Agnes, não tem paciência com ele.

— Fale como gente — diz Agnes para ele, e se ele não falar, ela pode lhe dar um cascudo. — O que você é? — ela diz. — Você é gente ou um elfo?

Mary se incomoda com o gênio de Agnes, mas de certo modo não a culpa. Ela acha que mulheres como Agnes — mulheres de homens, mulheres mães — levam uma vida apavorante. Primeiro com o que os homens fazem com elas — mesmo um homem tão bom como Andrew — e depois o que os filhos fazem, ao sair. Ela nunca esquecerá sua própria mãe, que caiu de cama enlouquecida com a febre, sem conhecer nenhum deles, até que ela morreu, três dias depois que Walter nasceu. Ela gritara diante da caçarola preta pendurada sobre o fogo, pensando que esta estivesse cheia de demônios.

Seus irmãos chamam Mary de *Pobre Mary*, e de fato a magreza e timidez de várias mulheres em sua família fez essa palavra ficar anexada aos nomes que elas recebiam no batismo — nomes que eram alterados para algo menos significativo e gracioso. Isabel se tornou Pobre Tibbie; Margaret, Pobre Maggie; Jane, Pobre Jennie. As pessoas em Ettrick diziam que era um fato que a beleza e a altura iam para os homens.

Mary tem menos de um metro e cinquenta de altura e um rosto pequeno e comprimido com um queixo proeminente, e uma pele que é vítima de erupções ígneas que levam muito tempo para desaparecer. Quando se fala com ela, sua boca se contorce como se as palavras estivessem todas misturadas com a saliva e seus dentinhos tortos, e a resposta que ela consegue dar é uma fala gotejada tão lânguida e embaralhada que é difícil não a achar tacanha. Ela tem grande dificuldade de olhar qualquer um no rosto — até os membros de sua própria família. É só quando ela engancha o menino no lado estreito de seu quadril que é capaz de alguma fala coerente e decisiva — e isso se deve principalmente a ele.

Alguém diz algo para ela agora. É uma pessoa quase tão pequena quanto ela — um homenzinho moreno, um marinheiro, com costeletas grisalhas e sem nenhum dente. Ele está olhando diretamente para ela e depois para o jovem James e de volta para ela novamente — bem no meio da multidão que empurra ou perambula, perplexa ou inquisitiva. Em princípio ela julga que ele está falando um idioma estrangeiro, mas depois entende a palavra *vaca*. Ela se vê respondendo com a mesma palavra, e ele ri e agita os braços, apontando para algum lugar mais distante atrás do navio, depois aponta para James e ri novamente. Algo que ela devia levar James para ver. Ela precisa dizer "Sim. Sim", para que ele pare de tagarelar, e depois se afasta naquela direção para que ele não fique desapontado.

Ela se pergunta de que parte do país ou do mundo ele poderia ter vindo, depois percebe que é a primeira vez em sua vida que ela falou com um estranho. E exceto pela dificuldade de entender o que ele estava dizendo, ela deu conta disso com mais facilidade do que quando tinha de falar com um vizinho no Ettrick, ou com seu pai.

Ela ouve o mugido da vaca antes de conseguir avistá-la. A pressão das pessoas aumenta ao redor dela e de James, forma uma parede em sua frente e a espreme por detrás. Então ela ouve o mugido no céu e olhando para cima vê o animal marrom oscilando no ar, todo preso em cordas e escoiceando e rugindo freneticamente. A vaca está segura por um gancho em um guindaste, que agora a iça para longe da vista. As pessoas ao redor dela estão apupando e batendo palmas. A voz de um menino brada na língua que ela entende, querendo saber se a vaca será largada no mar. Uma voz de homem diz a ele que não, ela irá com eles no navio.

— Então eles vão tirar leite dela?

— Sim. Fique quieto. Eles vão ordenhá-la — diz o homem, repreendendo-o.

E a voz de outro homem se eleva ruidosamente sobre a sua.

— Eles a ordenharão até que levem o martelo para ela, e aí você vai comer chouriço no jantar.

Seguem-se então as galinhas balançando pelo ar nos engradados, todas gritando e se agitando em sua prisão e bicando umas às outras quando podem, de maneira que algumas penas escapam e descem flutuando pelo ar. E depois delas um porco atado em cordas como a vaca, guinchando com uma nota humana em sua angústia e cagando descontroladamente no ar, de maneira que se elevam abaixo tanto uivos de indignação como de divertimento, dependendo de se procederem dos que são atingidos ou dos que veem outros serem atingidos.

James está rindo também, ele reconhece merda, e grita sua própria palavra para isso, que é *gruggin*.

Pode ser que algum dia ele se lembre disso. *Eu vi uma vaca e um porco voarem pelo ar.* Depois ele pode se perguntar se foi um sonho. E ninguém estará por perto — ela certamente não estará — para dizer que não foi um sonho, aconteceu neste navio. Ele saberá que uma vez esteve em um navio porque lhe contarão isso, mas é possível que ele nunca veja um navio como este novamente em toda a sua vida de vigília. Ela não tem a menor ideia de onde irão quando chegarem à outra orla, mas imagina que será algum lugar no interior, entre as colinas, algum lugar como o Ettrick.

Ela não acha que viverá muito tempo, seja lá para onde forem. Ela tosse tanto no verão como no inverno e quando tosse seu peito dói. Ela sofre de conjuntivites, e câimbras no estômago, e sua menstruação vem raramente mas, quando vem, pode durar um mês. Ela espera, contudo, não morrer enquanto James ainda tiver tamanho para montar em seu quadril ou ainda precisar dela, o que acontecerá durante algum tempo. Ela sabe que virá o momento em que ele se afastará como seus irmãos o fizeram, quando ele sentirá vergonha de seus laços com ela. É isso que ela diz a si mesma que acontecerá, mas como todo apaixonado ela não pode acreditar nisso.

Em uma viagem para Peebles antes de saírem de casa, Walter comprou um caderno para escrever, mas durante vários dias ele encontrou coisas demais a que prestar atenção, e muito pouco espaço ou silêncio no convés para sequer abri-lo. Ele tem também um tinteiro, guardado em uma bolsa de couro e amarrado em seu peito com uma correia sob a camisa. Era esse o artifício usado por seu primo, Jamie Hogg, o poeta, quando ele estava nos ermos de Nithsdale, guardando as ovelhas. Quando uma rima ocorria a Jamie, ele tirava um pedaço de papel do bolso de seus calções e destampava a tinta que o calor de seu coração impedia de congelar e a escrevia, onde quer que estivesse ou fizesse o tempo que fosse.

Ou assim ele dizia. E Walter havia pensado em colocar o método à prova. Mas podia ter sido mais fácil no meio de ovelhas que no meio de gente. Também o vento pode certamente soprar mais forte sobre o mar que em Nithsdale. E claro que é essencial para ele se afastar das vistas de sua própria família. Andrew poderia zombar ligeiramente dele, mas Agnes o faria de modo descarado, furiosa como ficava com a ideia de alguém fazendo alguma coisa que ela não desejava fazer. Mary, claro, nunca diria uma palavra, mas o menino em seu quadril que ela idolatrava e mimava estaria todo disposto a agarrar e destruir tanto a caneta quanto o papel. E não havia como saber que interferência poderia vir de seu pai.

Agora, depois de certa investigação em torno do convés, ele encontrou um local favorável. A capa de seu livro é dura, ele não tem necessidade de uma mesa. E a tinta aquecida em seu peito flui tão solta quanto sangue.

> Embarcamos no dia 4 de junho e passamos os dias 5, 6, 7 e 8 no ancoradouro de Leith, colocando o navio onde pudéssemos içar velas, o que aconteceu no dia 9. Passamos pela curva de Fifeshire, todos bem, nada ocorrendo que valha a pena mencionar, até este dia, 13, de manhã, quando fomos despertados por um grito, a casa de John O'Groats. Pudemos vê-la claramente e velejamos muito bem através do estuário de Pentland tendo vento e maré a nosso favor sem perigo nenhum, conforme ouvimos dizer. Ali uma criança tinha morrido, de nome Ormiston, e seu corpo foi lançado pela borda costurado em um pedaço de lona com um grande torrão de carvão em seus pés...

Ele faz uma pausa em sua escrita para pensar sobre o pesado saco caindo dentro d'água. A água se torna mais e mais escura com a superfície bem acima da cabeça cintilando um pouco como o céu noturno. O pedaço de carvão faria seu trabalho, e o saco, ele cairia diretamente até o fundo do mar? Ou a corrente marinha seria forte o bastante para continuar erguendo-o e deixando-o cair, empurrando-o para o lado, levando-o até a Groenlândia ou ao sul para as águas tropicais cheias de ervas fétidas, o mar dos Sargaços? Ou algum peixe feroz poderia vir e rasgar o saco e fazer uma refeição com o corpo antes mesmo que deixasse as águas superficiais e a zona de luz.

Ele viu desenhos de peixes tão grandes quanto cavalos, peixes com chifres também, e grande número de dentes, cada um como a faca de um esfolador. Também alguns suaves e sorridentes, e perversamente provocantes, tendo seios de mulher mas não as demais partes a que a visão dos seios leva um homem a pensar. Tudo isso em um livro de histórias e gravuras que ele retirou da biblioteca circulante de Peebles.

Esses pensamentos não o afligem. Ele sempre se põe a pensar claramente e se possível imaginar com precisão as coisas mais desagradáveis ou chocantes, de modo a reduzir seu poder sobre ele. Tal como ele agora imagina, a criança está sendo devorada. Não engolida inteira, como no caso de Jonas, mas mastigada aos pedaços, como ele próprio mastigaria um pedaço saboroso de um cozido de carneiro. Mas há a questão da alma. A alma deixa o corpo no momento da morte. Mas de que parte do corpo ela sai, qual sua localização corporal específica? O melhor palpite parece ser que ela emerge com o último suspiro, tendo ficado oculta em algum lugar no peito em torno do coração e dos pulmões. Entretanto Walter ouviu uma piada que costumavam contar sobre um velho no Ettrick, que estava tão sujo que quando morreu sua alma saiu por seu ânus, e ouviu-se quando o fez, com uma poderosa explosão.

Esse é o tipo de informação que seria de esperar que os pregadores nos dessem — claro que sem mencionar nada sobre um ânus, mas explicando algo da localização e saída adequada da alma. Mas eles evitam fazer isso. Também não conseguem explicar — ou ele nunca ouviu alguém explicar — como as almas se mantêm fora do corpo até o Dia do Juízo, e como nesse dia cada uma encontra e reconhece o corpo que é o seu e se reúne com ele, embora nesse momento ele não seja mais que um esqueleto. *Embora ele seja pó.* Deve haver alguém que tenha estudado o bastante para saber como tudo isso acontece. Mas há também alguns — ele descobriu isso recentemente — que estudaram, leram e refletiram até chegarem à conclusão de que não existe alma nenhuma. Ninguém se importa tampouco em falar sobre essas pessoas, e de fato pensar nelas é terrível. Como podem viver com o medo — na verdade, a certeza — do Inferno diante delas?

Havia um homem, como aquele que veio de Berwick, chamado de Davey Gordo porque era tão gordo que a mesa teve de ser recortada para que ele pudesse sentar-se diante de sua comida. E quando ele morreu em Edimburgo, onde ele era especialista de alguma coisa, as pessoas ficaram na rua do lado de fora de sua casa esperando para ver se o Diabo viria reclamar seus direitos sobre ele. Um sermão fora proferido sobre isso em Ettrick, afirmando que, até onde Walter o conseguiu entender, o Diabo não participava de exibições dessa ordem e apenas gente supersticiosa, vulgar e católica poderia esperar isso dele, mas que seu abraço contudo era muito mais horrível e os tormentos que o acompanhavam mais sutis do que tais mentes podiam imaginar.

No terceiro dia a bordo o velho James se levantou e começou a passear pelo navio. Agora ele passeia o tempo todo. Ele para e fala com qualquer um que pareça disposto a escutar. Ele diz seu nome, e diz que vem do Ettrick, do vale e floresta de Ettrick, onde os velhos reis da Escócia costumavam caçar.

— E no campo em Flodden — diz ele —, depois da batalha de Flodden, eles diziam que se podia andar entre os cadáveres e identificar os homens do Ettrick, porque eles eram os mais altos, os mais fortes e mais bonitos no chão. Eu tenho cinco filhos e eles são todos rapazes bons e fortes, mas apenas dois deles estão comigo. Um de meus filhos está na Nova Escócia, ele é o único com meu próprio nome e a última coisa que ouvi falar dele foi que estava em um lugar chamado Economy, mas depois disso não tivemos nenhuma notícia dele, e não sei se está vivo ou morto. Meu primogênito partiu para trabalhar nas Terras Altas, e o filho que é próximo ao mais novo botou na cabeça de ir para lá também, e eu nunca verei nenhum deles novamente. Cinco filhos e pela graça de Deus todos se tornaram homens feitos, mas não era vontade do Senhor que eu os mantivesse comigo. A mãe deles morreu depois que o último nasceu. Ela apanhou uma febre e nunca mais se levantou da cama depois de ter lhe dado à luz. A vida de um homem é cheia de tristeza. Tenho uma filha também, a mais velha deles todos, mas ela é quase uma anã. A mãe foi perseguida por um carneiro quando a estava gestando. Tenho três velhas irmãs que são a mesma coisa, todas anãs.

Sua voz se eleva acima de toda a algaravia da atividade a bordo e seus filhos se desviam por alguma outra direção em terrível embaraço, sempre que a ouvem.

Na tarde do décimo quarto dia chegou um vento do Norte e o navio começou a agitar-se como se cada tábua dele fosse soltar-se de todas as outras. Os baldes transbordavam com o vômito das pessoas que enjoavam e seu conteúdo deslizava por toda parte do convés. Ordenou-se que todos descessem mas muitos se debruçavam contra a balaustrada e não se importavam se fossem carregados pelas águas. Ninguém de nossa família, porém, estava mareado e agora o vento parara e o sol saíra e os que pouco antes não se importavam de morrer na sujeira se levantaram e se arrastaram para serem lavados onde os marinheiros estão jogando baldes d'água sobre os conveses. As mulheres estão ocupadas também, lavando e enxaguando e torcendo toda a roupa suja. É o pior sofrimento e a recuperação mais imediata que já vi em toda a minha vida...

Uma menina de dez ou doze anos de idade observa Walter escrever. Ela usa um elegante vestido, gorro e tem o cabelo castanho-claro encaracolado. O rosto é menos bonito que atrevido.

— Você é de uma das cabines? — diz ela.

Walter diz:

— Não. Não sou.

— Eu sabia que você não era. Tem só quatro delas e uma é para meu pai e eu, uma é para o capitão e sua mãe, e ela nunca sai, e outra é para as duas senhoras. Você não deve ficar nesta parte do convés a menos que esteja em uma das cabines.

— Bem, eu não sabia disto — diz Walter, mas não faz nenhum gesto de sair.

— Eu vi você antes escrevendo em seu caderno.

— Eu não vi você.

— Não. Você estava escrevendo, então não notou.

— Bem — disse Walter. — Agora eu já acabei mesmo.

— Eu não disse a ninguém sobre você — diz ela despreocupada, como se isso fosse uma questão de escolha, e ela também pudesse mudar de ideia.

E naquele mesmo dia, mas cerca de uma hora depois, ouve-se um grande grito do lado do porto de que há uma última vista da Escócia. Walter e Andrew vão até lá para ver, e Mary com o jovem James em seu quadril e muitos outros. O velho James e Agnes não vão — ela porque agora se opõe a se mover para qualquer parte, e ele por perversidade. Seus filhos insistiram para que ele fosse, mas ele disse:

— Isso não é nada para mim. Eu vi a última vista do Ettrick, por isso já vi a última da Escócia.

Descobre-se que o grito para dizer adeus foi prematuro — uma margem cinza de terra permanecerá estacionada por horas ainda. Muitos ficarão cansados de olhar para ela — é apenas terra, como qualquer outra — mas alguns ficarão na balaustrada até que o último fiapo dela desapareça, com a luz do dia.

— Você devia ir e dizer adeus a sua terra natal e o último adeus a sua mãe e seu pai, pois não irá vê-los novamente — diz o velho James para Agnes. — E há coisa pior ainda que você terá de suportar. Sim, por certo há. Você tem a maldição de Eva. — Ele diz isso com o tempero evasivo de um pastor e Agnes num sussurro o chama de velho ranheta, mas ela mal tem energia sequer para fazer cara feia.

Velho ranheta. Você e sua terra natal.

Walter escreve por fim uma única sentença.

E nesta noite do ano de 1818 perdemos a Escócia de vista.

As palavras lhe parecem majestosas. Ele se enche de uma sensação de grandeza, solenidade e importância pessoal.

O décimo sexto dia foi de muita ventania, com o vento vindo de so, o mar estava se elevando muito e o navio teve sua verga da vela quebrada por causa da violência do vento. E nesse dia nossa irmã Agnes foi levada para a cabine.

Irmã, escreveu ele, como se ela fosse o mesmo que a pobre Mary para ele, mas não era bem assim. Agnes é uma mulher alta, de compleição forte, com espessos cabelos escuros e olhos negros. O rubor em uma de suas faces desliza num grande borrão marrom-claro do tamanho de uma mão. É uma marca de nascença, que as pessoas lamentam, porque se não existisse ela seria bonita. Walter mal consegue olhar para a marca, mas não porque seja feia. É porque ele anseia tocá-la, acariciá-la com a ponta dos dedos. Não parece pele comum mas sim o aveludado de um cervo. Seus sentimentos por Agnes são tão perturbadores que quando consegue falar com ela é só de modo desagradável. E ela lhe retribui com um bom tempero de desprezo.

* * *

Agnes acha que está na água e as ondas a estão erguendo para o alto e a derrubando com força. Cada vez que as ondas a derrubam é pior e ela mergulha mais e mais fundo, com o momento de alívio passando antes que ela possa agarrá-lo, pois a onda já está juntando forças para atingi-la novamente.

Outras vezes ela sabe que está numa cama, uma cama estranha e curiosamente macia, mas então é ainda pior, pois quando ela afunda não há resistência, nenhum lugar firme onde a dor possa parar. E aqui ou na água as pessoas continuam correndo pra lá e pra cá na frente dela. Elas são todas vistas lateralmente e todas transparentes, falando muito depressa para que ela não possa entendê-las e maldosamente não lhe dando a menor atenção. Ela vê Andrew no meio delas, e dois ou três de seus irmãos. Ela sabe que algumas das meninas também estão ali — as amigas com quem ela costumava se divertir em Hawick. E elas não olham para ela nem dão a mínima para o apuro em que ela agora está.

Grita com eles para afastá-los mas ninguém presta a menor atenção e ela vê mais deles passando direto pela parede. Nunca percebera antes que tinha tantos inimigos. Eles a estão moendo e fingindo que nem sabem disso. Seu movimento a está moendo até a morte.

Sua mãe se curva sobre ela e diz em uma voz arrastada, fria, afetada: "A minha menina não está se esforçando. Você precisa fazer mais força". Sua mãe está toda bem-vestida e falando bonito, como uma dama de Edimburgo.

Um troço ruim é despejado em sua boca. Ela tenta cuspir, sabendo que é veneno.

"Eu vou levantar e dar o fora", pensa. Começa a tentar se soltar de seu corpo, como se ele fosse um monte de trapos em chamas.

Uma voz de homem é ouvida, ordenando alguma coisa.

— Segura ela — diz ele e ela é repartida e estirada bem aberta para o mundo e o fogo.

— Ah-ah-ahhh — diz a voz do homem, arquejando como se tivesse chegado de uma corrida.

Então uma vaca que é muito pesada, berrando cheia de leite, para nas patas da frente e se senta sobre a barriga de Agnes.

— Agora. Agora — diz a voz do homem, e ele geme no fim de suas forças enquanto tenta arrancá-la dali.

Idiotas. Idiotas, por que a deixaram entrar?

Ela não melhorou até o décimo oitavo dia quando deu à luz uma menina. Ter um cirurgião a bordo de nada adiantou. Nada aconteceu até o vigésimo segundo dia, que foi o mais duro que havíamos passado até então. A verga da vela partiu-se uma segunda vez. Nada digno de nota aconteceu. Agnes estava se recuperando de modo normal até que no vigésimo nono dia vimos um grande cardume de golfinhos e no trigésimo (ontem) havia um mar muito bravo com o vento soprando do oeste e íamos mais para trás que para a frente...

— No Ettrick há o que chamam a casa mais alta da Escócia — diz James —, e a casa em que meu avô morava era mais alta que aquela. O nome do lugar é Phauhope, eles o chamam de Phaup, meu avô era Will de Phaup e cinquenta anos atrás você teria ouvido falar dele se você fosse de algum lugar ao sul do Forth e ao norte das Terras Litigiosas.

"A menos que se tapem os ouvidos, o que se pode fazer senão escutar?", pensa Walter. Existem pessoas que praguejam por ver o velho chegando, mas parece haver outros que ficam contentes com qualquer distração.

Ele fala sobre Will e suas corridas, e as apostas nele, e ainda outra tolice maior que Walter não consegue aguentar.

— E ele se casou com uma mulher chamada Bessie Scott e um de seus filhos foi chamado Robert e esse mesmo Robert era meu pai. Meu pai. E eu estou aqui na frente de vocês. Com um único salto Will conseguia atravessar o rio Ettrick, e o local está marcado.

* * *

Nos dois ou três primeiros dias o jovem James se recusa a ser desatado do quadril de Mary. Ele é até bastante corajoso, mas só se puder ficar ali. De noite ele dorme no manto dela, encolhido a seu lado, e ela acorda com dores no lado esquerdo porque se deita rígida a noite toda para não incomodá-lo. Então, logo de manhã ele está no chão, correndo e chutando-a se ela tenta erguê-lo de volta para a cama.

Tudo no navio clama por sua atenção. Mesmo à noite ele tenta passar por cima dela e fugir para a escuridão. Por isso, ela se levanta com dores não só por sua posição rígida mas por não dormir direito. Uma noite ela cai no sono e o menino consegue se soltar, mas por sorte tropeça contra o corpo de seu pai na tentativa de fuga. Daí em diante Andrew insiste em que toda noite ele fique amarrado. Claro que ele uiva, e Andrew o sacode e esbofeteia e então ele soluça até dormir. Mary se deita ao seu lado explicando-lhe suavemente que isso é necessário para que ele não caia do navio no oceano, mas nessas horas ele a considera uma inimiga e se ela leva a mão para acariciar sua face ele tenta mordê-la com seus dentes de bebê. Toda noite ele vai dormir furioso, mas de manhã quando ela o desamarra, ainda semiadormecido e cheio de sua doçura infantil, ele se agarra a ela sonolento e ela é inundada de amor.

A verdade é que ela ama até seus uivos e fúrias e seus pontapés e mordidas. Ela ama sua sujeira e seus cheiros azedos, bem como os frescos. À medida que a sonolência o deixa, seus olhos azuis claros, olhando para os dela, se enchem de uma maravilhosa inteligência e uma vontade imperiosa, que a ela parecem vir direto do Céu. (Embora sua religião sempre a tenha ensinado que a vontade própria venha da direção contrária.) Ela amava seus irmãos também quando eles eram novos e indóceis e era preciso cuidar para que não caíssem no fogo, mas seguramente não com tanta paixão quanto ela ama James.

Mas um dia ele desaparece. Ela está na fila para se lavar e quando se vira ele não está ao seu lado. Ela acabou de falar alguma coisa com a mulher à sua frente, respondendo uma pergunta sobre Agnes e o bebê, acabou de dizer seu nome — Isabel — e nesse momento ele deu o fora. Quando ela dizia o nome, Isabel, sentiu um surpreendente desejo de segurar aquele novo pacotinho, sumamente leve, e quando abandona seu lugar na fila e corre os olhos para avistar James parece-lhe que ele sentira sua deslealdade e desapareceu para puni-la.

Em um instante tudo é anulado. A natureza do mundo é alterada. Ela corre de um lado para o outro, gritando o nome de James. Tropeça em estranhos, marinheiros que riem dela quando ela lhes implora:

— Você viu um menininho, você viu um menininho deste tamanho? Ele tem olhos azuis...

— Eu vi uns cinquenta ou sessenta deles assim nos últimos cinco minutos — diz-lhe um homem.

Uma mulher tentando ser gentil diz que ele vai aparecer, Mary não deve se preocupar, ele deve estar brincando com outras crianças. Algumas mulheres até olham em volta como se a ajudassem a procurar, mas claro que elas não podem, elas têm suas próprias responsabilidades.

Isto é o que Mary claramente vê, nesses momentos de angústia — que o mundo que se transformou em um horror para ela ainda é o mesmo mundo de sempre apesar de todas essas outras pessoas e assim continuará mesmo que James tenha realmente desaparecido, mesmo que ele tenha se metido pelas balaustradas do navio — ela notou, por toda parte, os lugares em que isso podia ser possível — e tenha sido tragado pelo oceano.

O acontecimento mais brutal e inconcebível de todos, para ela, podia parecer à maioria dos demais como uma desventura triste mas não extraordinária. Não seria inconcebível para eles.

Ou para Deus. Pois, de fato, quando Deus faz alguma criança rara e de uma beleza extraordinária, não fica particularmente tentado a tomar Sua criatura de volta, como se o mundo não a merecesse? Mas ela está rezando para Ele, o tempo todo. Em princípio ela apenas evocou o nome do Senhor. Mas à medida que sua busca se torna mais específica e de certo modo mais bizarra — ela está espiando sob os varais de roupas que as pessoas fizeram para obter privacidade, ela não pensa duas vezes para interromper as pessoas em qualquer atividade, ela vira as tampas de suas caixas e arranca as roupas de cama, sem sequer ouvi-las quando praguejam contra ela — suas orações também se tornam mais complicadas e audaciosas. Ela busca algo para oferecer, algo que possa pagar o preço para que James lhe seja restaurado. Mas o que ela tem? Nada de seu — nem saúde nem futuro nem a consideração de alguém. Não há nenhum amuleto ou mesmo uma esperança que ela possa oferecer. O que ela tem é James.

E como ela pode oferecer James em troca de James?

Isao é o que está martelando em sua cabeça.

Mas que tal seu amor por James? Seu amor extremo e talvez idólatra, talvez perverso, por outra criatura. Ela abrirá mão disso, ela abrirá mão com alegria, se pelo menos ele não tiver desaparecido, se pelo menos ele puder ser encontrado. Se pelo menos não estiver morto.

Ela se lembra de tudo isso, uma ou duas horas depois que alguém notou o menino espiar de sob um balde vazio, escutando o alvoroço. E ela imediatamente se retratou de sua promessa. Agarrou-o em seus braços e o apertou contra si e tomou fôlegos profundos e queixosos, enquanto ele lutava para se soltar.

Sua compreensão de Deus é rasteira e instável e a verdade é que exceto por um momento de terror como o que ela acabou de experimentar, ela realmente não se importa. Sempre achou que Deus ou mesmo a ideia de Deus estava mais distante dela que das outras pessoas. Também não teme Seus castigos depois da morte como deveria nem mesmo sabe por quê. Existe uma teimosa indiferença em seu espírito que ninguém conhece. De fato, todos podem pensar que ela secretamente se apega à religião porque dispõe de muito pouco além disso. Estão totalmente enganados, e agora que tem James de volta ela não agradece a ninguém, mas pensa o quanto foi tola e que não poderia desistir de seu amor por ele como não poderia impedir seu coração de bater.

Depois disso, Andrew insiste que James seja amarrado não só à noite mas ao pé do beliche ou a seu próprio varal de roupas no convés durante o dia. Mary deseja que ele seja amarrado a si, mas Andrew diz que um menino assim a chutaria até acabar com ela. Andrew o surrou pela travessura que ele fez, mas a expressão nos olhos de James diz que suas travessuras não terminaram.

Aquela escalada em Edimburgo, aquela vista até o outro lado da água, foi algo que Andrew sequer mencionou a seus próprios irmãos — a América já era uma questão delicada o bastante. O irmão mais velho, Robert, partiu para as terras altas assim que ficou adulto, saindo de casa sem se despedir, em uma noite em que seu pai estava na estalagem de Tibbie Shiel. Deixou claro que estava fazendo isso a fim de não ter de entrar em nenhuma expedição que seu pai pudesse ter em mente. Depois, o irmão James partira perversamente para a América por sua própria conta, dizendo que se pelo menos ele fizesse isso, poderia poupar a si mesmo de ouvir falar mais a respeito. E finalmente Will, mais jovem que Andrew mas sempre o mais contrário e mais amargamente oposto ao pai, também fugira, para se juntar a Robert. Isso deixou apenas Walt, que era ainda infantil o bastante para ficar pensando em aventuras — ele crescera alardeando sobre como iria combater os franceses, por isso talvez agora pensasse que iria lutar contra os índios.

E aí vinha o próprio Andrew, que desde aquele dia no rochedo tinha por seu pai um senso profundo e perplexo de responsabilidade, quase como aflição.

Entretanto, Andrew sente uma responsabilidade para com todos em sua família. Por sua jovem esposa quase sempre mal-humorada, a quem ele mais uma vez trouxe para uma situação de perigo; pelos irmãos distantes e pelo irmão a seu lado; por sua lastimável irmã e seu filho descuidado. Esse é seu fardo — nunca lhe ocorre chamar isso de amor.

Agnes continua pedindo sal, até que eles começam a recear que ela irá se esfalfar em uma febre. As duas mulheres que cuidam dela são passageiras de cabine, damas de Edimburgo, que assumiram o encargo por caridade.

— Você vai ficar quieta agora — dizem a ela. — Você não faz ideia da moça de sorte que é por termos o sr. Suter a bordo.

Eles dizem a ela que o bebê estava virado do modo errado dentro dela, e estavam todos com medo que o sr. Suter tivesse de cortá-la, e isso poderia ser o seu fim. Mas ele conseguiu virá-lo para que pudesse lutar para sair.

— Eu preciso de sal para o meu leite — diz Agnes, que não permitirá que elas a coloquem em seu lugar com aquelas repreensões e conversa de Edimburgo. São realmente idiotas. Ela precisa dizer a elas que é preciso pôr um pouco de sal no primeiro leite do bebê, apenas coloque alguns grãos no dedo e esprema uma gota ou duas de leite em cima e deixe a criança engolir antes de lhe dar o peito. Sem essa precaução há uma boa chance de que ela cresça imbecil.

— Ela é mesmo cristã? — diz uma delas para a outra.

— Sou tanto quanto você — diz Agnes. Mas para sua própria surpresa e vergonha ela começa a lamentar em voz alta, e o bebê uiva com ela, por condolência ou por fome. E mesmo assim ela se recusa a alimentá-lo.

O sr. Suter entra para ver como ela está. Ele pergunta a razão de todo o pesar, e elas lhe dizem qual é o problema.

— Um recém-nascido deve ter sal no estômago... de onde ela tirou essa ideia?

— Dê a ela o sal — ele diz. E fica para vê-la espremer o leite em seu dedo salgado, levar o dedo aos lábios do bebê, e depois lhe dar o mamilo.

Ele pergunta a ela qual a razão e ela lhe diz:

— E isto funciona sempre?

Ela diz a ele, um pouco surpresa por ele ser tão estúpido quanto elas, embora mais gentil, que isso funciona sem falha.

— De onde você vem todos já trazem essa perspicácia? E todas as meninas são fortes e bonitas como você?

Ela diz que isso ela não sabe.

Às vezes rapazes visitantes, educados e da cidade, costumavam abordar a ela e a suas amigas, elogiando-as e tentando puxar conversa, e ela sempre achou que toda garota que permitia isso era tola, ainda que o sujeito fosse bonito. O sr. Suter está longe de ser bonito — ele é muito magro, e seu rosto é cheio de pústulas, de maneira que em princípio ela o tomou por um sujeito velho. Mas ele tem uma voz amável, e se ele estiver gracejando um pouco com ela, não pode haver nenhum mal nisto. Nenhum homem teria vitalidade o bastante para lidar com uma mulher depois de olhar para elas todas abertas, as partes cruas expostas ao ar.

— Você sente dor? — diz ele, e ela acredita que há uma sombra em suas faces danificadas, um leve rubor aflorando. Ela diz que não está nada pior do que tem de estar, e ele assente com a cabeça, apanha seu pulso e se curva sobre ele, premendo-o com força.

— Forte como um cavalo de corrida — diz ele, com as mãos ainda paradas acima dela, como se não soubesse onde baixá-las depois. Então ele decide afastar os cabelos dela e pressiona os dedos em suas têmporas, bem como atrás de suas orelhas.

Ela recordará esse toque, essa pressão curiosa, gentil e formigante, com uma mistura adicional de escárnio e desejo, por muitos anos por vir.

— Ótimo — diz ele. — Nenhum sinal de febre.

Ele observa, por um momento, a criança sugando.

— Tudo está bem com você agora — diz ele, com um suspiro. — Você tem uma ótima filha e ela poderá dizer a vida toda que nasceu no mar.

Andrew chega mais tarde e se posta ao pé da cama. Ele nunca olhou para Agnes numa cama como esta (uma cama normal embora aparafusada à parede). Ele está vermelho de vergonha na frente das senhoras, que trouxeram a bacia para lavá-la.

— É ela, é? — diz ele, com um aceno de cabeça, não um olhar, para o fardo ao lado dela.

Ela ri, envergonhada, e pergunta o que ele achava que fosse? Isso é tudo o que é preciso para derrubá-lo de seu poleiro instável, destruir sua presunção de estar tranquilo. Agora ele se endurece, ainda mais ruborizado, banhado em fogo. Não é só o que ela disse, é a cena toda, o cheiro da criança e de leite e sangue, acima de tudo a bacia, os panos, as mulheres a postos, com as feições próprias que podem parecer a um homem tanto admoestadoras como cheias de escárnio.

Ele não consegue pensar em mais nada para dizer, então ela tem de dizer a ele, com rude clemência, que siga seu caminho, que aqui há trabalho a fazer.

Algumas garotas costumavam dizer que quando você finalmente cedia e se deitava com um homem — mesmo concedendo que este não fosse o homem de sua primeira escolha — isso lhe dava uma sensação de desamparo, apesar de tranquila e até doce. Agnes não se recorda de ter sentido isso com Andrew. Tudo o que ela sentiu foi que ele era um rapaz honesto e aquele de quem ela precisava em suas circunstâncias, e que nunca lhe ocorreria fugir e abandoná-la.

Walter continuou a ir para o mesmo local reservado para escrever em seu livro e ninguém o surpreendeu lá. Exceto a menina, claro. Mas as coisas agora estão acertadas com ela. Um dia ele chegou ao local e ela tinha chegado antes dele, pulando com uma corda adornada com borlas vermelhas. Quando o viu ela parou, sem fôlego. E assim que se recuperou, ela começou a tossir, de sorte que vários minutos se passaram até ela conseguir falar. Ela afundou contra a pilha de lona que ocultava o local, ruborizada e com os olhos cheios de lágrimas brilhantes pela tosse. Ele simplesmente parou e a ficou observando, assustado com o acesso de tosse mas sem saber o que fazer.

— Você quer que eu vá buscar uma das senhoras?

Ele agora está em relações amistosas com as mulheres de Edimburgo, por causa de Agnes. Elas assumem um interesse amável pela mãe e o bebê e por Mary e o jovem James, e acham cômico o velho pai. Também se divertem com Andrew e Walter, que elas acham muito tímidos. Na verdade, Walter não tem a língua tão presa quanto Andrew, mas esse negócio de seres humanos dando à luz (embora esteja habituado a isso com ovelhas) o enche de desânimo ou puro nojo. Agnes perdeu grande parte de seu encanto mal-humorado por causa disso. (Como aconteceu antes, quando ela deu à luz o jovem James. Entretanto, pouco a pouco, sua capacidade de injuriar regressou. Ele acha improvável que aconteça novamente. Ele conhece mais o mundo agora, e a bordo deste navio aprendeu mais sobre as mulheres.)

A menina que tosse está agitando violentamente a cabeça encaracolada.

— Eu não quero elas — diz, quando consegue soltar as palavras afogadas. — Eu não contei a ninguém que você vem aqui. Então não diga a ninguém sobre mim.

— Bem, você tem direito de estar aqui.

Ela balança a cabeça de novo e gesticula para ele esperar até ela poder falar com mais facilidade.

— Eu quero dizer que você me viu pulando corda. Meu pai escondeu minha corda de pular mas descobri onde ele a escondeu. Mas ele não sabe.

— Hoje não é o Sabá — diz Walter, argumentando. — Então o que há de errado em você pular?

— Como vou saber? — diz ela, recuperando seu tom insolente.

— Talvez ele ache que sou muito velha para isto. Você jura que não vai contar para ninguém? — Ela ergue os dedos indicadores para fazer uma cruz. O gesto é inocente, ele sabe, mas mesmo assim está chocado, sabendo como certas pessoas poderiam encará-lo.

Mas ele diz que está disposto a jurar.

— Eu também juro — ela diz. — Não direi a ninguém que você vem aqui. — Após dizer isso de modo bastante solene, ela faz uma careta. — Embora eu não fosse contar sobre você de jeito nenhum.

Que esquisitinha prepotente ela é. Como ela só fala do pai, ele acha que deve ser porque ela não tem irmão ou irmã nem — como ele mesmo — mãe. Essa condição talvez a tenha tornado mimada e ao mesmo tempo solitária.

Depois do juramento, a menina — seu nome é Nettie — se torna uma visita frequente quando Walter tenta escrever em seu livro. Ela sempre diz que não quer incomodá-lo, mas depois de se manter ostensivamente quieta por cerca de cinco minutos ela o interrompe com alguma pergunta sobre sua vida ou alguma informação sobre a dela. É verdade que ela é órfã de mãe e filha única e nunca frequentou escola. A maior parte do tempo ela fala sobre seus bichos de estimação — os que morreram e os que vivem em sua casa em Edimburgo — e sobre uma mulher chamada miss Anderson que costumava viajar com ela e ensiná-la. Parece que ela ficava contente em ver essa mulher pelas costas, e seguramente miss Anderson ficaria contente em partir, depois de todas as peças que lhe eram pregadas — a rã viva em sua bota e o rato de lã que no entanto parecia vivo em sua cama. Também os pisões de Nettie nos livros que não eram favoráveis e sua simulação de estar surda e muda quando se cansou de recitar seus exercícios de ortografia.

Ela viajou três vezes para a América. Seu pai é um comerciante de vinhos cujos negócios o levam para Montreal.

Ela quer saber tudo a respeito de como vivem Walter e sua gente. Suas perguntas, pelos padrões rurais, são bastante impertinentes. Mas Walter realmente não se importa — em sua própria família ele nunca esteve em posição que lhe permitisse instruir ou ensinar ou cortejar alguém mais jovem que ele, e de certo modo isso lhe dá prazer.

É certamente verdade, porém, que em seu próprio mundo ninguém jamais ficara impune por ser tão descarado, atrevido e inquisitivo quanto essa Nettie. O que a família de Walter ceia quando está em casa, como eles dormem? Eles mantêm animais em casa? As ovelhas têm nomes, e quais são os nomes dos cães pastores; e você pode tê-los como bichos de estimação? Por que não? Qual é a ordem dos alunos na classe, sobre o que eles escrevem, os professores são cruéis? O que significam algumas palavras suas que ela não entende, e todas as pessoas de onde ele é falam como ele?

— Oh, sim — diz Walter. — Até Sua Majestade o Duke fala. O Duke de Buccleugh.

Ela ri e livremente bate seu pequeno punho no ombro dele.

— Agora você está zombando de mim. Eu sei. Eu sei que duques não são chamados de Sua Majestade. Eles não são.

Um dia ela chega com papel e lápis de desenho. Ela diz que os trouxe para se manter ocupada e com isso não ser um estorvo para ele. Diz que o ensinará a desenhar se ele quiser aprender. Mas as tentativas dele a fazem rir, e ele deliberadamente desenha cada vez pior, até que ela ri tanto que tem um de seus acessos de tosse. (Estes já não o preocupam muito porque ele viu como ela sempre consegue sobreviver a eles.) Então ela diz que fará alguns desenhos atrás de seu caderno, para que ele possa se lembrar da viagem. Ela faz um desenho das velas acima e de uma galinha que deu um jeito de fugir de sua gaiola e está tentando viajar como uma ave marinha sobre a água. Ela faz um esboço de memória de seu cachorro que morreu. Pirata. Em princípio ela afirma que seu nome era Walter mas volta atrás e admite mais tarde que não estava dizendo a verdade. E ela faz um quadro dos *icebergs* que viu, mais altos que casas, em uma de suas viagens passadas com seu pai. O sol poente brilhava através desses *icebergs* e os fazia parecer — diz ela — castelos de ouro. Cor-de-rosa e ouro.

— Gostaria de estar com minha caixa de pintura. Aí eu te mostraria. Mas eu não sei onde ela foi empacotada. E minha pintura não é mesmo muito boa, eu sou melhor no desenho.

Tudo o que ela desenhou, até os *icebergs*, tem um aspecto ao mesmo tempo sincero e zombeteiro, uma expressão peculiar dela mesma.

— Outro dia eu estava te contando que Will de Phaup era meu avô, mas tem outra coisa dele que não contei. Eu não disse que ele foi o último homem na Escócia que falava com as fadas. É certo que nunca ouvi falar de nenhum outro, no tempo dele ou mais tarde.

Walter caiu na armadilha de ouvir essa história — que ouviu, claro, muitas vezes antes, embora não por relato de seu pai. Está sentado perto de um canto onde alguns marinheiros remendam as velas rasgadas. Conversam entre si de vez em quando — em inglês, talvez, mas não um inglês que Walt consiga entender bem — e de vez em quando parecem escutar um pouco do que o velho James conta. Pelos sons que se produzem ao longo da história Walter pode supor que a plateia fora de sua visão seja composta principalmente de mulheres.

Mas há um homem alto bem-vestido — um passageiro de cabine, certamente — que parou para ouvir dentro do campo de visão de Walter. Há uma figura do outro lado desse homem, e em dado momento do relato essa figura espia em volta para olhar para Walter e ele vê que é Nettie. Ela parece prestes a rir mas leva o dedo a seus lábios como se advertisse a si mesma — e a Walter — para manter o silêncio.

O homem, claro, deve ser o pai dela. Os dois ficam lá escutando calados até que a história termine.

Então o homem se volta e fala, de um modo familiar porém cortês, diretamente para Walter.

— Não há como saber o que aconteceu com as ovelhas do sujeito. Espero que as fadas não as tenham levado.

Walter está alarmado, sem saber o que dizer. Mas Nettie olha para ele com calma confiança e o mais leve sorriso, depois baixa os olhos e espera ao lado de seu pai como faria uma pequena dama recatada.

— Você está anotando o que acha disso? — pergunta o homem, acenando com a cabeça para o caderno de Walter.

— Estou escrevendo um diário da viagem — diz Walter de maneira fria.

— Ora, isto é interessante. É um fato interessante, porque eu também estou mantendo um diário desta viagem. Eu me pergunto se acharemos as mesmas coisas dignas de se escrever a respeito.

— Eu só escrevo o que acontece — diz Walt, querendo deixar claro que para ele trata-se de trabalho e não de prazer ocioso. No entanto ele sente que alguma justificação adicional é necessária. — Estou escrevendo para manter registro de cada dia para que no fim da viagem eu possa mandar uma carta para casa.

A voz do homem é mais suave e seus modos mais gentis do que qualquer tratamento a que Walter está habituado. Ele se pergunta se de algum modo está sendo objeto de zombaria. Ou se o pai de Nettie é o tipo de pessoa que faz amizade com você na esperança de conseguir pegar seu dinheiro para algum investimento inútil. Não que as feições ou roupas de Walter o indiquem como uma provável opção.

— Então você não descreve o que você vê? Só o que, como você diz, está *acontecendo*?

Walter está prestes a dizer não, e depois sim. Pois acabou de pensar, se ele escrever que há um vento forte, isso não é descrever? Você não sabe onde está com esse tipo de pessoa.

— Você não está escrevendo sobre o que acabamos de ouvir?

— Não.

— Pode valer a pena. Existem pessoas que hoje passeiam por toda parte da Escócia investigando e anotando tudo o que esses velhos da zona rural têm a dizer. Acham que as velhas canções e histórias estão desaparecendo e que vale a pena registrá-las. Eu não sei direito, esse não é o meu ramo. Mas eu não ficaria surpreso se quem tem escrito isso tudo descobrisse que valeu a pena o sacrifício; quero dizer, isso pode dar dinheiro.

Nettie inesperadamente se põe a falar.

— Ah, silêncio, pai. O velho vai começar de novo.

Na experiência de Walter, isso não é o que uma filha diria a seu pai, mas o homem parece estar prestes a rir, baixando os olhos para ela ternamente.

— Só tenho mais uma coisa a perguntar — ele diz. — O que você acha disso sobre as fadas?

— Acho que é tudo tolice — diz Walter.

— Ele *começou* de novo — diz Nettie aborrecida.

E, de fato, a voz do velho James tinha começado havia pouco, interrompendo de forma decidida e reprovadora aqueles de sua plateia que podiam ter achado que era hora de suas próprias conversas.

— E ainda outra vez, mas nos dias compridos do verão, lá nas colinas no fim do dia, mas antes de estar bem escuro...

O homem alto assente com a cabeça mas parece ainda ter algo para indagar de Walter. Nettie estende o braço e espalma sua mão em sua boca.

— E direi a vocês e juro por minha vida que Will não conseguia dizer uma mentira, ele que no começo da vida ia à igreja do pastor Thomas Boston, e Thomas Boston enfiava o temor ao Senhor como uma faca em cada homem e mulher, até o dia de suas mortes. Não, nunca. Ele não mentiria.

— Então, tudo isso era tolice? — diz o homem alto silenciosamente, quando tem certeza de que a história terminou. — Bem, estou inclinado a concordar. Você tem uma forma moderna de pensar?

Walter diz sim, ele tem, e fala de modo mais categórico que antes. Ele tem ouvido essas histórias que seu pai está arengando, e outras como elas, durante toda a sua vida, mas o estranho é que até virem para bordo deste navio ele nunca as ouviu de seu pai. O pai que ele conhecia até pouco tempo atrás, ele tem certeza, não tinha uso nenhum para elas.

— É um lugar terrível este em que vivemos — seu pai costumava dizer. — As pessoas estão cheias de tolices e maus hábitos e até a lã de nossas ovelhas é tão grosseira que não se consegue vendê-la. As estradas são tão ruins que um cavalo não consegue avançar mais de seis quilômetros em uma hora. E para arar aqui eles usam pá ou o velho arado escocês, ainda que em outros lugares exista um arado melhor há mais de cinquenta anos. Ah, sim, sim, eles dizem quando você perguntar, ah sim, por aqui é muito íngreme, a terra é muito pesada. Nascer no Ettrick é nascer em um lugar atrasado — diria ele. — Onde todas as pessoas acreditam em histórias antigas e veem fantasmas e eu lhe digo: é uma maldição nascer no Ettrick.

E é muito provável que isso o levaria para o assunto da América, onde todas as bênçãos do engenho moderno eram postas em uso de modo entusiasmado e as pessoas não conseguiam parar de melhorar o mundo ao seu redor.

Mas escutem-no agora.

— Eu não acredito que eram fadas — diz Nettie.

— Então você acha que o tempo todo eram os vizinhos dele? — pergunta seu pai. — Você acha que eles estavam pregando uma peça nele?

Walter nunca ouviu um pai falar com o filho de modo tão indulgente. E com o carinho que passou a sentir por Nettie não pode concordar com isso. Isso só pode fazê-la crer que não há na face da Terra opiniões mais dignas de serem ouvidas que as dela.

— Não, eu não acho — diz ela.

— O que era então? — diz seu pai.

— Eu acho que eram pessoas mortas.

— O que você sabe sobre pessoas mortas? — pergunta seu pai, finalmente falando com alguma severidade. — As pessoas mortas não se levantarão até o Dia do Juízo. Não gosto de ouvir você fazendo pouco caso desse tipo de coisa.

— Eu não estou fazendo isso — diz Nettie despreocupada.

Os marinheiros estão soltando apressadamente as velas e apontando para o céu, ao longe no oeste. Devem ver algo lá que os excita. Walter cria coragem para perguntar:

— Eles são ingleses? Não consigo entender o que dizem.

— Alguns são ingleses, mas de lugares que nos parecem estrangeiros. Alguns são portugueses. Também não consigo entender, mas acho que estão dizendo que veem os mergulhões. Todos têm olhos muito aguçados.

Walter acredita que ele também tem olhos muito aguçados, mas leva algum tempo até conseguir ver esses pássaros, os que devem se chamar mergulhões. Bandos e bandos de pássaros marinhos atirando-se e se elevando lá no alto, meras manchinhas brilhantes no ar.

— Você deve se certificar de mencioná-los em seu diário. Eu os vi quando fiz esta viagem antes. Eles se alimentam de peixe e aqui é o grande lugar para eles. Logo você verá os pescadores também. Mas os mergulhões enchendo o céu são o primeiro sinal de que devemos estar nos grandes bancos da Terra Nova — diz o pai de Nettie. — Você precisa vir conversar conosco no convés de cima — continua, despedindo-se de Walter. — Eu tenho negócios em que pensar e não faço muita companhia para minha filha. Ela está proibida de correr por aí porque não se recuperou o suficiente do resfriado que teve no inverno, mas ela adora se sentar e conversar.

— Acho que não posso ir lá — diz Walter, um pouco confuso.

— Não, não, isso não é problema. Minha menina é solitária. Ela gosta de ler e desenhar mas também gosta de companhia. Ela poderia lhe mostrar como desenhar, se você quiser. Isso melhoraria o seu diário.

Se Walter ruboriza não se nota. Nettie continua muito serena.

Assim, eles se sentam ao ar livre e desenham e escrevem. Ou ela lê em voz alta para ele o seu livro favorito, que é *The Scottish chiefs*.* Ele já sabe muito sobre o que acontece na história — quem não sabe sobre William Wallace? — mas ela lê suavemente e na velocidade adequada e torna algumas coisas solenes e outras apavorantes e ainda outras cômicas, de sorte que ele está tão arrebatado pelo livro quanto por ela própria. Muito embora, como ela diz, ela já o tenha lido doze vezes.

---

* *The Scottish chiefs*: o livro, escrito pela escocesa Jane Porter (1776-1850), contemporânea e seguidora de Walter Scott, traz histórias de bravura e coragem dos escoceses que se rebelaram contra o rei Edward. [N. E.]

Ele entende um pouco melhor agora por que ela tem todas aquelas perguntas para lhe fazer. Ele e sua gente lembram a ela algumas pessoas de seu livro. As pessoas como as que existiam antigamente nas colinas e nos vales. O que ela acharia se soubesse que o *velho sujeito*, o velho fiandeiro de histórias arengando por todo o navio e arrebanhando gente para escutá-las como se elas fossem as ovelhas e ele o cão pastor — se ela soubesse que ele é o pai de Walter?

É provável que ela ficasse encantada, mais curiosa que nunca sobre a família de Walter. Ela não os trataria com desprezo, exceto de um modo que não poderia evitar ou saber.

> Chegamos aos bancos pesqueiros da Terra Nova no dia 12 de julho e no dia 19 avistamos terra e foi uma visão alegre para nós. Era uma parte da Terra Nova. Navegamos entre Terra Nova e a ilha de São Paulo e com um bom vento tanto no dia 18 como no 19. Encontramo-nos no rio na manhã do dia 20 e com visão do continente norte-americano. Estávamos acordados por volta da uma da manhã e acho que todos os passageiros estavam fora da cama às quatro horas contemplando a terra, estando ela inteiramente coberta por bosques e uma visão totalmente nova para nós. Era uma parte da Nova Escócia e um belo campo montanhoso. Avistamos várias baleias nesse dia, criaturas como eu nunca tinha visto na vida.

Este é o dia das maravilhas. A terra é coberta por árvores como uma cabeça com cabelo e atrás do navio o sol se eleva banhando de luz as árvores mais altas. O céu está claro e brilhante como um prato de porcelana e a água apenas enrugada de modo travesso pelo vento. Todas as volutas de névoa se foram e o ar está pleno do aroma resinoso das árvores. Aves marinhas despontam acima das velas todas douradas como criaturas do Céu, mas os marinheiros disparam alguns tiros para afastá-las dos mastros e das velas.

Mary ergue o jovem James para que ele se lembre dessa primeira visão do continente que para sempre será seu lar. Ela lhe diz o nome desta terra — *Nova Scotia*.

— Significa Nova Escócia — ela diz.

Agnes a ouve.

— Então por que não diz assim?

Mary diz:

— É latim, eu acho.

Agnes bufa de impaciência. O bebê foi acordado cedo por toda a algaravia e comemoração, e agora está inconsolável, querendo ficar no peito o tempo todo, chorando sempre que Agnes o tentava afastar. O jovem James, observando tudo isso de perto, faz uma tentativa para chegar ao outro peito, e Agnes bate nele com tanta força que ele cambaleia.

— Moleque fominha — ralha Agnes com ele. Ele grita um pouco, depois rasteja em volta dela e belisca os dedos do pé do bebê.

Outro safanão.

— Um ovo podre, é o que você é — diz sua mãe. — Alguém mimou você até você achar que tem o rei na barriga.

A voz exaltada de Agnes sempre faz Mary se sentir como se ela mesma fosse levar um safanão.

O velho James está sentado com eles no convés, mas não presta a menor atenção a esse mal-estar doméstico.

— Não quer vir olhar o campo, pai? — diz Mary, indecisa. — O senhor pode ter uma visão melhor da balaustrada.

— Eu consigo ver bem — diz o velho James. Nada em sua voz sugere que as revelações ao redor deles o estejam agradando. — O Ettrick estava coberto de árvores nos velhos tempos — diz ele. — Os monges o ocuparam primeiro e depois foi a floresta real. Era a floresta do rei. Faias, carvalhos, sorveiras.

— Tantas árvores quanto estas? — diz Mary, mais corajosa do que costuma ser devido às esplêndidas novidades do dia.

— Árvores melhores. Mais velhas. Era famosa em toda a Escócia. A Floresta Real de Ettrick.

— E a Nova Escócia é onde está nosso irmão James — continua Mary.

— Ele pode estar ou não. Seria fácil morrer aqui e ninguém saber que você morreu. Animais selvagens podem tê-lo comido.

— Chegue perto desse bebê novamente e eu te esfolo vivo — diz Agnes ao jovem James, que está circulando a ela e ao bebê, fingindo que ambos não oferecem interesse nenhum para ele.

Agnes pensa que isso seria bem feito para ele, o sujeito que sequer se despediu dela. Mas sua esperança é que ele apareça um dia e a veja casada com seu irmão. Para que ele se admire. Ele vai entender também que no final não teve o melhor dela.

Mary se pergunta como seu pai pode falar desse jeito, sobre como animais selvagens podiam ter comido seu próprio filho. Será que as tristezas dos anos o dominaram, e transformaram seu coração de carne em um coração de pedra, como diz a velha canção? E se for isso, com que desconsideração e desdém ele poderia falar sobre ela, que nunca significou para ele um décimo do que representavam os meninos?

Alguém trouxe um violino para o convés e o afina para tocar. As pessoas que se encontravam na balaustrada e apontavam entre si o que cada um conseguia ver — igualmente repetindo o nome que até agora todos sabiam, Nova Escócia — são distraídas por esses sons e começam a querer dançar. Gritam nomes de danças circulares e bailados que desejam que o violinista toque. Abre-se espaço e os pares se alinham em algum tipo de ordem, e após muita arranhação de violino e gritos impacientes de incentivo, a música sai, exerce sua autoridade e a dança começa.

Dançando, às sete horas da manhã.

Andrew vem de baixo, trazendo seu suprimento de água. Ele para e observa um pouco, depois surpreende Mary perguntando se ela quer dançar.

— Quem cuidará do menino? — diz Agnes imediatamente. — Eu não vou me levantar para ir atrás dele.

Ela gosta de dançar, mas agora é impedida, não só pelo bebê que mama mas pela dor nas partes de seu corpo que foram tão maltratadas no parto.

Mary já está se recusando, dizendo que não pode ir, mas Andrew diz:

— Nós o colocaremos na cadeirinha.

— Não, não — diz Mary. — Eu não tenho necessidade nenhuma de dançar.

Ela acredita que Andrew se compadeceu dela, lembrando-se de como ela era deixada de lado nos jogos da escola e na dança, embora na verdade ela possa correr e dançar perfeitamente bem. Andrew é o único de seus irmãos capaz de tal consideração, mas ela preferiria que ele se comportasse como os outros, e a deixasse ignorada como sempre foi. A piedade a irrita.

O jovem James começa a reclamar bem alto, tendo reconhecido a palavra *cadeirinha*.

— Você fique quieto — diz seu pai. — Fique quieto ou eu lhe dou uma porrada.

Em seguida o velho James surpreende a todos ao voltar sua atenção para o neto.

— Você. Rapazinho. Você senta aqui do meu lado.

— Ah, ele não vai se sentar — diz Mary. — Ele vai correr e você não pode ir atrás dele, pai. Eu fico.

— Ele vai se sentar — diz o velho James.

— Bem, decida-se — diz Agnes para Mary. — Ou vai ou fica.

O jovem James olha para um, depois para outro, fungando cautelosamente.

— Ele não conhece nem a palavra mais simples? — diz seu avô. — Sente-se. Rapaz. Aqui.

— Ele conhece todo tipo de palavra — diz Mary. — Ele sabe o nome da verga da vela.

O jovem James repete:

— Verga da vela.

— Cale a boca e sente-se — diz o velho James. O jovem James se abaixa, hesitante, para o lugar indicado.

— Agora vá — diz o velho James para Mary. E toda confusa, à beira das lágrimas, ela é afastada dali.

— Que moleque fominha ela fez dele — diz Agnes, não exatamente para seu sogro mas para o ar. Ela fala quase com indiferença, roçando a bochecha do bebê com seu mamilo.

As pessoas estão dançando, não só na roda da dança circular mas também fora dela, por todo o convés. Estão agarrando qualquer um e girando ao redor. Estão agarrando até alguns marinheiros quando conseguem segurá-los. Homens dançam com mulheres, homens dançam com homens, mulheres com mulheres, crianças dançam umas com as outras ou todas sozinhas e sem a menor noção dos passos, entrando no caminho — mas todos estão no caminho de todos e isso já não importa. Algumas crianças dançam em um local, girando com os braços no ar até ficarem tão tontas que caem. Dois segundos depois estão em pé, recuperadas e prontas para começar tudo de novo.

Mary deu as mãos a Andrew, e é balançada por ele de um lado para o outro, depois passada para outros, que se curvam para ela e lançam seu corpo diminuto para todos os lados. Ela perdeu de vista o jovem James e não consegue saber se ele ficou com seu avô. Ela dança baixo ao nível das crianças, embora seja menos ousada e solta. No meio de tantos corpos ela está indefesa, não pode parar — tem de bater os pés e rodar ao som da música ou ser derrubada.

— Agora você escute o que vou lhe contar — diz o velho James.

— Esse velho, Will de Phaup, meu avô (ele era meu avô como eu sou o seu), Will de Phaup estava sentado do lado de fora de sua casa à noite, descansando, era um suave clima de verão. Ele estava totalmente só. "E havia três rapazotes que não deviam ser maiores que você, que chegaram pelo canto da casa de Will. Eles lhe disseram boa noite. 'Boa noite, senhor Will de Phaup', dizem eles. 'Ora, boa noite a vocês, rapazes, o que posso fazer por vocês?'. 'Pode nos dar uma cama para passar a noite ou um lugar para deitar?', dizem eles. E 'Sim', ele diz. 'Sim, estou pensando que para três rapazinhos como vocês não deve ser muito difícil achar um lugar.' E ele entra na casa seguido por eles e eles dizem, 'E por acaso o senhor poderia nos dar a chave, também, a grande chave prateada que o senhor recebeu de nós?'

"Bem, Will olha em volta e procura pela chave, até que pensa consigo mesmo, que chave seria essa? E se volta para perguntar a eles. 'Que chave seria essa?' Pois ele sabia que nunca teve uma coisa dessas em sua vida. Chave grande ou chave prateada, ele nunca teve isso. 'De que chave vocês estão falando?' E se vira e eles não estão lá. Sai da casa, dá a volta na casa, olha para a estrada. Nem sinal deles. Olha para as colinas. Nenhum rastro.

"Foi quando Will soube. Eles não eram rapazes coisa nenhuma. Ah, não. Não eram mesmo."

O jovem James não fez nenhum som. Atrás dele está a parede espessa e ruidosa de dançarinos, ao lado, sua mãe, com a pequena fera de garras que morde o corpo dela. E a sua frente está o velho com sua voz surda, insistente mas distante, e seu jorro de hálito amargo, seu sentido de queixa e importância absoluto como o da própria criança. Sua natureza faminta, astuciosa e opressiva. É o primeiro contato consciente do jovem James com alguém tão perfeitamente egocêntrico quanto ele próprio.

Ele mal é capaz de focar sua inteligência, mostrar a si mesmo que não foi totalmente derrotado.

— "Chave", ele diz. "Chave?"

Agnes, observando a dança, tem um vislumbre de Andrew, o rosto vermelho e os pés pesados, os braços dados a várias mulheres joviais. Estão fazendo agora o "Desfolhar o Chorão" [*Strip the Willow*]. Não existe uma garota cujas feições ou dança preocupem Agnes. Andrew nunca chega mesmo a lhe dar nenhuma preocupação. Ela vê Mary lançada de um lado para o outro, até com um pouco de cor em suas faces — embora ela seja demasiado tímida e baixinha para olhar alguém no rosto. Ela vê a bruxa quase sem dentes, que pariu uma criança uma semana depois dela mesma, dançando com seu homem de faces encovadas. Nenhuma dor no corpo para ela. Ela deve ter soltado o filho tão liso como se fosse um rato, depois o entregou para o cuidado de uma ou outra de suas filhas de cara esquálida.

Ela vê o sr. Suter, o cirurgião, sem fôlego, afastando-se de uma mulher que o agarrara, esquivando-se entre a dança e vindo cumprimentá-la.

Ela gostaria que ele não o fizesse. Agora ele verá quem é seu sogro, ele pode ter de escutar a tagarelice do velho tolo. Ele examinará suas roupas pardas, e agora nem mesmo limpas, do campo. Ele a verá pelo que ela é.

— Então você está aqui — diz. — Aqui está você e seu tesouro.

Essa não é uma palavra que Agnes já tenha ouvido empregada a um filho. É como se ele estivesse falando com ela do modo como falaria com uma pessoa de seu próprio círculo, do tipo de uma dama, não como um médico fala com um paciente. Tal comportamento a embaraça e ela não sabe como responder.

— Sua bebê está bem? — diz ele, tomando um tom mais prosaico. Ele ainda está recuperando o fôlego após a dança, e seu rosto, embora não corado, está coberto por um suor fino.

— Sim.

— E você? Recuperou suas forças?

Ela encolhe os ombros muito levemente, para não sacudir a filha para fora do mamilo.

— Você está com uma cor ótima, em todo caso, e isso é um bom sinal.

Ela pensa que ele suspira ao dizer isso, e fica imaginando se é porque sua própria cor, vista à luz da manhã, é doentia como soro.

Ele pergunta então se ela permite que ele se sente e converse um pouco com ela, e mais uma vez ela fica confusa com sua formalidade, mas diz que ele pode fazer como quiser.

Seu sogro dá ao cirurgião — e a ela também — um olhar desdenhoso, mas o sr. Suter não o nota, talvez nem mesmo entenda que o velho, e o menino cabeludo sentado com as costas eretas e encarando esse velho, tenham alguma coisa a ver com ela.

— A dança está muito animada — ele diz. — E você nem tem chance de decidir com quem quer dançar. Você é puxado por todos, sem exceção. — E em seguida pergunta: — O que você vai fazer no oeste do Canadá?

Essa lhe parece a pergunta mais estúpida. Ela meneia a cabeça — o que ela pode dizer? Ela vai lavar e costurar e cozinhar e quase com certeza amamentará mais crianças. Onde será isso não tem muita importância. Será numa casa, e não numa casa boa.

Ela sabe agora que este homem gosta dela, e de que modo. Ela se lembra de seus dedos em sua pele. Que mal pode acontecer, porém, a uma mulher com um bebê no peito?

Ela se sente movida a ser um pouco amistosa com ele.

— O que você vai fazer? — diz ela.

Ele sorri e diz que ele imagina que continuará a fazer o que ele foi treinado para fazer, e que as pessoas na América — assim ele ouviu — têm necessidade de médicos e cirurgiões como as outras pessoas no mundo.

— Mas não pretendo ficar emparedado numa cidade. Eu gostaria de chegar até o rio Mississippi, pelo menos. Tudo além do Mississippi antes pertencia à França, sabia? Mas agora pertence à América e está aberto, qualquer um pode ir lá, só que você pode topar com os índios. Eu também não me importaria com isso. Onde houver luta com os índios, haverá ainda mais necessidade de cirurgião.

Ela não sabe nada sobre esse rio Mississippi, mas sabe que ele não parece nenhum homem de briga — ele não parece capaz de se meter em uma briga com os rapazes briguentos de Hawick, muito menos com índios de pele vermelha.

Dois dançarinos se agitam tão perto deles que fazem vento em seus rostos. É uma jovem garota, na verdade uma criança, cujas saias se levantam voando — e com quem ela estaria dançando senão com o cunhado de Agnes, Walter. Walter faz uma espécie de mesura estúpida para Agnes, o cirurgião e seu pai, e a menina o empurra e gira de um lado para o outro e ele ri para ela. Ela está toda bem--vestida como uma jovem dama, com laços no cabelo. Seu rosto está iluminado de prazer, as faces brilhando como lanternas, e ela trata Walter com grande familiaridade, como se ela tivesse se apropriado de um grande brinquedo.

— Aquele rapaz é seu amigo? — diz o sr. Suter.

— Não. Ele é irmão do meu marido.

A menina está rindo quase desamparada, quando ela e Walter — devido ao descuido da menina — por um triz não derrubaram outro par na dança. Ela não consegue parar em pé com o riso, e Walter tem de segurá-la. Depois parece que ela não está rindo, mas tem um acesso de tosse e a cada vez que o acesso está quase parando ela ri e ele começa novamente. Walter a apoia contra si, quase carregando-a até a balaustrada.

— Ali vai uma moça que nunca terá um filho no peito — diz o sr. Suter, seus olhos saltando para a criança mamando antes de pousar novamente na menina. — Receio que ela não viverá o bastante para ver muita coisa da América. Ela não tem ninguém para cuidar dela? Não deveriam permitir que ela dançasse.

Ele se levanta para conseguir manter a menina à vista enquanto Walter a segura junto à balaustrada.

— Pronto, ela conseguiu parar — diz ele. — Sem hemorragia. Pelo menos dessa vez.

Agnes não presta atenção à maioria das pessoas, mas pode perceber coisas sobre qualquer homem que esteja interessado nela, e ela pode ver agora que ele extrai satisfação do veredicto que fez sobre a jovem. E ela entende que isso se deva a alguma condição dele mesmo — que ele deve estar pensando que, em comparação, ele não está tão mau.

Há um grito junto à balaustrada, sem nada a ver com a menina e Walter. Outro grito, e muitas pessoas cessam bruscamente de dançar, correndo para olhar para a água. O sr. Suter se levanta e dá alguns passos naquela direção, seguindo a multidão, depois volta.

— Uma baleia — diz ele. — Estão dizendo que há uma baleia que pode ser vista ao largo.

— Você fica aqui — grita Agnes com raiva, e ele se volta para ela, surpreso. Mas ele percebe que as palavras se destinam ao jovem James, que está em pé.

— Esse é seu rapaz então? — diz o sr. Suter como se fizesse uma grande descoberta. — Posso levá-lo até lá para dar uma olhada?

E é assim que Mary — tendo erguido o rosto na massa de passageiros — contempla o jovem James, muito espantado, sendo carregado pelo convés nos braços de um estranho apressado, um homem pálido e decidido, de cabelos escuros e ar astutamente cortês, que com certeza é um estrangeiro. Um ladrão de crianças, ou assassino de crianças, em direção à balaustrada.

Ela dá um grito tão estridente que alguém pensaria que ela mesma estivesse nas garras do Diabo, e as pessoas lhe abrem caminho como fariam para um cachorro louco.

— Pega ladrão, pega ladrão — ela grita. — Tirem o menino dele. Peguem ele. James. James. Salte!

Ela se lança adiante e agarra os tornozelos da criança, puxando-o tanto que ele uiva de medo e indignação. O homem que o carrega quase tomba mas não o solta. Ele continua e empurra Mary com seu pé.

— Segurem os braços dela — grita ele aos que estão em volta. Ele está sem fôlego. — Ela está tendo um acesso.

Andrew abriu caminho até lá, no meio das pessoas que ainda dançavam e as pessoas que pararam para observar a cena. De algum modo ele consegue segurar Mary e o jovem James e deixar claro que um é seu filho e a outra sua irmã e que não se trata de acessos. O jovem James se atira de seu pai para Mary e depois começa a chutar para que o soltem.

Tudo é brevemente explicado com gentilezas e desculpas do sr. Suter — em meio ao que o jovem James, totalmente recuperado, não para de gritar que tem de ver a baleia. Ele insiste nisso como se soubesse exatamente como era uma baleia.

Andrew diz a ele o que acontecerá se ele não parar com sua birra.

— Eu só parei para conversar alguns minutos com sua esposa, para perguntar se ela estava bem — diz o cirurgião. — Não tive tempo de me despedir dela, então faça isso por mim.

Há baleias para o jovem James ver o dia todo e para todos que se importarem em fazer isso. As pessoas ficam cansadas de olhar para elas.

— Quem senão um belo tipo de velhaco se sentaria para conversar com uma mulher que está com os seios desnudos — diz o velho James, dirigindo-se ao céu. Em seguida, cita a Bíblia com relação às baleias. — "Ali andam os navios; e o leviatã que formaste para nele folgar. A serpente tortuosa, o dragão, que está no mar."*

Mas ele mesmo não se moverá para ir dar uma olhada.

Mary ainda não está convencida da história do cirurgião. Claro que ele teria de dizer a Agnes que estava levando a criança para ver

---

* Salmos 104, 26 e Isaías 27, 1. [N. T.]

a baleia. Mas isso não torna a história verdadeira. Sempre que a imagem daquele homem diabólico carregando o jovem James passa por sua cabeça, e ela sente em seu peito o poder de seu próprio grito, ela fica surpresa e feliz. Ainda está convicta de que o salvou.

O nome do pai de Nettie é sr. Carbert. Às vezes ele se senta e escuta Nettie ler ou conversa com Walter. No dia seguinte à celebração e à dança, quando muitos estão de mau humor pelo cansaço e outros por beber uísque, e dificilmente alguém olha para a costa, ele procura Walter para conversar.

— Nettie está tão apegada a você — ele diz — que pôs na cabeça que você deve vir conosco para Montreal.

Ele dá uma risada apologética, e Walter ri também.

— Então ela deve achar que Montreal fica no oeste do Canadá — diz Walter.

— Não, não. Eu não estou fazendo piada. Eu o procurei para falar sério com você enquanto ela não está conosco. Você é uma ótima companhia para ela e estar com você a faz feliz. E posso ver que você é um rapaz inteligente e é prudente e alguém que se sairia bem em meus negócios.

— Eu estou com meu pai e meu irmão — diz Walter, tão admirado que sua voz é acompanhada por um ganido jovial. — Nós vamos em busca de terra.

— Ora essa. Você não é o único filho que seu pai tem. Pode não haver terra boa o suficiente para vocês todos. E você não pode querer ser fazendeiro para sempre.

Walter diz para si mesmo: isso é verdade.

— Agora, minha filha; quantos anos você acha que ela tem?

Walter não consegue imaginar. Ele meneia a cabeça.

— Ela tem quatorze anos, quase quinze — diz o pai de Nettie. — Você não imaginaria isso, não é? Mas não importa, não é disso que estou falando. Não sobre você e Nettie, nada daqui a anos por vir. Você entende isso? Não se trata dos anos por vir. Mas eu gostaria que você viesse conosco e deixasse ela ser a criança que ela é e a fizesse feliz agora com sua companhia. Depois eu naturalmente gostaria de retribuir-lhe, e também haveria trabalho para você e se tudo corresse bem você poderia contar com um adiantamento. Nesse momento ambos notam que Nettie está vindo em sua direção. Ela mostra a língua para Walter, tão rápido que seu pai aparentemente não nota.

— Por enquanto é isso. Pense a respeito, decida com calma e depois me diga — diz seu pai. — Mas seria melhor mais cedo que mais tarde.

Tivemos calmaria nos dias 21 e 22, mas tivemos bem mais vento no dia 23, embora ficássemos todos alarmados por uma rajada de vento acompanhada por trovão e relâmpagos, o que foi muito assustador e tivemos uma de nossas velas principais, que acabara de ser remendada, esfarrapada novamente. A rajada durou cerca de oito ou dez minutos e no dia 24 tivemos um vento bom que nos levou por uma boa distância rio acima, onde ele se tornou mais estreito, de maneira que vimos terra em ambos os lados do rio. Mas houve calmaria novamente até o dia 31, quando sentimos uma brisa por apenas duas horas...

Walter não levou muito tempo para tomar sua decisão. Ele sabe o suficiente para agradecer o sr. Carbert, mas diz que não queria trabalhar na cidade, ou em algum emprego em recinto fechado. Ele pretende trabalhar com sua família até que eles estejam instalados com algum tipo de casa e terra para cultivar e depois, quando não precisarem tanto de sua ajuda, ele pensa em se tornar um comerciante para os índios, uma espécie de explorador. Ou garimpar ouro.

— Como quiser — diz o sr. Carbert. Eles caminham juntos, lado a lado. — Devo dizer que achei que vocês estivessem bem mais comprometidos que isso. Felizmente eu não disse nada a Nettie.

Mas Nettie não se deixou enganar sobre o assunto de suas conversas. Ela importuna seu pai até que ele a informa sobre como as coisas se passaram e ela sai em busca de Walter.

— Eu não vou falar mais com você de agora em diante — diz ela, em uma voz mais adulta do que ele já tinha ouvido dela. — Não é porque eu esteja com raiva, mas só porque se eu continuar a falar com você ficarei pensando o tempo todo que logo estarei me despedindo de você. Mas se eu parar agora já terei dito adeus e assim tudo acabará mais cedo.

Ela passa o tempo que resta caminhando com seu pai, sobriamente vestida em suas melhores roupas.

Walter se sente triste ao vê-la — naqueles mantos e gorros de senhora ela parece perdida, mais que nunca parece uma criança, e sua exibição de altivez é tocante — mas há tanta coisa a que dar atenção que ele raramente pensa nela quando ela está fora de vista.

Anos se passarão até que ela ressurja em sua mente. Mas quando isso acontecer, ele descobrirá que ela é uma fonte de felicidade, disponível a ele até o dia de sua morte. Às vezes ele até se distrairá pensando no que poderia ter acontecido, caso ele tivesse aceitado a oferta. Mais secretamente, ele imaginará uma recuperação radiante, com Nettie adquirindo um corpo alto e recatado, e os dois levando uma vida juntos. Os pensamentos tolos que um homem é capaz de ter em segredo.

Vários barcos chegam da terra ao lado do navio com peixe, rum, ovelhas vivas, tabaco etc., que eles vendiam a preços muito altos para os passageiros. No dia 1º de agosto tivemos uma brisa leve e na manhã do dia 2 passamos pela Isle de Orleans e por volta das seis da manhã conseguimos avistar Québec com a saúde tão boa, acho, como quando deixamos a Escócia. Navegaremos para Montreal amanhã em um barco a vapor...

Meu irmão Walter na primeira parte desta carta escreveu um grande diário que pretendo resumir em um pequeno livro contábil.

Fizemos uma viagem muito próspera com a saúde maravilhosamente preservada. De trezentos passageiros apenas três morreram, dois dos quais já doentes ao sair de sua terra natal e o outro uma criança nascida no navio. Nossa família esteve tão saudável a bordo como em seu estado normal na Escócia. Não podemos dizer nada ainda sobre a situação do país. Há um grande número de pessoas aportando aqui mas o salário é bom. Não posso aconselhar nem desencorajar as pessoas de virem. A terra é muito extensa e muito pouco povoada. Acho que vimos tanta terra inculta e coberta com bosques que poderia atender a todas as pessoas na Inglaterra. Escreveremos para vocês novamente assim que nos estabelecermos.

Depois que Andrew adicionou esse parágrafo, o velho James é persuadido a adicionar sua assinatura às de seus dois filhos antes que a carta seja lacrada e postada para a Escócia, de Québec. Ele não escreverá nada mais, dizendo:

— O que me importa? Não pode ser meu lar. Não pode ser nada para mim além da terra em que morrerei.

— Ela será isso para todos nós — diz Andrew. — Mas quando chegar a hora pensaremos nela mais como um lar.

— Não me será dado tempo para isso.

— Você não está bem, pai?

— Eu estou bem e não estou.

O jovem James está agora prestando atenção ocasional ao velho, às vezes parando na frente dele e olhando diretamente em seu rosto e dizendo uma palavra para ele, com uma insistência tenaz, como se isso não pudesse fazer mais que levar a uma conversa.

Toda vez ele escolhe a mesma palavra. *Tecla*.

— Ele me incomoda — diz o velho James. — Não gosto de seu atrevimento. Ele segue sem parar e não se lembra de coisa nenhuma da Escócia onde ele nasceu ou do navio em que viajou, passa a falar outra língua do jeito que fazem quando vão para a Inglaterra, só que ela será pior que a deles. Ele olha para mim com o tipo de olhar que diz saber que eu e o meu tempo estamos acabados.

— Ele se lembrará de muita coisa — diz Mary. Desde a dança no convés e o incidente com o sr. Suter ela se tornou mais direta dentro da família. — E ele não tem a intenção de ser atrevido com seu olhar — diz ela. — É só que ele está interessado em tudo. Ele entende o que você diz, muito mais do que você imagina. Ele absorve tudo e pensa a respeito. Ele pode ser pastor quando crescer.

Embora ela tenha um respeito rígido e distante por sua religião, isso ainda é a coisa mais distinta que ela consegue imaginar para a vida um homem.

Seus olhos se enchem de lágrimas de entusiasmo, mas os outros baixam os olhos para a criança com prudentes reservas.

O jovem James está em pé no meio deles — olhos brilhantes, justo e reto. Ligeiramente vaidoso, um pouco cauteloso, artificialmente solene, como se de fato sentisse descer sobre si o fardo do futuro.

Os adultos também sentem o assombro do momento, como se tivessem sido transportados durante essas últimas seis semanas não em um navio, mas em uma grande onda, que os aportou com um baque poderoso entre o tamanho clamor da língua francesa e o grasnado de gaivotas e repicar de sinos de igreja católica, uma total comoção infiel.

Mary acha que poderia arrebatar o jovem James e sair correndo para alguma parte da estranha cidade de Québec e encontrar trabalho como costureira (conversas no barco a fizeram perceber que existe demanda para tal trabalho) e educá-lo sozinha como se fosse a mãe dele.

Andrew pensa em como seria estar aqui como um homem livre, sem esposa ou pai ou irmã ou crianças, sem um único fardo nas costas, o que se poderia fazer então? Ele diz a si mesmo que não adianta pensar nisso.

Agnes ouviu no barco mulheres dizerem que aqui os oficiais que você vê na rua certamente são os homens mais bonitos que você pode encontrar em qualquer parte do mundo, e ela acha agora que isso é a pura verdade. Uma garota deve tomar cuidado com eles. Ouviu também que aqui, em qualquer parte, os homens são dez ou vinte vezes mais numerosos que as mulheres. Isso deve significar que você pode conseguir o que quiser deles. Casamento. O casamento com um homem com dinheiro suficiente para permitir que você suba em uma carruagem e compre tintas para cobrir qualquer marca de nascença em seu rosto e mande presentes para sua mãe. Se você já não fosse casada e arrastada com duas crianças por aí.

Walter reflete que seu irmão é forte e Agnes é forte — ela pode ajudá-lo na terra enquanto Mary cuida das crianças. Quem disse que ele deve ser fazendeiro? Quando chegarem a Montreal ele vai entrar para a Companhia da Baía do Hudson e eles o mandarão para a fronteira onde ele encontrará riquezas e também aventura.

O velho James tem se sentido abandonado, e começa a se lamentar abertamente.

— Como cantaremos a canção do Senhor em uma terra estranha? Mas ele se recuperou. Aqui está ele, cerca de um ano depois, no Novo Mundo, na nova cidade de York que está prestes a ter seu nome mudado para Toronto. Ele está escrevendo a seu primogênito Robert.

... as pessoas aqui falam muito bem inglês há muitas de nossas palavras escocesas que eles não conseguem entender o que estamos dizendo e eles vivem muito mais independentes que o rei George... Tem uma estrada que vai Direto ao Norte de York por oitenta quilômetros e as casas de fazenda quase todas com Dois Andares de Altura. Alguns terão até 12 Vacas e quatro ou cinco cavalos pois não pagam Impostos só uma perfeita tri-aração e passeiam em suas Charretes ou mascam como Senhores... não há ministro presbiteriano nesta cidade ainda mas existe uma grande Capela Inglesa e Capela Metodista... O ministro inglês lê tudo o que ele Diz a menos que seja para seu Auxiliar Gritando sempre no fim de todo Período o Bom Senhor nos Livre e o Metodista reza o mais Alto que Pode e as pessoas ficam todas abaixadas de joelhos Gritando Amém assim você Mal pode Ouvir o que o Pastor está Dizendo e eu Vi alguns deles Saltando para o alto como se tivessem ido para o Céu Alma e Corpo mas seu Corpo fosse um Estorvo imundo para eles porque eles sempre caíam de novo embora gritando Ó Jesus Ó Jesus como se Ele estivesse lá para puxar eles para cima pelo Sótão... Agora Robert eu não aconselho você a Vir Aqui assim você pode seguir sua própria vontade quando você não veio conosco Eu não Espero Jamais Ver você novamente... Que o favor Daquele que Apareceu na Sarsa repouse em você... se eu tivesse achado que você nos teria deserdado eu não teria vindo aqui era meu objetivo conseguir que vocês todos ficassem perto de mim me fez Vir para a América mas os pensamentos dos homens são Vaidade pois Espalharam você bem mais distante mas não Posso evitar isto agora... não direi mais porém desejo que o Deus de Jacó seja seu deus e possa ser seu guia para Todo o Sempre é a prece sincera de seu Amoroso Pai até a Morte...

E tem mais — a carta inteira legada por conivência de Hogg e publicada na revista *Blackwoods,* onde é possível examiná-la hoje.

E um tempo considerável depois disso, ele escreve outra carta, endereçada ao editor de *The Colonial Advocate*, e publicada naquele jornal. Nessa época a família está instalada no município de Esquesing, no oeste do Canadá.

...Os Grupos Escoceses que vivem aqui estão se saindo Toleravelmente bem pelas coisas terrenas mas receio que poucos deles pensam sobre o que Será de sua Alma quando a Morte a seus Dias puser Fim pois eles encontraram uma coisa que eles chamam Whiskey e um grande número deles se molham e bebem nele até se fazerem piores que um boi ou um asno... Agora senhor eu poderia lhe dizer algumas Histórias mas receio que o senhor me coloque em seu *Colonial Advocate* eu não gosto de ser posto na imprensa uma vez escrevi uma pequena carta a meu Filho Robert na Escócia e meu amigo James Hogg o Poeta o colocou na *Blackwoods Magazine* e me mandou para toda a América do Norte antes de eu saber que minha carta foi para Casa... O pobre Hogg passou a maior parte de sua vida pregando Mentiras e se eu li direito a Bíblia penso que ela diz que todos os Mentirosos terão o que merecem no Lago que Queima com Fogo e Enxofre mas eu suponho que eles descobrem nele um ofício *Loquarativo** pois acredito que Hogg e Walter Scott conseguiram mais dinheiro com Mentiras do que o velho Boston e o Erskins conseguiram com todos os Sermões que já Escreveram...

E certamente estou entre os mentirosos de que fala o velho, naquilo que escrevi sobre a viagem. Com exceção do diário de Walter e as cartas, a história está cheia de invencionices minhas.

A vista de Fife a partir de Castle Rock é relatada por Hogg, portanto deve ser verdade.

Aqueles viajantes jazem enterrados — todos exceto um deles — no cemitério da igreja de Boston, em Esquesing, no condado de Halton, quase no alcance visual, e bem dentro do alcance sonoro, da rodovia 401 ao norte de Milton, que é naquele trecho provavelmente a estrada mais movimentada do Canadá.

A igreja — erigida no que foi outrora a fazenda de Andrew Laidlaw — foi batizada, é claro, em homenagem a Thomas Boston. É construída com blocos de mármore enegrecidos. A parede da frente se eleva mais que o restante do edifício — bem no estilo das frentes falsas das antiquadas ruas principais — e tem uma arcada em seu topo, em lugar de uma torre — para o sino da igreja.

O velho James está aqui. De fato ele está aqui duas vezes, ou pelo menos seu nome está, junto ao nome de sua esposa, nascida Helen Scott, e enterrada em Ettrick no ano de 1800. Seus nomes

---

* Provavelmente um trocadilho com *loquacious* [loquaz] e *lucrative* [lucrativo]. [N.T.]

aparecem na mesma lápide que traz os nomes de Andrew e Agnes. Mas, surpreendentemente, os mesmos nomes são escritos em outra lápide que parece mais velha que as demais no cemitério — uma placa escurecida, manchada, como as que se podem ver nos adros das ilhas britânicas. Alguém que tente entender isso poderia se perguntar se eles a transportaram até o outro lado do oceano, com o nome da mãe nela, esperando a adição do nome do pai — se tinha sido talvez um fardo desajeitado, embrulhado em sacos e amarrado com corda robusta, carregada por Walter até o porão do navio.

Mas por que alguém se daria ao incômodo de ter os nomes também adicionados àqueles na coluna mais nova acima do túmulo de Andrew e Agnes?

É como se a morte e o enterro desse pai fosse uma questão digna de se registrar duas vezes.

Próximo, junto aos sepulcros de seu pai, seu irmão Andrew e sua cunhada Agnes, está o sepulcro de Little Mary, casada depois de todos e enterrada ao lado de Robert Murray, seu marido. As mulheres eram escassas e por isso valorizadas no novo país. Ela e Robert não tiveram nenhum filho juntos, mas depois da morte precoce de Mary ele se casou com outra mulher e então teve quatro filhos, que jazem aqui, mortos com as idades de dois, três, quatro e treze anos. A segunda esposa está ali também. Sua lápide diz "Mãe". A de Mary diz "Esposa".

E aqui está o irmão James que não ficou perdido, que veio da Nova Escócia para se juntar a eles, primeiro em York e depois em Esquesing, cultivando a terra com Andrew. Ele trouxe consigo uma esposa, ou a encontrou na comunidade. Talvez ela ajudasse com os bebês de Agnes antes de começar a ter os seus. Pois Agnes engravidou muitas vezes, e criou muitos filhos. Em uma carta escrita a seus irmãos Robert e William na Escócia, dizendo da morte de seu pai, em 1829 (um câncer, sem muita dor até próximo do fim, embora *"corroesse uma grande parte de sua bochecha e queixo"*), Andrew menciona que sua esposa tem se sentido mal nos últimos três anos.

Isso pode ser um modo esquivo de dizer que durante aqueles anos ela pariu seu sexto, sétimo e oitavo filhos. Ela deve ter recuperado a saúde, pois viveu até os oitenta.

Andrew doou a terra onde a igreja foi erigida. Ou talvez a vendeu. É difícil medir a devoção em relação ao sentido comercial. Ele parece ter prosperado, embora se espalhasse menos que Walter. Walter casou-se com uma garota americana do condado de Montgomery no estado de Nova York. Dezoito anos quando se casou com ele, trinta e três quando morreu depois do nascimento de seu nono filho. Walter não se casou novamente, mas teve sucesso como fazendeiro, educou os filhos, especulou com terra e escreveu cartas para o governo reclamando dos impostos que pagava, objetando também à participação do município em uma estrada de ferro proposta — sendo o interesse dilapidado, ele diz, em benefício de capitalistas da Inglaterra.

Mesmo assim, é fato que ele e Andrew apoiaram o governador britânico, sir Francis Bond Head, que certamente estava representando aqueles capitalistas, contra a rebelião liderada por seu conterrâneo escocês, William Lyon Mackenzie, em 1837. Eles escreviam ao governador uma carta de assídua adulação, no pomposo estilo servil de seu tempo. Alguns de seus descendentes podiam desejar que isso não fosse verdade, mas não há muito o que se possa fazer sobre a política de nossos parentes, vivos ou mortos.

E Walter conseguiu fazer uma viagem de volta para a Escócia, onde se fez fotografar vestindo uma manta escocesa e segurando um buquê de cardos.

Na lápide celebrando Andrew e Agnes (e o velho James e Helen) figura também o nome de sua filha Isabel, que como sua mãe Agnes, morreu velha. Ela tem um nome de casada, mas não há nenhum sinal a mais de seu marido.

NASCIDO NO MAR.

E aqui também está o nome do primeiro filho de Andrew e Agnes, irmão mais velho de Isabel. Suas datas também.

O jovem James morreu um mês depois de a família aportar no Québec. Seu nome está aqui mas ele certamente não pode estar. Eles não tinham recebido sua terra quando ele morreu, nem mesmo tinham visto este lugar. Ele pode ter sido enterrado em algum lugar no caminho de Montreal até York ou mesmo naquela nova e frenética cidade. Talvez em um terreno bruto temporário agora pavimentado, talvez sem uma lápide em um adro onde outros corpos algum dia seriam depositados sobre o seu. Morto de algum infortúnio nas ruas agitadas de York, ou de uma febre, ou disenteria — de qualquer uma das doenças, acidentes, que eram os destruidores comuns das crianças pequenas em seu tempo.

ILLINOIS

Uma carta de seus irmãos chegou para William Laidlaw nas terras altas em algum momento no início dos anos 1830. Eles se queixavam de não ter notícias dele por três anos e diziam-lhe que seu pai tinha morrido. Não demorou muito, já que ele estava certo disso, para que começasse a fazer planos de ir para a América. Ele pediu e recebeu uma carta de referência de seu empregador, o coronel Munro (talvez um dos muitos proprietários de terra nas montanhas que se garantira na criação lucrativa de ovelhas contratando homens da fronteira como seus representantes). Esperou até o nascimento do quarto filho homem de Mary — este era meu bisavô Thomas — e depois juntou sua família e partiu. Seu pai e irmãos tinham falado de ir para a América, mas, quando disseram isso, realmente queriam dizer o Canadá. William falava acuradamente. Ele descartara o vale do Ettrick em favor das terras altas sem o menor arrependimento e agora estava pronto para sair de vez da proteção da bandeira britânica — ele iria para Illinois.

Estabeleceram-se em Joliet, perto de Chicago.

Em Joliet, no dia 5 de janeiro, em 1839 ou 1840, William morreu de cólera e Mary deu à luz uma menina. Tudo no mesmo dia.

Ela escreveu aos irmãos em Ontario — o que mais ela podia fazer? — e no final da primavera, quando as estradas estavam secas e as safras plantadas, Andrew chegou com uma junta de bois e um carroção para levá-la e a seus filhos e pertences de volta a Esquesing.

— Onde está a caixa de latão? — disse Mary. — Foi a última coisa que vi antes de ir para a cama. Já está na carroça?

Andrew disse que não estava. Ele tinha acabado de voltar após carregar os dois rolos de roupas de cama, envolvidos em lona.

— Becky? — disse Mary bruscamente.

Becky Johnson estava bem ali, oscilando para a frente e para trás em um tamborete de madeira com um bebê nos braços, por isso certamente teria falado se soubesse do paradeiro da caixa. Mas ela estava mal-humorada, quase não dissera uma palavra naquela manhã. E agora não fez mais que menear ligeiramente a cabeça, como se a caixa e o fardo e o carregamento e a partida, que era iminente, nada significassem para ela.

— Ela entende? — disse Andrew.

Becky era metade índia e ele a tomara por uma criada, até Mary explicar que ela era uma vizinha.

— Nós também as temos — disse ele, falando como se Becky não tivesse ouvidos na cabeça. — Mas não deixamos que fiquem entrando e sentando-se assim pela casa.

— Ela tem me valido mais que qualquer pessoa — disse Mary, tentando fazê-lo calar. — O pai dela era branco.

— Ora — disse Andrew, como se para dizer que havia dois modos de encarar isso.

Mary disse:

— Nem posso imaginar se ela desaparecesse na frente de meus olhos.

Mary se voltou do cunhado para o filho, que era seu maior consolo.

— Johnnie, por acaso você viu a caixa de latão preta?

Johnnie estava sentado na parte de baixo do beliche, agora sem roupas de cama, tomando conta de seus irmãos menores Robbie e Tommy, como sua mãe lhe havia pedido. Ele inventara uma brincadeira de soltar uma colher entre as ripas do chão de tábuas para ver quem a apanhava primeiro. Claro que Robbie sempre vencia, ainda que Johnnie lhe tivesse pedido para ir devagar e dar uma chance a seu irmão menor.

Tommy estava em tal estado de animação que não parecia se importar. De qualquer modo, como caçula, ele estava acostumado a essa situação. Johnnie meneou a cabeça, preocupado. Mary não esperava mais que isso. Mas em dado momento ele falou, como se acabasse de se lembrar da pergunta.

— Jamie está sentado nela. Lá no quintal.

Não somente estava sentado nela, Mary viu quando correu para lá, mas o havia coberto com o casaco de seu pai, o casaco com que Will tinha se casado. Ele o devia ter tirado do baú de roupas que já estava na carroça.

— O que você está fazendo — gritou Mary, como se não estivesse vendo. — Não era para você tocar nessa caixa. O que você está fazendo com o casaco de seu pai se eu já o tinha colocado na mala? Eu vou lhe dar uma sova.

Ela sabia que Andrew estava olhando e provavelmente pensando que era uma reprimenda bem fraca. Ele tinha pedido a Jamie para ajudá-lo a carregar o baú e Jamie o havia ajudado, de modo relutante, mas depois tinha escapulido, em vez de ficar por ali para ver em que mais poderia ajudar. E ontem, assim que Andrew chegou, o rapaz tinha fingido não saber quem era ele.

— Tem um homem lá na estrada com uma carroça e uma junta de bois — dissera ele para a mãe, como se nada disso fosse esperado e não lhe dissesse respeito.

Andrew havia perguntado a Mary se estava tudo bem com o rapaz. Tudo bem com sua cabeça, era o que ele queria dizer.

— A morte do pai foi difícil para ele — disse ela.

Andrew disse:

— Sim — mas acrescentou que a essa altura era hora de superar isso.

A caixa estava trancada. Mary tinha sua chave pendurada ao pescoço. Ela se perguntava se Jamie tivera a intenção de abri-la, sem saber disso. Ela estava prestes a chorar.

— Coloque o casaco de volta no baú — foi tudo o que ela conseguiu dizer.

Na caixa estava a pistola de Will e os documentos de que Andrew precisava com relação a casa e a terra, e a carta que o coronel Munro escrevera antes de eles partirem da Escócia, e outra carta, que a própria Mary havia enviado para Will, antes de se casarem. Era em resposta a uma carta dele — a primeira notícia que ela tivera desde que Will partira do Ettrick, anos antes. Nela ele dizia que se lembrava bem dela e tinha pensado que a essa altura ele teria ouvido falar de seu casamento. Mary replicara que nesse caso ela lhe teria enviado um convite.

— Logo eu serei como os velhos almanaques deixados na prateleira, que ninguém irá comprar — escreveu ela. (Mas para sua vergonha, quando ele lhe mostrou essa carta muito tempo depois, ela viu que havia escrito *compar* em vez de "comprar". Viver com ele, com livros e revistas em volta, havia feito muito bem à sua ortografia.)

Era verdade que estava com vinte e cinco anos quando escreveu aquilo, mas Mary ainda tinha confiança em sua beleza. Nenhuma mulher que se achasse deficiente nesse aspecto teria ousado tal comparação. E ela tinha terminado convidando-o, do modo mais claro que palavras poderiam fazer. *Se você viesse me cortejar*, havia dito, *se viesse me cortejar em alguma noite de luar, eu acho que você seria preferido antes de todos.*

— Que chance para aproveitar — disse ela quando ele lhe mostrou isso. — Eu não tinha nenhum orgulho?

— Eu também não tinha — disse ele.

Antes de partirem, ela levou os filhos até o túmulo de Will para se despedirem. Até a caçula Jane, que não se lembraria, mas para quem mais tarde poderia ser contado que lá estivera.

— Ela não sabe — disse Becky, tentando agarrar-se à criança por mais alguns momentos. Mas Mary tomou a criança de seus braços e Becky então se afastou. Ela partiu da casa sem jamais dizer adeus. Ela estivera ali quando o bebê nasceu e havia cuidado dos dois quando Mary estava fora de si, mas agora não esperou para dizer adeus.

Mary fez os filhos se despedirem, um a um, de seu pai. Mesmo Tommy disse adeus, ávido para imitar os outros. A voz de Jamie era cansada e sem expressão, como se o tivessem obrigado a recitar algo na escola.

O bebê se agitou nos braços de Mary, talvez sentindo falta de Becky e de seu cheiro. Com isso e lembrando-se de que Andrew estava esperando, com pressa de partir, e a insegurança, o incômodo despertado pelo tom de voz de Jamie, o próprio adeus de Mary foi rápido e formal, sem nenhuma emoção.

Jamie tinha uma boa noção do que seu pai teria pensado disso. Esse negócio de escoltá-los até lá para dizer adeus para uma pedra. Seu pai não acreditava em fingir que uma coisa fosse outra e teria dito que uma pedra era uma pedra e se houvesse algum jeito de falar com uma pessoa morta e ouvi-la falar de volta, não seria esse.

Sua mãe era uma mentirosa. Ou se não mentia diretamente, pelo menos acobertava as coisas. Ela havia dito que seu tio estava vindo, mas não dissera — ele tinha certeza que ela não dissera — que eles iriam voltar com ele. Logo, quando a verdade apareceu, ela afirmou que lhe havia dito antes. E, do modo mais falso, mais detestável, afirmou que essa teria sido a vontade de seu pai.

Seu tio o odiava. Claro que odiava. Quando sua mãe disse em seu jeito otimista e tolo: "Este é meu homem da casa agora", seu tio havia dito: "Ah, sim", como se dissesse que ela estava mal arranjada, caso isso fosse tudo com que ela poderia contar.

* * *

Em metade de um dia haviam deixado para trás a pradaria e seus baixios rasteiros e maceguentos. E isso mesmo com os bois que não caminhavam mais rápido que um homem. Nem com a metade da ligeireza de Jamie, que desaparecia à frente deles e reaparecia quando rodeavam uma curva e desaparecia novamente e ainda parecia estar ganhando.

— Não há cavalos onde vocês estão? — perguntou Johnnie a seu tio. De vez em quando cavalos passavam por eles em um turbilhão de poeira.

— Estes são os animais que têm força — disse seu tio após uma pausa. Em seguida: — Você nunca ouviu falar em ficar calado até que lhe peçam para falar?

— É porque temos essa carga enorme de pertences, Johnnie — disse sua mãe, em uma voz que era ao mesmo tempo uma advertência e um pedido —, e quando você ficar cansado de andar pode subir aqui que eles o carregarão também.

Ela já havia alçado Tommy para o seu joelho e estava segurando o bebê do outro lado. Robbie ouviu o que ela disse e tomou isso como um convite, por isso Johnnie o levantou para que se agarrasse aos sacos na traseira.

— Você quer subir lá com eles? — disse seu tio. — Agora é a hora de falar se quer.

Johnnie meneou a cabeça, mas aparentemente seu tio não o viu, porque a próxima coisa que disse foi:

— Eu quero uma resposta quando falo com você.

Johnnie disse um "Não senhor", do jeito que lhe foi ensinado na escola.

— Não, tio Andrew — disse sua mãe, confundindo mais as coisas, porque esse tio certamente não era tio dela.

Tio Andrew fez um ruído de impaciência.

— Johnnie sempre procura ser um bom menino — disse sua mãe e, embora isso devesse ter agradado Johnnie, não agradou.

Tinham entrado em uma floresta de grandes carvalhos cujos galhos se tocavam sobre a estrada. Nos galhos era possível ouvir e de vez em quando ver o voo dos papa-figos, cardeais, melros-de-asa-vermelha. O sumagre havia lançado suas pinhas oleosas, o tussilago e a aquilégia floresciam e o verbasco se erguia ereto como um soldado. A parreira silvestre envolvera alguns arbustos de modo tão cerrado que se podia pensar que eram colchões de penas ou velhas damas.

— Você ouviu algum caso de gatos selvagens? — disse Mary a Andrew. — Quero dizer, quando você passou por esta estrada antes?

— Se ouvi, não fiz muito caso deles — disse Andrew. — Você está pensando sobre o jovem rapaz lá na frente? Ele me lembra o pai dele.

Mary não respondeu.

Andrew disse:

— Ele não conseguirá seguir adiante para sempre.

Isso se mostrou verdadeiro. Ao redor da curva seguinte, não viram Jamie à frente. Mary não o mencionou, para que Andrew não pensasse que ela era tola. Em seguida outra vista de um bom trecho de estrada plana e ele não estava lá. Quando haviam percorrido certa distância, Andrew disse:

— Apenas gire a cabeça como se para olhar para os menores na traseira, sem prestar atenção à estrada.

Mary o fez e viu uma figura seguindo-os. Estava longe para discernir seu rosto, mas ela sabia que era Jamie, arrastando-se em uma marcha muito reduzida.

— Escondeu-se na mata até que passássemos — disse Andrew. — Está mais tranquila agora quanto aos gatos selvagens?

Ao anoitecer pararam próximo à fronteira de Indiana, em uma estalagem na encruzilhada. As matas não tinham sido derrubadas até muito longe dali, mas havia alguns campos cercados e construções, celeiros ou casas com toras e armações de madeira. Jamie tinha andado o caminho todo, chegando mais perto da carroça à medida que a tarde escurecia. Isso aconteceu rapidamente sob o arco das árvores — quando chegaram à clareira, foi uma surpresa ver quanto de luz do dia ainda lhes restava. Os meninos na carroça tinham acordado — Johnnie havia tomado seu lugar também, assim que a escuridão chegara — e todos estavam se mantendo em silêncio, assimilando o novo local e as pessoas em volta. Tinham ouvido falar de estalagens em Joliet — todos diziam que havia três — mas nunca lhes haviam permitido passear ao redor desses lugares.

Andrew falou com os homens que vieram para fora. Ele pediu um quarto para Mary e o bebê e os dois meninos menores, e arranjou um espaço para dormir na varanda para si e os dois maiores. Depois ajudou Mary a descer e os meninos saltaram e ele levou a carroça para os fundos, onde o homem disse ser seguro guardar seus bens. Os bois poderiam ir para o pasto.

E lá estava Jamie no meio deles. Suas botas estavam penduradas em volta de seu pescoço.

— Jamie caminhou — disse Robbie, solene.

Johnnie se dirigiu a Mary:

— Quanto Jamie caminhou?

Mary disse que não fazia ideia:

— Seja como for, o bastante para ficar exausto.

Jamie disse:

— Não, não foi. Nem mesmo estou cansado. Eu poderia andar essa distância de novo e não ficaria cansado.

Johnnie quis saber se ele tinha visto algum gato selvagem.

— Não.

Todos eles atravessaram a varanda, onde alguns homens estavam sentados em cadeiras ou na balaustrada, fumando. Mary disse: "Boa noite", e os homens disseram: "Boa noite", olhando para baixo.

Caminhando ao lado de sua mãe, Jamie disse:

— Eu vi uma pessoa.

— Quem era? — disse Johnnie. — Era uma pessoa ruim?

Jamie não lhe deu atenção. Mary disse:

— Não o provoque, Jamie. — Então, com um suspiro, ela disse: — Acho que devemos tocar essa campainha — e tocou, e uma mulher saiu de um quarto dos fundos. A mulher os conduziu para cima e para dentro de um quarto e disse que traria água para Mary se lavar. Os meninos podiam se lavar lá fora, disse ela, na cisterna. Havia toalhas lá, em um varal.

— Vá — disse Mary a Jamie. — Leve Johnnie com você. Eu fico aqui com Robbie e Tommy.

— Eu vi uma pessoa que você conhece — disse Jamie.

O bebê estava com seus absorventes molhados e teria de ser trocado no chão, não na cama. De joelhos, Mary disse:

— Quem era? Alguém que conheço?

— Eu vi Becky Johnson.

— Onde? — disse Mary, inclinando-se para trás. — Onde? *Becky Johnson*? Ela está aqui?

— Eu a vi na mata.

— Onde ela estava indo? O que ela disse?

— Eu não estava perto o bastante para falar com ela. Ela não chegou a me ver.

— Isso foi lá atrás perto de casa? — disse Mary. — Pense bem. Lá atrás, perto de casa ou mais perto daqui?

— Mais perto daqui — disse Jamie, considerando. — Por que você diz perto de *casa* depois de ter dito que não voltaremos mais para lá?

Mary desconsiderou isso.

— Para onde ela estava indo?

— Neste caminho. Ela sumiu de vista em um minuto — ele meneou a cabeça, como um velho. — Ela não estava fazendo nenhum barulho.

— É assim que os índios fazem — disse Mary. — Você não tentou segui-la?

— Ela estava só espiando, entrando e saindo de trás das árvores, e depois não consegui mais vê-la. Caso contrário eu a seguiria. Eu a teria seguido e perguntado o que ela pensava que estava fazendo.

— Jamais faça uma coisa dessas — disse Mary. — Você não conhece a mata como eles, poderia se perder *assim* — ela estalou os dedos diante dele, depois se ocupou novamente com o bebê. — Espero que ela esteja cuidando de sua vida — disse ela. — O povo índio tem seus próprios assuntos sobre os quais nada sabemos. Eles não estão nos dizendo tudo que andam fazendo. Mesmo Becky. Por que deveria?

A mulher da estalagem entrou com um grande cântaro de água.

— Qual o problema? — disse ela a Jamie. — Você está assustado porque há alguns rapazes estranhos lá fora? São só meus meninos, eles não vão lhe fazer mal.

Essa sugestão fez Jamie descer voando as escadas e Johnnie foi atrás dele. Em seguida os dois menores também saíram correndo.

— Tommy! Robbie! — Mary chamou, mas a mulher disse:

— Seu marido está lá nos fundos, ele cuidará deles.

Mary não se preocupou em dizer nada. Não era da conta de nenhum estranho saber que ela não tinha marido.

A bebê adormeceu no peito e Mary a deitou na cama, com uma almofada de cada lado caso ela rolasse. Ela desceu para jantar, com um braço dolorido pendendo agradecido por estar vazio de sua carga do dia inteiro. Para comer havia carne de porco com repolho e batatas cozidas. Eram as últimas batatas do ano anterior e a carne tinha uma grossa e dura camada de gordura. Ela se abasteceu de rabanetes e verduras frescas e pão recém-assado que estava saboroso, e chá forte. As crianças comeram em uma mesa só delas e estavam tão contentes que sequer a olharam de relance, nem mesmo Tommy. Ela estava cansada o bastante para cair e se perguntava como ficaria acordada por tempo suficiente para levá-los para a cama.

Havia apenas uma outra mulher na sala, além da dona da estalagem, que estava trazendo a comida. Essa outra não ergueu a cabeça e engolia o jantar como se estivesse esfomeada. Ela mantinha seu gorro na cabeça e parecia uma estrangeira. Seu marido estrangeiro de vez em quando falava com ela por meio de grunhidos formais. Outros homens mantinham uma conversa firme, principalmente no duro tom americano punitivo que os meninos de Mary estavam começando a imitar. Esses homens estavam cheios de informações e contradições e agitavam suas facas e garfos no ar. De fato, havia duas ou três conversas — uma sobre o problema no México, outra sobre para onde estava seguindo a ferrovia, que se misturou com outra sobre um achado de ouro. Alguns homens fumavam charutos à mesa e se as escarradeiras não estavam ao alcance eles se viravam e cuspiam no assoalho. O homem sentado ao lado de Mary tentou puxar uma conversa mais adequada a uma dama, perguntando se ela estivera no *encontro de barracas*. Em princípio ela não tinha entendido que ele falava de um encontro de propagação religiosa, mas quando entendeu disse que não via utilidade nessas coisas e ele pediu desculpas e não falou mais.

Ela achou que não devia ter sido tão breve, em especial porque dependia dele para lhe passar o pão. Por outro lado, ela estava ciente de que Andrew, sentado do outro lado dela, não teria gostado que ela conversasse. Não com aquele homem, talvez não com ninguém. Andrew mantinha a cabeça baixa e abreviava suas respostas. Tal como havia feito quando era um rapaz na escola. Sempre fora difícil saber se ele estava desaprovando alguma coisa ou se era apenas timidez.

Will tinha sido mais livre. Will poderia ter querido ouvir sobre o México. Desde que os homens que falavam soubessem do que estavam falando. Geralmente ele achava que as pessoas não sabiam. Quando se considerava essa veia dele, Will não tinha sido tão diferente de Andrew, nem tão diferente de sua família, como ele próprio achava.

Uma coisa de que não se falava aqui era religião — a menos que se contasse o encontro de propagação religiosa, e Mary não contava. Nenhuma discussão feroz sobre doutrina. Nenhuma menção também a fantasmas ou visitantes estranhos, como nos velhos tempos em Ettrick. Aqui era tudo chão, era tudo sobre o que você podia achar e fazer e entender sobre o mundo real sob seus pés e ela supunha que Will teria aprovado — esse era o mundo para o qual ele pensara estar indo.

Mary se apertou para sair de seu lugar, dizendo a Andrew que estava cansada para comer mais e dirigiu-se para o saguão de entrada.

Na porta com tela o último fragmento de brisa se insinuou entre sua suada roupa empoeirada e sua pele e ela ansiou pela noite profunda e quieta, embora provavelmente não houvesse tal coisa em uma estalagem. Além da balbúrdia na sala de jantar, ela podia ouvir o alarido na cozinha e pela porta dos fundos vinha o som da lavagem despejada no cocho dos porcos, que guinchavam em busca dela. E no quintal as vozes altas das crianças, entre elas as de seus filhos. *Posso-ir-pode-sem-demora...*

Ela bateu palmas e gritou.

— Robbie e Tommy! Johnnie, traga os pequenos para dentro.

Quando viu que Johnnie a ouvira, ela não esperou: voltou-se e subiu as escadas.

Reunindo os irmãos no saguão, Johnnie olhou para cima e viu sua mãe no alto da escada, olhando para ele terrivelmente assustada, como se não o conhecesse. Ela voltou um degrau e tropeçou e se endireitou na hora exata, agarrando-se ao balaústre. Ergueu a cabeça e o olhou nos olhos, mas não conseguiu falar. Ele gritou, subiu correndo as escadas e a ouviu dizer, quase sem fôlego:

— A bebê...

Ela queria dizer que a bebê tinha desaparecido. As almofadas estavam intactas, tal como o pano que fora colocado entre elas, sobre o edredon. A bebê tinha sido apanhada com cuidado e levada embora.

O grito de Johnnie atraiu uma multidão, quase de imediato. A notícia correu de um para o outro. Andrew chegou até Mary e lhe perguntou: "Você tem certeza?". E em seguida abriu caminho depois dela até o quarto. Thomas gritava com a voz aguda de criança que os cachorrinhos tinham comido sua bebê.

— Isso é mentira — gritou a dona da estalagem, como se falasse com um adulto. — Esses cachorros nunca machucaram ninguém na vida. Não matariam sequer uma marmota.

— Não. Não. — Mary disse.

Thomas correu para ela e enfiou a cabeça entre suas pernas e ela desabou, sentando-se nos degraus.

Mary disse que sabia o que tinha acontecido. Tentando firmar o fôlego, disse que foi Becky Johnson.

Andrew voltou após olhar pelo quarto e certificar-se de que era como ela dizia. Perguntou a ela o que ela queria dizer.

Mary disse que Becky Johnson havia cuidado da bebê quase como se fosse sua. Ela queria tanto manter a bebê consigo que devia ter vindo e a roubado.

— Ela é uma índia — disse Jamie, explicando às pessoas à sua volta na base da escada. — Ela estava nos seguindo hoje. Eu a vi.

Várias pessoas, mas Andrew de forma mais convincente, quiseram saber onde ele a tinha visto e se tinha certeza que era ela e porque ele não tinha dito nada. Jamie disse que havia dito a sua mãe. Depois repetiu mais ou menos o que havia dito a Mary.

— Eu não dei muita atenção quando ele me contou — disse Mary.

Um homem disse que as índias eram famosas por tomarem as filhas bebês brancas.

— Elas as criam como índias e depois as vendem a um ou outro chefe por uma grande pilha de conchas.

— Não é que ela não tomasse conta dela direito — disse Mary, talvez nem mesmo ouvindo isso. — Becky é uma boa índia.

Andrew perguntou onde era provável que Becky fosse agora e Mary disse que talvez voltasse para casa.

— Quero dizer, para Joliet — disse ela.

O estalajadeiro disse que eles não podiam seguir naquela estrada à noite, ninguém podia, exceto os índios. Sua mulher concordou com ele. Ela trouxera uma xícara de chá para Mary. Agora amável, ela acariciava a cabeça de Tommy. Andrew disse que voltariam assim que a manhã clareasse.

— Eu sinto muito — disse Mary.

Ele disse que não havia como evitar. Como sobre muitas coisas, era o que ele dava a entender.

O homem que havia instalado a serraria nesta comunidade tinha uma vaca, que ele deixava pastando pela colônia, mandando que a filha Susie, ao entardecer, a encontrasse e ordenhasse. Susie quase sempre estava acompanhada por sua amiga Meggie, a filha do professor local. Essas garotas tinham treze e doze anos respectivamente e estavam unidas em um relacionamento intenso cheio de rituais secretos e brincadeiras especiais e uma fanática lealdade. É verdade que não tinham ninguém mais com quem fazer amizade, sendo as duas únicas garotas daquela idade na comunidade, mas isso não as impedia de sentirem-se como se uma tivesse escolhido a outra contra o resto do mundo.

Uma das coisas que elas gostavam de fazer era chamar as pessoas pelo nome errado. Às vezes era com uma simples substituição, como quando chamavam de *Tom* alguém chamado George, ou de *Edith* alguém chamado Rachel. Outras vezes celebravam certa característica — como quando chamavam o estalajadeiro de Dente, por causa do longo canino que ficava preso em seu lábio — ou então escolhiam o oposto exato do que a pessoa queria ser, como com a mulher do estalajadeiro, que era muito orgulhosa de seus aventais limpos. Elas a chamavam de Roupa Sebenta.

O garoto que cuidava dos cavalos se chamava Fergie, mas elas o chamavam de Birdie. Isso o incomodava de modo totalmente satisfatório para elas. Ele era baixo e gorducho, com cabelos negros encaracolados e olhos inocentes bem espaçados, e viera da Irlanda fazia apenas cerca de um ano. Ele corria atrás delas quando imitavam sua maneira de falar. Mas a melhor coisa que haviam conseguido foi escrever para ele uma carta de amor e assiná-la *Rose* — o nome real, por acaso, da filha do estalajadeiro — e deixá-la sobre a manta de cavalo com que ele dormia no celeiro. Elas não haviam percebido que ele não sabia ler. Ele a mostrou para alguns homens que se aproximaram do estábulo e foi uma grande piada e escândalo. Rose foi logo enviada para ser aprendiz de chapeleira, embora na verdade não fosse suspeita de ter escrito a carta.

Tampouco se suspeitou de Susie e Meggie.

Uma consequência foi que o rapaz do estábulo se apresentou à porta do pai de Meggie e pediu que o ensinassem a ler.

Foi Susie, a mais velha, que se sentou no banquinho que lhe trouxeram e se pôs a ordenhar a vaca, enquanto Meggie passeava colhendo e comendo os últimos morangos silvestres. O local que a vaca tinha escolhido para pastar no fim desse dia ficava próximo da mata, a uma curta distância da estalagem. Entre a porta lateral da estalagem e a mata em si havia uma alameda de macieiras, e entre a última dessas macieiras e as árvores da mata havia uma pequena palhoça com uma porta pendendo solta. Ela era chamada de defumadouro, embora no momento não fosse usada com essa nem nenhuma outra finalidade.

O que fez Meggie investigar a palhoça dessa vez? Ela nunca soube. Talvez fosse porque a porta estava fechada ou empurrada de modo a ficar o mais fechada possível. Foi apenas quando começou a lutar com a porta para abri-la que ela ouviu um bebê chorando.

Ela o carregou para mostrar a Susie e quando ela mergulhou os dedos no leite fresco e ofereceu um deles ao bebê, ele parou de chorar e começou a sugar com força.

— Será que alguém o teve e o escondeu lá? — disse ela, e Susie a humilhou, como sabia fazer de vez em quando, com certo conhecimento superior, dizendo que não era nada parecido com um recém-nascido, era grande demais. E estava vestido do jeito que não estaria se alguém estivesse apenas se livrando dele.

— Bem, sim — disse Meggie. — O que vamos fazer com ele?

Ela queria dizer: qual a coisa certa a fazer com isso? Nesse caso a resposta seria levá-lo para uma de suas casas. Ou levá-lo para a estalagem, que ficava mais perto.

Não era bem isso que ela queria dizer.

Não. Ela queria dizer: como podemos usar isso? Qual a melhor forma de brincar com isso, ou enganar alguém?

Os planos dele nunca se completaram. Ele compreendeu, quando saíram de casa, que seu pai — que não estava debaixo daquela lápide, mas no ar ou caminhando pela estrada, invisível, e tornando suas opiniões tão bem conhecidas quanto se tivessem estado juntos conversando — *seu pai* era contra sua ida. Sua mãe devia saber disso também, mas ela estava pronta a ceder a esse recém-chegado que parecia e até falava como seu pai, mas era um total impostor. Que de fato poderia ter sido irmão de seu pai, mas que mesmo assim era um impostor.

Mesmo quando ela começou a fazer as malas ele tinha acreditado que algo a deteria — foi apenas quando *tio Andrew* chegou que ele percebeu que nenhum acidente iria impedi-los e que isso cabia a ele.

Depois, quando ficou cansado de se manter tão distante à frente deles e se esgueirou para a mata, ele começou a imaginar que era um índio, como fizeram muitas vezes antes. Era uma ideia que vinha naturalmente das trilhas que você encontrou, ou das sugestões de trilhas, seguindo ao longo da estrada ou afastando-se dela. Tentando o melhor que podia para deslizar sem ser ouvido ou visto ele imaginava companheiros índios e chegou ao ponto de quase vê-los e pensou em Becky Johnson, como ela podia ter vindo atrás procurando uma chance de levar furtivamente a bebê a quem ela amava desmedidamente. Ele se havia mantido na mata até que os outros pararam na frente da estalagem e ele avistara essa palhoça, investigara-a antes de seguir até lá entre as macieiras. Essas mesmas macieiras o abrigaram quando ele saiu pela porta lateral com a bebê adormecida tão leve em seus braços, respirando tão ligeiramente, mal parecendo gente. Seus olhos tinham uma fresta aberta enquanto ela dormia. Na palhoça havia duas prateleiras que não haviam caído e ele a pôs na de cima, onde lobos ou gatos selvagens, se houvesse algum, não a alcançariam.

Mais tarde ele entrou para jantar, mas ninguém percebeu nada. Ele estava preparado para dizer que tinha ido ao banheiro, mas não lhe perguntaram. Tudo estava transcorrendo tão fácil, como se aquilo ainda estivesse em sua imaginação.

Após a confusão, quando se descobriu que a bebê tinha desaparecido, ele não desejara desaparecer depressa demais, por isso estava quase escuro quando correu sob as árvores para dar uma olhada nela na palhoça. Ele esperava que ela ainda não estivesse com fome, mas achou que, se estivesse, ele poderia cuspir em seu dedo e deixá-la sugá-lo, e talvez ela não conhecesse a diferença entre isso e o leite.

Foram feitos planos para voltar, tal como ele havia previsto, e ele estava contando que, assim que voltasse, de algum modo sua mãe entenderia que suas tentativas de partir estavam fadadas ao fracasso e diria a *tio Andrew* que fosse cuidar do que era de sua conta.

Como ele agora creditava a seu pai a montagem do plano todo em sua cabeça, supunha que seu pai devia ter previsto que era exatamente isso o que aconteceria.

Mas havia uma falha. Seu pai não havia enfiado em sua cabeça nenhuma ideia de como ele deveria pegar a bebê lá atrás, senão carregando-a o caminho todo, viajando pela mata como havia feito hoje parte do caminho. E depois? E quando se descobrisse que Becky Johnson não estava com ela, e quando se descobrisse que de fato Becky Johnson nem saíra de casa?

Algo lhe ocorreria. Teria de ocorrer. Ele poderia certamente carregar a bebê, agora não havia escolha. E se manteria afastado deles o bastante para que não ouvissem o choro. A essa altura ela estaria faminta.

Ele podia descobrir um jeito de roubar leite da estalagem?

Não pôde continuar a pensar no problema porque notou algo.

A porta da palhoça estava aberta, e ele achava que a havia fechado. Não havia choro, nem um som.

E não havia bebê.

A maioria dos homens que ficaram na estalagem ocuparam quartos, mas alguns, como Andrew e seus sobrinhos James e John, estavam deitados em esteiras no assoalho de madeira da comprida varanda.

Andrew foi despertado em algum momento antes da meia-noite pela necessidade de urinar. Ele se levantou e atravessou a varanda, olhou os meninos para ver se estavam dormindo, depois desceu da varanda e decidiu, em respeito ao decoro, caminhar por trás do prédio até o campo, onde conseguiu ver à luz do luar que os cavalos dormiam em pé e ruminavam em seus sonhos.

James tinha ouvido os passos de seu tio e fechara os olhos, mas não dormira.

Ou a bebê fora realmente roubada dessa vez, ou tinha sido arrastada e atacada e provavelmente semidevorada por algum animal. Não havia motivo para que ele próprio fosse envolvido ou de algum modo levasse a culpa. Talvez Becky Johnson pudesse de certo modo levar a culpa, se ele jurasse tê-la visto na mata. Ela juraria que não estivera lá, mas ele juraria que sim.

Isso porque certamente eles voltariam. Teriam de enterrar a bebê se encontrassem algum resto dela, ou mesmo se não encontrassem, teriam de fazer um culto fúnebre, não teriam? Assim, o que ele tinha desejado se realizaria. Sua mãe, porém, ficaria muito mal. O cabelo dela poderia ficar branco da noite para o dia.

Se essa era a maneira atual de seu pai de ordenar ou dispor as coisas, era muito mais drástica do que tudo que ele teria pensado no tempo em que estava vivo.

E operando desse modo impiedoso ou descuidado, seu pai chegaria a se importar que Jamie levasse a culpa?

Da mesma forma, sua mãe poderia entender que ele teve algo a ver com isso, algo que ele não estava dizendo. Ela às vezes fazia isso, embora tivesse engolido facilmente a mentira sobre Becky Johnson. Se ela soubesse, ou mesmo desconfiasse de algo parecido com a verdade, ela o odiaria para sempre.

Ele podia rezar, se as preces de um mentiroso tivessem algum valor. Ele poderia orar para que a neném tivesse sido levada por um índio, embora não por Becky Johnson, e que ela cresceria em um acampamento índio e um dia voltaria para casa tentando vender alguma bugiganga indígena e estaria muito bonita e seria reconhecida na hora por sua mãe, que gritaria de alegria e teria a mesma cara que tinha antes de seu pai morrer.

Pare com isso. Como ele podia imaginar uma coisa tão estúpida?

Andrew caminhou para a sombra do celeiro e ficou ali urinando. Quando terminou, ouviu um estranho e frágil som de sofrimento. Achou que fosse algum animal noturno, talvez um camundongo em uma ratoeira. Quando terminou de se abotoar, ouviu o som novamente, e agora estava claro o bastante para que conseguisse segui-lo.

Em volta do celeiro, do outro lado do pátio, até um anexo que tinha uma porta comum, não uma porta para criação. O som estava mais alto agora e Andrew, pai de varias crianças, identificou o que era. Bateu à porta duas vezes, e quando não houve resposta tentou abrir o ferrolho. Não havia trava, a porta oscilou para dentro. A lua brilhava através de uma janela e mostrava um bebê. Com certeza, um bebê. Estendida ali em um catre estreito composto de uma coberta tosca e um travesseiro chato que devia ser a cama de alguém. Ganchos na parede sustentavam algumas peças de roupa e um lampião. Devia ser aqui o lugar em que dormia o rapaz do estábulo. Mas ele não estava, ainda estava fora — provavelmente no outro hotel, mais despojado, que vendia cerveja e uísque. Ou zanzando lá fora sonhando com alguma garota.

Em seu alojamento, em sua cama, estava este bebê faminto.

Andrew o apanhou, sem notar o pedaço de papel que caiu do pano que o envolvia. Ele não havia dado muita atenção à bebê de Mary e não o fez agora. Não havia muita chance de haver dois bebês desaparecidos na mesma noite. Ele não fez muito alarde disso, mas a carregou confiantemente de volta para o hotel. Em todo caso, a bebê havia parado de chorar quando foi apanhada.

Ninguém se mexeu na varanda quando ele subiu os degraus, e ele prosseguiu subindo a escada para o quarto de Mary. Ela abriu a porta antes que ele batesse, como se tivesse ouvido a criança fungando ao respirar e ele falou de imediato, tranquilo, para contê-la de gritar.

— Foi esse que você perdeu?

O rapaz do estábulo encontrou o papel no chão quando voltou. Ele conseguiu lê-lo, e muito bem.

UM PRESENTE *de uma de suas* NAMORADAS.

Mas nenhum presente, nem mesmo uma brincadeira de presente, que ele pudesse ver, em parte alguma.

* * *

Jamie ouvira seu tio subir a varanda, depois entrar na estalagem. Agora ele o ouvia sair, ouvia seus passos decididos e ameaçadores vindo em sua direção, em vez de para o outro lado. Seu coração disparou com os passos. Então percebeu que seu tio estava em pé ali olhando para ele. Sacudiu a cabeça e abriu os olhos, relutante, como se despertasse.

—Acabei de levar sua irmã lá para cima para a sua mãe — disse seu tio em tom casual. —Achei que você ficaria aliviado com a notícia. — E voltou para o local onde dormia.

Com isso não havia mais necessidade de retornar e eles continuaram sua jornada pela manhã. Andrew achou bom também não interferir com a história da mulher índia e deu sua opinião de que ela tinha ficado assustada e deixado o bebê na cama do rapaz do estábulo. Ele não acreditava que o rapaz do estábulo estivesse de algum modo envolvido e acreditava que James estava, mas deixou o assunto sem investigação. O rapaz era arredio e encrenqueiro, mas pelo olhar dele à noite devia ter aprendido uma lição.

Mary ficara tão contente por ter o bebê de volta que não fez muitas perguntas sobre o que havia acontecido. Ela ainda culpava Becky? Ou tivera mais que uma suspeita do que admitiria sobre as tendências de seu primogênito?

Bois são animais muito resistentes e confiáveis e o único problema real com eles é que assim que colocam na cabeça para onde desejam ir é muito difícil fazê-los mudarem de ideia. Se eles divisam uma lagoa que lhes lembre do quanto estão sedentos e de como a água é gratificante, é melhor deixá-los ir para ela. E foi isso o que aconteceu por volta do meio-dia, depois de partirem da estalagem. A lagoa era uma lagoa grande próximo à estrada e os dois rapazes mais velhos tiraram as roupas e escalaram uma árvore com um galho saliente e se atiraram diversas vezes na água. Os menores molhavam os pés na beirada e a bebê dormia no extenso gramado à sombra e Mary procurava morangos. Uma raposa vermelha de feições angulosas os observou por um momento da margem da mata. Andrew a viu mas não disse nada, sentindo que já tinha havido comoção suficiente nessa viagem.

Ele sabia, melhor que eles, o que os esperava à frente. Estradas piores e estalagens mais rudes do que tudo que já haviam visto, e a poeira sempre se elevando, os dias se tornando mais quentes. O alívio da primeira pancada de chuva e depois o sofrimento, com a desordem lamacenta da estrada e todas as roupas ensopadas.

Ele conhecia agora o bastante do povo ianque para saber o que havia tentado Will a viver entre eles. Seu ímpeto, barulho e crueza, a necessidade de aderir ao movimento. Entretanto alguns eram bem decentes e outros, e talvez alguns dos piores, eram escoceses. Will tinha algo em si que o atraía para uma vida assim.

Isso se havia mostrado um erro.

Andrew sabia, claro, que um homem também podia morrer de cólera tanto no norte do Canadá como no estado de Illinois, e que era tolo atribuir a morte de Will à sua escolha de nacionalidade. Ele não fazia isso. E todavia... E todavia — havia algo em toda essa corrida para longe, soltando-se totalmente da família e do passado, havia algo de ousadia e autoconfiança nisso que não poderia ajudar o homem, que o colocou mais no caminho de um tal acidente, um tal destino. Pobre Will.

E esse se tornou o modo como os irmãos sobreviventes falavam dele até o dia em que morreram, e o modo como seus filhos falavam dele. Pobre Will. Seus próprios filhos, naturalmente, não o chamavam de outra coisa que não pai, embora também eles, com o tempo, possam ter sentido uma cortina de tristeza e fatalidade que pairava em torno de toda menção a seu nome. Mary quase nunca falava dele e o que sentia sobre ele se tornou assunto que era apenas de sua conta e de ninguém mais.

AS INEXPLORADAS TERRAS DE MORRIS

Os filhos de William cresciam em Esquesing, entre seus primos. Eram bem tratados. Mas o dinheiro não dava para enviá-los à escola elementar ou à faculdade, se algum deles quisesse ou fosse considerado com capacidade para tal. E não havia terra a eles destinada. Assim, tão logo tiveram idade, partiram para outras terras inexploradas. Um de seus primos foi com eles, um dos rapazes de Andrew. Ele era chamado de Big Rob porque tinha o mesmo nome que o terceiro filho de Will e Mary, que agora era chamado de Little Rob. Big Rob assumiu o costume ou dever familiar de escrever suas memórias quando estivesse velho, de sorte que as pessoas restantes soubessem como tinham sido as coisas.

No terceiro dia de novembro de 1851, eu e meus dois primos, Thomas Laidlaw agora de Blyth, e seu irmão John, que foi para a Colúmbia Britânica vários anos atrás, juntamos uma caixa de roupas de cama e alguns utensílios de cozinha em uma carroça e partimos do condado de Halton para tentar nossa sorte nas terras inexploradas da municipalidade de Morris.

No primeiro dia chegamos apenas até Preston, já que as estradas estavam muito acidentadas e ruins em Nassagaweya e Puslinch. No dia seguinte chegamos a Shakespeare e na terceira tarde chegamos a Stratford. As estradas iam sempre piorando à medida que seguíamos para oeste, por isso achamos melhor mandar nossos fardos e coisas pequenas de diligência para Clinton. Mas a diligência tinha parado de circular, até que as estradas congelassem, por isso deixamos os cavalos e o carroção voltarem, já que outro primo viera conosco para levá-los de volta. John Laidlaw, Thomas e eu colocamos nossos machados nos ombros e caminhamos para Morris. Tínhamos um lugar para pernoitar, embora tivéssemos de dormir no chão, com uma manta para nos cobrir. Estava um pouco frio já que o inverno estava chegando, mas esperávamos encontrar algumas dificuldades e fizemos o melhor que pudemos com elas.

Começamos a abrir um caminho para a casa de John, já que era a mais próxima de onde nos hospedamos e então cortamos toras para um rancho e grandes varas para cobri-lo. O homem com quem nos hospedamos tinha uma junta de bois e nos deixou utilizá-la para arrastar as toras e as varas. Depois conseguimos alguns homens para nos ajudar a erguer o rancho, mas eram muito poucos, já que havia apenas cinco colonos na localidade. Entretanto, conseguimos erguer o rancho e colocar sobre ele as varas. No dia seguinte começamos a preencher com lama os vãos entre as toras, onde não ficavam muito juntas, e a enfiar musgo nos vãos entre as varas. Conseguimos deixar o racho bem confortável e, quando estávamos nos cansando de caminhar pela neve toda noite e manhã, e a cama ficando dura e fria, fomos para Goderich tentar conseguir trabalho por alguns dias e ver se nossas caixas e utensílios de cozinha haviam chegado.

Não encontramos ninguém que precisasse de ajuda, embora fôssemos três sujeitos de boa aparência. Encontramos um único homem que precisava de alguma lenha cortada, mas ele não nos hospedaria, por isso chegamos à conclusão de que voltaríamos a Morris, já que havia muito corte de madeira por lá. Decidimos juntá-la de algum modo em lotes.

Compramos um barril de peixe em Goderich e levamos parte dele em nossas costas. Quando passávamos por Coulborne conseguimos farinha de um sujeito e como ele estava indo para Goderich ele disse que traria o restante do peixe e um barril de farinha para nós até Manchester (hoje Auburn). Nós o encontramos lá e o velho sr. Elkins atravessou o peixe e a farinha de balsa pelo rio e daí em diante tivemos de carregá-los. Eu não gostava de carregar nossas provisões.

Fomos até nossa própria cabana e conseguimos alguns ramos de cicuta para fazer uma cama e uma grande prancha de olmo para uma porta. Um francês do Québec dissera certa vez a John que nas cabanas de madeira o fogo ficava no meio da casa. Assim John disse que faria seu fogão no meio de nossa cabana. Conseguimos quatro estacas e estávamos construindo sobre elas a chaminé. Pregamos ripas, à moda de casa, no alto das estacas, na intenção de emassá-las com lama, por dentro e por fora. Quando fomos para nossa cama de cicuta, acendemos uma grande fogueira e quando algum de nós acordou no meio da noite nossa madeira estava toda em brasa e algumas varas também estavam queimando muito depressa. Assim, arrancamos a chaminé, e não foi difícil tirar as varas já que eram de tília verde. Foi a última vez que ouvimos falar de construir o fogão no meio da casa. E assim que o dia clareou começamos a construir a chaminé no extremo da casa, mas Thomas logo riu de John e zombou dele pelo fogão no meio da cabana. Contudo, conseguimos erigir a chaminé e ela cumpriu bem sua finalidade. A derrubada avançou bem melhor, após retirarmos do caminho as árvores e os galhos baixos.

Assim, andamos a passos lentos por um tempo, Thomas fazendo pão e cozinhando porque era o melhor dos três nisso. Nunca lavávamos louça e tínhamos um novo prato a cada refeição.

Um homem, de nome Valentine Harrison, que estava no extremo sul do Lote 3, Concessão 8, enviou-nos uma manta enorme de búfalo para estender sobre nós na cama. Fizemos uma armação rústica de cama e a trançamos com vime em lugar de corda, mas o vime cedeu muito no meio da cama e por isso colocamos duas vigas ao comprido sob os galhos de cicuta para que cada um de nós tivesse nossa própria fatia da cama e não rolássemos sobre quem estava no meio. Isso produziu um aperfeiçoamento na cama de solteiro.

Assim seguimos com grande esforço até que nossos baús e utensílios de cozinha foram trazidos para Clinton e conseguimos um homem com bois e trenó para trazê-los de lá. Quando conseguimos nossas roupas de cama achamos que estávamos no luxo, pois tínhamos dormido nos galhos de cicuta durante cinco où seis semanas.

Derrubamos um grande freixo e o cortamos em pranchas e depois as talhamos para assoalhar nossa cabana e dessa maneira estávamos deixando as coisas em melhor forma.

Foi por volta do começo de fevereiro que meu pai trouxe a mãe e a irmã de John e Thomas para ficarem conosco. Elas enfrentaram muita dificuldade ao passar por Hullet, já que não havia pontes para transpor os muitos riachos que não estavam congelados. Chegaram à casa de Kenneth Baines, onde agora está Blyth, e meu pai deixou os cavalos e a tia e o primo lá e veio para buscar nós três para guiá-los pelo resto do caminho. Conseguimos passar com apenas um transtorno, mas os cavalos estavam muito cansados, pois a neve estava tão funda que eles paravam a cada seis metros de avanço. Por fim chegamos à cabana e abrigamos os cavalos e, como meu pai havia trazido mantimentos consigo, ficamos bem confortáveis.

Meu pai queria levar uma carga de peixe para casa e por isso fomos a Goderich no dia seguinte e conseguimos o peixe. No dia seguinte ele partiu de volta para sua casa.

Voltei a Morris, onde minha tia e minha prima haviam arrumado as coisas em grande estilo. Thomas foi liberado da função de padeiro e cozinheiro e todos sentimos que a mudança foi para melhor.

Continuamos a trabalhar, derrubando algumas das árvores enormes, mas não estávamos muito habituados ao trabalho, e com a neve outra vez muito funda, o avanço era bastante lento. Por volta do começo de abril de 1852, havia uma crosta muito dura sobre a neve, de sorte que se podia correr sobre ela em qualquer lugar.

Como eu devia assumir um lote para um velho vizinho, no dia 5 de abril começamos a procurar alguns lotes vagos que estivessem à venda. Estávamos a oito ou dez quilômetros de nossa cabana, quando houve uma grande precipitação de neve e o vento leste levou a neve a cobrir as marcas nas árvores, e enfrentamos grande dificuldade para encontrar o caminho de volta. Minha tia e minha prima ficaram muito contentes ao nos ver, quando chegamos, pois acharam que certamente nos perderíamos.

Não fiz nada em meu sítio naquele inverno, como tampouco Thomas. Ele e John trabalharam juntos durante alguns anos. Fui para Halton na primavera e voltei para Morris no outono de 1852 e ergui minha própria cabana e uma parte desabou naquele inverno. Meus primos e eu trocamos serviços entre nós, onde quer que nosso trabalho fosse mais necessitado.

Eles me ajudaram a fazer algumas derrubadas no outono de 1853 e não consegui voltar a Morris novamente senão na primavera de 1857, quando encontrei uma esposa com quem dividir meus apuros, alegrias e tristezas.

Estou aqui (1907) há sessenta anos e enfrentei alguns infortúnios e assisti a muitas mudanças tanto nos habitantes como no país. Durante os primeiros meses transportávamos nossos mantimentos por mais de onze quilômetros — agora há uma ferrovia a menos de quatrocentos metros de nós.

No dia 5 de novembro de 1852, derrubei a primeira árvore em meu lote, e se eu tivesse hoje as árvores que estavam nele na época, eu seria o homem mais rico na municipalidade de Morris.

James Laidlaw, irmão mais velho de John e Thomas, mudou-se para Morris no outono de 1852. John assumiu a tarefa de construir uma cabana para James Waldie, que mais tarde se tornou seu sogro. James e eu fomos ajudar John com a construção, e enquanto estávamos derrubando uma árvore, um de seus galhos se partiu na queda e foi atirado de volta, atingindo James na cabeça e matando-o instantaneamente.

Tivemos de carregar seu corpo por dois quilômetros até a casa mais próxima e tive de transmitir a triste notícia a sua esposa, mãe, irmão e irmã. Foi o encargo mais triste de minha vida. Tive de encontrar ajuda para transportar o corpo para casa, já que havia apenas uma trilha pela mata e a neve estava muito funda e fofa. Isso foi no dia 5 de abril de 1853.

Tive muitos altos e baixos desde que vim para Morris. Há apenas três colonos nesta Concessão, que foram os primeiros aqui na terra e descendentes de cinco outros, que eram primeiros colonos. Em outras palavras, há apenas oito famílias vivendo nos lotes que seus pais ocuparam entre Walton e Blyth, uma distância de doze quilômetros.

O primo John, um dos três que vieram para cá em 1851, deixou esta vida no dia 11 de abril de 1907. Quase todos os velhos Laidlaws se foram. O primo Thomas e eu somos os únicos vivos agora (1907) dos que primeiro vieram para Morris.

E a localidade que agora nos conhece, logo não nos conhecerá mais, pois somos todos velhas criaturas frágeis.

James, outrora Jamie, Laidlaw morreu como seu pai em um lugar onde ainda não existiam registros mortuários confiáveis. Acredita-se que foi sepultado em um canto da terra que ele e seus irmãos e primo haviam desbravado, sendo seu corpo, depois, em algum momento por volta de 1900, removido para o cemitério de Blyth.

Big Rob, que escreveu este relato da colonização em Morris, foi pai de muitos filhos e filhas. Simon, John, Duncan, Forrest, Sandy, Susan, Maggie, Annie, Lizzie. Duncan logo saiu de casa. (Esse nome está correto, mas não estou absolutamente segura sobre os outros.) Ele foi para Guelph e raramente o viam. Os outros ficaram. A casa era grande o bastante para eles. Em princípio seus pais estavam com eles; depois, durante vários anos, apenas seu pai e, finalmente, ficaram por sua própria conta. As pessoas não se lembravam de que tivessem sido jovens.

Eles voltaram as costas para o mundo. As mulheres usavam os cabelos repartidos ao meio e bem alisados e apertados na cabeça, embora o estilo da época tendesse para as franjas e cachos. Usavam vestidos escuros de fabricação caseira com saias muito finas. E suas mãos eram vermelhas porque esfregavam todo dia o assoalho de pinho de sua cozinha com lixívia. O piso brilhava como veludo. Conseguiam ir à igreja — o que faziam todo domingo — e voltavam para casa sem ter falado com ninguém.

Suas práticas religiosas eram fiéis, mas nada emotivas.

Os homens tinham de conversar mais que as mulheres, fazendo seus negócios no moinho ou na fábrica de queijo. Mas não desperdiçavam palavras ou tempo. Eram honestos mas firmes em todos os seus tratos. Se ganhavam dinheiro não era nunca com o objetivo de comprar novo maquinário, reduzir sua labuta ou acrescentar confortos ao seu modo de viver. Não eram cruéis com seus animais mas também não eram sentimentais com eles.

A dieta domiciliar era muito simples, bebiam água nas refeições, em vez de chá.

Assim, sem nenhuma pressão da comunidade, ou de sua religião (a fé presbiteriana era ainda conflitiva e rabugenta mas não impunha cerco à alma com a veemência que havia feito no tempo de Boston), tinham construído para si uma vida que era monástica sem quaisquer recompensas de graça ou momentos de transcendência.

Em uma tarde de domingo no outono, Susan olhou pela janela e viu Forrest caminhando de um lado para o outro no grande campo em frente, onde agora havia apenas restolho de trigo. Ele batia os pés com força no chão. Então parou e avaliou o que estava fazendo.

Mas o que era aquilo? Ela não daria a ele o gosto de perguntar.

Verificou-se que antes que chegasse a geada ele se pusera a cavar um enorme buraco. Trabalhava à luz do sol e à luz do lampião. Afundou seis pés mas o buraco era largo demais para um túmulo. Na verdade seria o porão de uma casa. Trazia a terra para cima em um carrinho de mão, utilizando uma rampa que ele havia construído.

Transportou pedras enormes da pilha para dentro do celeiro e lá, após o inverno se instalar, ele as aparava com um cinzel, para as paredes de seu porão. Não parou de fazer sua cota de tarefas da fazenda, mas trabalhava nesse projeto solitário até tarde da noite.

Na primavera seguinte, assim que o buraco ficou seco, ele assentou as pedras no lugar com argamassa para fazer as paredes do porão. Instalou a tubulação para o dreno e conseguiu construir a cisterna, depois moldou à vista de todos a fundação de pedra para sua casa. Podia-se ver que não era nenhuma cabana de dois quartos que ele pretendia. Era uma casa real e espaçosa. Ela exigiria uma rua de entrada e um fosso de drenagem e ocuparia terra arável.

Por fim, seus irmãos falaram com ele. Ele disse que não cavaria o fosso até o outono, quando a safra fosse colhida e, quanto à rua, ele não tinha pensado em uma e imaginava que poderia caminhar da casa principal até lá por uma trilha estreita, sem privá-los de nem um grão a mais do que fosse necessário.

Eles disseram que ainda era preciso contar a casa, a terra que a casa havia tomado deles, e ele disse que sim, isso era verdade. Ele pagaria uma soma razoável, disse.

Onde ele a conseguiria?

Isso poderia ser calculado em termos do trabalho que ele já havia feito na fazenda, deduzindo despesas de manutenção. Além disso, ele estava abrindo mão de sua parcela na herança e isso de imediato deveria ser compensado por um buraco no campo.

Ele se propôs a não trabalhar mais na fazenda, mas assumir um emprego na oficina de aplainamento.

Eles não podiam acreditar no que ouviam — até que ele encaixou aquelas pedras enormes e permanentes —, tal como não tinham conseguido acreditar no que viam. Muito bem, disseram eles. Se o que você quer é virar objeto de chacota. Muito bem, faça isso.

Ele foi trabalhar na oficina de aplainamento e, até tarde da noite, montava a estrutura de sua casa. Ela teria dois andares, com quatro quartos e uma cozinha de fundos e outra de frente e despensa e sala de estar. As paredes seriam soalhadas, com alvenaria de tijolos. Claro que ele teria de comprar os tijolos, mas as tábuas que ele pretendia usar para as paredes de baixo eram aquelas empilhadas no celeiro, remanescentes do antigo barracão que ele e seus irmãos haviam posto abaixo quando construíram o novo celeiro reforçado. As tábuas eram deles para ele usá-las? Em termos rigorosos, não eram. Mas não se planejara nenhum outro uso para elas e havia certo incômodo na família acerca de como as pessoas os julgariam se entrassem em querelas e picuinhas sobre essas coisas. Forrest já estava jantando em um hotel em Blyth devido aos comentários que Sandy fizera sobre suas refeições à mesa da família, comendo o que o trabalho dos outros fornecia. Eles o deixaram ficar com o terreno para a casa quando ele a reivindicou como sua parte porque não queriam que ele ficasse passando adiante casos sobre sua mesquinharia, e agora no mesmo espírito eles o deixavam ficar com as tábuas.

Naquele outono ele conseguiu o telhado, embora não o tivesse coberto com sarrafos, e instalou um fogão. Em ambos os empreendimentos contou com a ajuda de um homem com quem trabalhava na oficina de aplainamento. Foi a primeira vez que alguém de fora da família realizou um trabalho no estabelecimento, exceto pela construção do celeiro no tempo de seu pai. O pai ficara irritado com suas filhas naquele dia porque elas haviam posto toda a comida sobre as mesas de cavalete no quintal, depois desaparecido, em lugar de enfrentarem servir estranhos.

O tempo não as fez mais relaxadas. Embora o ajudante estivesse lá — e ele não era de fato um estranho, apenas um homem da cidade que não ia a sua igreja — Lizzie e Maggie não iam até o celeiro, embora fosse sua vez de ordenhar. Susan teve de ir. Era sempre ela quem falava quando tinham de entrar em um armazém e comprar algo. E ela era a chefe dos irmãos quando estavam na casa. Era ela quem havia fixado a regra de que ninguém deveria questionar Forrest durante as primeiras etapas de seu empreendimento. Ela parecia achar que ele desistiria disso se não houvesse interesse ou proibição. Ele só está fazendo isso para ser notado, dizia.

E ele certamente estava. Não tanto por seus irmãos e irmãs — que evitavam olhar das janelas para aquele lado da casa — quanto pelos vizinhos, e até pelas pessoas da cidade que faziam uma passagem especial de verificação, aos domingos. O fato de que ele arranjara um emprego fora da casa, de que comia no hotel embora nunca tomasse uma bebida ali, de que havia praticamente se mudado por sua família, era um tema generalizado de conversa. Foi um tal rompimento com tudo que se conhecia sobre o resto da família que quase chegava a ser um escândalo. (A partida de Duncan a essa altura estava mais ou menos esquecida.) As pessoas se perguntavam o que havia acontecido, em princípio pelas costas de Forrest e, por último, em sua presença.

Tinha havido uma briga? Não.

Ah, bom. Então ele estava pretendendo se casar?

Se isso era uma brincadeira, ele não o tomou assim. Ele não disse sim ou não, nem talvez.

Não havia um espelho na residência da família, exceto o pequeno e ondulado com que os homens se barbeavam — as irmãs podiam dizer uma à outra quando estavam com uma aparência decente. Mas no hotel havia um espelho gigante atrás do balcão e nele Forrest podia ter visto que era um homem bastante bem apessoado no final de seus trinta: cabelos negros, corpulento e alto. (Na verdade as irmãs tinham até melhor aparência que os irmãos mas ninguém chegava a olhá-las de perto o bastante para perceber isso. Tal é o efeito do estilo e da conduta.)

Assim, por que ele não deveria achar que o casamento era possível, se é que já não havia pensado nisso?

Naquele inverno ele morou apenas com as paredes de tábuas entre si e as intempéries e com tábuas temporárias vedando os espaços das janelas. Ele ergueu as divisões internas e construiu a escada e os armários e assentou as pranchas finais de carvalho e pinho do assoalho.

No verão seguinte ele construiu a chaminé de tijolos para substituir o tubo da estufa que se projetava para fora do telhado. E revestiu a estrutura toda com tijolos vermelhos novos, assentados tão bem quanto qualquer pedreiro poderia ter feito. As janelas foram instaladas, portas de tábuas retiradas e portas prontas colocadas, na frente e nos fundos. Foi instalado um fogão moderno, com forno de assar e estufa e o reservatório de aquecimento de água. Os canos, ajustados à nova chaminé. A grande tarefa restante era revestir as paredes interiores e ele estava prestes a fazer isso quando o clima se tornou gélido. Uma camada de argamassa grossa primeiro, depois o reboco zelosamente alisado por cima. Ele entendia que papel de parede deveria ser adicionado sobre esta, mas não conseguia imaginar como escolhê-lo. Enquanto isso todos os cômodos pareciam maravilhosamente claros, com os interiores em argamassa brilhante e a neve lá fora.

A necessidade de mobília o pegou de surpresa. Na casa onde ele tinha vivido com seus irmãos e irmãs, reinavam as preferências espartanas. Nenhuma cortina, apenas persianas verde-escuras, assoalhos nus, cadeiras duras, nenhum sofá, prateleiras em lugar de armários. Roupas pendendo de ganchos atrás das portas em vez de guarda-roupas — mais roupas do que podiam ser assim manejadas eram vistas como excessivas. Ele não desejava necessariamente copiar esse estilo, mas tinha tão pouca experiência de outras casas que não sabia como lidar de modo diferente. Ele mal tinha os meios para — nem desejava — deixar o lugar parecido com o hotel.

Ele se arranjou, por um tempo, com os descartes colocados no celeiro. Uma cadeira com duas travessas faltando, algumas prateleiras toscas, uma mesa em que se depenavam frangos, um catre com mantas de cavalo estendidas sobre ele para colchão. Tudo isso foi instalado no mesmo cômodo que o fogão, deixando os outros cômodos inteiramente vazios.

Susan tinha decretado, quando todos viviam juntos, que Maggie deveria cuidar das roupas de Sandy, Lizzie cuidaria das de Forrest, Annie das de Simon e ela própria das de John. Isso incluía passar e remendar e cerzir meias, e tecer cachecóis e coletes e fazer camisas novas à medida que fossem necessárias. Não era para Lizzie continuar a cuidar de Forrest — ou ter alguma coisa a ver com ele — após sua mudança. Mas chegou uma hora — cinco ou seis anos depois que sua casa fora concluída — em que ela se encarregou de verificar como ele estava se saindo. Nessa época Susan estava doente, muitíssimo debilitada por anemia perniciosa, de sorte que suas leis nem sempre eram aplicadas.

Forrest deixara seu emprego na oficina de aplainamento. O motivo, segundo se dizia, era que ele não aguentava mais as gozações o tempo todo sobre seu casamento. Circulavam histórias, uma delas sobre sua ida de trem a Toronto, onde ele ficava sentado o dia inteiro na Union Station, procurando uma mulher que cumprisse os requisitos sem encontrá-la. Outra sobre ele ter escrito para uma agência nos Estados Unidos, e depois se escondido no porão quando uma mulher corpulenta veio bater à sua porta. Os mais jovens na oficina eram particularmente duros com ele, dando-lhe conselhos ridículos.

Ele conseguiu emprego como zelador na igreja presbiteriana, onde não tinha de ver ninguém além do ministro e de vez em quando um inoportuno membro da sessão — nenhum dos quais do tipo que faz comentários rudes ou pessoais.

* * *

Lizzie atravessou o campo em uma tarde de primavera e bateu à sua porta. Nenhuma resposta. Entretanto, a porta não estava trancada e ela entrou.

Forrest não estava dormindo. Estava deitado em seu catre, totalmente vestido e com os braços atrás da cabeça.

— Você está doente? — disse Lizzie.

Nenhum deles jamais se deitava durante o dia a menos que estivesse doente.

Forrest disse que não. Ele não a reprovou por entrar sem ser convidada, mas também não lhe deu boa acolhida.

O lugar cheirava mal. Não se chegara a colocar papel de parede e havia ainda emanações de reboco cru. Também havia cheiro de mantas de cavalo e de outras roupas não lavadas havia muito tempo, talvez nunca. E de óleo velho na frigideira e folhas de chá amargo na chaleira (Forrest tinha adquirido o hábito chique de beber chá em lugar de apenas água quente). As janelas estavam embaçadas à luz do sol primaveril e moscas mortas jaziam em seus batentes.

— Foi Susan que te mandou? — disse Forrest.

— Não — disse Lizzie. — Ela já não é a mesma.

Ele não teve nada a dizer sobre isso.

— Foi Simon?

— Eu vim por minha conta — Lizzie baixou o pacote que estava carregando e olhou em volta procurando uma vassoura. — Estamos todos bem em casa — disse ela, como se ele tivesse perguntado. — Exceto Susan.

No pacote havia uma nova camisa de algodão azul, metade de um pão e um bom pedaço de manteiga fresca. Todos os pães que as irmãs faziam eram excelentes, e a manteiga saborosa, feita do leite de vacas Jersey. Lizzie havia pego essas coisas sem permissão.

Esse foi o início de uma nova disposição da família. Susan até se ergueu da cama quando Lizzie entrou em casa, o bastante para dizer que ela devia escolher entre ir ou ficar. Lizzie disse que iria, mas para surpresa de Susan, e de todos, ela pediu sua cota dos bens do domicílio. Simon separou o que cabia a ela, com rigorosa justiça, e dessa maneira a casa de Forrest ficou, por fim, esparsamente mobiliada. Nenhum papel de parede foi pregado nem cortinas penduradas, mas tudo ficou esfregado e reluzente. Lizzie tinha pedido uma vaca e meia dúzia de galinhas e um porco para criar, e Forrest se pôs a trabalhar como carpinteiro novamente, para construir um celeiro com duas baias e um monte de feno. Quando Susan morreu, descobriu-se que ela tinha guardado um pé-de-meia surpreendente, e uma cota dele também era concedida. Comprou-se um cavalo e uma charrete, mais ou menos na época que os carros estavam se tornando habituais nessas estradas. Forrest parou de ir a pé para o seu emprego, e nas noites de sábado ele e Lizzie faziam compras na cidade. Lizzie reinava em sua casa, como qualquer mulher casada.

Numa noite de Halloween — que naquele tempo era mais um momento para travessuras sérias que uma ocasião para dar esmolas — uma trouxa foi deixada à porta de Forrest e Lizzie. Lizzie foi a primeira a abrir a porta na manhã. Ela se esquecera do Halloween, a que ninguém da família jamais dava atenção, e quando viu a forma da trouxa ela gritou, mais de assombro que de aborrecimento. Nas dobras da lã esfarrapada ela viu a forma de um bebê, e ela tinha ouvido falar algo sobre bebês abandonados, deixados junto à porta de pessoas que poderiam cuidar deles. Por um único momento ela deve ter pensado que aquilo acontecera com ela, que ela havia de fato sido escolhida para tal presente e dever. Depois Forrest chegou dos fundos da casa e, ao vê-la inclinar-se e apanhá-lo, soube imediatamente o que era. O mesmo ela soube, assim que o tocou. Um pacote de palha ensacada, amarrado com barbantes para parecer um bebê, o rosto marcado com carvão no lugar apropriado no embrulho, para mostrar toscamente a face de um bebê.

Menos inocente que Lizzie, Forrest compreendeu a insinuação e arrancou-lhe o pacote das mãos, rasgou-o em pedaços, enfiou os pedaços no fogão.

Ela percebeu que era algo sobre o que seria melhor não indagar ou sequer mencionar no futuro, e nunca o fez. Tampouco ele o mencionou e a história sobreviveu apenas como rumor, sempre questionado e deplorado por aqueles que o passavam adiante.

— Eles eram dedicados um ao outro — dizia minha mãe, que nunca os encontrara realmente, mas em geral era favorável às relações de irmãos com irmãs, não maculadas pelo sexo.

Meu pai, quando criança, tinha os visto na igreja, e pode tê-los visitado umas duas vezes, com sua mãe. Eram apenas primos em segundo grau de seu pai e ele achava que nunca tinham vindo à casa de seus pais.

Ele não os admirava nem os culpava. Ficava pasmo com eles.

— Pensar no que seus ancestrais fizeram — disse ele. — A coragem que foi preciso, fazer as malas e cruzar o oceano. O que foi que moveu seus espíritos? Tão cedo!

TRABALHANDO PARA VIVER

Quando meu pai tinha doze anos e cursara até onde pôde a escola rural, foi para a cidade fazer uma série de provas. O nome correto delas era Exames de Admissão, mas eram conhecidas no conjunto como Admissão. Ao pé da letra significava a admissão ao colegial, mas significava também, de um modo vago, a admissão ao mundo. O mundo das profissões como a medicina, o direito ou a engenharia ou o magistério. Os rapazes do campo ingressaram nesse mundo nos anos precedentes à Primeira Guerra Mundial, com mais facilidade do que teriam feito uma geração depois. Foi um tempo de prosperidade no condado de Huron e de expansão no país. Era 1913 e o país ainda não tinha cinquenta anos de idade.

Meu pai passou na Admissão com grande distinção e foi para a Continuation School [Escola de Continuação] na cidade de Blyth. As Continuation Schools ofereciam quatro anos de colegial, sem o ano final chamado Escola Superior [Upper School] ou quinta série — para isso era preciso ir a uma cidade maior. Parecia que ele estava no caminho certo.

Durante sua primeira semana na Continuation School meu pai ouviu o professor ler um poema.

Liza Grayman Ollie Minus.
We can make Eliza blind.

Andy Parting, Lee Beehinus.
Foo Prince in the Sansa Time.

Ele costumava recitar isso para nós de brincadeira, mas a verdade é que ele não o ouvia como uma brincadeira. Por volta da mesma época, ele entrou na papelaria e pediu Signs Snow Paper. *Signs Snow Paper.* Science notepaper [Papel de carta de ciências]. Em seguida se surpreendeu ao ver o poema escrito no quadro negro.

Lives of Great Men all remind us,
We can make our lives sublime.
And, departing, leave behind us
*Footprints on the Sands of Time.**

Ele não esperava tamanho esclarecimento racional, não sonharia em pedi-lo. Havia se disposto inteiramente a dar às pessoas na escola o direito de ter uma linguagem ou lógica estranhas. Ele não lhes pedia para dar sentido em seus próprios termos. Ele tinha uma veia de orgulho que poderia parecer humildade, tornando-o assustado e suscetível, pronto a se retirar. Sei disso muito bem. Fazia um mistério disso, uma estrutura hostil de regras e segredos, muito além de tudo que realmente existia. Sentia próximo o hálito feroz do ridículo, superestimava a competição, e a prudência familiar, a sabedoria do campo, então lhe ocorria: fique fora disso.

Naquele tempo as pessoas na cidade geralmente olhavam de cima para as pessoas do campo, como se fossem mais propensas do

---

* Em tradução livre: "As vidas dos Grandes Homens nos lembram/ que podemos tornar nossas vidas sublimes./ E, partindo, deixar para trás de nós/ Rastros nas Areias do Tempo. [N.T.]

que elas a serem obtusas, terem a língua presa, serem incivilizadas, e um tanto mais dóceis, a despeito de sua força. E os fazendeiros viam as pessoas que viviam nas cidades como tendo uma vida fácil e com dificuldade para sobreviver em situações que exigiam fortaleza, independência, trabalho árduo. Acreditavam nisso a despeito do fato de que as horas que os homens trabalhavam em empregos fabris ou em lojas eram longas e os salários baixos, apesar do fato de que muitas casas na cidade não tinham água corrente nem banheiros com descarga, nem eletricidade. Mas as pessoas na cidade tinham as tardes de sábado ou quarta-feira e a totalidade dos domingos de folga e isso era o bastante para torná-las maleáveis. Os fazendeiros não tinham nenhum feriado em suas vidas. Nem mesmo os escoceses presbiterianos; vacas não reconhecem o Sabá.

As pessoas do campo quando vinham para a cidade fazer compras ou ir à igreja, geralmente pareciam rígidas e tímidas, e as pessoas da cidade não percebiam que isso na verdade podia ser visto como um comportamento superior. Comportamento não-vou-deixar--ninguém-me-fazer-de-bobo. O dinheiro não faria muita diferença. Os fazendeiros podiam manter sua reserva orgulhosa e desconfiada na presença de cidadãos a quem eles poderiam vender e de quem poderiam comprar.

Meu pai diria mais tarde que ele tinha ido para a Continuation School jovem demais para saber o que estava fazendo e que deveria ter ficado lá, deveria ter se tornado alguém na vida. Mas ele dizia isso quase como uma formalidade, não como se desse muita importância. E não foi como se tivesse fugido para casa diante do primeiro indício de que havia coisas que ele não compreendia. Ele nunca foi muito claro sobre quanto tempo havia ficado. Três anos e uma parte do quarto? Dois anos e parte do terceiro? E ele não abandonou de súbito — não foi uma questão de ir para a escola um dia e faltar no seguinte e nunca aparecer novamente. Ele apenas começou a passar mais e mais tempo na mata e cada vez menos tempo na escola, de modo que seus pais concluíram que não havia muito sentido em mandá-lo para uma cidade maior para fazer a Quinta Série, sem muita esperança de universidade ou das profissões. Eles tinham condições para tanto — embora não com facilidade —, mas evidentemente não era o que ele queria. E isso não podia ser visto como uma grande decepção. Ele era seu único filho, o filho único. A fazenda seria dele.

Na época não havia no condado de Huron mais áreas inexploradas do que há hoje. Talvez houvesse menos. As fazendas tinham sido desbravadas no período entre 1830 e 1860, quando a Faixa do Huron estava sendo aberta e o desbravamento foi completo. Muitos riachos tinham sido dragados — a medida progressista a adotar era estreitá-los e fazê-los correr como canais dóceis entre os campos. Os primeiros fazendeiros detestavam a mera visão de uma árvore e admiravam a vista de terra aberta. E o acesso masculino a terra era gerencial, ditatorial. Às mulheres se permitia apenas que cuidassem da paisagem e não pensar só em sua sujeição e produtividade. Minha avó, por exemplo, ficou famosa por ter salvo uma fileira de bordos prateados ao longo da estrada vicinal. Essas árvores cresciam ao lado de um campo de cultivo e estavam se tornando grandes e velhas — suas raízes interferiam na aragem e elas sombreavam uma parte muito grande da área plantada. Meu avô e meu pai saíram certa manhã e se prepararam para derrubar a primeira delas. Mas da janela da cozinha minha avó viu o que eles estavam fazendo e saiu correndo sem tirar o avental e passou-lhes um sermão censurando-os, de maneira que por fim tiveram de recolher os machados e o serrote traçador e abandonar o local. As árvores permaneceram e prejudicaram a colheita na margem do campo, até que o terrível inverno de 1935 acabou com elas.

Mas ao fundo das fazendas os fazendeiros eram obrigados por lei a deixar uma área de matas. Poderiam cortar árvores ali tanto para seu próprio uso como para vender. Claro que a madeira havia sido seu primeiro cultivo — o olmo para os cascos dos navios e o pinho branco para os mastros, até que quase nenhum desses olmos e pinhos brancos restou. Agora havia decreto de proteção para o álamo, o freixo, o bordo, o carvalho e a faia, o cedro e a cicuta que restaram. Através da reserva arborizada — chamada de mata — nos fundos da fazenda de meu avô corria o riacho Blyth, dragado muito tempo antes quando a fazenda foi inicialmente desbravada. A terra dragada então produziu uma margem alta, com pequenos montículos, na qual cresceram matas densas de cedro. Foi onde meu pai começou a caçar com armadilhas. Ele se liberava da escola e entrava na vida de um caçador de peles. Seguia o riacho Blyth por vários quilômetros em uma das direções, até sua nascente no município de Grey ou até o local onde ele deságua no rio Maitland, que flui para lago Huron. Em alguns lugares — mais particularmente na aldeia de Blyth — o riacho se tornou público por algum tempo, mas durante grande parte de sua extensão ele corria pelos fundos das fazendas, com a mata de ambos os lados, de sorte que era possível segui-lo e quase não perceber as fazendas, a terra desbravada, as estradas e cercas estendidas em linha reta — era possível imaginar que se estava na floresta como ela era cem anos atrás e por séculos antes disso.

Meu pai tinha lido muitos livros a essa altura, livros que encontrava em casa e na biblioteca de Blyth, e na biblioteca da Sunday School. Tinha lido livros de Fenimore Cooper e absorvera os mitos ou semimitos sobre as áreas desabitadas que eram desconhecidos da maioria dos rapazes do campo de seu tempo, já que poucos deles eram leitores. A maioria dos rapazes, cuja imaginação era animada pelas mesmas noções que a dele, vivia em cidades. Se fossem ricos o bastante, viajavam para o norte todo verão com suas famílias, saíam em passeios de canoa e mais tarde em viagens de caça e pesca. Se suas famílias fossem muito ricas navegavam os rios do extremo norte com guias indígenas. As pessoas ávidas por essa experiência das áreas desabitadas passariam direto por nossa parte do campo sem notar que havia ali qualquer fração de vida selvagem.

Mas os rapazes da zona rural do condado de Huron, quase sem saber nada sobre essa imensidão rural do Escudo Pré-Cambriano e dos rios selvagens, mesmo assim eram atraídos — por algum tempo, alguns deles foram — para as faixas de mata ao longo dos riachos, onde pescavam e caçavam, montavam balsas e armavam arapucas. Mesmo se não tivessem lido uma palavra sobre esse tipo de vida podiam fazer suas incursões por ela. Mas logo desistiam para ingressar no trabalho concreto, pesado, de suas vidas, como fazendeiros.

E uma das diferenças entre os fazendeiros de então e os de agora é que naquele tempo ninguém esperava que a recreação desempenhasse algum papel regular na vida rural.

Meu pai, sendo um rapaz do campo com essa percepção adicional, inspirada ou romântica (ele não teria se interessado por essas palavras), com uma avidez alimentada por Fenimore Cooper, não se afastou desses passatempos juvenis com a idade de dezoito, dezenove ou vinte. Em lugar de desistir da mata, ele se apegou a ela com mais firmeza e seriedade. Começou a ser dito e considerado mais como um caçador armadilheiro que como um jovem fazendeiro. E como um jovem solitário e ligeiramente estranho, embora não alguém que fosse de algum modo temido ou malquisto. Ele estava se evadindo da vida de um fazendeiro, tal como antes se esquivara à ideia de ter uma formação e se profissionalizar. Estava se aproximando de uma vida que talvez não conseguisse visualizar com clareza, já que sabia muito melhor o que não queria do que o que queria.

Uma vida na mata, distante das cidades, à margem das fazendas — como poderia consegui-la?

Mesmo ali, onde homens e mulheres assumiam o que para eles era delineado, alguns homens a haviam conseguido. Mesmo nesse campo domesticado havia alguns ermitões, alguns homens que tinham herdado fazendas e não as mantinham, ou que eram apenas posseiros sabe Deus vindos de onde. Eles pescavam e caçavam e viajavam, desapareciam e voltavam, partiam e jamais voltavam — não como os fazendeiros que sempre que deixavam suas próprias localidades o faziam em charretes ou trenós ou agora mais frequentemente de carro, dedicados a incumbências definidas rumo a pontos certos de destino.

Ele estava ganhando dinheiro com sua linha de armadilhas. Algumas peles podiam lhe render tanto quanto o trabalho de uma quinzena em uma turma de debulha. Assim, em casa eles não podiam se queixar. Ele pagava a alimentação e ainda ajudava o pai quando era necessário. Ele e o pai nunca conversavam. Podiam trabalhar a manhã toda cortando lenha na mata e nunca dizer uma palavra, exceto quando tinham de falar sobre o trabalho. O pai não tinha interesse na mata a não ser como área de reserva. Para ele era apenas como um campo de aveia, com a diferença que a colheita era de lenha.

Sua mãe era mais curiosa. Ela voltava à mata nas tardes de domingo. Era uma mulher alta e aprumada com uma figura imponente, mas ainda tinha um passo varonil. Arregaçava as saias e destramente lançava as pernas sobre uma cerca. Era bem informada sobre flores e amoras silvestres e sabia dizer o nome de qualquer pássaro pelo seu canto.

Ele lhe mostrava as armadilhas onde apanhava peixes. Isso a deixava incomodada porque os peixes podiam ser presos nas armadilhas em um domingo, tal como em qualquer outro dia. Ela era muito rigorosa quanto a todas as regras e costumes presbiterianos e essa rigidez tinha uma história peculiar. Ela não fora criada como presbiteriana, mas levara uma infância e meninice despreocupada como membro da Igreja Anglicana, também conhecida como a Igreja da Inglaterra. Não haviam muitos anglicanos naquela parte do país e eles eram às vezes vistos como próximos dos católicos — mas também como vizinhos dos livres-pensadores. Sua religião geralmente parecia ser aos de fora apenas uma questão de reverências e respostas, com sermões curtos, interpretações fáceis, ministros terrenos, muita pompa e frivolidade. Uma religião ao gosto de seu pai, que tinha sido um irlandês jovial, contador de histórias, beberrão. Mas quando minha avó se casou, ela se deixou absorver inteiramente pelo presbiterianismo de seu marido, tornando-se mais veemente que muitos que foram criados na religião. Era uma anglicana de nascimento que assumira a retidão/competição presbiteriana tal como nascera mulher-macha que assumiu a competição dona de casa/ fazendeira com todo o seu ser. As pessoas poderiam ter se perguntado: ela fez isso por amor?

Meu pai e os que a conheceram bem não pensavam assim. Ela e meu avô não combinavam, embora não brigassem. Ele, ponderado, calado; ela, animada, sociável. Não, não era por amor, mas por orgulho que ela fazia o que fazia. Para não ser de modo algum superada ou criticada. E para que ninguém dissesse que ela lamentava uma decisão que havia tomado, ou que desejava algo que não podia ter.

Continuou em bons termos com seu filho a despeito dos peixes de domingo, que ela não iria preparar. Ela assumiu interesse pelas peles de animais que ele lhe mostrou e ouviu o quanto ele obtinha por elas. Lavava suas roupas fétidas, cujo cheiro vinha tanto das iscas de peixe que ele carregava quanto das peles e tripas. Era capaz de se exasperar, mas era tolerante com ele como se fosse um filho muito mais jovem. E talvez ele parecesse de fato mais jovem para ela, com suas arapucas e jornadas ao longo do riacho e sua insociabilidade. Ele nunca ia atrás de garotas e pouco a pouco perdeu contato com seus amigos de infância que assim faziam. Ela não se importava. Esse comportamento pode tê-la ajudado a suportar o desapontamento por ele não ter prosseguido nos estudos, por não ter se tornado um médico ou pastor. Talvez ela pudesse fingir que ele ainda poderia fazer isso, que os velhos planos — os planos dela para ele — não foram esquecidos mas apenas adiados. Pelo menos ele não estava se tornando apenas um fazendeiro calado, uma cópia de seu pai.

Quanto a meu avô, não dava opiniões, não dizia se aprovava ou discordava. Mantinha seu ar de disciplina e reserva. Era um homem nascido em Morris, decidido a ser um fazendeiro, um liberal e um presbiteriano. Nascido para ser contra a Igreja Inglesa e o Pacto Familiar e o Bispo Strachan e os salões de bar; para ser favorável ao sufrágio universal (mas não para as mulheres), escolas gratuitas, governo responsável, o Dia da Aliança do Senhor. Para viver por renúncias e rotinas rígidas.

Meu avô divergiu um pouco — aprendeu a tocar violino, casou-se com a alta e temperamental moça irlandesa com olhos de duas cores. Feito isso, retraiu-se, e pelo resto de sua vida foi diligente, ordeiro e calado. Ele também era leitor. No inverno conseguia fazer todo o seu trabalho — e benfeito — e então podia ler. Nunca falava sobre o que lia, mas a comunidade toda sabia. E o respeitava por isso. E tem algo estranho — havia também uma mulher que lia, ela retirava livros o tempo todo da biblioteca e ninguém lhe tinha o menor respeito. A conversa era sempre sobre como a poeira se acumulava sob as camas e seu marido comia um jantar frio. Talvez fosse porque ela lia romances e contos, e os livros que meu avô lia eram pesados. Livros pesados, como todos se lembravam, mas não se lembravam de seus títulos. Eles vinham da biblioteca, que na época continha Blackstone, Macauley, Carlyle, Locke, a *História da Inglaterra* de Hume. E quanto a *Ensaio sobre o entendimento humano*? E quanto a Voltaire? Karl Marx? É possível.

Ora, se a mulher com os flocos de poeira sob as camas tivesse lido os livros pesados, ela teria sido perdoada? Acho que não. Eram mulheres que a julgavam, e as mulheres julgavam as mulheres com mais severidade que os homens. Além disso, deve-se lembrar que meu avô primeiro terminava seu trabalho — suas pilhas de lenha eram metódicas e seu estábulo limpo e arrumado. Em nenhum aspecto de comportamento sua leitura afetava sua vida.

Outra coisa dita de meu avô era que ele prosperava. Mas a prosperidade naquele tempo não era buscada ou entendida do modo como é hoje. Lembro-me de minha avó dizendo:

— Quando precisávamos fazer algo, quando seu pai foi para Blyth para estudar e precisou de livros e novas roupas e assim por diante, eu dizia para seu avô, bem, é melhor criar mais um bezerro ou algo assim para conseguir um pequeno extra.

Assim, ao que parece, se eles sabiam o que fazer para conseguir esse pequeno extra, eles podiam consegui-lo logo de início.

Ou seja, em sua vida cotidiana nem sempre estavam ganhando tanto dinheiro quanto poderiam ter ganhado. Não estavam esticando o orçamento até o limite. Não viam a vida nesses termos. Tampouco a viam em termos de economizar pelo menos uma parte de suas energias para os bons tempos, como faziam alguns vizinhos irlandeses.

Como, então? Acredito que eles encaravam isso principalmente como um ritual. Sazonal e inflexível, quase como trabalho doméstico. Para tentar ganhar mais dinheiro, pois uma melhora de condição ou algo que pudesse deixar a vida mais fácil, poderia ter parecido impróprio.

Uma mudança de perspectiva em relação à do homem que foi para Illinois. Talvez uma influência persistente daquele revés, sobre seus descendentes mais tímidos ou ponderados.

Essa devia ter sido a vida que meu pai via a sua espera — uma vida que minha avó, a despeito de sua própria submissão a ela, não lamentava totalmente vê-lo evitar.

Há aqui uma contradição. Quando escrevemos sobre pessoas reais sempre nos opomos às contradições. Meu avô possuiu o primeiro carro na linha Eight de Morris. Era um Gray-Dorrit. E meu pai em sua adolescência tinha um receptor de cristal, objeto de desejo de todos os meninos. Claro que ele pode ter pagado de seu próprio bolso.

Ele pode tê-lo adquirido com o dinheiro de suas caçadas com armadilhas.

Os animais que meu pai apanhava eram castores, doninhas, raposas. Os castores ele apanhava na primavera porque sua pele ficava excelente até por volta do final de abril. As outras estavam em seu melhor estado do final de outubro até o inverno adentro. A doninha branca só alcança sua pureza por volta do dia dez de dezembro. Ele saía com seus sapatos de neve, montava alçapões, com um disparador em forma de quatro, ajustado para que as tábuas e os galhos caíssem sobre o castor ou vison. As armadilhas para doninhas ele pregava nas árvores. Pregava tábuas para fazer uma armadilha de caixa quadrada funcionando segundo o mesmo princípio que uma arapuca — algo menos visível a outros caçadores. As armadilhas de aço para castores eram estaqueadas de maneira que o animal se afogasse, geralmente ao fim de uma grade de cedro inclinada. Eram necessárias paciência, previsão e astúcia. Para os vegetarianos ele dispunha pedaços saborosos de maçã e nabo; para os carnívoros, como o vison, havia deliciosas iscas de peixe misturadas por ele mesmo e sazonadas em um pote no chão. Uma mistura de carne parecida para raposas era enterrada em junho ou julho e desenterrada no outono; elas tentavam tirar para rolar sobre ela, deleitando-se na acidez da decomposição.

As raposas o interessavam cada vez mais. Ele as seguia desde os riachos até os pequenos e enrugados outeiros arenosos que às vezes são encontrados entre a mata e a pastagem — elas adoram os outeiros arenosos à noite. Ele aprendeu a ferver suas armadilhas em água e casca macia de bordo para eliminar o cheiro de metal. Essas armadilhas eram instaladas ao aberto com areia peneirada sobre elas.

Como se mata uma raposa presa na armadilha? Não é desejável atirar nela, por causa da ferida deixada na pele e do cheiro de sangue que danifica a armadilha. Ela é atordoada com o golpe de um bastão comprido e sólido e depois se calca o pé sobre seu coração.

As raposas na mata são normalmente vermelhas. Mas de vez em quando ocorre entre elas uma raposa negra, como uma mutação espontânea. Ele nunca apanhou nenhuma. Mas sabia que algumas delas tinham sido apanhadas em outros lugares e cruzadas seletivamente para aumentar o aparecimento de pelos brancos ao longo do dorso e da cauda. Em seguida foram chamadas de raposas prateadas. O criatório de raposas prateadas estava apenas começando no Canadá.

Em 1925 meu pai comprou um casal, um macho e uma fêmea, de raposa prateada e construiu uma gaiola para elas atrás do celeiro. De início devem ter parecido apenas uma outra espécie de animal sendo criada na fazenda, algo mais bizarro que as galinhas ou porcos ou mesmo o galo de Bantam, algo raro e vistoso como pavões, curiosidades para visitantes. Quando meu pai as comprou e construiu um viveiro para elas, isso pode ter sido tomado como um sinal de que ele pretendia ficar, ser um fazendeiro ligeiramente diferente da maioria, mas ainda um fazendeiro.

A primeira ninhada nasceu e ele construiu mais viveiros. Ele tirou uma foto de sua mãe segurando os três filhotes. Ela parece apreensiva mas amável. Os filhotes eram dois machos e uma fêmea. Ele matou os machos no outono quando sua pele estava perfeita e a vendeu por um preço excelente. As armadilhas passaram a ser menos importantes que esses animais criados em cativeiro.

Uma jovem chegou em visita. Uma prima pelo lado irlandês — professora, animada, persistente e bonita, alguns anos mais velha que ele. Ela ficou imediatamente interessada nas raposas e não, como pensou a mãe dele, fingindo estar interessada a fim de seduzi--lo. (Entre sua mãe e a visitante houve uma antipatia quase instantânea, embora fossem primas.) Ela vinha de um lar muito mais pobre, uma fazenda mais pobre que essa, e se tornara professora por seus próprios esforços desesperados. O único motivo pelo qual ela havia parado aí era que o magistério era a melhor coisa para mulheres que ela havia até então encontrado. Ela era uma professora esforçada e benquista, mas alguns talentos que ela sabia possuir não estavam sendo usados. Esses talentos tinham algo a ver com correr riscos, ganhar dinheiro. Eram dotes tão deslocados na casa de meu pai quanto tinham sido na dela, olhados com desconfiança em ambos os lares, embora fossem os mesmos dotes (mencionados com menor frequência que o trabalho árduo, a perseverança) que haviam construído o país. Ela olhava para as raposas e não via nenhum elo romântico com a vida selvagem; ela via uma nova indústria, a possibilidade de riquezas. Ela tinha algum dinheiro poupado para comprar um lugar onde tudo isso poderia ser começado para valer. Ela se tornou minha mãe.

Quando penso em meus pais antes de se tornarem meus pais, após terem tomado sua decisão mas antes que seu casamento a tornasse — naquele tempo — irrevogável, eles parecem não só comoventes e desamparados, maravilhosamente iludidos, porém mais atraentes que em qualquer momento posterior. É como se nada fosse frustrante na época e a vida ainda se abrisse em possibilidades, como se eles desfrutassem de todos os tipos de poder antes de se renderem um ao outro. Claro que isso pode não ser verdade — eles já deviam estar ansiosos — certamente minha mãe devia estar apreensiva por ter chegado ao final dos seus vinte ainda solteira. Eles já deviam ter conhecido o fracasso, podem ter se voltado um para o outro mais com reservas que com o otimismo exuberante que imagino. Mas eu imagino assim, como todos devemos gostar de fazer, para que não pensemos que nascemos por afeição que sempre parece avara nem por um empreendimento que sempre parece pouco entusiasta. Acho que quando vieram e escolheram o lugar onde viveriam para o resto da vida, no rio Maitland logo a oeste de Wingham, no município de Turnberry, no condado de Huron, estavam viajando em um carro que corria bem em estradas secas em um claro dia de primavera e que eles próprios eram amáveis e bonitos e saudáveis e confiantes em sua sorte.

Não muito depois eu estava andando de carro com meu marido nas estradas vicinais do condado de Grey, que fica a noroeste do condado de Huron. Passamos por um armazém rural vazio em uma encruzilhada. Tinha vitrines antiquadas, com vidros estreitos e compridos. Do lado de fora havia na frente uma base para bombas de gasolina que já não estavam lá. Vizinho ao armazém havia um pequeno monte com sumagres e trepadeiras, nos quais todo tipo de sucata havia sido atirado. Os sumagres despertaram minha memória e olhei de volta para o armazém. Achei que havia estado ali outrora e que o cenário estava associado a alguma decepção ou receio. Eu sabia que nunca havia passado de carro por esse caminho antes em minha vida adulta e não acho que pudesse ter vindo aqui quando criança. Era longe demais de casa. A maioria de nossos passeios de carro fora da cidade era para a casa de meus avós em Blyth — eles haviam se retirado para lá depois que venderam a fazenda. E certa vez em um verão fomos até o lago em Goderich. Mas assim que estava dizendo isso a meu marido me lembrei da decepção. Sorvete. E aí me lembrei de tudo — a viagem que meu pai e eu fizemos até Muskoka em 1941, quando minha mãe já estava lá, vendendo peles no hotel Pine Tree, ao norte de Gravenhurst.

Meu pai havia parado para abastecer em um armazém rural e tinha me comprado uma casquinha de sorvete. Era um local isolado e o sorvete devia ter ficado em sua cuba por muito tempo. Provavelmente havia se derretido parcialmente em uma etapa, depois recongelado. Ele continha fragmentos de gelo, gelo puro, e seu sabor estava pessimamente alterado. Até a casquinha estava mole e rançosa.

148 ALICE MUNRO

— Mas por que ele tomaria este caminho para Muskoka? — disse meu marido. — Ele não iria pela Estrada 9 e depois tomaria a Rodovia 11?

Ele tinha razão. Perguntei-me se poderia ter me enganado. Poderia ter sido outro armazém em outra encruzilhada onde compramos a gasolina e o sorvete.

Enquanto seguíamos para oeste, dirigindo sobre as longas colinas para o condado de Bruce e a Rodovia 21, após o pôr do sol e antes de anoitecer, eu falava sobre o quanto era comprida qualquer viagem de carro — isto é, qualquer viagem de carro por mais de quinze quilômetros — para nossa família, o quanto era árdua e incerta. Eu descrevia para meu marido — cuja família, mais realista que a nossa, se considerava pobre demais para possuir um carro — como os ruídos e movimentos do carro, os sacolejos e chocalhadas, a tensão do motor e o rangido das marchas faziam a conquista das colinas e o percurso de quilômetros um esforço de que todos no carro pareciam participar. Um pneu ficava careca, o radiador fervia, haveria um colapso? O uso dessa palavra — *colapso* — fazia o carro parecer frágil e assustadiço, com uma vulnerabilidade misteriosa, quase humana.

— Claro que não seria assim se você tivesse um carro mais novo, ou se pudesse pagar para mantê-lo bem conservado — disse eu.

E ocorreu-me por que havíamos ido para Muskoka por estradas vicinais. No fim das contas, eu não havia me enganado. Meu pai devia ter ficado receoso de levar o carro passando por alguma cidade de maior porte ou em uma rodovia principal. Havia muita coisa errada com ele. Nem deveria estar na estrada. Havia épocas em que ele não podia se dar ao luxo de levá-lo para a oficina, e essa devia ser uma delas. Ele fazia o que podia para ele mesmo consertá-lo, para mantê-lo rodando. Às vezes um vizinho o ajudava. Lembro-me de meu pai dizendo: "O camarada é um gênio da mecânica", o que me faz desconfiar que ele mesmo não era nenhum gênio da mecânica.

Agora eu sabia por que uma sensação de risco e receio estava misturada à minha lembrança das estradas sem pavimentação, às vezes nem cascalhadas — algumas eram tão estriadas que meu pai as chamava de "estradas reco-reco" — e as pontes de tábuas só para um carro. À medida que as lembranças me voltavam consegui evocar meu pai me dizendo que só tinha dinheiro o bastante para chegar até o hotel em que minha mãe estava e que se ela não tivesse ganhado dinheiro nenhum ele não sabia o que iria fazer. Claro que ele não me disse isso na época. Ele comprou o sorvete para mim, disse-me para empurrar o painel quando estávamos subindo as colinas e o fiz, embora isso agora fosse um ritual, uma brincadeira, minha fé havia muito se evaporara. Ele parecia estar se divertindo.

Anos depois ele me contou sobre as circunstâncias da viagem, após a morte de minha mãe, quando estava se lembrando de certos momentos que haviam vencido juntos.

As peles que minha mãe estava vendendo para turistas americanos (sempre falávamos de turistas americanos, como se reconhecendo que eles fossem o único tipo que poderia ser de algum uso para nós) não eram peles cruas, mas curtidas e preparadas. Algumas peles eram cortadas e costuradas em faixas, para fazer capotes; outras eram deixadas inteiras e eram confeccionadas no que se chamavam estolas. Uma estola de raposa era uma pele inteira, uma estola de vison era de duas ou três peles. A cabeça do animal era deixada e recebia olhos de vidro marrom-dourado brilhante, além de uma mandíbula artificial. Os prendedores eram costurados nas patas. Creio que no caso do vison as peles tinham a cauda presa à boca. A pele de raposa era presa pata a pata, e o capote de raposa às vezes tinha a cabeça costurada inteiramente fora do lugar, no meio das costas, como decoração.

Trinta anos depois essas peles se dirigiam para as lojas de roupa de segunda mão e podiam ser compradas e vestidas como brincadeira. De todas as modas podres e grotescas do passado, esse uso das peles de animais que eram indisfarçadamente peles de animais pareceria a mais espantosa e bárbara. Minha mãe vendia as estolas de raposa por 25, 35, 40, 50 dólares, dependendo do número de pelos brancos, a "prata", na pele. Casacos custavam 50, 75, talvez cem dólares. Meu pai tinha começado a criar visons além de raposas no final dos anos 1930, mas ela não tinha muitas estolas de vison para vender e não me lembro de quanto cobrava por elas. Talvez tenhamos conseguido vendê-las para os peleiros em Montreal sem arcar com prejuízo.

A colônia de viveiros de raposa ocupou uma grande parte do território em nossa fazenda. Ela se estendia dos fundos do celeiro até a margem elevada que dava para os charcos do rio. Os primeiros viveiros que meu pai havia feito tinham tetos e paredes de arame fino em uma armação de estacas de cedro. Os pisos eram de terra. Os viveiros construídos posteriormente tinham pisos de arame elevados. Todos os viveiros eram montados lado a lado em "ruas" que se cruzavam para compor uma cidade, e em volta da cidade havia uma cerca alta de proteção. Dentro de cada viveiro havia uma toca — uma grande caixa de madeira com furos de ventilação e um teto inclinado ou tampa que podia ser levantada. E havia uma rampa de madeira ao longo de uma lateral do viveiro, para o exercício das raposas. Como a construção tinha sido feita em momentos diferentes e nem todas planejadas no começo, havia todas as diferenças existentes em uma cidade real — havia ruas largas e ruas estreitas, alguns viveiros antiquados e espaçosos de chão de terra e alguns viveiros modernos e menores de piso de arame que pareciam ter proporções menos agradáveis, ainda que mais higiênicas. Havia dois compridos prédios de apartamentos chamados Abrigos. Os Novos Abrigos tinham passarela coberta entre duas fileiras opostas de viveiros com tetos de madeira inclinados e pisos de arame elevados. Os Velhos Abrigos eram apenas uma fileira curta de viveiros anexos emendados um no outro de modo um tanto primitivo. Os Novos Abrigos eram um local terrivelmente barulhento, cheio de adolescentes ótimos para serem esfolados — a maioria deles — antes de completarem um ano de idade. Os Velhos Abrigos eram um cortiço e continham reprodutores decepcionantes que não seriam mantidos por mais um ano, e os ocasionais aleijados, e até, por algum tempo, uma raposa fêmea vermelha que tinha boa disposição em relação aos seres humanos e que se destinava a ser um bicho de estimação. Fosse por isso ou por sua cor, todas as demais raposas a evitavam, e seu nome — pois todas tinham um — era Solteirona. Como aconteceu de ela ir parar ali eu não sei. Anomalia de uma ninhada? Uma raposa selvagem que abriu um túnel errado sob a guarda de proteção?

Quando o capim era cortado em nosso campo, parte dele era espalhada sobre o teto dos viveiros para proteger as raposas do sol e evitar que sua pele se tornasse marrom. De todo modo elas pareciam muito desgrenhadas no verão — a pelagem velha caindo e a nova acabando de sair. Por volta de novembro elas estavam resplandecentes, as pontas de suas caudas brancas como neve e a pelagem de seu dorso densa e negra, com sua cobertura de prata. Estavam prontas para serem abatidas — a menos que continuassem como matrizes. Suas peles seriam esticadas, limpas, levadas para o curtidor e depois para os leilões.

Até esse momento meu pai controlava tudo, prevenindo doenças ou a chance de reprodução. Tudo era feito por ele — os viveiros, as tocas onde as raposas podiam se esconder e ter seus filhotes, os pratos com água, feitos de latas, que ficavam com a ponta para o lado de fora e eram enchidos duas vezes por dia com água fresca, o tanque, que era empurrado pelas ruas, portando água da bomba, o cocho de alimentação no celeiro, onde farinha e água e carne de cavalo moída eram misturadas, a caixa de abate onde a cabeça presa do animal encontrava o jorro de clorofórmio. Em seguida, assim que as peles estavam secas e limpas e eram retiradas dos esticadores, nada mais estava sob seu controle. As peles eram estendidas em caixas de remessa e enviadas para Montreal e nada mais havia a fazer senão esperar para ver como eram classificadas e vendidas nos leilões de pele. A renda do ano inteiro, o dinheiro para pagar a conta da ração, o dinheiro para pagar o banco, o dinheiro que ele tinha de pagar sobre o empréstimo que obtivera de sua mãe depois que ela enviuvara, tinha de sair daí. Em alguns anos o preço das peles era muito bom, em outros, nem tão ruim, e, em outros ainda, terrível. Embora ninguém conseguisse perceber na época, a verdade era que ele tinha entrado no ramo um pouco tarde, e sem capital suficiente para mantê-lo em grande escala durante os primeiros anos, quando os lucros eram elevados. Antes que ele tivesse começado a contento, veio a Depressão. O efeito sobre seus negócios foi irregular, não definidamente ruim, como se poderia pensar. Em alguns anos ele ficou em condições ligeiramente melhores que as que seriam de esperar na fazenda, mas houve mais anos ruins que bons. As coisas não se recuperaram muito com o início da guerra — de fato, os preços em 1940 estiveram entre os piores já ocorridos. Durante a Depressão os preços ruins não foram tão difíceis de aceitar — ele podia olhar em volta e ver que praticamente todos estavam no mesmo barco — mas agora, com os empregos de guerra sendo criados e o país prosperando novamente, era muito difícil ter trabalhado como ele o fizera e não ver quase nenhum resultado.

Ele disse à minha mãe que estava pensando em alistar-se no Exército. Estava pensando em retirar todas as peles e vender todo o seu estoque e entrar para o Exército como prestador de serviços. Ele não era velho demais para isso e tinha qualificações que o tornariam útil. Podia ser carpinteiro — basta pensar em todas as construções que ele havia realizado em seu sítio. Ou poderia ser açougueiro — com todos os cavalos velhos que ele havia abatido e retalhado para as raposas.

Minha mãe tinha outra ideia. Ela sugeriu que guardassem todas as peles melhores, não as enviassem para os leilões mas as curtissem e as beneficiassem — ou seja, transformá-las em estolas e casacos, dotadas de olhos e patas — e depois carregá-las e vendê-las. As pessoas estavam ganhando algum dinheiro agora. Havia mulheres por perto que tinham dinheiro e a inclinação para se vestir com elegância. E havia turistas. Estávamos fora da trilha batida para turistas, mas ela tinha ouvido falar deles, de como os hotéis de veraneio estavam cheios deles. Eles vinham de Detroit e Chicago com dinheiro para gastar em porcelana chinesa da Inglaterra, suéteres das ilhas Shetland, cobertores da baía do Hudson. Então, por que não peles de raposa prateada?

Quando se trata de transformações, invasões e levantes, existem dois tipos de pessoa. Se uma rodovia é construída cortando seu jardim, algumas pessoas ficarão injuriadas, lamentarão a perda de privacidade, de arbustos de peônias e lilases e de uma dimensão de si mesmas. O outro tipo perceberá uma oportunidade — montarão uma banca de cachorro-quente, obterão uma franquia de *fast-food*, abrirão um motel. Minha mãe era do segundo tipo. A simples ideia de turistas com dinheiro americano afluindo para as matas do norte a encheram de vitalidade.

Naquele verão, o de 1941, ela partiu para Muskoka com sua mala cheia de peles. A mãe de meu pai chegou para tomar conta de nossa casa. Ela ainda era uma mulher altiva e graciosa e entrou no domínio de minha mãe cheia de maus presságios. Ela odiava o que minha mãe fazia. Mascateando. Ela disse que quando pensava em turistas americanos, tudo o que ela esperava era que nenhum deles se aproximasse dela. Por um dia ela e minha mãe estiveram juntas na casa e durante esse tempo minha avó recolheu-se para uma versão rude e inédita de si mesma. Minha mãe estava exaltada demais para notar. Mas após ter ficado durante um dia por sua própria conta, minha avó descongelou. Decidiu perdoar meu pai por seu casamento, por enquanto, e também seu exótico empreendimento fracassado, e meu pai decidiu perdoá-la pelo fato humilhante de que devia dinheiro a ela. Ela fazia pães e tortas, e fez bem pelas verduras da horta, os ovos recém-postos e o rico leite e nata da vaca Jersey. (Embora não tivéssemos dinheiro nunca ficamos mal alimentados.) Ela esfregou o interior dos armários e areou o negror do fundo das caçarolas, que acreditávamos ser permanente. Ela descobriu muitos objetos que precisavam de conserto. De noite ela carregava baldes de água para o canteiro de flores e os pés de tomate. Depois meu pai chegava de seu trabalho no celeiro e nas gaiolas das raposas e sentávamos todos nas cadeiras do quintal, sob as árvores copadas.

Nossa fazenda de pouco mais de três hectares — que não era nenhuma fazenda, do modo como minha avó via as coisas — tinha uma localização incomum. Para leste ficava a cidade, as torres da igreja e a torre da prefeitura visíveis quando as folhas caíam das árvores, e no quilômetro e meio de estrada entre nós e a rua principal havia um gradual adensamento de casas, as trilhas de terra se convertendo em calçadas, o surgimento de uma solitária luz de rua, de sorte que se podia dizer que estávamos nas margens distantes da cidade, embora além de seus limites municipais legais. Mas para o oeste havia apenas uma casa de fazenda visível, e esta bem distante, no topo de uma colina, quase na metade do horizonte ocidental. Sempre nos referíamos a ela como a casa de Roly Grain, mas quem podia ser Roly Grain ou qual estrada levava até sua casa, eu nunca perguntei nem imaginei. Era tudo longe demais, passando, primeiro, por um campo amplo semeado de milho ou aveia, depois os bosques e os charcos do rio inclinando-se até a grande curva oculta do rio, e o desenho de colinas nuas ou arborizadas se sobrepondo mais além. Era muito raro que se visse uma extensão de campo tão vazia, tão sedutora à imaginação, em nossas terras de lavoura densamente povoadas.

Quando nos sentávamos olhando para essa vista, meu pai enrolava e fumava um cigarro e ele e minha avó falavam sobre os velhos tempos na fazenda, seus velhos vizinhos e coisas engraçadas — isto é, coisas ao mesmo tempo estranhas e cômicas — que tinham acontecido. A ausência de minha mãe trouxe uma espécie de paz — não só entre eles, mas para todos nós. Algum toque de alerta e esforço foi removido. Uma aresta de ambição, amor-próprio, talvez descontentamento, estava ausente. Na época, eu não sabia exatamente o que estava faltando. Tampouco sabia que privação, em lugar de alívio, isto seria para mim se estivesse desaparecido para sempre.

Meu irmão e irmã mais novos importunavam minha avó para que os deixassem olhar para dentro de seus olhos. Os olhos de minha avó eram cor de avelã, mas em um deles ela tinha uma grande mancha, ocupando pelo menos um terço da íris, e a cor dessa mancha era azul. Por isso as pessoas diziam que seus olhos eram de duas cores diferentes, embora isso não fosse exatamente verdade. Chamávamos à mancha azul de sua janela. Ela fingia ficar irritada por lhe pedirem para mostrá-la, desviava a cabeça e rechaçava quem quer que estivesse tentando olhar, ou cerrava bem os olhos, e abria um pouco o de cor de avelã para ver se ela ainda estava sendo observada. Ela sempre era apanhada no final e aceitava sentar-se parada com os olhos arregalados para que olhassem lá dentro. O azul era claro, sem sequer uma pinta de qualquer outra cor, um azul tornado mais brilhante pelo amarelo castanho em suas bordas, como fica o sol de verão pelos tufos de nuvens.

Era noite no momento em que meu pai fez a conversão para a entrada do hotel. Dirigimos entre os portais de pedra e lá estava ele a nossa frente — um comprido edifício de pedra com empenas e uma varanda branca. Potes pendurados transbordando de flores. Passamos da virada para o terreno do estacionamento e seguimos o passeio semicircular, que nos trouxe até a frente da varanda, passando pelas pessoas que estavam sentadas em balanços e cadeiras de balanço, sem nada a fazer senão olhar para nós, como disse meu pai.

Nada a fazer além de embasbacar. Localizamos a placa discreta e encontramos o caminho para um terreno de cascalho próximo à quadra de tênis. Saímos do carro. Ele estava coberto de poeira e parecia um intruso dissoluto entre os outros carros que lá estavam.

Tínhamos viajado o caminho todo com os vidros abaixados e um vento quente soprava em nós, emaranhando e ressecando meu cabelo. Meu pai viu que havia alguma coisa errada e me perguntou se eu tinha um pente. Voltei para o carro e procurei um, finalmente encontrando-o enfiado contra o fundo do assento. Estava sujo e alguns dentes estavam faltando. Tentei, tentei e finalmente ele disse: "Talvez você deva só prendê-lo para trás de suas orelhas". Em seguida ele penteou seu próprio cabelo, franzindo o cenho quando se curvou para olhar no espelho do carro. Atravessamos o terreno, com meu pai se perguntando em voz alta se deveríamos entrar pela porta da frente ou dos fundos. Ele parecia achar que eu podia ter alguma opinião útil a respeito — algo que ele nunca havia pensado antes em nenhuma circunstância. Eu disse que devíamos tentar entrar pela frente, porque eu queria dar outra olhada no tanque de lírios no semicírculo de grama limitado pelo passeio. Havia uma estátua de uma garota de ombros nus numa túnica que lhe contornava os seios, com um cântaro sobre o ombro — uma das coisas mais elegantes que eu já tinha visto na vida.

— Aceite o desafio — disse meu pai suavemente, e subimos os degraus e atravessamos a varanda na frente de pessoas que fingiam não olhar para nós. Entramos no saguão, onde estava tão escuro que pequenas luzes foram acesas, em globos foscos, bem no alto da madeira escura reluzente das paredes. A um lado ficava a sala de jantar, visível pelas portas de vidro. Estava toda limpa após a ceia, todas as mesas cobertas com um pano branco. Do outro lado, com as portas abertas, ficava uma comprida sala rústica com uma enorme lareira de pedra ao final dela, e a pele de um urso esticada no chão.

— Olhe só aquilo — disse meu pai. — Ela deve estar aqui em algum lugar.

O que ele havia notado no canto do saguão era uma caixa-mostruário da altura da cintura, e atrás de seu vidro estava um casaco de raposa prateada maravilhosamente estendido sobre o que parecia uma peça de veludo branco. Uma placa no alto dizia, *Raposa Prateada, o Luxo Canadense*, em uma caligrafia fluente feita com tinta branca e prateada sobre um fundo preto.

— Aqui em algum lugar — repetiu meu pai. Espiamos dentro da sala com a lareira. Uma mulher escrevendo em uma escrivaninha ergueu a cabeça e disse, em uma voz agradável mas um pouco distante:

— Acho que se vocês tocarem a campainha virá alguém.

Pareceu-me estranho sermos abordados por uma pessoa que nunca havíamos visto antes.

Recuamos e atravessamos até as portas da sala de jantar. Do outro lado da extensão de mesas brancas com seus talheres de prata e taças de boca para baixo e buquês de flores e guardanapos armados como tendas indígenas, avistamos duas figuras, senhoras, sentadas a uma mesa próximo à porta da cozinha, acabando de tomar uma ceia tardia ou tomando o chá da noite. Meu pai girou a maçaneta e elas ergueram os olhos. Uma delas se levantou e caminhou em nossa direção, entre as mesas.

O momento em que não percebi que era minha mãe não foi longo, mas foi um momento. Vi uma mulher em traje desconhecido, um vestido bege com um padrão de pequenas flores vermelhas. A saia era plissada e sibilante, o material novo, reluzindo como as toalhas das mesas na sala de painéis escuros. A mulher que a usava tinha um ar ativo e elegante, o cabelo repartido ao meio e preso em um alinhado diadema de tranças. E mesmo quando eu soube que era minha mãe, quando ela me cingiu nos braços e me beijou, exalando uma fragrância inabitual sem me mostrar nada de sua pressa e lamentos de costume, nada de sua insatisfação de sempre com minha aparência, ou minha natureza, senti que ela ainda era de certo modo uma estranha. Ela havia atravessado, ao que parece sem esforço, para o mundo do hotel, onde meu pai e eu despontávamos como vagabundos ou espantalhos — foi como se ela tivesse sempre vivido ali. Primeiro me senti surpresa, depois traída, depois animada e esperançosa, meus pensamentos precipitando-se sobre as vantagens a serem obtidas para mim mesma, nessa nova situação.

Ficamos sabendo que a mulher com quem minha mãe estivera conversando era a anfitriã da sala de jantar — uma mulher bronzeada, de ar cansado, com batom vermelho escuro e unhas esmaltadas, que depois revelou ter muitos problemas que ela havia confidenciado a minha mãe. Ela foi imediatamente amistosa. Invadi a conversa adulta para contar sobre os fragmentos de gelo e o gosto ruim do sorvete e ela foi até a cozinha e me trouxe uma generosa porção de sorvete de baunilha com cobertura de chocolate e uma cereja no alto.

— Isto é um *sundae*? — disse eu. Parecia-se com os *sundaes* que eu tinha visto em anúncios, mas já que seria o primeiro que eu já havia provado eu queria ter certeza de seu nome.

— Acredito que sim — disse ela. — Um *sundae*.

Ninguém me reprovou, meus pais de fato riram e, depois, a mulher trouxe chá fresco e algum tipo de sanduíche para meu pai.

— Agora vou deixar vocês botarem a conversa em dia — disse ela, e saiu deixando-nos os três a sós naquele salão silencioso e magnífico. Meus pais conversaram, mas prestei pouca atenção a sua conversa. Eu interrompia de vez em quando para dizer a minha mãe alguma coisa sobre a viagem ou sobre o que tinha acontecido em casa. Mostrei a ela onde uma abelha havia me picado, na perna. Nenhum deles me mandou ficar quieta — respondiam-me com animação e paciência. Minha mãe disse que naquela noite dormiríamos todos em seu chalé. Era dela um dos pequenos chalés atrás do hotel. Disse que pela manhã tomaríamos ali o café da manhã.

Ela disse que quando eu tivesse terminado devia sair correndo e ir olhar o tanque de lírios.

Aquela deve ter sido uma conversa feliz. Aliviada, da parte de meu pai — triunfante, da parte de minha mãe. Ela tinha se saído muito bem, vendera quase tudo que havia trazido consigo, a iniciativa foi um sucesso. Justificação para ela, salvação para todos nós. Meu pai deve ter pensado sobre o que tinha de ser feito primeiro, consertar o carro em uma oficina aqui ou colocá-lo mais uma vez em risco nas estradas vicinais e levá-lo para a oficina em casa, onde ele conhecia as pessoas. Que contas deveriam ser pagas de uma vez e quais deveriam ser pagas em parte. E minha mãe devia estar olhando mais longe no futuro, pensando como poderia expandir, em que outros hotéis poderia tentar aquilo, quantos outros casacos e estolas deveria confeccionar para o próximo ano e se isso poderia se converter em um negócio para o ano inteiro.

Ela não poderia prever que em pouco tempo os americanos entrariam na guerra e como isso os manteria em casa, como o racionamento iria restringir o ramo hoteleiro. Ela não podia prever o ataque a seu próprio corpo, a destruição crescendo dentro dela.

Durante anos depois ela falaria sobre o que havia realizado naquele verão. Como ela aprendera o jeito certo de abordar, sem nunca pressionar demais, mostrando as peles como se isso fosse um grande prazer para ela e não uma questão de dinheiro. Parecia que a venda era a última coisa em sua cabeça. Era necessário mostrar aos que administravam o hotel que ela não degradaria a impressão que desejavam produzir, que ela era mais que uma vendedora ambulante. Uma dama, isto sim, cujas ofertas conferiam uma distinção singular. Ela tinha de tornar-se amiga da gerência e dos empregados, bem como dos hóspedes.

E isso para ela não era nenhuma tarefa rotineira. Ela tinha o verdadeiro tino para misturar amizade e considerações comerciais, a acuidade que todo bom vendedor tem. Ela nunca teve de calcular sua vantagem e friamente segui-la. Tudo o que ela fazia, ela fazia naturalmente e sentia um verdadeiro afeto cordial por onde residiam seus interesses. Ela que sempre tivera dificuldade com sua sogra e com a família de seu marido, que era considerada presunçosa por nossos vizinhos, e um tanto prepotente pelas mulheres da cidade na igreja, tinha encontrado um mundo de estrangeiros no qual ela imediatamente se sentia em casa.

Apesar de tudo isso, à medida que eu crescia, passei a sentir algo como uma reviravolta. Eu desprezava a ideia toda de alguém se colocar a serviço dessa maneira, tornando-se dependente da resposta dos outros, empregando a adulação com tanta destreza e naturalidade que nem sequer era reconhecida como adulação. E tudo por dinheiro. Eu achava vergonhoso tal comportamento, como minha avó achava, naturalmente. Eu tinha como certo que meu pai sentia o mesmo embora não o demonstrasse. Eu acreditava — ou pensava acreditar — em trabalhar duro e sentir orgulho, sem me importar quanto a ser pobre e até sentindo um sutil desdém por aqueles que levavam uma vida confortável.

Na época lamentei a perda das raposas. Não do negócio, mas dos animais em si, com suas belas caudas e raivosos olhos dourados. À medida que ficava mais velha, e cada vez mais distante dos modos do campo, das necessidades do campo, pela primeira vez passei a questionar seu cativeiro, a sentir remorso por seu abate, sua conversão em dinheiro. (Nunca cheguei ao ponto de sentir nada parecido pelo vison, que a mim parecia malvado e semelhante ao rato, merecedor de sua sorte.) Eu sabia que esse sentimento era um luxo, e quando o mencionei a meu pai, anos depois, falei dele de modo frívolo. No mesmo espírito ele disse que acreditava que havia uma religião na Índia que sustentava que todos os animais iam para o Céu. Imagine, disse ele, se isso for verdade — a quantidade de raposas mal-humoradas que ele encontraria lá, sem falar em todos os outros animais de pelagem quente e macia que ele havia capturado, e o vison e uma manada de cavalos em tropel que ele havia abatido por sua carne.

Em seguida ele disse, sem tanta frivolidade:

— A gente se mete nas coisas, sabe? A gente meio que não percebe no que está se metendo.

Foi nesses anos posteriores, após minha mãe ter morrido, que ele falou da capacidade de vendas de minha mãe e de como ela havia nos tirado do apuro. Falou de como ele não sabia o que iria fazer, ao final daquela viagem, se acontecesse de ela não ter ganhado dinheiro nenhum.

— Mas ela ganhou — disse ele. — Ela ganhou. — E o tom em que disse isso me convenceu de que ele nunca compartilhara daquelas reservas de minha avó e das minhas. Ou de que ele havia decididamente posto de lado aquela vergonha, se é que ele chegara a senti-la.

Uma vergonha que havia completado o círculo, finalmente sendo para mim vergonhosa em si mesma.

Em uma noite de primavera em 1949 — a última primavera, na verdade a última estação inteira, que iria passar em casa — eu pedalava minha bicicleta rumo à Fundição, para entregar um recado a meu pai. Eu raramente andei de novo em minha bicicleta. Por um tempo, talvez ao longo de todos os anos 1950, foi considerado excêntrico uma garota qualquer andar de bicicleta após ter idade suficiente, digamos, para usar sutiã. Mas para chegar à Fundição eu podia passar por estradas vicinais, não tinha de passar pela cidade.

Meu pai tinha começado a trabalhar na Fundição em 1947. Um ano antes se tornara evidente que não só nossa criação de raposas mas a totalidade da indústria de peles estava descendo ladeira abaixo bem depressa. Talvez o vison tivesse nos tirado das dificuldades se tivéssemos nos dedicado com mais peso a ele, ou se ainda não estivéssemos devendo tanto dinheiro para a companhia de rações, para minha avó, para o banco. Do jeito que estava, o vison não poderia nos salvar. Meu pai tinha cometido o erro que muitos criadores de raposa cometeram justamente naquela época. Acreditava-se que um tipo mais pálido de raposa, chamado platina, iria salvar a pátria, e com dinheiro emprestado meu pai comprara dois machos reprodutores, um deles um platina norueguês branco quase como neve e outro chamado platina pérola, de um adorável cinza azulado. As pessoas estavam enjoadas de raposas prateadas, mas com essas maravilhas o mercado certamente renasceria.

Claro que sempre há o imponderável, com um novo macho, de como será seu desempenho, e de quantos de sua prole terão a cor do pai. Penso que houve problema nas duas frentes, embora minha mãe não permitisse perguntas ou conversa em casa sobre esses assuntos. Acho que um dos machos tinha uma natureza retraída e o outro gerou ninhadas em sua maioria escuras. Isso não importava muito, porque a moda foi totalmente contrária a peles de pelos compridos.

Quando meu pai saiu procurando emprego era necessário encontrar um trabalho noturno, porque ele tinha de passar o dia todo desmontando o negócio. Ele tinha de esfolar todos os animais e vender as peles pelo preço que conseguisse e tinha de derrubar a cerca de proteção, os Velhos Abrigos e os Novos Abrigos e todos os viveiros. Imagino que ele não teve de fazer isso de imediato, mas devia ter desejado ver destruídos todos os traços do empreendimento.

Ele conseguiu um emprego como guarda-noturno na Fundição, cobrindo o turno das cinco da tarde até as dez da noite. Não dava para ganhar muito dinheiro como guarda-noturno, mas a boa sorte nisso foi que ele conseguia fazer outro trabalho naquele tempo também. Esse trabalho extra era chamado de vasculhar os pisos.

Ele nunca o terminava quando se encerrava seu turno de vigia e às vezes chegava em casa depois da meia-noite.

O recado que eu estava levando a meu pai não era um recado importante, mas foi importante em nossa vida familiar. Era simplesmente um lembrete para que ele não se esquecesse de passar na casa de minha avó em seu caminho de volta do trabalho, mesmo que fosse tarde da noite. Minha avó tinha se mudado para nossa cidade, com a irmã dela, para que pudesse nos ser útil. Ela fazia tortas e bolos e remendava nossas roupas e cerzia as meias de meu pai e de meu irmão. Meu pai devia passar pela casa dela na cidade após o trabalho, para apanhar essas coisas e tomar um chá com ela, mas frequentemente ele se esquecia. Ela se sentava costurando, cochilando sob a luz, ouvindo o rádio até que as emissoras de rádio canadenses saíam do ar à meia-noite e ela ficava pegando noticiários distantes, jazz americano. Ela esperava e esperava e meu pai não aparecia. Isto havia acontecido na noite anterior, por isso nessa noite na hora do jantar ela havia telefonado e pedido com dolorosa cautela:

— Era hoje ou ontem à noite que seu pai ficou de passar aqui?

— Eu não sei — disse eu.

Eu sempre achava que alguma coisa não tinha sido feita direito ou nem tinha sido feita, quando ouvia a voz de minha avó. Sentia que nossa família tinha falhado com ela. Ela ainda era enérgica, cuidava de sua casa e de seu quintal, ainda conseguia subir a escada carregando poltronas e tinha a companhia de minha tia-avó, mas ela precisava de algo mais — mais gratidão, mais condescendência do que já havia recebido.

— Bem, eu fiquei sentada esperando por ele a noite passada, mas ele não veio.

— Ele deve ir hoje à noite então.

Eu não queria perder tempo conversando com ela porque estava me preparando para meus exames do Décimo Terceiro Período dos quais todo o meu futuro dependeria. (Ainda hoje, nas noites claras e frias de primavera, com as folhas acabando de brotar nas árvores, posso sentir a agitação da expectativa associada a esse antigo evento importante, minha ambição atiçada e palpitante como folha nova de capim para realizá-la.)

Disse a minha mãe sobre o que era a ligação e ela disse:

— Ah, acho melhor você pegar a bicicleta e ir lembrar seu pai ou vai me dar problema.

Sempre que tinha de lidar com o problema da suscetibilidade de minha avó, minha mãe se desanuviava, como se tivesse recuperado alguma competência ou importância em nossa família. Ela tinha Parkinson. A doença a vinha acometendo por algum tempo com sintomas erráticos, mas recentemente havia sido diagnosticada e declarada incurável. Seu avanço consumia mais e mais de sua atenção. Ela não conseguia mais caminhar ou comer ou conversar normalmente — seu corpo estava teimando em sair de seu controle. Mas ela ainda tinha muito tempo para viver.

Quando ela dizia algo assim sobre a situação com minha avó — quando dizia qualquer coisa que evidenciasse uma consciência de outras pessoas, ou mesmo do trabalho pela casa, eu sentia meu coração amolecer em relação a ela. Mas quando ela acabava com uma referência a si mesma, como fez dessa vez (*ou vai me dar problema*), eu endurecia novamente, com raiva dela por sua abdicação, cansada de seu ensimesmamento, que parecia tão escandaloso, tão impróprio em uma mãe.

Eu nunca estivera na Fundição nos dois anos em que meu pai tinha ali trabalhado e eu não sabia onde encontrá-lo. As meninas da minha idade não frequentavam locais de trabalho de homens. Se faziam isso, se saíam para longas caminhadas sozinhas ao longo da linha do trem ou do rio, ou se iam sozinhas de bicicleta pelas estradas do campo (eu fazia essas duas últimas coisas) às vezes se dizia que elas estavam *caçando confusão*.

Em todo caso, eu não tinha muito interesse pelo trabalho de meu pai na Fundição. Eu nunca tinha esperado que a criação de raposas fosse nos deixar ricos, mas pelo menos nos deixou singulares e independentes. Quando imaginava meu pai trabalhando na Fundição eu sentia que ele tinha sofrido uma grande derrota. Minha mãe sentia o mesmo. Seu pai é *bom* demais para isso, ela dizia. Mas em lugar de concordar com ela eu argumentava, insinuando que ela não gostava de ser a mulher de um trabalhador comum e que ela era esnobe.

A coisa que mais irritava minha mãe era receber a cesta de natal de frutas, castanhas e bombons da Fundição. Ela não suportava estar na ponta receptora, não na distribuidora, desse tipo de coisas, e a primeira vez que aconteceu tivemos de colocar a cesta no carro e sair pela estrada até uma família que ela tinha escolhido como destinatários adequados. No Natal seguinte sua autoridade havia se enfraquecido e assaltei a cesta, declarando que precisávamos de guloseimas como todo mundo. Ela enxugou as lágrimas diante de meu tom duro e eu comi o chocolate, que estava velho e quebradiço e ficando cinzento.

Não consegui ver nenhuma luz nos prédios da Fundição. As janelas eram pintadas de azul no lado de dentro — talvez a luz não passasse por elas. O escritório era uma casa velha de alvenaria ao final do comprido prédio principal, e ali vi uma luz através das venezianas, e achei que o gerente ou alguém do escritório podia estar trabalhando até tarde. Se eu batesse eles me diriam onde meu pai estava. Mas quando olhei através da janelinha na porta vi que era meu pai lá dentro. Ele estava sozinho e estava esfregando o assoalho.

Eu não sabia que esfregar o assoalho do escritório toda noite era uma das obrigações do vigia. (Isso não significa que meu pai tivesse deliberadamente mantido silêncio a respeito — eu podia não estar escutando.) Fiquei surpresa, porque eu nunca o havia visto fazer nenhum trabalho desse tipo antes. Trabalho doméstico. Agora que minha mãe estava doente, esse trabalho era de minha responsabilidade. Ele nunca deve ter tido tempo. Além disso, havia trabalho masculino e havia trabalho feminino. Eu acreditava nisso e assim faziam todos os demais que eu conhecia.

O aparato de limpeza de meu pai era diferente de todos os que alguém teria em casa. Ele tinha dois baldes em uma bancada, sobre rodas, com anexos de ambos os lados para carregar vários esfregões e vassouras. Sua limpeza era vigorosa e eficiente — não tinha nenhum tipo de ritmo resignado e ritualístico, feminino. Ele parecia estar de bom humor.

Teve de vir destrancar a porta para eu entrar.

Seu rosto mudou quando viu que era eu.

— Nenhum problema em casa, não é?

Eu disse que não e ele relaxou.

— Pensei que fosse Tom.

Tom era o gerente da fábrica. Todos os homens o chamavam por seu primeiro nome.

— Muito bem. Você veio ver se estou fazendo isso direito?

Dei o recado a ele e ele meneou a cabeça.

— Eu sei. Esqueci.

Sentei-me em um canto da escrivaninha, balançando as pernas para fora de seu caminho. Ele disse que já estava quase terminando ali e que se eu quisesse esperar ele me mostraria a Fundição. Eu disse que esperaria.

Quando digo que ele estava de bom humor ali, não quero dizer que seu humor em casa fosse ruim, que lá ele fosse carrancudo e irascível. Mas ele mostrava agora uma animação que em casa poderia ter parecido imprópria. De fato, era como se aqui lhe fosse retirado um peso das costas.

Quando ele terminou o chão, para sua satisfação pendurou o esfregão do lado e rolou o aparato por um corredor inclinado que ligava o escritório ao prédio principal. Ele abriu uma porta na qual havia uma placa.

ENCARREGADO.

— Meu domínio.

Ele despejou a água dos baldes em uma cuba de ferro, ensaboou-os e esvaziou-os novamente, limpou a cuba com água. Ali sobre uma prateleira acima da cuba, entre as ferramentas e a mangueira de borracha e fusíveis e vidraças sobressalentes, estava sua marmita, que eu abastecia todo dia quando voltava da escola. Eu enchia a garrafa térmica com chá preto forte e colocava um bolo de farelo com manteiga e geleia e um pedaço de torta quando tínhamos alguma e três sanduíches de carne frita e ketchup. A carne era acém, ou linguiça, a carne mais barata que se podia comprar.

Ele mostrou o caminho até o prédio principal. As luzes acesas ali eram como iluminação de rua — isto é, lançavam sua luz nos cruzamentos dos corredores, mas não iluminavam o interior inteiro do prédio, que era tão amplo e alto que tive a sensação de estar em uma floresta com densas árvores escuras, ou em uma cidade com prédios altos, uniformes. Meu pai acendeu mais algumas luzes e as coisas encolheram um pouco. Agora se podia ver as paredes de alvenaria, enegrecidas no lado de dentro, e as janelas não só repintadas mas cobertas com malha de arame preto. O que alinhava os corredores eram pilhas de latas, uma sobre a outra se elevando acima de minha cabeça, e bandejas de metal elaboradas e uniformes.

Chegamos a uma área livre com um grande monte de torrões de metal no chão, todo desfigurado com o que pareciam verrugas ou cracas.

— Moldes — disse meu pai. — Ainda não foram limpos. Eles os colocam em uma engenhoca chamada *wheelabrator** e ela dá um jato neles, tira fora todos os caroços.

Em seguida uma pilha de pó preto, ou areia preta fina.

— Isso parece pó de carvão, mas sabe como chamam? Areia verde.

— Areia *verde*?

---

* Marca de um jateador de areia. [N. T.]

— Usam para moldagem. É areia com um agente aglutinante, como argila. Ou às vezes óleo de linhaça. Você tem algum interesse em tudo isso?

Eu disse que sim, em parte por uma questão de orgulho. Eu não queria parecer uma garota estúpida. E eu estava interessada, mas não tanto nas explicações específicas que meu pai começou a me dar, quanto nos efeitos gerais — a obscuridade, a poeira fina no ar, a ideia da existência de lugares como esse por todo o país, em cada distrito e cidade. Lugares com janelas repintadas. A gente passa por esses lugares e nem imagina o que se passa lá dentro. Uma coisa que ocupa a totalidade da vida das pessoas. Um processo interminável de consumir sem parar a atenção e a vida.

— Como uma tumba aqui dentro — disse meu pai, como se tivesse apanhado alguns de meus pensamentos.

Mas ele queria dizer algo diferente.

— Comparado com o dia. O estrondo então, você nem imagina. Tentam fazer eles usarem tapa-ouvido, mas eles não querem.

— Por que não?

— Não sei. Independentes demais. Também não vestem os aventais refratários. Veja aqui. É o que eles chamam de forno cúpula.

Era um imenso tubo negro que de fato tinha uma cúpula no alto. Ele me mostrou onde acendiam o fogo e as colheres de fundição usadas para transportar o metal fundido e despejá-lo nos moldes. Ele me mostrou nacos de metal que eram como grotescas pernas atarracadas e me disse que essas eram as formas dos buracos nos moldes. Quer dizer, o ar nos buracos tornado sólido. Ele me falava essas coisas com uma satisfação prolongada em sua voz, como se o que ele revelava lhe desse prazer duradouro.

Dobramos uma esquina e chegamos a dois homens que trabalhavam, apenas de calças e camiseta.

— Agora aqui está uma dupla de bons trabalhadores — disse meu pai. — Você conhece Ferg? Você conhece Geordie?

Eu os conhecia ou pelo menos sabia quem eram. Geordie Hall entregava pão, mas tinha de trabalhar à noite na Fundição para ganhar um dinheiro extra, porque ele tinha muitos filhos. Havia uma piada que dizia que sua mulher o fazia trabalhar para mantê-lo longe dela. Ferg era um homem mais jovem que era visto pela cidade. Ele não conseguia arranjar namoradas porque tinha um bócio em seu rosto.

— Ela está vendo como nós trabalhadores vivemos — disse meu pai, com um toque de desculpa bem humorada. Desculpando-se com eles por mim, por mim a eles; desculpas leves o tempo todo. Esse era seu estilo.

Trabalhando com cuidado juntos, usando ganchos longos, fortes, os dois homens içavam um pesado molde de uma caixa de areia.

— Isto está quentíssimo — disse meu pai. — Foi fundido hoje. Agora eles precisam jogar areia e prepará-lo para a próxima fundição. Depois fazer outra. É peça por peça, você sabe. Pago por moldagem. Seguimos adiante.

— Dois deles ficam juntos por um tempo — disse ele. — Eles sempre trabalham juntos. Eu faço o mesmo trabalho sozinho. O trabalho mais pesado que eles têm por aqui. Levei um tempo para me acostumar, mas agora não me incomodo mais.

Muito do que vi naquela noite logo desapareceria. A cúpula, os colherões erguidos à mão, o pó matador. (Era realmente matador — pela cidade, nas varandas de pequenas casas simples, sempre havia alguns homens estoicos, o rosto amarelo, posicionados para inalar o ar. Todos sabiam e aceitavam que estavam morrendo da *doença da fundição*, a poeira em seus pulmões.) Muitas habilidades e perigos particulares iriam desaparecer. Muitos riscos cotidianos, juntamente a muito orgulho imprudente, e ocasional talento e improvisação. Os processos que vi provavelmente estavam mais próximos dos da Idade Média que dos de hoje.

E imagino que o caráter especial dos homens que trabalhavam na Fundição iria mudar, como mudaram os processos do trabalho.

Iriam se tornar não muito diferentes dos homens que trabalhavam nas fábricas ou em outros empregos. Até o tempo de que estou falando eles pareciam mais fortes e mais rudes do que esses outros trabalhadores; tinham mais orgulho e talvez fossem mais dados a autodramatização do que os homens cujo trabalho não era tão sujo ou perigoso. Também eram orgulhosos demais para pedir qualquer proteção para os riscos que precisavam enfrentar e, de fato, como meu pai havia dito, desdenhavam a proteção que era oferecida. Dizia-se que eram orgulhosos demais para se importar com um sindicato.

Em vez disso, eles roubavam da Fundição.

— Vou lhe contar um história sobre Geordie — disse meu pai, enquanto caminhávamos. Ele estava "fazendo uma ronda" agora e tinha de bater relógios de ponto em várias partes do prédio. Depois ele passaria a limpar seus próprios assoalhos. — Geordie gosta de levar para casa alguns trecos e sei lá o que mais. Alguns engradados e outra coisa qualquer. Tudo o que ele achar que poderá ser útil para consertar a casa ou construir um abrigo nos fundos. Assim, na noite passada, ele tinha uma carga de coisas e saiu depois de escurecer e a colocou na traseira de seu carro para que ela estivesse lá quando ele deixasse o trabalho. E ele não sabia, mas Tom estava no escritório e por acaso estava na janela e o observava. Tom não tinha trazido o carro, sua mulher estava com ele, tinha ido a algum lugar e Tom tinha acabado de voltar para fazer um pequeno trabalho ou apanhar algo que esquecera. Bem, ele viu o que Geordie estava tramando e ficou esperando até que o viu saindo do trabalho e então ele saiu e disse: "Ei!" disse ele, "ei, estava pensando se você podia me dar uma carona para casa. Minha mulher levou o carro." Assim, entraram no carro de Geordie com os outros companheiros em pé em volta falando atabalhoadamente e Geordie suando a cântaros, e Tom não disse uma palavra. Sentou-se ali assoviando enquanto Geordie tentava enfiar a chave na ignição. Ele deixou que Geordie o levasse para casa e não disse palavra. Não se voltou nem olhou para o banco traseiro. Nem teve a intenção de fazê-lo. Simplesmente deixou-o suar. E no dia seguinte contou a história para toda a fábrica.

Seria fácil exagerar a importância dessa história e supor que entre a administração e os trabalhadores havia uma tranquila familiaridade, tolerância e até um apreço recíproco pelos dilemas de ambas as partes. E havia um pouco disso, mas isso não queria dizer que não houvesse muito rancor e insensibilidade e, por certo, fraude. Mas as brincadeiras eram importantes. Os homens que trabalhavam à noite se juntavam na salinha de meu pai, a sala do encarregado, em ótimo clima — e do lado de fora da porta principal quando as noites eram quentes — e fumavam e conversavam enquanto faziam sua pausa não autorizada. Contavam sobre as peças que haviam pregado recentemente e em anos passados. Às vezes também falavam sério. Discutiam sobre a existência de fantasmas e falavam sobre quem afirmava ter visto um. Discutiam dinheiro — quem tinha, quem perdera, quem o esperava e não recebeu e onde as pessoas o guardavam. Meu pai me falou sobre essas conversas anos depois.

Uma noite alguém perguntou: qual o melhor momento na vida de um homem?

Alguns disseram: é quando se é menino e se pode ficar brincando o tempo todo e ir até o rio no verão e jogar hóquei na rua no inverno e isso é tudo o que se pensa: ficar brincando e se divertir.

Ou quando se é jovem e sai sem qualquer responsabilidade.

Ou quando você é recém-casado se você gostar de sua mulher e um pouco mais tarde também, quando os filhos são pequenos e ficam correndo em volta e ainda não mostraram nenhum traço ruim.

Meu pai tomou a palavra e disse:

— Agora. Eu acho que talvez agora.

Eles lhe perguntaram por quê.

Ele disse:

— Porque você ainda não é velho, com uma coisa ou outra se abatendo sobre você, mas velho o bastante para perceber que muita coisa que você pôde ter desejado da vida você jamais conseguirá.

Era difícil explicar como você podia ser feliz numa situação assim, mas às vezes ele achava que você era.

Quando estava me falando sobre isso, ele disse:

— Acho que era da companhia que eu gostava. Até então eu tinha estado muito por minha própria conta. Talvez eles não fossem os melhores dos melhores, mas foram alguns dos melhores companheiros que já encontrei.

Ele também me contou que uma noite não muito depois que ele tinha começado a trabalhar na Fundição saíra do trabalho por volta da meia-noite e descobriu que uma grande nevasca caía. As ruas estavam cheias e a neve soprando tão pesada e ligeira que os limpa-neve não sairiam até que amanhecesse. Ele teve de deixar o carro onde estava — mesmo que conseguisse tirá-lo da neve com uma pá não conseguiria avançar nas ruas. Começou a caminhar para casa. Era uma distância de cerca de três quilômetros. A caminhada era pesada na neve recém-caída e o vento soprava do oeste contra ele. Ele limpara vários assoalhos naquela noite e apenas começava a se familiarizar com o trabalho. Ele usava um pesado sobretudo, um capote do exército, que um de nossos vizinhos lhe dera sem nenhum uso para ele quando voltara da guerra. Meu pai tampouco o usava com frequência. Ele sempre usava uma jaqueta de caçador. Ele deve ter vestido o casaco naquela noite porque a temperatura havia caído ainda mais que o frio de inverno habitual e não havia aquecedor no carro.

Parecia-lhe estar se arrastando, empurrando contra a tempestade e a cerca de quatrocentos metros de casa descobriu que não estava se movendo. Estava parado no meio de um monte de neve e não conseguia mover as pernas. Ele mal podia se sustentar em pé contra o vento. Estava esgotado. Achou que talvez seu coração estivesse desistindo. Pensou em sua morte.

Ele morreria deixando uma mulher doente e estropiada que não conseguia sequer cuidar de si mesma, uma mãe velha cheia de desilusões, uma filha mais nova cuja saúde sempre fora delicada, uma garota mais velha que era bastante forte e brilhante mas que muitas vezes parecia ser egocêntrica e misteriosamente incompetente, um filho que prometia ser inteligente e confiável mas que ainda era apenas um rapazinho. Ele morreria em débito e antes de ter sequer acabado de desmontar os viveiros. Eles ainda estavam lá — o arame caindo das estacas de cedro que ele havia cortado no pântano de Austins no verão de 1927 — para mostrar a ruína de seu empreendimento.

— Isso foi tudo em que você pensou? — disse eu quando ele me contou.

— Não era bastante? — disse ele, e continuou dizendo-me como puxou uma perna para fora da neve e depois a outra: saiu daquele monte e depois não havia mais montes tão fundos e em pouco tempo ele estava no abrigo do quebra-vento dos pinheiros que ele próprio havia plantado no ano em que nasci. E conseguiu chegar em casa.

Mas o que eu queria dizer é se ele não pensara em si mesmo, no rapaz que montava armadilhas ao longo do riacho Blyth e que entrara no armazém e pedira Signs Snow Paper, ele não lutara por si mesmo? Quer dizer, sua vida agora não era algo que apenas tinha uso para outras pessoas?

Meu pai sempre dizia que não tinha crescido realmente até que foi trabalhar na Fundição. Ele nunca queria falar sobre a criação de raposas ou o negócio de peles, até que ficou velho e podia falar facilmente sobre quase tudo. Mas minha mãe, cerceada pela crescente paralisia, estava sempre ávida para recordar o hotel Pine Tree, os amigos e o dinheiro que ela havia ganhado lá.

* * *

E meu pai, conforme aconteceu, tinha outra ocupação a sua espera. Não estou falando de sua criação de perus, que surgiu após o trabalho na Fundição e durou até ele estar com setenta anos ou mais, e que pode ter prejudicado seu coração, já que ele se via engalfinhando com aves de cerca de vinte a a trinta quilos e carregando-as de um lado para o outro. Foi depois de desistir desse trabalho que ele se pôs a escrever. Começou a escrever reminiscências e a converter algumas delas em histórias, que eram publicadas em uma excelente, porém efêmera, revista local. E pouco antes de morrer ele concluiu um romance sobre a vida pioneira intitulado *The Macgregors*. Ele me contou que escrevê-lo o havia surpreendido. Ficou surpreso por poder fazer tal coisa e de que fazer isso pudesse deixá-lo tão feliz. Como se simplesmente houvesse nisso um futuro para ele.

Aqui está uma parte de um trabalho chamado "Avós", parte do que meu pai escreveu sobre seu próprio avô Thomas Laidlaw, o mesmo Thomas que viera para Morris com dezessete anos de idade e foi designado para cozinheiro na cabana.

Ele era um velho frágil de cabelos brancos, com cabelos longos e finos e uma pele pálida. Pálida demais, porque ele era anêmico. Ele tomava Vita-Ore, um remédio patenteado muito anunciado. Isso deve ter ajudado porque ele viveu até os oitenta... Quando soube dele pela primeira vez ele havia se retirado para a aldeia e alugado a fazenda para meu pai. Ele visitava a fazenda, ou, na minha cabeça, a mim, e eu o visitava. Saíamos para caminhadas. Havia uma sensação de segurança. Ele conversava muito mais facilmente com papai, mas não me lembro de termos conversado muito. Ele explicava as coisas quase como se as estivesse descobrindo na mesma hora. Talvez ele estivesse de certo modo olhando para o mundo do ponto de vista de uma criança.

Ele nunca falava de modo rude, nunca disse: "Saia já de cima dessa cerca", "Cuidado com essa lama". Ele preferia deixar a natureza seguir seu curso para que eu aprendesse desse jeito. A liberdade de ação inspirava certa cautela. Não havia nenhuma comiseração indevida quando alguém se machucava.

Fazíamos lentas e tranquilas caminhadas porque ele não conseguia ir muito depressa. Coletávamos pedras com fósseis de estranhas criaturas de outra Era, pois este era um campo com cascalho no qual essas pedras podiam ser encontradas. Cada um de nós tinha uma coleção. Herdei a dele quando ele morreu e mantive ambos os conjuntos por muitos anos. Eram um laço com ele do qual hesitei muito em me separar.

Andávamos ao longo dos trilhos ferroviários até o enorme aterro que levava os trilhos até outra ferrovia e um grande riacho. Sobre esses havia um gigantesco arco de pedra e cimento. Podia-se olhar para a ferrovia centenas de metros abaixo. Recentemente voltei lá. O aterro havia estranhamente encolhido; a ferrovia não passava mais sobre ele. A CPR* ainda está lá mas não tão perto e o córrego é muito menor...

Fomos para a oficina de aplainamento e observamos as serras rodando e gemendo. Foram os dias de todos os tipos de marcenaria de mau gosto usados para ornamentar os beirais das casas, as varandas ou qualquer lugar que podia ser decorado. Havia todo tipo de peças descartadas com desenhos interessantes que se podiam levar para casa.

À noite fomos para a estação, a velha Grand Trunk, ou a Manteiga e Ovos, como era conhecida em Londres. Podia-se colocar o ouvido no trilho e ouvir o rugido do trem, ao longe. Depois um apito distante e o ar se tornava tenso de expectativa. Os apitos ficavam cada vez mais próximos e mais altos e, por fim, o trem invadia a visão. A terra tremia, os céus quase abriam, e o monstro enorme deslizava silvando com freios torturados até uma parada...

* Canadian Pacific Railway. [N.T.]

Aqui conseguimos o diário vespertino. Havia dois jornais londrinos, o *Free Press* e o *'Tiser* (*Advertiser*). O *'Tiser* era liberal e o *Free Press*, conservador.

Não havia meio-termo quanto a isso. Ou você estava certo ou estava errado. Meu avô era um bom liberal da velha escola de George Brown e pegou o *'Tiser*, por isso também me tornei um liberal e continuo sendo até hoje… E por isso, nesse melhor de todos os sistemas existem governos escolhidos de acordo com o número de pequenos liberais ou pequenos conservadores que ficam velhos o bastante para votar…

O condutor agarrou o segurador ao lado dos degraus. Ele gritou: "Bordo!" e acenou com a mão. O vapor jorrou para baixo em jatos, as rodas produziram um som metálico, gemeram e avançaram, cada vez mais depressa, passadas as balanças do caminho, passados os currais, acima os arcos da ponte e foi ficando cada vez menor como uma galáxia retrocedendo até que o trem desapareceu para dentro do mundo desconhecido ao norte…

Uma vez houve um visitante, meu xará de Toronto, um primo de meu avô. O grande homem tinha fama de milionário, mas era decepcionante, nem um pouco marcante, apenas uma versão ligeiramente mais calma e mais polida de meu avô. Os dois velhos se sentaram sob o bordo defronte nossa casa e conversaram. Provavelmente falaram do passado, como fazem os velhos. Mantive-me discretamente ao fundo. Vovô não dizia abertamente mas com delicadeza indicava que as crianças eram para ser vistas e não ouvidas.

Às vezes eles falavam no escocês rústico do distrito do qual procediam. Não era o escocês dos erres guturais que ouvimos nos cantores e comediantes mas sim suave e lamurioso, com uma cadência como a galesa ou a sueca.

Esse é o ponto em que acho melhor deixá-los — meu pai um pouco menino, sem se aventurar a chegar muito perto, e os velhos sentados em uma tarde de verão em cadeiras de madeira colocadas sob um dos grandes olmos benevolentes que protegiam a casa da fazenda de meus avós. Ali falavam o dialeto de sua infância — descartado à medida que se tornavam homens — que nenhum de seus descendentes conseguia entender.

SEGUNDA PARTE
LAR

PAIS

Por todo o meio rural, na primavera, havia um som que logo desaparderia. Talvez já tivesse desaparecido não fosse pela guerra. A guerra significava que as pessoas que tinham dinheiro para comprar tratores podiam não encontrar nenhum para comprar, e os poucos que já possuíam tratores, nem sempre conseguiam o combustível para operá-los. Assim, os fazendeiros saíam com seus cavalos para fazer a aragem da primavera e, de tempos em tempos, perto e longe, podiam ser ouvidos gritando suas ordens, nas quais havia graus de incentivo, impaciência ou advertência. Não se ouviam as palavras exatas, tal como se podia discernir o que as gaivotas diziam em seus voos pelo continente, ou acompanhar as discussões dos corvos. Pelo tom de voz, porém, geralmente se conseguia saber quais palavras eram imprecações.

Com um homem tudo era imprecação. Não importava quais palavras ele estivesse usando. Ele poderia dizer "manteiga e ovos" ou "chá da tarde", e o espírito vertido seria o mesmo. Como se ele estivesse transbordando de raiva e aversão escaldantes.

Seu nome era Bunt Newcombe. Ele tinha a primeira fazenda na estrada do condado que, vindo da cidade, se curvava para o sudoeste. Bunt* provavelmente era um apelido que lhe deram na escola por andar com a cabeça abaixada, pronto para trombar e jogar alguém

---

* *Bunt*: estocada. [N. T.]

para o lado. Um nome pueril, um resquício, não muito adequado a seu comportamento ou reputação como adulto.

As pessoas às vezes perguntavam qual seria o problema dele. Ele não era pobre — tinha oitenta e um hectares de terra decente, e um celeiro em dois níveis com um silo pontiagudo e um abrigo de carros e implementos, e uma sólida e bem construída casa de tijolos vermelhos. (Embora a casa, como o próprio homem, tivesse um ar de mau humor. Havia persianas verde-escuras total ou quase inteiramente cerradas nas janelas, sem cortinas visíveis e uma mancha ao longo da parede frontal onde a varanda havia sido arrancada. A porta da frente, que em dado momento teria dado para aquela varanda, agora se abria a quase um metro acima das ervas e do cascalho.) E ele não era um beberrão ou jogador, sendo cuidadoso demais com seu dinheiro para isso. Ele era miserável nos dois sentidos da palavra. Maltratava seus cavalos, e não é preciso dizer que maltratava sua família.

No inverno ele levava suas latas de leite para a cidade em um trenó puxado por uma parelha de cavalos — já que na época havia escassez de limpa-neves para as estradas do condado, tal como de tratores. Isso acontecia na hora da manhã em que todos estavam caminhando para a escola e ele nunca reduzia a marcha como faziam outros fazendeiros para nos deixar saltar na rabeira do trenó e pegar uma carona. Em vez disso ele levantava o chicote.

A sra. Newcombe nunca estava com ele, fosse no trenó ou no carro. Ela andava até a cidade, usando galochas antiquadas mesmo quando o tempo esquentava, e um longo casaco cinza e uma echarpe sobre o cabelo. Ela murmurava um cumprimento sem sequer levantar a cabeça ou às vezes virava a cabeça para o outro lado, sem dizer nada. Acho que lhe faltavam alguns dentes. Na época isso era mais comum do que é hoje e era mais comum as pessoas deixarem claro um estado de espírito, em seu discurso, roupas e gestos, de sorte que tudo nelas dissesse: *Eu sei como devo parecer e me comportar, e se não sei isso é problema meu.* Ou: *Não me importo, as coisas já foram longe demais comigo, pensem o que quiserem.*

Hoje em dia a sra. Newcombe poderia ser vista como um caso sério, uma deprimida terminal e seu marido com seus modos abrutalhados poderia ser encarado com preocupação e pena. *Essas pessoas precisam de ajuda.* Naquele tempo elas eram aceitas como eram e deixavam-nas que levassem a vida sem ninguém sequer pensar em intervir. De fato eram consideradas como uma fonte de interesse e entretenimento. Pode-se dizer — dizia-se — que ninguém valia nada para ele e que se tinha de sentir pena dela. Mas havia uma impressão de que certas pessoas nasciam para desgraçar a vida das outras e outras se prestavam a serem desgraçadas. Era simples destino e não havia o que fazer a respeito.

Os Newcombes tiveram cinco filhas, depois um filho. Os nomes das meninas eram April, Corinne, Gloria, Susannah e Dahlia. Eu achava esses nomes imaginativos e graciosos e teria gostado que as feições das filhas correspondessem aos seus nomes, como se fossem as filhas de um ogro em um conto de fadas.

April e Corinne tinham saído de casa algum tempo antes, por isso não pude saber como eram. Gloria e Susannah viviam na cidade. Gloria era casada e sumiu de vista como acontecia com as que se casavam. Susannah trabalhava na loja de ferragens e era uma garota robusta, com olhos ligeiramente estrábicos, nada bonitos, mas de aparência bem normal (sendo que olhos estrábicos eram uma variação do normal e não um infortúnio pessoal naquela época, não uma coisa a ser remediada, tal como não eram os caráteres). Não parecia de modo algum intimidada como sua mãe nem bruta como seu pai. E Dahlia era uns dois anos mais velha que eu, a primeira da família a ir para o colegial. Ela não era tampouco nenhuma beldade de olhos grandes e cabelos encaracolados filha de um ogro, mas era simpática e robusta, os cabelos fartos e claros, os ombros fortes, os seios firmes e empinados. Ela tirava notas bem respeitáveis e era boa nos jogos, em particular no basquetebol.

Durante meus primeiros meses no colegial eu caminhava com ela boa parte do trajeto para a escola. Ela ia para a cidade pela estrada do condado e passava pela ponte. Eu morava no fim dos oitocentos metros da rua que era paralela a essa estrada, no lado norte do rio. Até então ela e eu tínhamos levado nossas vidas à distância de um grito, por assim dizer, mas os distritos escolares eram divididos de tal forma que eu sempre ia para a escola da cidade, enquanto os Newcombes iam para uma escola rural mais adiante na estrada do condado. Nos dois primeiros anos em que Dahlia esteve no colegial e eu ainda estava na escola pública devemos ter feito o mesmo caminho, embora nunca andássemos juntas — não se fazia isso, alunos do colegial e da escola pública andando juntos. Mas quando ambas estávamos frequentando o colegial normalmente, nos encontrávamos onde as ruas se juntavam e, se uma visse a outra vindo, esperava.

Foi assim durante meu primeiro outono no colegial. Andar juntas não significou que nos tornamos exatamente amigas. Foi apenas porque teria parecido estranho andar sozinhas agora que estávamos ambas no colegial e indo pelo mesmo caminho. Não sei o que conversávamos. Parece-me que havia longos períodos de silêncio, graças à dignidade mais velha de Dahlia e a uma praticidade nela que excluía conversas tolas. Mas não me lembro de ter achado tais silêncios incômodos.

Certa manhã ela não apareceu e eu segui em frente. No vestiário da escola ela me disse:

— Eu não virei mais por aquele caminho porque estou agora ficando na cidade, estou ficando na casa de Gloria.

E mal nos falamos novamente até um dia no começo da primavera — aquela época de que eu falava, com as árvores secas ficando rosadas e os corvos e gaivotas ocupados e os fazendeiros gritando com os cavalos. Ela me alcançou, quando estávamos saindo da escola. Ela disse:

— Você está indo direto para casa?

E eu disse que sim, e ela começou a andar ao meu lado. Perguntei-lhe se ela estava morando em casa novamente e ela disse:

— Não. Ainda na casa de Gloria.

Quando tínhamos caminhado um pouco mais ela disse:

— Só estou indo até lá para dar uma olhada no que está acontecendo.

Sua maneira de dizer isso foi direta, não confidencial. Mas eu sabia que *até lá* devia significar lá em sua casa e que *o que está acontecendo*, embora genérico, não significava nada de bom.

Durante o inverno anterior o status de Dahlia na escola havia melhorado porque ela foi a melhor jogadora do time de basquete e a equipe havia quase vencido o campeonato do condado. Eu tinha uma sensação de distinção por estar caminhando com ela e recebendo quaisquer informações que ela quisesse me dar. Não me lembro com certeza, mas acho que ela deve ter começado o colegial levando a tiracolo toda a questão de sua família. Era uma cidade bem pequena, por isso todos nós começávamos desse jeito, com fatores favoráveis a que fazer jus ou alguma sombra de que nos livrar. Mas agora ela tinha permissão, em grande medida, de escapar. A independência de espírito, a fé que você precisa ter no próprio corpo, para se tornar atleta, conquistava respeito e desencorajava todos que pensassem em tratá-la mal. Ela também se vestia bem — tinha pouquíssimas roupas mas as que ela tinha eram muito boas, não como as roupas domésticas de segunda-mão que as garotas do campo costumavam usar, ou os trajes feitos em casa que minha mãe se empenhara em fazer para mim. Lembro-me de um suéter vermelho com gola em v muito usado por ela e uma saia Royal

Stewart plissada. Talvez Gloria e Susannah pensassem nela como a representante e orgulho da família e tivessem juntado parte de seus recursos para vesti-la.

Estávamos fora da cidade quando ela falou novamente.

— Eu preciso acompanhar o que meu velho está aprontando — disse ela. — É melhor que ele não esteja batendo em Raymond.

Raymond. Era o irmão.

— Você acha que ele pode estar? — perguntei. Senti como se eu tivesse de fingir saber menos sobre sua família do que eu, e todos, realmente sabíamos.

— É — disse ela, pensativa. — É. Ele pode. Raymond sempre se sai melhor que o resto de nós, mas agora que é o único que ficou em casa, tenho minhas dúvidas.

— Ele batia em você? — Eu disse isso quase em tom casual, tentando parecer moderadamente interessada, e de modo algum horrorizada.

Ela bufou.

— Você está brincando? Da última vez que fugi ele tentou me arrebentar a cabeça com a pá.

Depois que caminhamos um pouco mais, ela disse:

— Sim, e eu disse pra ele: Vai, vai, quero ver você me matar. Quero ver, e depois você ser enforcado. Mas então fugi, porque pensei: é, mas aí eu não teria a satisfação de ver ele. Enforcado.

Ela riu. Eu disse, tentando animá-la:

— Você o odeia?

— Claro que odeio — disse ela, sem muito mais expressão do que se tivesse dito que odiava linguiças.

— Se alguém me dissesse que ele estava morrendo afogado no rio, eu iria até a margem e aplaudiria.

Não havia como comentar isso. Mas eu disse:

— E se ele vier atrás de você agora?

— Ele não vai me ver. Só vou espiar o que ele está fazendo.

Quando chegamos à divisão de nossas estradas, ela disse, quase animada:

— Você quer vir comigo? Quer ver como eu faço para espiar?

Atravessamos a ponte com a cabeça discretamente curvada, olhando para o caudaloso rio pelos vãos entre as tábuas. Eu estava cheia de alarme e admiração.

— Eu costumava vir aqui fora no inverno — disse ela. — Eu me levantava com a luz das janelas da cozinha quando estava escuro lá fora. Agora fica claro até muito tarde.

E eu pensava: ele verá as marcas de botas na neve e saberá que alguém o havia espionado e isso vai deixá-lo louco.

Perguntei se seu pai tinha uma espingarda.

— Claro — disse ela. — E daí se ele sair e atirar em mim? Ele me mata e é enforcado e vai para o inferno. Não se preocupe, ele não vai nos ver.

Antes de entrarmos no campo de visão dos prédios dos Newcombes escalamos um barranco do lado oposto da estrada, onde havia um grupo espesso de sumagres margeando um quebra-ventos de abetos. Quando Dahlia começou a caminhar agachada, a minha frente, fiz o mesmo. E quando ela parou eu parei.

Lá estava o celeiro, e o curral, cheio de vacas. Percebi, assim que paramos de fazer nosso próprio barulho entre os galhos, que estivéramos o tempo todo ouvindo o pisoteio e os berros das vacas. Ao contrário da maioria das fazendas, a dos Newcombes não tinha uma alameda de entrada. Casa, celeiro e curral ficavam todos bem junto à estrada.

Não havia ainda capim novo suficiente para as vacas saírem para o pasto — os locais baixos nos pastos ainda estavam em sua maioria submersos — mas elas eram soltas do estábulo para fazer exercício antes da ordenha do entardecer. De trás de nosso anteparo de sumagres, podíamos olhar para elas do outro lado da estrada e abaixo enquanto elas se empurravam e tropeçavam no estrume, inquietas e se queixando por causa de seus úberes cheios. Mesmo que quebrássemos um galho ou falássemos em tom normal de voz, havia muita coisa acontecendo por ali para que alguém nos ouvisse. Raymond, um garoto de dez anos de idade, chegou até o canto do celeiro. Ele tinha uma vara mas estava apenas cutucando as ancas das vacas com ela, incitando-as e dizendo: "Ô-boi, ô-boi" em um ritmo relaxado e dirigindo-as para a porta do estábulo. Era o tipo de manada mista que a maioria das fazendas tinha naquela época. Uma vaca preta, uma vermelha-ferrugem, outra bem dourada que devia ser mestiça de Jersey, outras manchadas de marrom e branco e de preto e branco em todos os tipos de combinação. Ainda tinham os chifres e isso lhes dava um ar de dignidade e ferocidade que as vacas hoje perderam.

Uma voz de homem, a voz de Bunt Newcombe, chamou do estábulo.

— Depressa. Por que a demora? Você acha que tem a noite toda?

Raymond gritou de volta:

— Está bem. Está *bem*.

O tom de sua voz não sugeria nada para mim, exceto que ele não parecia assustado. Mas Dahlia disse calmamente:

— É. Ele está respondendo com má-criação. Bom para ele.

Bunt Newcombe saiu de outra porta do estábulo. Ele estava usando guarda-pó e uma bata gordurosa, em lugar do casaco de búfalo que eu imaginava ser seu traje natural, e se movia com um balanço estranho de uma perna.

— Perna imprestável — disse Dahlia, com a mesma voz calma mas intensamente satisfeita. — Ouvi dizer que Belle deu um chute nele mas achei que era bom demais para ser verdade. Que pena que não foi na cabeça dele.

Ele estava carregando um forcado. Mas não parecia que pretendesse machucar Raymond. Só usou o forcado para tirar o esterco daquela porta, enquanto as vacas eram conduzidas para a outra.

Será que um filho era menos abominado que suas filhas?

— Se eu tivesse uma pistola eu poderia acertá-lo agora — disse Dahlia. — Eu devia fazer isso enquanto ainda sou jovem demais para acabar enforcada.

— Você iria para a cadeia — disse eu.

— E daí? Ele dirige sua própria cadeia. Talvez eles nunca me apanhassem. Talvez nem sequer descobrissem que fui eu.

Ela não podia estar falando sério. Se tivesse alguma dessas intenções não seria loucura de sua parte me falar sobre elas? Eu poderia entregá-la. Essa não era minha intenção, mas alguém poderia tirar isso de mim. Por causa da guerra, muitas vezes eu pensava como seria se fosse torturada. Quanto eu conseguiria suportar? Na cadeira do dentista, quando ele atingia um nervo, eu pensava que se uma dor como aquela se prolongaria sem parar a menos que eu contasse onde meu pai estava escondido com a Resistência, o que eu faria?

Quando todas as vacas tinham entrado e Raymond e seu pai tinham fechado as portas do estábulo, caminhamos, ainda curvadas, passando pelos sumagres e, uma vez fora do campo de visão, descemos para a estrada. Achei que Dahlia agora diria que a parte de dar tiros era apenas brincadeira, mas ela não disse. Perguntava-me por que ela não havia dito nada sobre sua mãe, sobre estar preocupada com ela como estivera com Raymond. Então pensei que ela talvez desprezasse sua mãe, pelo que sua mãe havia suportado e o que ela se tornara. Era preciso demonstrar alguma fibra para chegar ao nível de Dahlia. Eu não gostaria que ela soubesse que eu tinha medo das vacas com chifres.

Devemos ter nos despedido quando ela tomou o caminho de volta para a cidade, para a casa de Gloria, e me voltei para a nossa rua sem saída. Mas talvez ela apenas tivesse continuado e me deixado. Continuei pensando se ela poderia realmente matar seu pai. Tive uma estranha ideia de que ela era nova demais para fazer isso — como se matar alguém fosse como dirigir um carro ou votar ou se casar, era preciso ter uma certa idade para fazer. Eu também pensei um pouco — embora eu não soubesse como expressar isso — que matar não seria nenhum alívio para ela, já que odiá-lo se tornara um hábito. Entendi que ela havia me levado consigo não porque confiasse em mim ou porque eu fosse uma espécie de amiga íntima — só desejava que alguém a visse odiando-o.

Certa época havia em nossa estrada talvez uma dúzia de casas. A maioria era de pequenas casas de aluguel barato — até que se chegava a nossa, que era mais como uma casa comum de fazenda em uma fazenda pequena. Algumas dessas casas ficavam na área inundável do rio, mas alguns anos antes, durante a Depressão, todas tinham moradores. Depois, os empregos de guerra, todos os tipos de trabalho, tinham levado essas famílias embora. Algumas dessas casas tinham sido levadas em carroções para outros lugares para funcionarem como garagens ou galinheiros. Umas duas remanescentes estavam vazias e a maioria das restantes era ocupada por velhos — o velho solteiro que caminhava todo dia para a cidade até sua oficina de ferreiro, o velho casal que tinha uma mercearia e ainda tinha uma placa de Crush na janela da frente, outro casal de velhos que fazia contrabando e enterrava o dinheiro, segundo se dizia, em potes de compota no quintal. Além desses, as velhas entregues a si mesmas. Sra. Currie. Sra. Horne. Bessie Stewart.

A sra. Currie criava cachorros que ficavam o dia inteiro correndo e latindo loucamente em um cercado de arame, e à noite eram levados para dentro de sua casa, que era em parte construída dentro da encosta de uma colina e devia ser muito escura e malcheirosa. A sra. Horne cultivava flores e sua casa minúscula e o quintal no verão eram como um mostruário de bordados — clêmatis, hibiscos, todo tipo de rosa e flox e delfino. Bessie Stewart vestia-se com elegância e ia para a zona residencial da cidade para fumar e tomar café no restaurante Paragon. Embora solteira, dizia-se que ela tinha um amigo.

Uma casa vazia tinha sido ocupada pela sra. Eddy, que ainda era sua proprietária. Por um curto período, anos antes — isto é, quatro ou cinco anos antes de eu conhecer Dahlia, um período longo de minha vida — algumas pessoas de nome Wainwright tinham morado naquela casa. Eram aparentadas à sra. Eddy e ela as estava deixando morar lá, mas não morava com elas. Ela já havia sido levada embora para algum lugar qualquer. Algo que se chamava *Casa de cuidado*. O sr. e sra. Wainwright vieram de Chicago, onde ambos haviam trabalhado como decoradores de vitrines para uma loja de departamentos. A loja tinha fechado ou havia decidido que não eram necessárias tantas vitrines decoradas — seja o que for que tivesse acontecido, tinham perdido seus empregos e vindo para cá para morar na casa da sra. Eddy e tentar estabelecer um comércio de papel de parede.

Eles tinham uma filha, Frances, que era um ano mais jovem que eu. Ela era pequena e magra e comumente perdia o fôlego porque tinha asma. No primeiro dia de meu curso na quinta série, a sra. Wainwright saiu e me parou na estrada, com Frances vindo devagar atrás dela. Ela me perguntou se eu podia levar Frances para a escola e lhe mostrar onde ficava a sala da quarta série e se eu seria sua amiga, porque ela ainda não conhecia ninguém e não sabia ir a lugar nenhum.

A sra. Wainwright ficou falando comigo, bem ali na estrada, vestida num sedoso roupão azul-claro. Frances estava toda embonecada em um vestido de algodão xadrez muito curto com um debrum ao redor da saia e uma fita de cabelo xadrez combinando.

Logo ficou acertado que eu iria para a escola com Frances e depois voltaria para casa com ela. Ambas levávamos nossos almoços para a escola, mas não me pediram expressamente para almoçar com ela e por isso nunca almocei. Havia outra menina na escola que morava longe o bastante para trazer seu almoço. Seu nome era Wanda Louise Palmer e seus pais eram donos e moravam no salão de danças ao sul da cidade. Ela e eu sempre comíamos juntas, mas nunca nos consideramos amigas. Agora, porém, uma espécie de amizade se formara, toda ela baseada em evitar Frances. Wanda e eu comíamos no porão das meninas, atrás de uma barricada de velhas carteiras quebradas que eram empilhadas em um canto. Assim que terminávamos saíamos de mansinho e deixávamos o terreno da escola para caminhar pelas ruas próximas ou ir ao centro e olhar vitrines de lojas. Wanda deveria ter sido uma companhia interessante por morar no salão de danças, mas ela era tão propensa a perder o fio do que me contava (embora não a parar de falar) que se tornava muito entediante. Tudo o que realmente tínhamos era nosso elo contra Frances, e nossa risada violentamente contida quando espiávamos através das carteiras e a víamos procurando por nós.

Após algum tempo ela não fez mais isso, ela comia seu almoço sozinha lá em cima, no vestiário.

Gostaria de pensar que foi Wanda que apontou Frances, quando estávamos em fila prontas para marchar para dentro da sala de aula, como a garota que estávamos sempre tentando evitar. Mas pode ter sido eu quem o fez e certamente fui adiante com a brincadeira e fiquei contente por estar do lado dos que mantinham o negócio das sobrancelhas erguidas e lábios mordidos e risadinhas contidas — mas não *totalmente* contidas. Morando no campo no final daquela estrada como eu morava, e sendo facilmente constrangida, ainda que exibida, como eu implausivelmente era, jamais conseguia me erguer em defesa de alguém que estivesse sendo humilhado. Jamais consegui superar uma sensação de alívio de que esse alguém não era eu.

As fitas de cabelo se tornaram parte disso. Simplesmente chegar até Frances e dizer: "Adoro sua fita de cabelo, onde você a conseguiu?" e ouvi-la dizer, em inocente desorientação: "Em Chicago", era uma fonte permanente de prazer. Por um momento "Em Chicago", ou apenas "Chicago", tornou-se a resposta para tudo.

— Onde você foi ontem depois da aula?

— Chicago.

— Onde sua irmã fez aquela permanente?

— Ah, em Chicago.

Algumas meninas ficariam boquiabertas diante da mera palavra, e seus peitos palpitariam ou fingiriam estar com soluços até que estivessem meio enjoadas.

Eu não evitava caminhar para casa com Frances, embora certamente eu deixasse claro que eu não havia escolhido fazer isso, mas o fazia apenas porque sua mãe havia me pedido. Em que medida ela tinha consciência dessa perseguição especial muito feminina, eu não sei. Ela pode ter pensado que havia algum lugar onde as garotas de minha sala sempre iam almoçar e que eu simplesmente continuei fazendo isso. Pode ser que ela nunca tenha entendido a razão da risadinha. Ela nunca perguntou a respeito. Ela tentava segurar minha mão, atravessando a rua, mas eu me afastava e dizia a ela para não fazer isso.

Ela disse que sempre segurava a mão de Sadie, quando Sadie a levava para a escola em Chicago.

— Mas isso era diferente — disse ela. — Aqui não tem bonde.

Um dia ela me ofereceu um biscoito que sobrara de seu almoço. Eu recusei para não sentir nenhuma obrigação inconveniente.

— Pode pegar — disse ela. — Minha mãe colocou aí para você.

Então entendi. A mãe dela colocava esse biscoito extra, essa guloseima, para eu comer quando almoçássemos juntas. Ela nunca havia dito à sua mãe que eu não aparecia na hora do almoço e que ela não conseguia me encontrar. Ela mesma devia estar comendo o biscoito extra, mas agora a desonestidade a incomodava. Por isso, daí em diante, todo dia ela o oferecia, quase no último minuto como se estivesse envergonhada, e todo dia eu aceitava.

Passamos a conversar um pouco, começando quando estávamos quase fora da cidade. Estávamos ambas interessadas em astros do cinema. Ela tinha assistido a muito mais filmes que eu — em Chicago podiam-se ver filmes toda tarde e Sadie costumava levá-la.

Mas eu passava por nosso cinema e olhava para as fotos toda vez que mudava o cartaz, por isso sabia algo sobre eles. E eu tinha uma revista de filmes em casa, que uma prima havia trazido em uma visita. Ela continha fotos do casamento de Deanna Durbin, por isso falamos sobre isso e sobre como queríamos que fossem nossos próprios casamentos — as roupas do casamento e os vestidos de noiva e as flores e os trajes de saída. A mesma prima me havia dado um presente — um livro de recortes de *Ziegfeld Girl*. Frances tinha assistido ao filme *Ziegfeld Girl** e conversamos sobre qual Ziegfeld Girl gostaríamos de ser. Ela escolheu Judy Garland porque ela sabia cantar e eu escolhi Hedy Lamarr porque ela era a mais bonita.

— Meu pai e minha mãe cantavam na Light Opera Society — disse ela. — Eles cantaram em *The Pirates of Penzance*.

Lightropra-sussciety. Pirazapenzanze. Arquivei essas palavras mas não perguntei o que significavam. Se ela as tivesse dito na escola, na frente de outros, elas teriam sido munição invencível.

Quando sua mãe saía para nos receber — saudando Frances com um beijo como se despedira dela com um beijo — ela às vezes perguntava se eu queria entrar e brincar. Eu sempre dizia que tinha de ir direto para casa.

Pouco antes do Natal, a sra. Wainwright me perguntou se eu podia vir jantar no próximo domingo. Ela disse que seria uma pequena festa de agradecimento e de despedida, agora que estavam partindo. Estive a ponto de dizer que achava que minha mãe não me deixaria, mas quando ouvi a palavra *despedida* vi o convite sob uma luz diferente. O ônus de Frances seria retirado, nenhuma outra obrigação

---

* *Ziegfeld Girls*: filme norte-americano de 1941, dirigido por Robert Z. Leonard, exibido no Brasil como *A vida é um teatro*. No elenco, Judy Garland, Hedy Lamarr e James Stewart. [N. E.]

estaria envolvida e nenhuma intimidade forçada. A sra. Wainwright disse que tinha escrito um pequeno bilhete para minha mãe, já que eles não tinham telefone.

Minha mãe teria gostado mais se eu tivesse sido convidada para ir à casa de alguma garota da cidade, mas disse sim. Ela também levou em conta que os Wainwrights estavam de mudança.

— Eu não sei o que eles estavam pensando, vindo pra cá — disse ela. — Qualquer um que tenha como comprar papel de parede irá comprá-lo por si mesmo.

— Para onde vocês estão indo? — perguntei a Frances.

— Burlington.

— Onde é isto?

— É no Canadá também. Vamos ficar com meus tios mas teremos nosso próprio banheiro em cima e nossa pia e um aquecedor. Meu pai vai pegar um trabalho melhor.

— Fazendo o quê?

— Não sei.

A árvore de Natal deles estava em um canto. A sala da frente tinha apenas uma janela e se tivessem colocado a árvore ali ela teria bloqueado toda a luz. Não era uma árvore grande nem tinha uma boa forma, mas estava coberta com fio prateado e contas de ouro e prata e belos ornamentos intricados. Em outro canto da sala havia um aquecedor, um fogão à lenha, no qual o fogo parecia ter sido aceso apenas recentemente. O ar ainda estava frio e pesado, com o cheiro de mata da árvore.

Nem o sr. ou a sra. Wainwright estavam muito confiantes quanto ao fogo. Primeiro um, depois a outra não paravam de mexer no regulador da chaminé e de ousar enviar o atiçador lá dentro e dar tapinhas no tubo para ver se estava ficando quente ou, por algum acaso, muito quente. O vento estava intenso naquele dia — às vezes soprava a fumaça chaminé abaixo.

Isso não tinha importância nenhuma para Frances e eu. Em uma mesa de baralho montada no meio da sala havia um tabuleiro de xadrez chinês pronto para duas pessoas jogarem e uma pilha de revistas de cinema. Fixei-me nelas de imediato. Eu nunca tinha imaginado tamanho banquete. Não fazia diferença não serem novas e que algumas tivessem sido folheadas tantas vezes que estavam quase se despedaçando. Frances parou ao lado de minha cadeira, interferindo um pouco em meu prazer contando o que vinha em seguida e o que havia em outra revista que eu ainda não tinha aberto. Obviamente as revistas eram ideia sua e eu tinha de ser paciente com ela — eram propriedade dela e se ela tivesse colocado na cabeça levá-las embora eu ficaria mais pesarosa ainda do que quando meu pai afogava nossos gatinhos.

Ela estava usando uma roupa que podia ter saído de uma daquelas revistas — um traje de gala de um astro-mirim em veludo vermelho-escuro com uma gola de cordão branco e uma fita preta trançada no cordão. O traje de sua mãe era exatamente o mesmo, e ambas tinham o cabelo feito da mesma forma — um cacho na frente e comprido atrás. O cabelo de Frances era ralo e fino e com toda a sua empolgação e saltos de um lado para o outro para me mostrar coisas, o cacho já estava se desfazendo.

Estava ficando escuro no quarto. Havia fios se projetando do teto mas nenhuma lâmpada. A sra. Wainwright trouxe uma luminária com um longo cabo que era plugado na parede. A lâmpada brilhava através do vidro verde claro da saia de uma dama.

— Essa é Scarlett O'Hara — disse Frances. — Papai e eu demos para a mamãe de aniversário.

Não chegamos até o xadrez chinês e logo o tabuleiro foi retirado. Passamos as revistas para o chão. Um trabalho de renda — não uma verdadeira toalha de mesa — foi estendido sobre a mesa. Depois vieram os pratos. Evidentemente Frances e eu iríamos comer aqui, sozinhas. Ambos os pais estavam envolvidos em arrumar a mesa — a sra.

Wainwright usando um elegante avental sobre seu veludo vermelho e o sr. Wainwright em mangas de camisa e colete com costas em seda. Quando tudo estava preparado fomos chamadas à mesa. Eu esperava que o sr. Wainwright deixasse que sua esposa servisse a comida — de fato fiquei muito surpresa ao vê-lo rondando com facas e garfos — mas agora ele arrastava nossas cadeiras e anunciava que ele era nosso garçom. Quando ele chegou bem perto consegui cheirá-lo e ouvir sua respiração. Ela parecia ansiosa, como a de um cachorro, e seu cheiro era de talco e loção, algo que me fazia lembrar de fraldas novas e sugeria uma repugnante intimidade.

— Agora, minhas adoráveis mocinhas — disse ele, — vou lhes servir um pouco de champanhe.

Ele trouxe um jarro de limonada e encheu nossas taças. Fiquei assustada até que a provei — eu sabia que champanhe era uma bebida alcoólica. Nunca tínhamos essas bebidas em nossa casa e nem na de ninguém que eu conhecia. O sr. Wainwright me observou bebê-la e pareceu adivinhar meus sentimentos.

— Está tudo bem? Não está preocupada mais? — disse ele. — Tudo satisfatório para vossa senhoria? — Ele fez uma reverência.

— Agora — disse ele —, o que gostariam, para comer? — Recitou depressa uma lista de coisas desconhecidas, tudo que reconheci foi carne de veado, que certamente eu nunca havia provado. A lista terminava com *sweetbreads*.*

Frances deu uma risadinha e disse:

— Comeremos *sweetbreads*, por favor. E batatas.

Eu esperava que os *sweetbreads* fossem como seu nome — uma espécie de bolo com geleia ou açúcar mascavo, mas não consegui entender por que isso viria com batatas. O que veio, porém, eram pequenos blocos de carne envoltos em toucinho crocante e batatinhas com as cascas, que haviam sido passadas em manteiga quente

---

* Miúdos de vitela. [N.T.]

e torradas na frigideira. Também cenouras cortadas em palitos finos e com um sabor ligeiramente cristalizado. Eu poderia ter dispensado as cenouras, mas nunca provei batatas tão deliciosas ou uma carne tão macia. Tudo o que eu desejava era que o sr. Wainwright ficasse na cozinha em vez de rondar servindo-nos limonada e perguntando se tudo estava do nosso agrado.

A sobremesa foi outra maravilha — um pudim acetinado de baunilha com uma espécie de tampa de açúcar queimado marrom-dourado sobre ele. Bolinhos minúsculos para acompanhar, coberto em todos os lados com chocolate muito escuro e saboroso.

Fiquei sentada repleta, quando nem mais uma lambida ou migalha restavam. Olhei para a árvore de conto de fadas com os ornamentos que poderiam ter sido castelos em miniatura ou anjos. Lufadas de vento chegavam pela janela e moviam um pouco os galhos, fazendo ondular as cascatas de fios prateados e levando os ornamentos a virarem levemente para mostrar novos pontos de luz. Plena dessa saborosa e delicada comida, sentia-me como num sonho em que tudo que eu via era forte e benéfico.

Uma das coisas que vi foi o lume do fogo, um brilho ferruginoso fosco no tubo da chaminé. Eu disse a Frances, sem alarme:

— Acho que sua chaminé está pegando fogo.

Ela gritou em um espírito de empolgação festiva:

— A chaminé está pegando fogo — e veio o sr. Wainwright, que finalmente se retirara para a cozinha, e a sra. Wainwright logo atrás dele.

Disse a sra. Wainwright:

— Meu Deus, Billy. O que faremos?

— Fechar o registro da chaminé, imagino — disse o sr. Wainwright. Sua voz estava chiada e assustada, incerta.

Ele fez isso, depois gritou e abanou a mão, que devia ter se chamuscado. Agora ambos estavam parados e olhavam para o tubo vermelho, e ela disse, vacilante:

— Tem algo que se deve colocar nisso. O que é? *Bicarbonato de sódio* — ela correu para a cozinha e voltou meio chorosa com a caixa de bicarbonato. — Direto nas chamas! — gritou.

O sr. Wainwright ainda esfregava a mão nas calças e por isso ela enrolou o avental em sua própria mão e usou o atiçador do fogão e espalhou o pó sobre as chamas. Houve um som crepitante à medida que elas começaram a se extinguir e a fumaça se elevou para dentro da sala.

— Meninas — disse ela. — Meninas. Talvez seja melhor correrem para fora. — Agora ela estava realmente chorando.

Lembrei-me um pouco de uma crise parecida em minha casa.

— Você pode enrolar toalhas molhadas em volta do tubo — disse eu.

— Toalhas molhadas — disse ela. — Parece uma boa ideia. Sim.

Ela correu para a cozinha, onde a ouvimos bombear água. O sr. Wainwright foi atrás dela, sacudindo a mão queimada diante de si, e ambos regressaram com toalhas pingando. As toalhas foram enroladas em volta do tubo e assim que começavam a aquecer-se e secar outras eram colocadas em seu lugar. A sala começou a se encher mais e mais de fumaça. Frances começou a tossir.

— Tome um pouco de ar — disse o sr. Wainwright. Custou-lhe um pouco, com sua mão boa, puxar e abrir a porta da frente em desuso, deixando voar os pedaços de jornais velhos e trapos que haviam sido enfiados ao redor dela. Havia neve precipitada do lado de fora, uma onda branca lambendo a sala.

— Atire neve no fogo — disse Frances, ainda soando jubilosa entre as tosses, e ela e eu apanhamos braçadas de neve e as atiramos no fogão. Algumas atingiram o que restava do fogo e outras erraram o alvo e se derreteram e correram para dentro das poças que o gotejamento das toalhas já havia feito no piso. Eu nunca teria permissão para fazer tamanha desordem em casa.

No meio dessas poças, passado o perigo e a sala se tornando

gélida, o sr. e a sra. Wainwright estavam em pé, os braços de um em volta do outro, rindo e lamentando.

— Ah, sua pobre mão — disse a sra. Wainwright. — E eu não tive nem um pouco de pena dela. Estava com tanto medo que a casa pegasse fogo.

Ela tentou beijar a mão e ele disse:

—Ai, ai.

Ele também tinha lágrimas nos olhos, devido à fumaça ou à dor. Ela o afagou nos braços e ombros e mais abaixo, até nas nádegas, dizendo: "Coitadinho", e coisas do tipo, enquanto ele fazia cara de aborrecido e a beijava na boca com um grande estalido. Depois, com sua mão boa, ele beliscou-lhe o traseiro.

Parecia que essas carícias poderiam continuar por algum tempo.

— Fechem a porta, está um gelo — gritou Frances, toda vermelha da tosse e do feliz alvoroço. Se ela queria dizer para seus pais fazerem isso, eles não tomaram conhecimento mas continuaram com o comportamento terrível que não parecia constrangê-la ou mesmo merecer sua atenção. Ela e eu agarramos a porta e a empurramos contra o vento que se abatia sobre o monte e soprava mais neve para dentro da casa.

Não falei sobre nada disso em casa, embora a comida e os ornamentos e o fogo fossem tão interessantes. Havia as outras coisas que eu não poderia descrever e que me fizeram sentir desequilibrada, ligeiramente enjoada, de sorte que de modo algum queria mencionar disso. A maneira como os dois adultos se colocaram a serviço de duas crianças. A farsa do sr. Wainwright como garçom, suas grossas mãos brancas como parafina e rosto pálido e braços de finos pelos castanho-claros reluzentes. A insistência — a excessiva proximidade — de seus passos macios em gordos chinelos de lã escocesa. Depois a risada, tão imprópria para adultos em seguida a de quase um desastre. As mãos desavergonhadas e o beijo estalado. Havia uma ameaça arrepiante em tudo isso, a começar pela falsidade de me encurralar para que eu fizesse o papel de amiguinha — ambos haviam me chamado assim — quando eu não era nada do tipo. Para me tratar como boa e inocente, quando tampouco eu era isso. O que seria essa ameaça? Era apenas a do amor, ou a da ternura? Se era isso, seria preciso dizer então que travei esse conhecimento tarde demais. Esse transbordamento de atenção me fez sentir cercada e humilhada, quase como se alguém tivesse olhado dentro da minha calcinha. Até a maravilhosa comida desconhecida ficou suspeita em minha memória. Somente as revistas de filmes escaparam da mancha.

Ao final dos feriados de Natal, a casa dos Wainwrights estava vazia. A neve foi tão pesada naquele ano que o telhado da cozinha cedera. Mesmo depois disso, ninguém se incomodou em demolir a casa ou colocar uma placa de ENTRADA PROIBIDA, e durante anos as crianças, eu inclusive, reviravam as perigosas ruínas só para ver o que podiam encontrar. Ninguém parecia na época se preocupar com ferimentos ou responsabilidades.

Nenhuma revista de filmes apareceu.

Mas eu contei sobre Dahlia. A essa altura, segundo meu próprio modo de pensar, eu era uma pessoa totalmente diferente da garota que eu tinha sido na casa dos Wainwrights. No início de minha adolescência eu me tornara a animadora da casa. Não quero dizer que estivesse sempre tentando fazer a família rir, embora eu fizesse isso também, mas que eu transmitia notícias e fofocas. Eu contava o que tinha acontecido na escola mas também o que tinha acontecido na cidade. Ou apenas descrevia as feições ou fala de alguém que eu tinha visto na rua. Eu aprendera a fazer isso de um modo que não me levaria a ser repreendida por ser sarcástica ou vulgar ou ouvir dizerem que para meu próprio bem não tentasse ser esperta demais. Eu havia dominado um estilo inexpressivo, até recatado, que conseguia fazer as pessoas rirem mesmo quando achavam que não deviam e que tornava difícil dizer se eu era inocente ou maliciosa.

Foi desse jeito que contei sobre a aproximação sigilosa de Dahlia em torno dos sumagres para espionar seu pai, sobre o ódio que ela sentia e de sua menção ao assassinato. E essa era a maneira como toda história sobre os Newcombes tinha de ser contada, não apenas o modo como tinha de ser contada por mim. Toda história sobre eles deveria confirmar, para satisfação de todos, o modo cuidadoso e sincero como desempenhavam seus papéis. E agora também Dahlia era vista como pertencente a este quadro. A espionagem, as ameaças, o melodrama. Ele correndo atrás dela com a pá. Ela pensando que, se ele a tivesse matado, teria sido enforcado. E que se ela o matasse enquanto ainda fosse uma adolescente, não poderia ser enforcada.

Meu pai concordou.

— Seria difícil conseguir um tribunal por aqui para condená-la.

Minha mãe disse que era uma vergonha o que um homem como aquele tinha feito de sua filha.

Hoje eu acho estranho que pudéssemos ter conduzido essa conversa com tanta tranquilidade, sem sequer passar por nossa cabeça que meu pai tinha me batido algumas vezes, e que eu tivesse gritado, não que eu queria matá-lo, mas que eu queria morrer. E que isso tinha acontecido não muito tempo antes — três ou quatro vezes, eu diria, nos anos em que eu estava com onze ou doze anos. Aconteceu entre a época em que conheci Frances e a época em que conheci Dahlia. Eu estava sendo punida nessas ocasiões por alguma zanga com minha mãe, alguma resposta malcriada ou conversa esperta ou intransigência. Ela iria tirar meu pai de seu trabalho externo para lidar comigo, e eu esperava sua chegada, primeiro em fúria contrariada e depois com insuportável desânimo. Eu achava que estavam no encalço de meu próprio ser, e em certo sentido acho que estavam. A parte prepotente e briguenta de meu eu que tinha de ser arrancada de mim. Quando meu pai começava a tirar o cinto, era com isso que ele me batia, eu começava a gritar *Não, Não*, e alegava em minha defesa de modo incoerente, de um modo que parecia fazê-lo desdenhar-me. E de fato meu comportamento na época despertaria o desprezo, não mostrava um caráter com orgulho ou mesmo com amor próprio. Eu não me importava. E quando o cinto era levantado, no segundo antes que ele baixasse, havia um momento de terrível revelação. A injustiça reinava. Eu jamais poderia contar o meu lado da história, o aborrecimento de meu pai comigo era supremo. Como eu não poderia me ver uivando diante de tamanha perversão na natureza?

Se estivesse vivo agora, tenho certeza de que meu pai diria que exagero, que a humilhação que ele pretendia infligir não era tão grande e que minhas ofensas eram desorientadoras e que outra maneira há de lidar com os filhos? Eu estava causando problemas para ele e tristeza para minha mãe e eu tinha de ser convencida a mudar meus modos.

E mudei. Cresci. Tornei-me útil na casa, aprendi a não responder com má-criação. Descobri uma maneira de me fazer agradável.

E quando eu estava com Dahlia, ouvindo-a, quando estava caminhando sozinha para casa, quando estava contando a história para minha família, jamais pensei uma vez sequer em comparar minha situação com a dela. Claro que não. Éramos gente decente. Minha mãe, embora às vezes triste pelo comportamento de sua família, não ia até a cidade com o cabelo desgrenhado, nem vestia galochas de borracha folgadas. Meu pai não dizia palavrões. Era um homem de honra e competência e humor e era o pai que eu desejava muito agradar. Eu não o odiava, não conseguia pensar em odiá-lo. Em vez disso, eu via o que ele odiava em mim. Uma arrogância incerta em minha natureza, algo desavergonhado mas covarde, que despertava nele essa fúria.

Vergonha. A vergonha de ser surrada, e a vergonha de encolher-se diante da surra. Vergonha perpétua. Desmascaramento. E alguma coisa liga isso, tal como o sinto agora, com a vergonha, o mal-estar, que se insinua em mim quando ouço o som estofado dos pés no chinelo do sr. Wainwright, e sua respiração. Havia demandas que pareciam indecentes, havia invasões horrendas, tanto disfarçadas como diretas. Algumas contra as quais eu podia enrijecer a pele, outras que a deixavam aberta. Tudo nos perigos de minha vida de criança.

E como diz o ditado, sobre essa questão do que nos molda ou nos curva, se não é uma coisa será outra. Pelo menos era esse o dito dos mais velhos naquele tempo. Misterioso, não consolador, não acusador.

Sexta-feira última, Harvey Ryan Newcombe, um conhecido fazendeiro do município de Shelby, perdeu a vida por uma descarga de energia; Ele era o amado marido de Dorothy (Morris) Newcombe, e deixa para prantear seu passamento suas filhas sra. Joseph (April) McConachie, de Sarnia, a sra. Evan (Corinne) Wilson, de Kaslo, Colúmbia Britânica, a sra. Hugh (Gloria) Whitehead, da cidade, as srtas. Susannah e Dahlia, também da cidade, e um filho Raymond, em casa, além de sete netos. O féretro foi realizado na tarde de segunda-feira e saiu da Funerária Revie Brothers. O sepultamento foi realizado no Cemitério Bethel.

Vinde a mim todos vós que laborais e tendes fardos pesados que vos darei repouso.

Dahlia Newcombe provavelmente não teve nada a ver com o acidente de seu pai. Isso aconteceu quando ele esticava o braço para acender uma lâmpada em um soquete de metal pendurado, enquanto estava em pé em um piso molhado no estábulo de um vizinho. Havia levado uma de suas vacas até lá para visitar o touro e estava naquele momento discutindo o preço. Por algum motivo que ninguém conseguiu entender, ele não estava usando suas botas de borracha, o que, diziam todos, poderia ter salvado sua vida.

DEITADA SOB A MACIEIRA

No outro lado da cidade morava uma mulher chamada Miriam McAlpin, que mantinha cavalos. Não eram cavalos que pertenciam a ela, ela os alojava e os exercitava para seus proprietários, que eram gente ligada a corridas de cavalos de trote. Morava numa casa que tinha sido a sede original da fazenda, próximo às estrebarias, com seus velhos pais, que raramente vinham para fora. Adiante da casa e das estrebarias ficava uma trilha oval na qual Miriam ou seu cavalariço, ou às vezes os próprios donos, de vez em quando eram vistos no assento baixo de uma charrete de aspecto frágil, correndo muito e levantando poeira.

Em um dos campos de pastagem para os cavalos, vizinho à rua da cidade, havia três macieiras, o que restava de um velho pomar. Duas delas eram baixas e curvadas e outra era bem larga, como um bordo quase adulto. Elas nunca eram podadas nem pulverizadas e as maçãs eram ásperas, nem valia a pena roubá-las, mas na maioria dos anos havia uma florada abundante, flores de maçã penduradas por toda parte, de sorte que os galhos pareciam, de uma curta distância, estar coagulados com neve.

Eu tinha herdado uma bicicleta, ou pelo menos podia usar uma deixada para trás por nosso diarista quando ele foi trabalhar em uma fábrica de aviões. Era uma bicicleta de homem, claro, de acento alto e peso leve, de alguma marca estranha havia muito extinta.

— Você não vai pedalar com ela até a escola, vai? — disse minha irmã, quando eu tinha começado a praticar para cima e para baixo na rua de nossa casa. Minha irmã era mais nova que eu, mas às vezes sofria de ansiedade em meu nome, entendendo talvez antes de mim os vários modos pelos quais eu corria o risco de fazer papel de boba. Ela estava pensando não só no aspecto da bicicleta mas no fato de que eu tinha treze anos e estava em meu primeiro ano do colegial, e que este ano era um divisor de águas no tocante a garotas irem de bicicleta para a escola. Todas as garotas que queriam definir sua feminilidade tinham de parar de andar nelas. As garotas que continuavam a pedalar ou moravam muito longe no campo para ir andando, e tinham pais sem condição de alojá-las na cidade, ou eram simplesmente excêntricas e incapazes de levar em conta certas regras não verbais porém de grande alcance. Morávamos pouco depois dos limites da cidade e por isso se eu aparecesse pedalando uma bicicleta, e em particular essa bicicleta, eu seria colocada na categoria dessas garotas. Aquelas que usavam sapatos *oxford* femininos e meias de fio Escócia e enrolavam o cabelo.

— Para a escola, não — disse eu. Mas comecei a usar a bicicleta, saindo pelo campo ao longo das estradas vicinais nas tardes de domingo. Mal havia chance de encontrar alguém que eu conhecesse e às vezes não encontrava absolutamente ninguém.

Eu gostava de fazer isso porque era secretamente dedicada à natureza. O sentimento em princípio veio dos livros. Veio das histórias para meninas do escritor L. M. Montgomery, que frequentemente inseria alguma frase descrevendo um campo nevado ao luar ou uma floresta de pinheiros ou um lago imóvel espelhando o céu da noite. Depois isso se fundiu com outra paixão reservada, a de versos poéticos. Eu devorava furiosamente meus textos escolares para descobri-los antes que fossem lidos e desdenhados em aula.

Trair um desses vícios, em casa ou na escola, teria me colocado em uma condição de permanente vulnerabilidade. Condição na qual eu sentia que em certa medida já estava. Tudo o que alguém tinha a dizer, numa certa voz, era *já era de esperar* ou *é bem você* e eu sentia o insulto, o ar de reprimenda, os limites traçados. Mas agora que eu tinha a bicicleta, poderia passear nas tardes de domingo em território que parecia à espera do tipo de homenagem que eu ansiava apresentar. Aqui estavam os lençóis d'água dos riachos inundados irrompendo sobre a terra, acolá as margens de *trillium* sob as árvores de rebentos vermelhos. E as cerejas da Virgínia, as cerejas vermelhas ao longo do pé das cercas, eclodindo em tenros bocados de flor antes de que neles houvesse folha.

As flores de cereja me levaram a pensar nas árvores no campo de Miriam McAlpin. Eu queria olhar para elas quando florescessem. E não apenas olhar para elas, como se podia fazer da rua, mas entrar sob aqueles galhos, deitar de costas com a cabeça contra o tronco da árvore e ver como ela brotava, como se de meu próprio crânio, erguer-me e me perder em um mar de flores de cabeça para baixo. Também para ver se havia pedaços de céu se mostrando através dela, para que eu comprimisse os olhos para deixá-los em primeiro plano e não em pano de fundo, fragmentos de azul-claro naquele inflado mar branco. Havia uma formalidade nessa ideia pela qual eu ansiava. Era quase como ajoelhar na igreja, o que não fazíamos em nossa igreja. Eu tinha feito isso uma vez, quando era amiga de Delia Cavanaugh e sua mãe nos levou para a igreja católica em um domingo para arranjar as flores. Eu me persignei e ajoelhei junto a um banco e Delia disse, sem sequer sussurrar.

— Por que você está fazendo isso? Você não precisa fazer isso. Só nós.

Deixei a bicicleta deitada na grama. Era noite. Eu havia pedalado pela cidade nas ruas afastadas. Não havia ninguém no pátio do estábulo nem em volta da casa. Passei por cima da cerca. Tentei ir o mais depressa possível, sem correr, sobre o solo onde os cavalos haviam podado os brotos de capim. Espiei sob os galhos da grande árvore e segui agachada e tropeçando, às vezes atingida no rosto pelas flores, até que alcancei o tronco e pude fazer o que tinha vindo fazer.

Deitei-me de costas na horizontal. Havia uma raiz da árvore formando uma aresta dura sob mim, por isso tive de me acomodar novamente. E havia maçãs do ano passado, escuras como postas de carne seca, que eu tive de tirar do caminho antes de me acomodar. Mesmo assim, quando sosseguei, percebi que meu corpo estava em uma posição estranha e não natural. E quando olhei para todas as pétalas peroladas dependuradas com sua frágil mancha rósea, todos os cachinhos pré-arranjados, não fui propriamente levada para o estado de espírito, de adoração, que eu tinha esperado. O céu estava finamente nublado e o que conseguia ver dele me lembrava pedaços insípidos de porcelana chinesa.

Não que não valesse a pena fazer isso. Pelo menos, à medida que comecei a entender enquanto me apoiava nos pés e engatinhava para fora dali, valeu a pena ter feito. Estava mais próximo a um reconhecimento que a uma experiência. Corri pelo campo e por sobre a cerca, peguei a bicicleta e estava de fato começando a pedalar para ir embora quando ouvi um forte assobio e o meu nome.

— Ei, você. Sim. Você.

Era Miriam McAlpin.

— Venha até aqui um instante.

Dei meia volta. Lá, na passagem entre a velha casa e as estrebarias, Miriam estava conversando com dois homens, que deviam ter vindo no carro estacionado ao lado da estrada. Estavam vestindo camisas brancas, coletes de terno e calças — exatamente o que qualquer um que trabalhasse em um escritório ou atrás de um balcão naquele tempo estaria usando desde o momento em que se vestisse pela manhã até que se despisse para ir para a cama. Próximo deles, Miriam com suas calças curtas de trabalho e camisa xadrez solta parecia um garoto atrevido de doze anos de idade, embora ela fosse uma mulher entre seus vinte e cinco e trinta anos. Ou isso, ou ela parecia um jóquei. Cabelo curto, ombros curvados, pele áspera. Dirigiu-me um olhar ameaçador e sarcástico.

— Eu vi você — disse ela. — Lá em nosso campo.

Eu não disse nada. Eu sabia qual seria a próxima pergunta e estava tentando pensar em uma resposta.

— Então? O que estava fazendo lá?

— Procurando uma coisa — disse eu.

— Procurando uma coisa. Muito bem. O quê?

— Um bracelete.

Eu nunca tive um bracelete em minha vida.

— E daí? Por que achou que estava lá?

— Pensei que o havia perdido.

— É? Bem ali. Como aconteceu?

— Porque estive ali outro dia procurando amoras — disse vacilando. — Eu estava com ele na hora e achei que ele podia ter escapado do meu braço.

Era bem verdade que as pessoas procuravam amoras sob velhas macieiras na primavera. Embora eu não ache que elas usassem braceletes quando faziam isso.

— Ã-hã — disse Miriam. — Você encontrou alguma? Como é que é o nome? Amora?

Eu disse que não.

— Isso é bom. Porque se tivesse seriam minhas.

Ela me olhou de alto a baixo e disse o que vinha querendo dizer logo de saída.

— Você está começando cedo, não?

Um dos homens estava olhando para o chão, mas achei que ele estava sorrindo. O outro olhava direto para mim, erguendo ligeiramente as sobrancelhas em jocosa reprovação. Homens que sabiam quem eu era, homens que conheciam meu pai, provavelmente não deixariam seus olhares dizerem tanto.

Entendi. Ela achava, todos eles achavam, que eu estivera sob a árvore, ontem à noite ou em alguma outra noite, com um homem ou um rapaz.

— Vá para casa — disse Miriam. — Você e seus braceletes podem ir para casa e jamais voltem a fazer macaquices em minha propriedade no futuro. Vá.

Miriam McAlpin era famosa por sua tendência de gritar com as pessoas. Certa vez a ouvi na mercearia, fazendo escândalo no máximo de sua voz sobre alguns pêssegos machucados. O modo como ela estava me tratando era previsível, e as suspeitas que ela tinha de mim pareciam gerar um sentimento inequívoco nela — pura repulsa — que não me surpreendia.

Foram os homens que me deixaram nauseada. Os olhares que me deram de verdadeira desaprovação e furtiva avaliação. A ligeira e torpe inclinação e espessamento de suas feições, à medida que o nível de lama se elevava em suas cabeças.

O cavalariço tinha saído enquanto isto ocorria. Estava conduzindo um cavalo pertencente a um dos homens ou a ambos. Ele parou no pátio, não chegou mais perto. Parecia não estar olhando para sua chefe, ou para os donos dos cavalos ou para mim, nem estar interessado na cena. Devia estar habituado ao modo de Miriam expulsar as pessoas.

Os pensamentos das pessoas a meu respeito; não só o tipo de pensamentos que os homens ou Miriam podiam estar tendo, cada tipo deles perigoso a seu próprio modo, mas quaisquer pensamentos; pareciam-me uma ameaça misteriosa, uma impertinência grosseira. Eu detestava até ouvir uma pessoa dizer algo relativamente inofensivo.

— Eu vi você andando pela rua outra dia. Parecia que você estava nas nuvens.

Juízos e especulações, como um enxame de insetos tentando entrar em minha boca e olhos. Eu podia tê-los esbofeteado, podia ter cuspido.

— Suja — sussurrou minha irmã para mim quando cheguei em casa. — Tem sujeira nas costas de sua blusa.

Ela me observou quando a tirei no banheiro e a esfreguei com uma barra dura de sabão. Não tínhamos água quente na torneira exceto no inverno, por isso ela se ofereceu para buscar um pouco da chaleira para mim. Não me perguntou como a sujeira tinha ido parar lá, só estava esperando poder livrar-se da prova, manter-me fora da encrenca.

Nas noites de sábado havia sempre uma multidão na rua principal. Naquela época não havia essa coisa de shopping em nenhum lugar do condado e foi apenas vários anos depois da guerra que a grande noite de compras mudaria para sexta-feira. O ano de que falo é 1944, quando ainda tínhamos talões de racionamento e havia muita coisa que não se conseguia comprar — como carros novos e meias de seda — mas os fazendeiros vinham para a cidade com algum dinheiro no bolso e as lojas tinham se iluminado depois da inatividade da Depressão e tudo ficava aberto até às dez horas da noite.

A maioria das pessoas da cidade fazia suas compras durante a semana e durante o dia. A menos que trabalhassem nas lojas ou restaurantes, não saíam nas noites de sábado, jogavam cartas com seus vizinhos ou ouviam rádio. Casais recém-casados, casais noivos, casais que estavam "saindo", abraçavam-se no cinema ou iam de carro, quando conseguiam os cupons de gasolina, até um dos salões de dança à beira do lago. Eram as pessoas do campo que ocupavam a rua, os homens do campo e garotas desimpedidas que iam para a

Neddy's Night Owl, onde o palanque se elevava acima de um piso de terra e cada dança custava dez centavos.

Eu ficava em pé junto ao palanque com algumas amigas da minha idade. Ninguém se aproximava para pagar dez centavos para nenhuma de nós. Não era de admirar. Ríamos alto, criticávamos o modo de dançar, os cortes de cabelo, as roupas. Às vezes falávamos que uma garota era prostituta, ou que um homem era efeminado, embora não tivéssemos uma definição precisa de nenhuma dessas palavras.

O próprio Neddy, que vendia os bilhetes, tendia a voltar-se para nós e dizer:

— Garotas, vocês não acham que estão precisando de um ar fresco?

E saíamos nos vangloriando. Ou então ficávamos entediadas e saíamos por nossa própria iniciativa. Comprávamos casquinhas de sorvete e trocávamos lambidas para experimentar os diferentes sabores, e caminhávamos pela rua em um estilo arrogante, desviando dos grupos de conversadores e atravessando os enxames de criança que esguichavam água do bebedouro umas nas outras. Ninguém era digno de nossa atenção.

As garotas que participavam desse desfile não eram da prateleira de cima, como diria minha mãe, com um toque nostálgico e ligeiramente sarcástico na voz. Nenhuma delas tinha um jardim de inverno em casa ou um pai que vestia terno todo dia exceto domingo. Garotas desse tipo estavam agora em casa, ou na casa uma da outra, jogando Banco Imobiliário ou fazendo caramelo ou experimentando penteados. Minha mãe lamentava não me ver aceita nesse grupo.

Mas estava tudo bem comigo. Desse modo, eu podia ser uma chefe de bando e uma linguaruda. Se isso era um disfarce eu o manejava com facilidade. Ou podia não ter sido um disfarce, mas apenas uma das personalidades totalmente desarticuladas e diferentes de que eu parecia ser formada.

Em um lote vago no extremo norte da cidade, alguns membros do Exército da Salvação tinham armado sua banca. Havia um pregador e um pequeno coro para cantar os hinos e um garoto gordo no tambor. Também havia um garoto alto para tocar o trombone, uma garota para o clarinete, alguns adolescentes munidos de pandeiretas. Gente do Exército da Salvação era ainda menos prateleira de cima que as garotas com quem eu andava. O homem que fazia a pregação era o carroceiro que entregava carvão. Sem dúvida ele tinha se lavado muito bem, mas ainda havia uma mancha cinzenta em sua face. O suor escorria por ela devido ao esforço de sua pregação e era como se ele também fosse cinzento. Alguns carros buzinavam para afastá-los quando passavam. (Apesar do consumo de gasolina, havia certos carros, dirigidos por jovens, que incessantemente subiam a rua até a zona norte e desciam para a zona sul.) A maioria das pessoas passava a pé com expressões de incômodo ainda que respeitosas, mas algumas paravam para olhar. Como nós, à espera de algo do que rir.

Os instrumentos eram alçados por um hino e vi que o garoto que erguia o trombone era o mesmo cavalariço que parara no pátio enquanto Miriam McAlpin estava me fazendo a reprimenda. Ele sorriu para mim com os olhos quando começou a tocar e parecia estar sorrindo não para lembrar minha humilhação mas com prazer irreprimível, como se avistar-me despertasse a memória de algo bem diferente daquela cena, uma felicidade natural.

"Existe Poder, Poder, Poder, Poder, Poder no Sangue", entoava o coro. As pandeiretas eram agitadas acima da cabeça dos executantes. Alegria e animação contagiavam os curiosos, de sorte que a maioria das pessoas começava a cantar junto com uma ironia jovial. E nos permitimos cantar com as demais.

Logo depois disso, o culto chegou ao fim. As lojas estavam se fechando e tomamos nossos rumos distintos para casa. Havia um atalho para mim, uma pinguela sobre o rio. Quando eu tinha alcançado quase o final dela ouvi uma corrida pesada, algum tipo de pisoteio atrás de mim. As tábuas estremeciam sob meus pés. Virei-me de lado, as costas contra a grade de apoio, ligeiramente assustada mas preocupada em não demonstrar. Não havia luzes próximo à pinguela e agora estava bem escuro.

Quando ele chegou perto vi que era o tocador de trombone em seu pesado uniforme escuro. O estojo do trombone fazia o som de pisoteio, batendo contra a grade.

— Tudo bem — disse ele, sem fôlego. — Sou eu. Só estava tentando alcançar você.

— Como você sabia que era eu? — perguntei.

— Eu consegui ver um pouco. Eu sabia que você morava nessa parte do campo. Dava pra saber pelo jeito como você anda.

— Como? — disse eu. Com a maioria das pessoas, tamanha presunção me deixaria zangada demais para perguntar.

— Não sei. É só o jeito como você anda.

Seu nome era Russel Craik. Sua família pertencia ao Exército da Salvação, sendo seu pai o carroceiro-pregador e sua mãe uma das cantoras de hinos. Como ele havia trabalhado com seu pai e se acostumara com cavalos, foi contratado por Miriam McAlpin assim que saiu da escola. Isso foi depois da oitava série. Não era inteiramente incomum naquele tempo os garotos fazerem isso. Devido à guerra, havia muitos empregos para eles ocuparem enquanto esperavam, como ele, serem velhos o bastante para entrar no Exército. Ele teria idade suficiente em setembro.

Se Russel Craik desejasse sair comigo da maneira habitual, para me levar ao cinema ou às danças, não teria havido chance para uma permissão. Minha mãe teria declarado que eu era jovem demais. Provavelmente ela teria achado que não era necessário dizer que ele trabalhava como cavalariço e seu pai entregava carvão e toda a sua família vestia uniformes do Exército da Salvação e pregava regularmente na rua. Essas considerações teriam significado algo para mim também, se chegasse o momento de exibi-lo publicamente como meu namorado. Teriam significado algo pelo menos até que ele fosse para o Exército e se tornasse apresentável. Mas do jeito que era, não tive de pensar em nada disso. Russell não poderia me levar para o cinema ou para o salão de danças porque sua religião proibia que ele mesmo fosse a esses lugares. O arranjo que se desenvolveu entre nós me pareceu fácil, quase natural porque em certos sentidos, não em todos, era muito parecido com o pareamento casual, mal admitido e temporário de rapazes e garotas de minha idade, não da dele.

Em primeiro lugar, passeávamos de bicicleta. Russel não tinha carro nem tinha acesso a um, embora soubesse dirigir; ele dirigia o caminhão da estrebaria. Ele nunca me visitava em casa e eu nunca sugeri isso. Pedalávamos para fora da cidade separadamente nas tardes de domingo e nos encontrávamos sempre no mesmo lugar, uma escola de encruzilhada a três ou cinco quilômetros da cidade. Todas as escolas rurais tinham nomes pelos quais eram conhecidas, em vez dos números oficiais entalhados acima de suas portas. Nunca s.s. Nº 11, ou s.s. Nº 5, mas Escola dos Carneiros e Escola dos Cervejeiros e Escola do Tijolo Vermelho e Escola da Pedra. A primeira que escolhemos, já minha conhecida, era chamada de Escola da Bica Corrente. Uma fina corrente de água fluía continuamente por um cano em um canto do pátio da escola, justificando o nome.

Em torno desse pátio, que era mantido podado até nas férias de verão, havia pés maduros de bordo que projetavam sombras quase totalmente negras. Em um canto havia uma pilha de pedras com mato comprido crescendo dela, onde escondíamos nossas bicicletas.

A estrada na frente do pátio da escola era limpa e cascalhada, mas a estrada lateral, subindo uma colina, não era muito mais que uma pista no campo, ou uma trilha de terra. Em um dos lados dela estava um pasto pontilhado de espinheiros e juníperos e, do outro, um grupo de carvalhos e pinheiros, com um vão entre ele e a margem da estrada. Nesse vão havia um aterro sanitário, não o oficial do município, apenas um lixão que as pessoas do campo haviam feito. Isso interessava Russell e toda vez que passávamos por ele tínhamos de nos inclinar e espiar lá em embaixo no vão, para ver se havia alguma coisa nova nele. Nunca havia, provavelmente o lixão havia anos não era usado, mas com bastante frequência ele conseguia apanhar algo que não havia notado antes.

— Está vendo? É a grade de um v-8.

— Vê, debaixo da roda de carroça? É um velho rádio de pilhas.

Eu estivera nessa estrada algumas vezes sozinha e nenhuma vez tinha visto que o lixão estava lá, mas sabia de outras coisas. Sabia que quando subíssemos a colina os carvalhos e pinheiros estariam tragados por abetos e larícios e cedros, e o mesmo aconteceria com o pasto esburacado, e tudo o que veríamos, por um longo tempo, seria crescimento do pântano de ambos os lados, com lampejos de mirtilos de arbusto alto que ninguém conseguia jamais alcançar, e alguma flor carmesim de aspecto formal cujo nome eu não sabia ao certo; eu achava que era chamada de pincel do Diabo. Em um galho de cedro alguém havia pendurado a caveira de um pequeno animal e isso Russell notaria, toda vez se perguntando se era de um furão ou de uma doninha ou de uma marta.

Em todo caso, disse ele, era prova de que alguém havia estado nesta estrada antes de nós. Provavelmente caminhando, provavelmente não em um carro — os cedros cresceram próximos demais e a ponte de tábuas sobre o córrego no nível mais baixo do pântano era um troço primitivo, sacolejando sob nossos pés e sem corrimãos. Além dali a terra se elevava lentamente e o terreno imundo era deixado para trás e finalmente havia campos de cultivo de ambos os lados, vislumbrados através de grandes faias. Árvores pesadas e em tal quantidade que sua luz cinza uniforme parecia na verdade compor uma mudança no ar, resfriando-o como se tivéssemos entrado em algum salão ou igreja de pé direito alto. E a trilha terminava, após a medida usual de dois quilômetros das quadras rurais, entrando em outra estrada estreita de cascalho. Dávamos meia-volta e retornávamos pelo mesmo caminho. Mal havia pássaros que pudessem ser ouvidos na quente metade do dia, e não se via nenhum, e não havia muitos mosquitos porque a maior parte das lagoas no terreno baixo havia secado. Mas havia libélulas sobre o córrego e frequentes nuvens de pequeníssimas borboletas, um verde tão pálido que se poderia achar que estavam apenas captando um reflexo das folhas.

O que havia para ser ouvido a cada etapa da caminhada era a voz sem pressa e satisfeita de Russell. Ele falava sobre sua família — duas irmãs mais velhas que haviam saído de casa e um irmão mais novo e duas irmãs mais novas que eram todos musicais, cada um tocando algum instrumento. O nome do irmão mais novo era Jackie — estava aprendendo a tocar trombone para tomar o lugar de Russell. As irmãs em casa eram Mavis e Annie e as adultas, Iona e Isabel. Iona se casara com um homem que trabalhava nas linhas de transmissão de energia elétrica. Isabel era uma camareira em um grande hotel. Outra irmã, Edna, morrera de pólio em uma câmara de respiração artificial após ficar doente por apenas dois dias aos doze anos de idade. Ela era a única na família que tinha cabelos louros. O irmão Jackie também havia quase morrido de septicemia ao pisar em uma tábua com um prego enferrujado. O próprio Russel tinha o pé duro por andar descalço no verão. Ele conseguia andar sobre cascalho ou cardos ou restolho e nunca tinha nenhum tipo de ferimento.

Na oitava série ele tinha crescido quase à altura de agora e recebeu o papel de Ali Babá na opereta da escola. Isso porque ele sabia cantar, além de ser alto.

Havia aprendido a dirigir o carro de seu tio quando ele chegara de Port Huron. O tio era bombeiro hidráulico e trocava de carro a cada dois anos. Ele deixou Russell dirigir antes que tivesse idade para tirar carteira. Mas Miriam McAlpin não o deixou dirigir seu caminhão até que a tirasse. Ele agora dirigia o caminhão, com e sem a carreta de cavalos engatada. Até Elmira, até Hamilton, uma vez até Peterborough. Era complicado dirigir porque a carreta com cavalos podia tombar. Miriam às vezes ia com ele, mas o deixava dirigir.

Sua voz mudava quando falava de Miriam McAlpin. Tornava-se cautelosa, semidesdenhosa, semidivertida. Ela era irascível, dizia ele. Mas tudo bem quando se sabia lidar com ela. Ela gostava mais de cavalos do que de gente. A essa altura ela teria se casado se pudesse se casar com um cavalo.

Eu não falava muito sobre mim mesma e não o ouvia com muita atenção. Sua conversa era como uma cortina de chuva fina entre mim e as árvores, a luz e as sombras na estrada, o riacho fluindo cristalino, as borboletas e toda aquela parte de mim mesma que teria prestado atenção a essas coisas se eu estivesse sozinha. Muito de mim era secreto, como era com minhas amigas nas noites de sábado. Mas a mudança agora não era tão deliberada e voluntária. Eu estava semi-hipnotizada, não só pelo som de sua voz mas também pela clara envergadura de seus ombros em uma camisa limpa de mangas curtas, por sua garganta morena e braços grossos. Ele tinha se lavado com sabonete Lifebuoy — eu conhecia o cheiro como todos conheciam — mas lavar-se era o máximo que os homens faziam naquele tempo, eles não se importavam com o suor que se acumularia no futuro próximo. Assim, eu conseguia cheirar isso também. E apenas um leve cheiro de cavalos, cabrestos, estrebarias e feno.

Quando não estava com ele eu tentava me lembrar, ele era bonito ou não? Seu corpo era razoavelmente magro, mas ele tinha uma ligeira flacidez na face, um beicinho autoritário nos lábios e seus olhos azuis claros arregalados mostravam algo de uma ingenuidade obstinada, uma autoestima inocente. Tudo a que eu poderia não ter dado muita importância em uma outra pessoa. — Eu ranjo os dentes à noite — disse ele. — Eu nunca acordo, mas isso faz Jackie acordar e ele fica sempre furioso. Ele me dá um chute e eu me viro dormindo e isso resolve. Porque eu só faço isso quando estou deitado de costas. Você me chutaria? — perguntou ele, e estendeu a mão pelos trinta centímetros de ar que havia entre nós, crivados pela luz do sol, e apanhou minha mão. Ele disse que sentia tanto calor na cama que chutava todas as cobertas para longe e isso também deixava Jackie furioso.

Eu queria lhe perguntar se ele usava apenas a parte de cima do pijama ou apenas a de baixo, ou ambas, ou nada, mas esta última possibilidade me fez sentir fraca demais para abrir a boca. Nossos dedos operaram juntos, todos por sua conta, até que ficaram tão suados que desistiram e se separaram.

Não foi senão quando voltamos ao pátio da escola e estávamos prestes a apanhar nossas bicicletas e pedalar de volta para a cidade — separadamente — que o motivo para nossa caminhada, o único motivo até onde eu conseguia entendê-lo, recebeu nossa total atenção. Ele me arrastou para a sombra e me cingiu em seus braços e começou a me beijar. Escondido da estrada ele me apertou contra o tronco de uma árvore e nos beijamos castamente a princípio e depois mais ardorosamente e nos contorcemos juntos — ainda em pé — com uma urgência vacilante. E após — quanto tempo? — cinco ou dez minutos disso nos separamos e apanhamos nossas bicicletas e nos despedimos. Minha boca estava coçando e minhas bochechas e o queixo arranhados por cerdas que não eram visíveis em seu rosto. Minhas costas doíam por serem empurradas contra a árvore e a frente de meu corpo doía da pressão do corpo dele. Minha barriga, embora bem chata, tinha uma ligeira flacidez, mas eu tinha notado que a dele não tinha nenhuma. Achei que os homens deviam ter uma firmeza ou mesmo uma protuberância em suas barrigas, que não era evidente até que a gente ficasse bem apertada contra elas.

Parece tão estranho que sabendo tanto quanto eu sabia, eu não percebia o que era essa pressão. Eu tinha uma ideia bem acurada do corpo de um homem, mas de algum modo deixara passar a informação de que havia essa mudança no tamanho e na condição. Parece que eu acreditava que um pênis estava o tempo todo no tamanho máximo e em sua forma clássica, mas a despeito disso podia ser mantido pendurado dentro da perna das calças, não içado para fazer pressão contra outro corpo dessa maneira. Eu tinha ouvido muitas piadas e tinha visto animais copulando, mas, de certo modo, quando a educação é informal, podem ocorrer lacunas.

De vez em quando ele falava sobre Deus. Seu tom em tais momentos era firme e fatual, como se Deus fosse um oficial superior, era ocasionalmente gracioso mas muitas vezes inflexível e impaciente, de um modo viril. Quando a guerra acabasse e ele tivesse baixa do Exército ("Se eu não for morto", disse ele, animado), haveria ainda os comandos de Deus e *seu* Exército a que prestar contas.

— Terei de fazer o que Deus quiser que eu faça.

Isso me impressionou. Que docilidade terrível era preciso para ser crente assim.

Ou, quando se considerava a guerra e o exército ordinário, apenas para ser homem.

O pensamento em seu futuro poderia ter-lhe ocorrido porque tínhamos notado, no tronco de uma faia, as árvores cuja casca cinzenta é ideal para mensagens, um rosto entalhado e uma data. O ano era 1909. Desde então, a árvore tinha crescido, seu tronco se alargara, de sorte que os contornos do rosto tinham se alargado nos lados e se tornado pústulas mais largas que o próprio rosto. O resto da data havia se borrado inteiramente e os números do ano poderiam em breve também se tornar ilegíveis.

— Isso foi antes da Primeira Guerra Mundial — disse eu.

— Quem o escreveu pode estar morto agora. Ele pode ter sido morto naquela guerra. Ou pode apenas ter morrido — acrescentei apressadamente.

Foi naquele dia, acredito, que ficamos tão acalorados no caminho de volta que tiramos os sapatos e meias e descemos das tábuas para entrar no riacho e ficar com a água pelos joelhos. Banhamos nossos braços e rostos.

— Sabe aquela vez que fui surpreendida saindo de sob a macieira? — disse eu, para minha própria surpresa.

— Sim.

— Eu disse a ela que estava procurando um bracelete, mas não era verdade. Fui lá por outra razão.

— É mesmo? — Nesse momento desejei não ter começado a falar disso.

— Eu queria entrar debaixo da grande árvore quando ela estivesse toda em flor e olhar para cima.

Ele riu.

— Isso é engraçado — disse ele. — Eu queria fazer isso também. Nunca fiz, mas pensei nisso.

Fiquei surpresa, e de algum modo não muito satisfeita, por descobrir que tínhamos esse desejo em comum. Mas por que eu lhe contaria isso se não esperasse que fosse algo que ele entenderia?

— Venha até nossa casa para cear — disse ele.

— Você não tem de perguntar para sua mãe se está tudo bem?

— Ela não se importa.

Minha mãe teria se importado, se soubesse. Mas ela não soube, porque menti e disse que ia à casa de minha amiga Clara. Agora que meu pai tinha de estar na Fundição às cinco da tarde, mesmo aos domingos, porque ele era o vigia, e minha mãe quase sempre não estava se sentindo bem, nossas ceias tinham se tornado um tanto casuais. Se eu cozinhasse, havia coisas de que eu gostava. Uma era pão fatiado e queijo com leite e ovos batidos despejados por cima, levado ao forno. Outra, também no forno, era uma fatia de carne enlatada, com cobertura de açúcar mascavo. Ou montes de fatias de batata crua que haviam sido fritas até ficarem crocantes. Deixados por sua própria conta, meu irmão e irmã fariam uma ceia de algo como sardinhas sobre biscoitos ou manteiga de amendoim sobre *wafers*. A erosão dos costumes normais em nossa casa parecia tornar mais fácil minha mentira.

Talvez minha mãe, se ficasse sabendo, teria encontrado um jeito de me dizer que quando você vai a certas casas como uma igual e amiga — e isso era verdade mesmo que fossem em certo sentido casas perfeitamente respeitáveis — você demonstrava que o valor que dá a si mesma não era muito alto, e depois disso os outros avaliariam você na mesma medida. Eu teria discutido com ela, claro, e com ainda mais veemência porque eu saberia que aquilo que ela estava dizendo era verdade, no que dizia respeito à vida naquela cidade. No fim das contas, eu era aquela que inventaria agora qualquer desculpa para não passar com minhas amigas pela esquina onde Russell e sua família faziam ponto nas noites de sábado.

Às vezes eu pensava com esperança no dia em que Russell poria de lado aquele uniforme azul escuro com galões vermelhos, ligeiramente cômico, e o substituiria por roupas de soldado. Parecia que muito mais do que o uniforme poderia ser mudado, que uma identidade em si poderia ser despida e uma nova brilharia, inatacável, assim que ele estivesse vestido como um combatente.

Os Craiks moravam em uma estreita rua diagonal a apenas uma quadra de distância, não muito longe das estrebarias. Nunca tive nenhum motivo para passar por essa rua antes. As casas eram próximas do passeio e umas das outras sem nenhum espaço para entradas de carro ou quintais laterais entre elas. Os que possuíam carros tinham de estacioná-los parte na calçada e parte nas faixas de grama que funcionavam como gramados frontais. A grande casa de madeira dos Craiks era pintada de amarelo — Russell me dissera que procurasse a casa amarela — mas a pintura estava descorada e cheia de bolhas.

Tal como estava a pintura marrom que outrora revestia, insensatamente, os tijolos vermelhos da casa em que eu morava. Quando se tratava de dinheiro vivo nossas famílias não estavam muito distantes. Nem um pouco distantes.

Duas garotinhas estavam sentadas no degrau da frente, talvez ali posicionadas para o caso de eu ter esquecido a descrição da casa.

Levantaram-se de um salto, porém, sem uma palavra, e correram para dentro da casa como se eu fosse um gato selvagem. A porta telada bateu em minha cara e fui deixada olhando para um comprido corredor vazio. Pude ouvir uma comoção abafada nos fundos da casa, talvez sobre quem deveria ir saudar-me. E então o próprio Russell desceu as escadas, o cabelo escuro por ter sido recém-molhado, e me convidou a entrar.

— Então você chegou direitinho até aqui — disse ele. Ele se conteve de me tocar.

O sr. e sra. Craik não vestiam seus uniformes do Exército da Salvação em casa. Não sei por que eu havia pensado que o fariam. O pai, cuja pregação na rua estava sempre no modo feroz, irado, mesmo quando brandia a esperança de misericórdia e salvação, e cuja expressão quando se sentava encurvado na carroça de carvão era sempre de contrariedade, aproximava-se agora como um homem banhado e arrumado com uma cabeça calva brilhante, e me saudou como se estivesse até contente por me ver em sua casa. A mãe era alta, como Russell, encorpada e de fronte lisa, cabelos grisalhos aparados ao nível das orelhas. Russell teve de dizer a ela duas vezes o meu nome, em meio ao barulho que ela fazia amassando as batatas, antes de conseguir que ela se voltasse. Ela esfregou a mão no avental como se tivesse pensado em apertar a minha, mas não fez isso. Ela disse que era um prazer me conhecer. Sua voz quando cantava os hinos na esquina era bem definida e doce, mas agora quando falava vacilava como a de um adolescente.

O pai de Russell estava pronto para aproveitar uma brecha. Perguntou-me se eu tinha alguma experiência com galinhas-bantam. Eu disse que não e ele disse que havia pensado que eu pudesse ter, já que fora criada em uma fazenda.

— As galinhas são meu passatempo — disse ele. — Venha dar uma olhada.

As duas meninas tinham reaparecido e estavam paradas na passagem do corredor. Estavam prestes a seguir o pai e Russell e a mim para o quintal, mas sua mãe as chamou.

— Annie-e-Mavis! Fiquem aqui e coloquem os pratos na mesa.

O galo-bantam era chamado de King George.

— É uma brincadeira — disse o sr. Craik. — Porque o meu nome é George.

As galinhas recebiam nomes em homenagem a Mae West e Tugboat Annie e Daisy Mae e outras personalidades do cinema, dos quadrinhos ou do folclore mais apreciado. Isso me surpreendeu devido ao fato de que os filmes eram proibidos para esta família e o cinema era destacado nos sermões de sábado como um local a ser particularmente execrado. Eu imaginara que os quadrinhos também fossem proibidos. Talvez fosse normal dar tais nomes a galinhas estúpidas. Ou talvez os Craiks nem sempre tivessem pertencido ao Exército da Salvação.

— Como o senhor sabe qual é qual? — perguntei. Eu devia estar bem desorientada, caso contrário teria visto que cada uma era distintamente marcada, tinha seu próprio padrão de penas vermelhas e marrons, ferrugem e dourado.

O irmão de Russell tinha surgido de algum lugar. Deu uma risadinha contida.

— Ah, você aprende — disse o pai. E passou a identificar cada uma para mim, mas as galinhas estavam ficando inquietas com toda a atenção e se espalharam pelo quintal de sorte que ele não conseguia nomeá-las em sequência. O galo era atrevido e bicou meu sapato.

— Não se assuste — disse o pai de Russell. — Ele está apenas se exibindo.

— Elas botam ovo? — foi minha próxima pergunta idiota.

— Ah, botam, botam sim, mas não a ponto de ser recorrente. Não. Nem mesmo o suficiente para a nossa mesa. Ah, não, elas são uma raça ornamental, isto é o que são. Raça ornamental.

— Você vai levar um cascudo — disse Russell a seu irmão, atrás de mim.

Na ceia, o pai fez um aceno de cabeça a Russel para que pedisse a bênção, e Russell o fez. As bênçãos aqui eram vagarosas e compostas na hora para atender a ocasião, nada do tipo Abençoai-este-alimento-para-nosso-uso-e-a-nós-para-vosso-serviço que se costumava murmurar em nossa mesa em casa quando comíamos como uma família. Russell falava lenta e confiantemente e mencionou o nome de todos à mesa, inclusive o meu, pedindo que o Senhor me fizesse bem-vinda. Ocorreu-me o pensamento arrepiante de que a guerra poderia não recuperá-lo totalmente, que quando ela tivesse acabado com ele, ele poderia até ter um dom e uma ânsia pela pregação pública.

Não havia travessas com pão e manteiga. Você colocava a fatia de pão sobre a tolha da mesa ou ao lado de seu prato grande. E limpava o seu prato com um pedaço de pão antes que a torta fosse nele servida.

O galo apareceu na porta mas foi afugentado pelo sr. Craik. Isso levou Mavis e Annie a darem um risinho e segurarem a boca.

— Engasguem com a comida e será benfeito para vocês — disse Russell.

A sra. Craik evitava dizer meu nome. Ela disse a Russell em um áspero sussurro:

— Passe a ela os tomates.

Mas isso parecia ser decorrente de extrema timidez, não de má vontade. O sr. Craik continuava a demonstrar um imperturbável senso de ocasião social, perguntando-me como estava a saúde de minha mãe, e a que horas meu pai trabalhava na Fundição e o que achava de seu trabalho lá: era uma mudança em relação a ser seu próprio patrão? Sua maneira de falar comigo era mais a de um professor ou um lojista ou mesmo de um profissional liberal da cidade, do que a do homem da carroça de carvão. E ele parecia pressupor que nossas famílias estavam em pé de igualdade e tinham um relacionamento tranquilo entre si. Isso estava perto da verdade, no tocante ao pé de igualdade, e também era verdade que meu pai tinha um relacionamento tranquilo com quase todo mundo. Mesmo assim isso me deixou incomodada, até um pouco envergonhada, porque eu estava enganando esta família e a minha, eu estava nesta mesa sob falsos pretextos.

Mas na época me parecia que Russell e eu estaríamos sob falsos pretextos em qualquer mesa de jantar familiar onde tivéssemos de sentar como se não estivéssemos interessados em nada além da comida e da conversa que fosse oferecida. Ao passo que na verdade estávamos fazendo hora, nossas necessidades urgentes não seriam atendidas aqui, e nosso verdadeiro intuito era tocar nossas peles.

Jamais me passou pela cabeça que um jovem casal em nossa situação realmente fizesse parte disso aqui, que tínhamos entrado no primeiro estágio de uma vida que nos converteria, muito em breve, no pai e na mãe. Os pais de Russell provavelmente sabiam disso, e podem ter ficado secretamente desanimados, mas compostamente esperançosos ou resignados. Russell já era uma influência na família a quem eles não controlavam. E Russell sabia disso, se ele fosse capaz no momento de pensar tão à frente assim. Ele mal olhava para mim, mas quando o fazia era um olhar firme, reclamando posse, e isso me atingia e ressoava como se eu fosse um tambor.

Era agora fim do verão, as noites chegavam cedo. A luz foi acesa na cozinha quando lavávamos os pratos. A bacia para louça foi colocada na mesa, a água tinha sido aquecida no fogão, que era exatamente como as coisas eram feitas quando eu lavava os pratos em casa. A mãe lavava, as irmãs e eu secávamos. Talvez aliviada porque a refeição tinha terminado e eu logo estaria indo para casa, a mãe de Russell fez algumas declarações.

"Sempre se precisa de mais pratos do que se pensa para compor uma refeição."

"Não se preocupe com as panelas, eu vou colocá-las no fogão."

"Parece que está quase pronto agora."

Esta última frase soou como um agradecimento que ela não sabia como dizer.

Tão perto de mim e de sua mãe, Mavis e Annie não tinham se atrevido a dar risadinhas. Quando ficávamos no caminho uma da outra na bacia de lavagem elas diziam mansamente:

— Discuulp-.

Russell entrou depois de ajudar o pai a tocar os bantans para o poleiro. Ele disse: "Acho que é hora de você ir para casa", como se levar-me para casa fosse só mais uma tarefa noturna, em lugar de nossa ansiada primeira caminhada juntos no escuro. De modo calado, deliciosamente ansiado, de minha parte, a ideia ia crescendo ao longo de toda a rotina de secagem da louça e até transformava aquilo em um ritual feminino misteriosamente ligado ao que estava por vir.

Não estava tão escuro quanto eu tinha esperado. Para chegar em casa teríamos de atravessar a cidade, de leste para oeste, e quase certamente seríamos notados.

Mas não era para onde estávamos indo. Ao fim dessa rua curta Russell colocou sua mão em minhas costas — uma pressão rápida, funcional, para me dirigir não para casa, mas para a estrebaria de Miriam McAlpin.

Virei-me para ver se ninguém estava nos espionando.

— E se o seu irmão ou irmãs nos seguiram?

— Não seguiriam — disse ele. — Eu os mataria.

A estrebaria era pintada de vermelho, a cor simples na semiobscuridade. As portas do estábulo ficavam no nível inferior nos fundos. Nas portas superiores da estrebaria, que davam para a rua, havia a pintura de dois cavalos brancos empinados. Uma rampa de pedra e terra foi erigida até essas portas, era por ela que entravam os carregamentos de feno. Em uma dessas grandes portas superiores havia uma de tamanho comum, bem ajustada para quase não ser notada, exibindo o casco e parte da perna traseira de um dos cavalos pintados. Estava trancada, mas Russell tinha a chave.

Ele me puxou para dentro depois dele. E assim que ele fechara a porta atrás de nós, estávamos no que a princípio era um breu total. A nossa volta, quase nos sufocando, o cheiro do feno novo daquele verão. Russell me conduziu pela mão com tanta confiança como se conseguisse enxergar. Sua mão estava mais quente que a minha.

Após um momento eu mesma consegui ver alguma coisa. Fardos de feno empilhados um sobre o outro como tijolos gigantes. Estávamos em uma espécie de sótão, com vista sobre o estábulo. Agora eu sentia um forte cheiro de cavalos, além do de feno, e ouvia um contínuo arrastar de patas e mastigação e suave pisoteio nas baias. A maioria dos cavalos ficava pastando fora a noite inteira nesta época do ano, mas os daqui provavelmente eram valiosos demais para serem deixados no escuro lá fora.

Russell colocou minha mão no degrau de uma escada, pela qual poderíamos galgar até o topo dos fardos de feno.

— Quer que eu vá primeiro ou depois? — murmurou ele.

Por que murmurar? Assustaríamos os cavalos? Ou apenas parecia sempre natural cochichar no escuro? Era como quando se tremiam as pernas mas se impunha, decidida, com outra parte de seu corpo. Algo aconteceu então. Pensei por um momento que fosse uma explosão. Um relâmpago. Ou mesmo um terremoto. Pareceu-me que o celeiro todo balançava à medida que se enchia de luz. Claro que eu nunca estivera nem um pouco perto de uma explosão ou no raio de um quilômetro do lugar que tivesse sido atingido por um relâmpago, nunca sentira o tremor de um terremoto. Tinha ouvido disparos de armas de fogo, mas sempre ao ar livre e de certa distância. Nunca ouvira o estampido de uma espingarda em um ambiente interno com teto alto.

Era isso que eu tinha ouvido agora. Miriam McAlpin tinha disparado sua espingarda, atirado no monte de feno, depois imediatamente acendeu todas as luzes do celeiro. Os cavalos ficaram desorientados, gemiam, agitavam-se e escoiceavam as laterais de suas baias, mas ainda se ouvia Miriam gritando.

— Eu sei que você está aí. Eu sei que você está aí.

— Vá para casa — sussurrou Russell em meu ouvido. Ele me girou em direção à porta. — Vá para casa — disse ele com raiva, ou pelo menos com uma urgência parecida com raiva. Como se eu fosse um cachorro que vinha atrás dele, ou uma de suas irmãzinhas, que não tinha nenhum direito de estar aqui.

Talvez ele tenha dito aquilo também em um sussurro, talvez não. Com o barulho que os cavalos e Miriam faziam juntos, não teria importado. Ele me deu um empurrão forte e indelicado, depois se voltou para o estábulo e gritou:

— Não atire, sou eu... Ei, Miriam. Sou eu.

— Eu sei que você está aí...

— Sou eu. É Russ — ele tinha corrido até a frente da pilha de feno.

— Quem está aí em cima? Russ? É você? *Russ?*

Uma escada de mão devia ter descido para o estábulo. Ouvi a voz de Russell descendo. Sua voz era forte, mas vacilante, como se não estivesse bem certo de que Miriam não começaria a atirar novamente.

— Sou só eu. Entrei pela passagem de cima.

— Eu ouvi alguém — disse Miriam, desconfiada.

— Eu sei. Era eu. Só entrei para ver a Lou. Como estava a perna dela.

— Era você?

— Sim. Eu lhe disse.

— Você estava no monte de feno.

— Entrei pela porta de cima.

Sua voz estava agora mais controlada. Ele conseguiu fazer uma pergunta.

— Quanto tempo faz que você está aqui?

— Acabei de entrar. Eu estava na casa e de repente me ocorreu: tem alguma coisa errada no celeiro. Por que você disparou a arma? Poderia ter me matado.

— Se tivesse gente aqui dentro eu queria lhe dar um susto.

— Você podia ter esperado. Podia ter gritado primeiro. Você podia ter me matado.

— Nem me passou pela cabeça que era você.

Em seguida Miriam McAlpin gritou novamente, como se tivesse acabado de descobrir um novo intruso.

— Eu podia ter matado você. Oh, Russ. Eu nem pensei. Eu podia ter matado você.

— Tudo bem. Agora se acalme — disse Russell. — Você podia, mas não matou.

— Você podia estar morto agora e seria eu quem o teria matado.

— Você não matou.

— Mas, e se eu tivesse? Meu Deus! Credo! E se eu tivesse? — Ela estava chorando e dizendo e repetindo isso sem parar, mas em uma voz abafada, como se algo estivesse enfiado em sua boca.

Ou como se ela estivesse sendo contida, premida contra algo, alguém, que pudesse consolá-la e acalmá-la.

A voz de Russell, inflando com autoridade, acalmando.

— Tudo bem. Sim. Está tudo bem, doçura. Tudo bem.

Isso foi a última coisa que ouvi. Que palavra estranha para dizer a Miriam McAlpin. *Doçura*. A palavra que ele tinha usado para mim, durante nossos acessos de beijos. Bastante trivial, mas na hora pareceu algo que eu podia chupar, um bocado doce como o próprio mel. Por que ele a diria agora, quando eu não estava nem um pouco perto dele? E exatamente do mesmo jeito. Do mesmo jeito. Dentro dos cabelos, contra a orelha, de Miriam McAlpin.

Eu ficara parada ao lado da porta. Fiquei com medo que o barulho ao abri-la pudesse ser ouvido lá embaixo, mesmo com o tumulto que os cavalos ainda faziam. Ou então eu não tinha realmente entendido que minha presença aqui era indesejada, que meu papel estava encerrado. Agora eu tinha de sair. Não me importava se ouvissem. Mas imagino que eles se importassem. Puxei a porta e a fechei, depois desci correndo o passadiço e ao longo da rua. Eu teria continuado a correr, mas percebi que alguém poderia me ver e se perguntar qual era o problema. Tive de me contentar em caminhar bem depressa. Era difícil parar por um instante que fosse, mesmo para cruzar a rodovia, que era também a rua principal da cidade.

Não tornei a ver Russell. Ele se tornou de fato um soldado. Não foi morto na guerra e não acho que tenha continuado no Exército da Salvação. No verão após tudo isso ter acontecido vi sua mulher — uma garota que eu conhecera de vista no colégio. Ela era uns dois anos mais adiantada que eu e tinha largado os estudos para trabalhar na fábrica de manteiga. Ela estava com a sra. Craik e sua gravidez estava bem avançada. Foi numa tarde em que estavam examinando um cesto de lixo em promoção na frente da loja de Stedman. Ela parecia desconsolada e simples — talvez isso fosse efeito de sua gravidez, embora eu a tivesse achado bem simples antes. Ou pelo menos insignificante e tímida. Ela ainda parecia tímida, embora nada insignificante. Seu corpo parecia servil, mas assombroso, grotesco. E senti um arrepio de inveja sexual, de anseio, diante da visão de sua figura e da ideia de como ela havia ficado daquele jeito. Tamanha submissão, tamanha necessidade.

Em algum momento depois que voltou da guerra, Russell se tornou carpinteiro e graças a esse trabalho tornou-se empreiteiro, construindo casas para os sempre crescentes loteamentos ao redor de Toronto. Sei disso porque ele compareceu a uma reunião no colégio, aparentemente bem próspero, gracejando que não tinha direito nenhum de estar ali já que nem mesmo tinha entrado no curso colegial. Quem me informou a respeito foi Clara, que continuara em contato com ele.

Clara disse que a esposa dele agora era loura, um tanto gorda, usava um vestido de alças, sem costas. Um rolo de cabelos louros se projetava para cima do buraco na coroa de seu chapéu de sol. Clara não tinha falado com eles e assim ela não estava realmente certa de que era a mesma ou uma nova esposa.

Provavelmente não era a mesma esposa, embora possa ter sido. Clara e eu falamos sobre como as reuniões ocasionalmente revelam até que ponto os que pareciam mais seguros eram de alguma forma rebaixados ou abatidos pela vida, e os que estavam nas bordas, que pareciam desanimar e pedir perdão, floresciam. Portanto, isso poderia ter acontecido com a garota que eu tinha visto na frente da loja de Stedman.

Miriam McAlpin ficou na estrebaria até que esta se incendiou. Não sei o motivo, pode ter sido o habitual — feno úmido, combustão espontânea. Todos os cavalos foram salvos, mas Miriam se feriu e, depois disso, vivia de uma pensão por invalidez.

* * *

Tudo estava normal quando cheguei em casa naquela noite. Esse foi o verão em que meu irmão e minha irmã tinham aprendido a jogar paciência e jogavam em todas as oportunidades. Eles estavam agora sentados cada um em uma ponta da mesa da sala de jantar, com nove e dez anos de idade e sérios como um casal de velhos, as cartas abertas na frente deles. Minha mãe já estava na cama. Ela passava muitas horas na cama, mas nunca parecia dormir como as outras pessoas, apenas cochilava por breves períodos do dia e da noite, às vezes se levantava e tomava chá ou arrumava uma gaveta. Em algum momento sua vida deixara de estar solidamente vinculada à vida da família.

Ela chamou da cama para perguntar se eu comera bem na casa de Clara e o que eu tinha comido de sobremesa.

— Pudim de coalho — respondi.

Achei que se eu dissesse alguma parte da verdade, se eu dissesse "torta", imediatamente me trairia. Ela não se importava, apenas queria um pouco de conversa, mas eu não estava em condições de supri-la. Enfiei a manta ao redor de seus pés, como ela me pediu para fazer, e desci a escada e entrei na sala de estar, onde me sentei na banqueta baixa defronte à estante e apanhei um livro. Fiquei sentada ali comprimindo os olhos diante das letras impressas à luz pálida que ainda entrava pela janela ao meu lado, até que tive de me levantar e acender a luminária. Mesmo então não me acomodei em uma poltrona para ficar confortável, mas continuei sentada no tamborete com as costas arqueadas, enchendo a mente com uma sentença após outra, trancando-as em minha cabeça, simplesmente para que não tivesse de pensar sobre o que havia acontecido.

Não sei qual livro foi aquele que eu tinha apanhado. Eu os havia lido todos antes, todos os romances daquela estante. Não havia muitos. *The sun is my undoing. Gone with the wind. The robe. Sleep in peace. My son, my son. Wuthering heights. The last days of Pompeii.* A seleção não refletia nenhum gosto específico, e na verdade meus pais muitas vezes não sabiam dizer como um determinado livro foi parar lá, se havia sido comprado ou emprestado ou se alguém o esquecera.

Deve ter significado alguma coisa, contudo, que nessa virada de minha vida eu agarrasse um livro. Porque era nos livros que eu descobriria, pelos próximos anos, meus namorados. Eles eram homens, não rapazes. Eram equilibrados e risonhos, com uma veia feroz, retraimentos de melancolia. Não Edgar Linton, não Ashley Wilkes. Nenhum deles sociável ou gentil.

Não foi como se eu tivesse desistido da paixão. A paixão, de fato, entusiasta, até a paixão destrutiva, era o que eu buscava. Demanda e submissão. Eu não excluía um certo tipo de brutalidade. Mas sem confusão, sem duplicidade, ou o tipo frágil de surpresa ou humilhação. Eu podia esperar, e tudo o que me era devido viria a mim, pensei, quando eu estivesse plenamente madura.

EMPREGADINHA

A sra. Montjoy estava me mostrando como colocar as panelas e frigideiras no lugar. Eu havia posto alguma delas nos locais errados. Acima de tudo, ela disse que odiava um armário bagunçado.

— A gente perde mais tempo — disse ela. — A gente perde mais tempo procurando uma coisa porque não está onde esteve da última vez.

— Era assim que acontecia com nossas empregadinhas lá em casa — disse eu. — Nos primeiros dias em que estavam lá sempre colocavam as coisas onde não conseguíamos achar. Chamávamos nossas criadas de empregadinhas — acrescentei. — Era como as chamávamos, em casa.

— Sim? — disse ela. Um momento de silêncio se passou. — E o coador naquele gancho ali.

Por que eu tive de dizer o que tinha dito? Por que era necessário mencionar que tínhamos empregadinhas em casa?

Qualquer um podia ver por quê. Para me colocar em algum ponto próximo de seu nível. Como se isso fosse possível. Como se alguma coisa que eu tivesse a dizer sobre mim mesma ou sobre a casa de onde eu vinha pudesse interessá-la ou impressioná-la.

* * *

Contudo, sobre as empregadinhas, era verdade. Em minha primeira infância houve uma série delas. Teve Olive, uma garota afável e sonolenta que não gostava de mim porque eu a chamava de Azeite de Oliva. Mesmo depois que me fizeram pedir desculpas ela não gostava de mim. Talvez ela não gostasse muito de nenhum de nós, porque ela era uma cristã bíblica, o que a fazia desconfiada e reservada. Ela costumava cantar enquanto lavava a louça e eu secava. *There is a Balm in Gilead...* Se eu tentasse cantar com ela, ela parava.

Depois veio Jeanie, de quem eu gostava, porque ela era bonita e fazia meu cabelo em rolinhos com grampos à noite quando ela também fazia o dela. Ela mantinha uma lista dos rapazes com quem ela saía e fazia sinais peculiares diante de seus nomes: x x x o o * *. Ela não ficou muito tempo.

Tampouco Dorothy ficou, que pendurava as roupas no varal de um modo excêntrico, pregadas pelo colarinho ou por uma das mangas ou uma das pernas, e varria a sujeira para um canto e apoiava a vassoura para escondê-la.

E quando eu estava com cerca de dez anos, as empregadinhas se tornaram uma coisa do passado. Não sei se foi porque ficamos mais pobres ou porque me consideravam com idade suficiente para ser uma auxiliar aplicada. Ambas alternativas verdadeiras.

Agora eu tinha dezessete e podia trabalhar fora, embora apenas como auxiliar de verão, porque eu tinha ainda de frequentar mais um ano no colegial. Minha irmã estava com doze, por isso poderia assumir em casa.

A sra. Montjoy tinha me apanhado na estação ferroviária em Pointe au Baril e me transportou em um barco a motor de popa para a ilha. Foi a mulher na loja da Pointe au Baril que me havia recomendado para o trabalho. Ela era uma velha amiga de minha mãe, haviam lecionado juntas na escola. A sra. Montjoy perguntou a ela se conhecia uma garota do campo, habituada a fazer trabalho doméstico, que estivesse disponível para o verão, e a mulher tinha pensado que seria perfeito para mim. Eu pensei assim também, estava ávida para conhecer mais o mundo.

A sra. Montjoy usava shorts de trabalho e uma camisa enfiada por dentro. Seu cabelo curto, esbranquiçado pelo sol, era empurrado para trás das orelhas. Ela saltou para dentro do barco como um garoto e deu um feroz arranco no motor e arremetemos sobre as águas agitadas do entardecer da baía Georgiana. Durante trinta ou quarenta minutos contornamos ilhas rochosas e florestadas com suas cabanas solitárias e botes oscilando ao lado das docas. Pinheiros projetavam-se em estranhas inclinações, tal como fazem nas pinturas.

Segurei-me nas laterais do barco e estremeci em meu vestido muito fino.

— Sente-se um pouquinho enjoada? — disse a sra. Montjoy, com o sorriso mais ligeiro possível. Era como o sinal para um sorriso, quando a ocasião não justificava o de verdade. Ela tinha grandes dentes brancos em um comprido rosto bronzeado, e sua expressão natural parecia ser de uma mal contida impaciência. Provavelmente ela sabia que o que eu sentia era medo, não enjoo, e lançou a pergunta para que eu, e ela, não precisássemos ficar constrangidas.

Aqui já havia uma diferença em relação ao mundo a que eu estava habituada. Nesse mundo, o medo era trivial, pelo menos para as mulheres. Você podia ter medo de cobras, trovões, águas profundas, de altura, do escuro, do touro e da estrada solitária através do pântano, e ninguém pensaria muito mal de você. No mundo da sra. Montjoy, porém, o medo era vergonhoso e sempre algo a ser dominado.

A ilha que era nosso destino tinha nome, Nausicaa. O nome estava escrito em uma placa ao fim do atracadouro. Eu o disse em voz alta, tentando mostrar que estava à vontade e bastante agradecida, e a sra. Montjoy disse com ligeira surpresa:

EMPREGADINHA 237

— Ah, sim. Já era o nome dela quando papai a comprou. É por causa de algum personagem de Shakespeare.

Abri a boca para dizer não, não, Shakespeare não, e para lhe dizer que Nausicaa era a garota na praia, jogando bola com suas amigas, surpreendida por Ulisses quando ele acordou de seu cochilo. Nessa época eu tinha descoberto que a maioria das pessoas entre as quais eu vivia não recebia bem esse tipo de informação, e provavelmente eu me manteria em silêncio mesmo que o professor nos tivesse perguntado na escola, mas eu acreditava que as pessoas lá fora no mundo, o mundo real, seriam diferentes. Reconheci bem a tempo a vivacidade do tom de voz da sra. Montjoy quando ela disse "algum personagem de Shakespeare", a sugestão de que Nausicaa e Shakespeare, bem como de quaisquer observações minhas, eram coisas que ela bem podia dispensar.

O vestido que eu estava usando para minha chegada era um que eu mesma tinha feito, de algodão listrado de rosa e branco. O material custara pouco, porque não se destinava realmente a um vestido, mas a uma blusa ou camisola, e o estilo que eu havia escolhido — o de saia rodada, apertado na cintura, daquele tempo — foi um erro. Quando eu caminhava, o tecido se juntava entre minhas pernas, e eu tinha de soltá-lo a todo momento. Hoje era o primeiro dia que eu usava o vestido e ainda achava que o problema poderia ser temporário, com um puxão bem firme o material poderia ser levado a cair corretamente. Mas descobri, quando tirei o cinto, que o calor do dia e minha viagem quente no trem haviam criado um problema pior. O cinto estava largo e espichado, e com uma cor de vinho, que havia escorrido. A cintura do vestido estava circulada com tintura cor de morango.

Fiz essa descoberta quando estava me despindo no sótão da casa de barcos, que eu iria dividir com a filha de dez anos da sra. Montjoy, Mary Anne.

— O que aconteceu com seu vestido? — disse Mary Anne. — Você suou muito? Isso é péssimo.

Eu disse que era um vestido velho mesmo e que eu não queria vestir nada de bom no trem.

Mary Anne tinha cabelos louros e era sardenta, com um rosto comprido como o de sua mãe. Mas ela não tinha como sua mãe o ar de juízos rápidos armados na superfície, prontos para saltar em você. Sua expressão era benévola e séria, e ela usava óculos pesados mesmo quando ficava até tarde sentada na cama. Logo ela me contaria que passara por uma operação para corrigir seus olhos, mas mesmo assim sua visão era deficiente.

— Eu tenho os olhos de papai — disse ela. — Sou inteligente como ele também, por isso é ruim demais eu não ser um menino.

Mais uma diferença. De onde eu vinha, geralmente se achava mais suspeito meninos serem mais inteligentes que meninas, embora não fosse vantagem especial para nenhum deles. As garotas podiam seguir carreira como professoras, e isso era muito bem visto, embora não raro se tornassem solteironas, mas garotos continuarem na escola normalmente significava que eram maricas.

A noite inteira podia-se ouvir a água batendo nas tábuas da casa de barcos. Amanhecia cedo. Eu me perguntava se estava longe o bastante ao norte de casa para que o sol estivesse realmente se levantando mais cedo. Levantei-me e olhei para fora. Pela janela da frente eu via a água sedosa, escura embaixo, mas refletindo de sua superfície a luz do céu. As praias rochosas dessa pequena enseada, os veleiros atracados, o canal aberto mais além, a elevação de uma ou duas outras ilhas, praias e canais mais além dessa. Eu achava que por mim mesma jamais conseguiria encontrar meu caminho de volta para o continente.

Eu não sabia ainda que criadas não tinham de encontrar seu caminho para parte alguma. Ficavam quietas no lugar, onde o trabalho estava. As pessoas que criavam o trabalho é que podiam ir e vir.

A janela de trás dava para uma rocha cinzenta, que era como uma parede inclinada, contendo saliências e fendas onde pequenos pinheiros e cedros e arbustos de amoras haviam encontrado um ponto de apoio. Bem ao pé dessa parede havia uma trilha, de que mais tarde falarei, através dos bosques, até a casa da sra. Montjoy. Aqui tudo ainda era úmido e quase escuro, embora se você esticasse o pescoço poderia ver pedaços do céu branqueando através das árvores no topo da rocha. Quase todas as árvores tinham aspecto severo, eram perenifólias perfumadas, com galhos pesados que não permitiam muito crescimento por baixo — nenhum tumulto de videiras e sarças e brotos como aqueles que eu conhecia na floresta de madeira nobre. Eu tinha notado que quando olhei pela janela do trem na véspera — como aquilo que chamávamos de mata se convertia na mais autêntica *floresta*, que havia eliminado toda exuberância e confusão e mudança sazonal. Parecia-me que essa floresta real pertencia aos ricos, era sua posse exclusiva embora pátio sombrio, e aos índios, que serviam aos ricos como guias e dependentes exóticos, vivendo longe dos olhos e longe do coração, um lugar para onde o trem não ia.

Mesmo assim, nessa manhã eu estava realmente procurando, avidamente, como se esse fosse um lugar onde eu viveria e tudo se tornaria familiar para mim. E tudo se tornou de fato familiar, pelo menos nos lugares onde estava meu trabalho e para onde eu devia ir. Mas havia uma barreira. Talvez *barreira* seja uma palavra muito forte — não havia tanto um aviso quanto algo como um brilho no ar, um lembrete indolente. *Não é para você.* Não era uma coisa que tinha de ser dita. Ou colocada em um cartaz.

Não é para você. E embora eu o sentisse, não chegava a admitir a mim mesma que tal barreira estivesse lá. Eu não admitiria que alguma vez me senti humilhada ou solitária, ou que eu fosse uma verdadeira criada. Mas parei de pensar em deixar a trilha, explorando entre as árvores. Se alguém me visse eu teria de explicar o que estava fazendo, e *eles*, a sra. Montjoy, não gostaria disso.

E para falar a verdade, isso não era muito diferente do modo como as coisas eram em casa, onde dar qualquer atenção improdu-

240   ALICE MUNRO

tiva ao ar livre, ou ficar devaneando sobre a natureza — até mesmo usar essa palavra, *natureza* — poderia tornar você objeto de riso.

Mary Anne gostava de conversar quando estávamos deitadas de costas à noite. Ela me contou que seu livro favorito era *Kon-Tiki* e que não acreditava em Deus ou no Céu.

— Minha irmã morreu — disse ela. — E eu não acredito que ela esteja flutuando em algum lugar com uma camisola branca. Ela apenas está morta, ela é apenas nada.

— Minha irmã era bonita — disse ela. — Pelo menos, comparada comigo, ela era. Mamãe não era nem bonita e papai é muito feio. Tia Margaret era bonita mas agora ela é gorda e Nana era bonita, mas agora está velha. Minha amiga Helen é bonita, mas minha amiga Susan não é. Você é bonita, mas isso não conta, porque você é a empregada. Você fica magoada por eu dizer isso?

Eu disse que não.

— Eu sou a empregada apenas quando estou aqui.

Não é que eu fosse a única empregada na ilha. Os outros empregados eram um casal de marido e mulher, Henry e Corrie. Eles não se sentiam diminuídos por seus cargos — eram gratos por eles. Tinham vindo da Holanda para o Canadá alguns anos antes e tinham sido contratados pelo sr. e sra. Foley, que eram os pais da sra. Montjoy. Era o sr. e a sra. Foley que eram os donos da ilha e moravam no grande bangalô branco, com seus toldos e varandas, que coroava o ponto mais alto do terreno. Henry aparava a grama e cuidava da quadra de tênis e repintava as poltronas do gramado e ajudava o sr. Foley com os barcos e a limpeza das trilhas e reparos no atracadouro. Corrie fazia o trabalho doméstico e preparava as refeições e cuidava da sra. Foley.

A sra. Foley passava todas as manhãs de sol sentada lá fora em uma espreguiçadeira, com os pés esticados para fora para apanhar o sol e um toldo anexado à cadeira protegendo sua cabeça. Corrie saía e a virava à medida que o sol se movia, e a levava até o banheiro e trazia suas xícaras de chá e taças de café gelado. Eu era testemunha disso quando saía da casa dos Montjoys para alguma incumbência na casa dos Foleys, ou para colocar ou retirar alguma coisa do freezer. Os freezers domésticos ainda eram uma novidade e um luxo nessa época, e não havia um na cabana dos Montjoys.

— Você não vai chupar as pedras de gelo — ouvi Corrie dizer à sra. Foley. Aparentemente a sra. Foley não deu atenção e continuou a chupar uma pedra de gelo, e Corrie disse: — Infeliz! Não! Cuspa fora. Cuspa agora mesmo na mão de Corrie! Infeliz. Você não faz o que Corrie diz.

Alcançando-me quando eu entrava na casa, ela disse:

— Eu disse a eles que ela poderia engasgar e morrer. Mas o sr. Foley sempre diz: Dê as pedras de gelo para ela, ela quer um drinque como todo mundo. Então eu digo e sempre torno a dizer a ela: Não chupe as pedras de gelo. Mas ela não faz o que eu digo.

Às vezes mandavam-me ajudar Corrie a encerar os móveis ou polir o assoalho. Ela era muito exigente. Ela não apenas passava um pano nos balcões da cozinha, ela os esfregava. Cada movimento que ela fazia tinha a força e concentração de alguém remando um bote contra a corrente, e cada palavra que ela dizia era atirada como se fosse contra uma ventania. Quando ela torcia um pano de limpeza poderia estar torcendo o pescoço de uma galinha. Achei que podia ser interessante se eu pudesse levá-la a falar sobre a guerra, mas tudo o que ela dizia era que todos estavam muito famintos e guardavam até as peles do tomate para fazer sopa.

— Nada bom — disse ela. — Nada bom falar sobre isso.

Ela preferia o futuro. Ela e Henry estavam guardando dinheiro para montar um negócio. Pretendia abrir uma casa de saúde.

— Muita gente como ela — disse Corrie, jogando a cabeça para trás enquanto trabalhava para indicar a sra. Foley lá fora no gramado.

— Logo, mais e mais. Por que eles dão para elas o remédio. Que não as deixa morrer muito cedo. Quem vai cuidar?

Um dia a sra. Foley me chamou quando eu passava pelo gramado.

— Ora, onde você vai com tanta pressa? — disse ela. — Venha sentar aqui comigo e descanse um pouco.

Seu cabelo branco estava enfiado sob um chapéu mole de palha, e quando ela se inclinou para a frente o sol passou pelos vãos na palha, salpicando as faixas em tom rosa e marrom-claro de seu rosto com grãos de luz. Seus olhos eram de uma cor quase extinta que eu não conseguia discernir e sua forma era curiosa, um peito estreito e chato e uma barriga inflada sob camadas de tecido claro, largo. A pele das pernas que ela esticava para a luz do sol era lustrosa e desbotada e cheia de pequenas rachaduras.

— Perdão por eu não ter vestido as meias — disse ela. — Acho que estou me sentindo um tanto preguiçosa hoje. Mas você não é a garota notável? Chegar até aqui sozinha! Henry a ajudou a carregar os mantimentos desde o píer? — A sra. Montjoy acenou para nós. Ela estava a caminho da quadra de tênis para dar aula para Mary Anne. Toda manhã ela dava uma aula para Mary Anne e no almoço discutiam o que Mary Anne tinha feito errado.

— Lá está a mulher que vem jogar tênis — disse a sra. Foley sobre sua filha. — Ela vem todo dia e por isso imagino que está tudo certo. Ela pode usar a quadra se ela não tem a dela.

Mais tarde a sra. Montjoy me perguntou:

— A sra. Foley pediu para você ir até lá e sentar na grama? — Eu disse que sim.

— Ela pensou que eu era alguém que tinha trazido as compras.

— Acho que havia uma garota da mercearia que costumava andar num barco. Durante anos não houve entrega da mercearia. A sra. Foley de vez em quando troca as bolas.

— Ela disse que a senhora era uma mulher que vinha para jogar tênis.

— Foi mesmo? — disse a sra. Montjoy.

O trabalho que eu tinha de fazer aqui não era difícil. Eu sabia cozinhar, passar roupa e limpar um forno. Ninguém trazia lama do curral até a cozinha e não havia pesadas roupas de trabalho masculinas com que lutar na máquina de espremer. Havia apenas a atividade de colocar tudo perfeitamente no lugar e fazer muito polimento. Polir os aros dos queimadores do fogão após cada uso, polir as torneiras, polir a porta de vidro que dava para o deque até o vidro desaparecer e as pessoas correrem o risco de esmagar a cara contra ele.

A casa dos Montjoys era moderna, com um telhado plano e um deque estendendo-se sobre a água e uma grande quantidade de janelas, que a sra. Montjoy gostaria de vê-las tornarem-se tão invisíveis quanto a porta de vidro.

— Mas eu tenho de ser realista — disse ela. — Eu sei que se você fizer isso, mal vai sobrar tempo para outra coisa. — Ela não era, de forma alguma, uma feitora de escravos. Seu tom comigo era firme e ligeiramente irritável, mas era assim com todos. Ela estava sempre em guarda contra a falta de atenção ou a incompetência, que ela detestava. *Negligente* era uma palavra favorita de condenação. Outras eram *inconsistente* e *desnecessário*. Muita coisa que as pessoas faziam eram desnecessárias, e algumas dessas eram também inconsistentes. Outras pessoas poderiam usar as palavras *artificial* ou *intelectual* ou *permissivo*. A sra. Montjoy varria todas essas distinções para fora do caminho.

Eu fazia minhas refeições sozinha, nos intervalos entre servir quem estivesse comendo no deque ou na sala de jantar. Eu quase cometera um terrível engano nesse ponto. Quando a sra. Montjoy me apanhou indo para o deque com três pratos, segurados em um estilo exibido de garçonete, para o almoço, ela disse:

— Três pratos aí? Ah, sim, dois lá fora no deque e o seu aqui dentro. Certo? Eu lia enquanto comia. Eu tinha encontrado uma pilha de revistas velhas — *Life* e *Look* e *Time* e *Collier's* — nos fundos do armário de vassouras. Eu imaginava que a sra. Montjoy não gostava da ideia de eu me sentar lendo essas revistas enquanto comia meu almoço, mas eu não sabia bem por quê. Seria porque era falta de educação ler enquanto se come, ou porque eu não tinha pedido permissão? O mais provável era que ela percebia meu interesse por coisas que nada tinham a ver com meu trabalho como um tipo sutil de insolência. Desnecessária.

Tudo o que ela disse foi:

— Essas revistas velhas devem estar terrivelmente empoeiradas.

— Eu disse que sempre as limpava.

Às vezes havia um convidado para almoçar, uma amiga que tinha vindo de uma das ilhas próximas. Ouvi a sra. Montjoy dizer:

— Tem de manter suas garotas contentes ou elas irão para o hotel, irão para o porto. É muito fácil elas conseguirem emprego por lá. Não é como antigamente.

A outra mulher disse:

— Isso é bem verdade.

— Por isso basta você fazer adiantamentos — disse a sra. Montjoy. — Você consegue o melhor que pode com elas.

Demorei um pouco para perceber de quem estavam falando. De mim. "Garotas" queria dizer garotas como eu. Gostaria de saber, então, como eu estava sendo mantida contente. Sendo levada no ocasional passeio no barco de emergência quando a sra. Montjoy ia comprar mantimentos? Recebendo permissão para usar shorts e uma blusa, ou até um vestido frente-única, em vez de um uniforme com colarinho e mangas brancos?

E que hotel era este? Que porto?

* * *

— Em que você é melhor? — perguntou Mary Anne. — Quais esportes?

Após um momento de consideração, eu disse:

— Voleibol.

Tínhamos de jogar voleibol na escola. Eu não era muito boa nisso, mas era meu melhor esporte porque era o único.

— Ah, eu não quis dizer esportes de equipe — disse Mary Anne. — Quero dizer, em que você é *melhor*. Como *tênis*, por exemplo. Ou nadar, ou cavalgar ou o quê? Eu sou melhor mesmo é em equitação, porque isso não depende tanto da vista. O melhor de tia Margaret era o tênis e o de Nana também, e o de vovô foi sempre velejar, e o de papai é natação, eu acho, e o de tio Stewart é golfe e vela, e o de mamãe é golfe e natação e vela e tênis e tudo, mas talvez tênis seja um pouquinho o melhor de todos. Se minha irmã Jane não tivesse morrido eu não sei qual teria sido o dela, mas poderia ter sido natação, porque ela já sabia nadar e só tinha três anos.

Eu nunca havia pisado em uma quadra de tênis, e a ideia de sair em um veleiro ou subir num cavalo me apavorava. Eu sabia nadar, mas não muito bem. O golfe para mim era algo que homens com cara de idiota faziam nos cartuns. Os adultos que eu conhecia nunca participavam de jogos que envolvessem ação física. Sentavam-se e descansavam quando não estavam trabalhando, o que era raro. Contudo, nas noites de inverno podiam jogar cartas. Euchre. Lost Heir. Não o tipo de cartas que a sra. Montjoy jogaria.

— Todo mundo que conheço trabalha pesado demais para praticar algum esporte — disse eu. — Nem mesmo temos uma quadra de tênis em nossa cidade e também não há nenhum campo de golfe.

— (Na verdade, uma vez tivemos ambos, mas não havia dinheiro para mantê-los durante a Depressão e depois disso não foram restaurados.) — Ninguém que conheço tem um veleiro.

Não mencionei que minha cidade tinha uma pista de hóquei e um campo de beisebol.

— Verdade? — disse Mary Anne, pensativa. — O que eles fazem então?

— *Trabalham*. E nunca têm dinheiro, a vida inteira.

Depois eu disse a ela que a maioria das pessoas que eu conhecia nunca tinha visto uma privada com descarga exceto em um prédio público e que às vezes os velhos (isto é, pessoas velhas demais para trabalhar) tinham de ficar na cama o inverno inteiro para se manterem aquecidas. As crianças andavam descalças até a chegada da geada, para economizar no couro para sapatos, e morriam de dores de estômago que na verdade eram apendicites porque seus pais não tinham dinheiro para pagar um médico. Às vezes as pessoas não tinham nada além de folhas de dente-de-leão para jantar.

Nenhuma dessas declarações, mesmo aquela sobre as folhas de dente-de-leão, era inteiramente mentira. Eu tinha ouvido falar dessas coisas. Aquela sobre as privadas com descarga era a que chegava mais perto da verdade, mas aplicava-se às pessoas do campo, não da cidade, e a maioria daqueles a quem se aplicava era de uma geração anterior à minha. Mas à medida que eu falava com Mary Anne sobre todos os incidentes isolados e histórias bizarras que eu havia ouvido se abriam em minha cabeça, de modo que eu podia quase acreditar que eu mesma tinha andado descalça no barro frio; logo eu, tratada a óleo de fígado de bacalhau e vacinas e que sempre fora bem agasalhada para a escola num momento da minha vida e que tinha ido para a cama com fome só porque me recusava a comer coisas como coalhada ou pudim de pão ou fígado frito. E essa falsa impressão que eu estava dando parecia justificada, como se meus exageros ou quase mentiras fossem substitutos para algo que eu não podia deixar claro.

Como deixar claro, por exemplo, a diferença entre a cozinha dos Montjoys e a cozinha de nossa casa. Você não podia fazer isso simplesmente mencionando as superfícies claras e brilhantes do assoalho de uma e o linóleo desgastado da outra, ou o fato de a água doce ser bombeada da cisterna para a pia em contraste com a água quente e fria que saía das torneiras. Você teria que dizer que em um caso você tinha uma cozinha que seguia com total correção uma noção corrente de como deve ser uma cozinha e, no outro, uma cozinha que de vez em quando mudava com o uso e a improvisação mas, em diversos sentidos, nunca mudava e pertencia inteiramente a uma família e aos anos e décadas da vida dessa família. E quando eu pensava naquela cozinha, com a combinação de fogão à lenha e fogão elétrico que eu polia com papel de pão, as escuras e velhas latas de temperos com suas bordas enferrujadas de ano para ano nos armários, as roupas do celeiro penduradas ao lado da porta, era como se eu tivesse de protegê-la do desdém. O desdém era o que eu imaginava estar sempre à espreita, pairando sobre as pessoas cheias de vida, logo abaixo da pele e por trás das percepções de pessoas como os Montjoys.

— Isso não é justo — disse Mary Anne. — Isso é terrível. Eu não sabia que as pessoas podiam comer folhas de dente-de-leão. — Mas em seguida ela se animou. — Por que elas não tentam pescar alguns peixes?

— As pessoas que não precisam dos peixes chegaram e já apanharam todos. Os ricos. Por diversão.

Claro que algumas pessoas em minha terra pegavam peixes quando tinham tempo, embora outras, inclusive eu, achavam os peixes de nosso rio espinhosos demais. Mas eu achei que isso manteria Mary Anne quieta, em especial quando eu sabia que o sr. Montjoy continuava em viagens de pesca com seus amigos.

Ela não conseguiu parar de matutar sobre o problema.

— Eles não poderiam ir para o Exército da Salvação?

— Eles são orgulhosos demais.

— Bem, eu sinto pena deles — disse ela. — Realmente sinto muita pena deles, mas acho que isso é estúpido. E quanto aos bebês e as crianças? Eles deviam pensar neles. As crianças também são orgulhosas demais?

— Todos são orgulhosos.

* * *

Quando o sr. Montjoy vinha para a ilha nos fins de semana, havia sempre muito barulho e atividade. Parte disso era porque havia visitantes que vinham de barco para nadar e beber e assistir a corridas de vela. Mas muito disso era gerado pelo próprio sr. Montjoy. Ele tinha uma voz alta e fanfarrona e um corpo farto com uma pele que nunca apanhava um bronzeado. Todo fim de semana ele ficava vermelho do sol, e durante a semana a pele queimada descascava e o deixava rosa e cheio de sardas, pronto para ficar queimado novamente. Quando tirava os óculos, podia-se ver que um olho era rápido e enviesado, e o outro audaciosamente azul, mas parecendo desamparado, como se apanhado numa armadilha.

Sua fanfarronice era geralmente sobre coisas que ele havia perdido, derrubado ou com que havia trombado. "Onde está o diabo do——?", dizia ele, ou "Você por acaso viu o——?". Assim, parecia que ele também havia perdido, ou em primeiro lugar não tinha conseguido entender, até o nome da coisa que ele estava procurando. Para se consolar ele podia apanhar um punhado de amendoins ou biscoitos ou o que estivesse por perto, e comer punhado após punhado até que acabassem. Depois ele olharia a tigela vazia como se isso também o aturdisse.

Certa manhã eu o ouvi dizer: "Ora, onde está o diabo daquele——?". Ele estava lá fora fazendo barulho de um lado para o outro do deque.

— Seu livro? — disse a sra. Montjoy, em um claro tom de controle. Ela estava tomando o café do meio da manhã.

— Achei que estava com ele aqui fora — disse ele. — Eu o estava lendo.

— O Livro-do-Mês um? — disse ela. — Acho que você o deixou na sala de estar.

Ela tinha razão. Eu estava passando o aspirador na sala de estar e alguns momentos antes eu havia apanhado do chão um livro semienfiado sob o sofá. O título era *Sete contos góticos*. O título me deu vontade de abri-lo e no mesmo instante que entreouvi a conversa dos Montjoys eu estava lendo, segurando o livro aberto em um das mãos e guiando o aspirador com a outra. Eles não podiam me ver do deque.

— Não, eu falo de coração — disse Mira. — Por muito tempo estive tentando entender Deus. Agora fiz amizade com ele. Para amá-lo de verdade você precisa amar a mudança, e você precisa amar uma piada, sendo estas as verdadeiras inclinações de seu próprio coração.

— Aí está ele — disse o sr. Montjoy, que por um milagre tinha entrado na sala sem seu habitual estardalhaço, ou pelo menos nenhum que eu tivesse ouvido. — Boa menina, você encontrou meu livro. Agora me lembro. Ontem à noite eu o estava lendo no sofá.

— Estava no chão — disse eu. — Acabei de apanhá-lo.

Ele deve ter me visto lendo-o e disse:

— É um livro um tanto esquisito, mas às vezes a gente quer ler um livro que não seja como todos os outros.

— Não consegui entender patavina dele — disse a sra. Montjoy, entrando com a bandeja de café. — Vamos ter de sair do caminho aqui e deixá-la continuar com o aspirador.

O sr. Montjoy voltou para o continente, e para a cidade, naquela noite. Ele era diretor de banco. Ao que parecia, isso não significava que ele trabalhasse em um banco. No dia seguinte a sua partida olhei por toda parte. Olhei sob as poltronas e atrás das cortinas, para o caso de ele ter deixado o livro. Mas não consegui encontrá-lo.

— Sempre achei que seria ótimo morar aqui o ano inteiro, como vocês fazem — disse a sra. Foley.

Ela deve ter me tomado novamente pela garota que trazia as compras da mercearia. Alguns dias ela dizia:

— Agora eu sei quem você é. Você é a nova menina que ajuda a holandesa na cozinha. Mas, desculpe, eu não consigo lembrar seu nome.

E outros dias ela me deixava passar sem cumprimentar ou demonstrar o menor interesse.

— Costumávamos vir aqui no inverno — disse ela. — A baía estava congelada e havia uma estrada através do gelo. Costumávamos ir com sapatos de neve. Hoje isso é uma coisa que as pessoas não fazem mais. Fazem? Andar de sapatos de neve? — Ela não me esperou responder. Inclinou-se em minha direção.

— Você pode me dizer uma coisa? — disse ela, constrangida, falando quase num sussurro. — Você sabe onde está Jane? Faz muito tempo que não a tenho visto correndo por aqui.

Eu disse que não sabia. Ela sorriu como se eu estivesse troçando dela, e estendeu a mão para tocar meu rosto. Eu havia me abaixado para ouvi-la, mas agora me aprumava e sua mão em vez disso roçou meu peito. Era um dia quente e eu estava vestindo minha frente-única, por isso aconteceu de ela tocar minha pele. Sua mão era leve e seca como uma lasca de madeira, mas a unha me arranhou.

— Tenho certeza que não foi nada — disse ela.

Depois disso se ela falasse comigo eu simplesmente acenava e me apressava em meu caminho.

Numa tarde de sábado por volta do final de agosto, os Montjoys realizaram um coquetel. A reunião social era em homenagem aos amigos que haviam ficado com eles naquele fim de semana: o sr. e a sra. Hammond. Uma grande quantidade de garfinhos e colherinhas de prata tinha de ser polida em preparação para esse evento e por isso a sra. Montjoy decidiu que toda a prataria poderia ser também polida ao mesmo tempo. Eu fazia o polimento e ela ficava ao meu lado, inspecionando.

No dia do encontro, as pessoas chegaram em barcos a motor e a vela. Alguns chegaram nadando, depois se sentaram nas pedras em seus trajes de banho ou deitaram no píer ao sol. Outros vieram imediatamente para a casa e começaram a beber e conversar na sala de estar ou lá fora no deque. Algumas crianças tinham vindo com os pais e outras vieram sozinhas, em seus próprios barcos. Não eram crianças da idade de Mary Anne — Mary Anne tinha sido levada para a casa de sua amiga Susan, em outra ilha. Havia umas poucas crianças mais novas, que vieram acompanhadas de moisés e chiqueirinhos desmontáveis, mas a maioria delas tinha a mesma idade que eu. Garotas e rapazes de quinze ou dezesseis anos de idade. Passaram a maior parte da tarde na água, gritando e mergulhando e fazendo corridas de jangada.

A sra. Montjoy e eu ficamos ocupadas a manhã inteira, fazendo muitos canapés diferentes, que agora dispúnhamos em bandejas e oferecíamos às pessoas. Fazê-los tinha sido um trabalho frívolo e exasperante. Enfiar várias misturas em chapéus de cogumelo e pregar uma minúscula fatia de uma coisa no topo de uma minúscula fatia de outra coisa sobre um fragmento exato de pão ou torrada. Todas as formas tinham de ser perfeitas — triângulos perfeitos, círculos e quadrados perfeitos, losangos perfeitos.

A sra. Hammond entrou várias vezes na cozinha e admirou o que estávamos fazendo.

— Como tudo está maravilhoso — disse ela. — Vocês notam que não estou me oferecendo para ajudar. Eu sou uma perfeita pateta nesse tipo de coisa.

Gostei do jeito que ela disse aquilo. *Sou uma perfeita pateta.* Fiquei admirada com sua voz rouca, seu tom cansado bem-humorado, e o modo como ela parecia sugerir que minúsculos bocados geométricos de comida não eram tão necessários, podia até ser um pouquinho estúpido. Gostaria de poder ser ela, em um elegante traje negro de banho com um bronzeado como torrada escura, cabelos negros lisos na altura dos ombros, batom de cor púrpura. Não que ela parecesse feliz. Mas seu ar sombrio e queixoso me pareceu fascinante, seus nebulosos toques teatrais invejáveis. Ela e seu marido eram um tipo de ricos totalmente diferentes do sr. e da sra. Montjoy. Eram mais parecidos com as pessoas sobre quem eu tinha lido em matérias de revistas e em livros como *Mercador de ilusões** — pessoas que bebiam muito, tinham casos de amor e frequentavam psiquiatras.

Seu nome era Carol e o de seu marido Ivan. Eu já pensava neles por seus prenomes — algo que eu jamais tinha tentado fazer com os Montjoys.

A sra. Montjoy tinha me pedido para colocar um vestido, por isso usei o de algodão listrado de rosa e branco, com o material manchado na cintura enfiado sob o cinto de elástico. Quase todos os demais estavam de shorts e trajes de banho. Eu passava entre eles, oferecendo comida. Eu não sabia bem como fazer isso. Às vezes as pessoas estavam rindo ou conversando com tanta energia que não me notavam e eu receava que seus gestos mandariam os bocados de comida para os ares. Por isso eu dizia: "Desculpe-me, gostaria de um desses?" em um tom de voz elevado que soava muito decidido ou até reprovador. Então eles me olhavam com divertido sobressalto e eu tinha a sensação de que minha interrupção se tornara outra piada.

— Basta de passar por ora — disse a sra. Montjoy. Ela juntou alguns copos e me mandou lavá-los. — As pessoas nunca guardam qual é o seu — disse ela. — É mais fácil simplesmente lavá-los e trazer

---

* *The Hucksters* [literalmente, "mascates", "marreteiros" e também um termo pejorativo para "publicitários"], de Frederic Wakeman (1909-1998). O romance deve ter sido traduzido com esse título em português em função do filme *O mercador de ilusões*, de 1947, com Clark Gable e Deborah Kerr. [N. T.]

outros limpos. E é hora de tirar as almôndegas da geladeira e esquentá-las. Você pode fazer isso? Vigie o forno, não vai demorar muito.

Enquanto eu estava ocupada na cozinha ouvi a sra. Hammond chamando:

— Ivan! Ivan!

Ela perambulava pelos cômodos dos fundos da casa. Mas o sr. Hammond tinha entrado pela porta da cozinha que dava para os bosques. Ele ficou ali parado e não respondeu. Veio até o balcão e despejou gim em seu copo.

— Ah, Ivan, você está aí — disse a sra. Hammond, entrando da sala de estar.

— Aqui estou eu — disse o sr. Hammond.

— Eu também — disse ela. Ela lançou seu copo ao longo do balcão.

Ele não o apanhou. Ele empurrou o gim para ela e me disse:

— Está se divertindo, Minnie? — A sra. Hammond ganiu uma risada.

— Minnie? De onde você tirou que o nome dela era Minnie?

— Minnie — disse o sr. Hammond, Ivan. Ele falava com uma voz artificial, sonhadora. — Está se divertindo, Minnie?

— Ah, sim — eu disse, numa voz que eu quis que fosse tão artificial quanto a dele. Eu estava ocupada erguendo as minúsculas almôndegas suecas do forno e queria os Hammonds fora de meu caminho caso eu derrubasse alguma. Eles achariam isso uma grande piada e provavelmente me entregariam para a sra. Montjoy, que me faria jogar fora as almôndegas derrubadas e ficaria irritada com o prejuízo. Se eu estivesse sozinha quando acontecesse eu poderia simplesmente apanhá-las do chão com uma colher.

O sr. Hammond disse:

— Ótimo.

— Eu nadei em volta da ponta — disse a sra. Hammond. — Estou me preparando para nadar em volta da ilha inteira.

— Parabéns — disse o sr. Hammond, do mesmo jeito que havia dito "Ótimo".

Gostaria de não ter parecido tão alegre e boba. Gostaria de ter correspondido ao seu tom profundamente cético e sofisticado.

— Muito bem — disse a sra. Hammond. Carol. — Vou deixar você sossegado.

Eu tinha começado a espetar as almôndegas com palitos de dente e a dispô-las em uma bandeja. Ivan disse:

— Gostaria de uma ajuda? — e tentou fazer o mesmo, mas seus palitos erraram o alvo e mandaram almôndegas rolando sobre o balcão.

— Então — disse ele, mas parecia perder o fio de seus pensamentos, por isso se virou e tomou outro gole. — Então, Minnie.

Eu sabia algo sobre ele. Eu sabia que os Hammonds estavam aqui para umas férias especiais porque o sr. Hammond tinha perdido o emprego. Mary Anne tinha me contado isso.

— Ele está muito deprimido por isso — ela havia dito. — Mas eles não vão ficar pobres. Tia Carol é rica.

Ele não me parecia deprimido. Parecia impaciente, principalmente com a sra. Hammond, mas no geral um pouco satisfeito consigo mesmo. Ele era alto e magro, e tinha cabelos escuros penteados direto para trás de sua testa, e seu bigode era uma linha irônica acima de seu lábio superior. Quando falou comigo ele se inclinou para diante, como eu o havia visto fazer antes, quando se dirigia às mulheres na sala de estar. Na hora eu havia pensado que a palavra para ele era *cerimonioso*.

— Onde você vai nadar, Minnie? Você vai nadar?

— Sim — disse eu. — Abaixo da casa de barcos.

Concluí que ele me chamar de Minnie era uma brincadeira especial entre nós.

— É um bom lugar?

— Sim.

Era, para mim, porque eu gostava de ficar perto do píer. Até esse verão eu nunca havia nadado em água que não desse pé.

— Você já foi nadar sem vestir o maiô?

— Não — eu disse.

— Deveria experimentar.

A sra. Montjoy entrou pela porta da sala de estar, perguntando se as almôndegas estavam prontas.

— Esta é certamente uma multidão faminta — disse ela. — É a natação que faz isso. Como você está se virando, Ivan? Carol estava agora mesmo procurando por você.

— Ela esteve aqui — disse o sr. Hammond.

A sra. Montjoy jogou salsa aqui e acolá entre as almôndegas.

— Agora — disse ela para mim, — acho que você fez tudo que tinha a fazer aqui. Acho que agora eu dou conta sozinha. Por que não faz um sanduíche para você e corre lá para baixo até a casa de barcos?

— Eu disse que não estava com fome. O sr. Hammond havia se servido de mais gim e cubos de gelo e entrara para a sala de estar.

— Bem. É melhor você comer algo — disse a sra. Montjoy. — Vai sentir fome mais tarde.

Ela queria dizer que não era para eu voltar.

A caminho da casa de barcos encontrei um par de convidadas — garotas de minha idade, descalças e em seus trajes de banho, rindo ofegantes. Provavelmente tinham nadado meia volta em torno da ilha e saíram da água na casa de barcos. Agora estavam se esgueirando de volta para surpreender alguém. Elas se afastaram educadamente para o lado, para não respingar água em mim, mas não pararam de rir. Abrindo caminho para meu corpo sem olhar para o meu rosto.

Eram o tipo de garotas que teriam gritado e feito alvoroço por minha causa se eu fosse um cachorro ou um gato.

* * *

O barulho da festa continuou a aumentar. Deitei-me no catre sem tirar o vestido. Eu tinha estado ocupada desde muito cedo e estava cansada. Mas não conseguia relaxar. Após pouco tempo levantei- -me e coloquei o maiô e desci para nadar. Desci cautelosamente a escada até a água como sempre fazia, achava que iria direto para o fundo e jamais subiria se mergulhasse, e nadei por ali nas sombras. A água lavando meus braços e pernas me fez lembrar o que o sr. Hammond havia dito e baixei as alças do maiô, finalmente tirando um braço após o outro para que meus seios flutuassem livres. Nadei desse jeito, com a água docemente se dividindo em meus mamilos...

Achei que não era impossível que o sr. Hammond viesse me procurar. Pensei nele me tocando. (Eu não conseguia imaginar exatamente como ele entraria na água, não me dei ao trabalho de pensar nele tirando as roupas. Talvez ele se agachasse no deque e eu nadasse até ele.) Seus dedos acariciando minha pele nua como fitas de luz. A ideia de ser tocada e desejada por um homem daquela idade — quarenta, quarenta e cinco? — era de certo modo repulsiva, mas eu sabia que tiraria prazer disso, um tanto como se você obtivesse prazer por ser acariciada por um amoroso crocodilo domesticado. A pele do sr. Hammond, de Ivan, podia ser macia, mas a idade e o conhecimento e a decadência estariam nele como verrugas e escamas.

Ousei erguer-me parcialmente fora d'água, segurando no píer com uma das mãos. Balancei-me para cima e para baixo e subi para o ar como uma sereia. Reluzente, sem ninguém para ver.

Então ouvi passos. Ouvi alguém vindo. Afundei na água e fiquei imóvel.

Por um momento acreditei que era o sr. Hammond e que eu havia de fato ingressado no mundo dos sinais secretos, incursões abruptas e mudas do desejo. Não me cobri mas encolhi-me contra o píer, em um momento paralisado de horror e resignação.

A luz da casa de barcos foi acesa e me voltei silenciosamente na água e vi que era o velho sr. Foley, ainda com sua roupa de festa: calças brancas e boné e blazer de iatismo. Ele havia ficado para uns dois drinques e explicou a todos que a sra. Foley não estava com disposição para o esforço de ver tanta gente, mas enviava suas melhores recomendações a todos.

Ele estava revirando as coisas na prateleira de ferramentas. Rapidamente ou ele encontrou o que procurava ou devolveu o que pretendera devolver, e apagou a luz e saiu. Não chegou a saber que eu estava ali.

Levantei as alças do maiô e saí da água e subi a escada. Meu corpo parecia ter tamanho peso para mim que fiquei sem fôlego quando cheguei ao topo do píer.

O som do coquetel prosseguia sem parar. Eu tinha de fazer algo para defender-me contra ele, por isso comecei a escrever uma carta para Dawna, que era minha melhor amiga naquela época. Descrevi a festa em termos fantásticos — pessoas vomitavam sobre a balaustrada do deque e uma mulher desmaiou, caindo no sofá de tal forma que parte de seu vestido escorregara e expusera um seio velho (eu o chamava de *bezoom*) de mamilos purpúreos. Falei do sr. Hammond como de um brejo, embora acrescentasse que ele era muito bonito. Disse que ele havia me acariciado na cozinha enquanto minhas mãos estavam ocupadas com as almôndegas e que mais tarde ele havia me seguido até a casa de barcos e me agarrado na escada. Mas eu o havia chutado num lugar em que ele não se esqueceria e ele se afastara. *Escorraçado*, disse eu.

"Portanto, prenda o fôlego para o próximo capítulo", escrevi. "Intitulado 'Aventuras sórdidas de uma ajudante de cozinha'. Ou 'Assolada nas rochas da baía georgiana'".

Quando vi que tinha escrito "assolada" [*"ravaged"*] em lugar de "violentada" [*"ravished"*], achei que podia deixar, porque Dawna jamais saberia a diferença. Mas percebi que a parte sobre o sr.

Hammond estava exagerada, mesmo para aquele tipo de carta e, em seguida, a coisa toda me encheu de vergonha e da sensação de meu próprio fracasso e solidão. Amassei a carta. Não fazia sentido algum escrever esta carta, exceto o de me tranquilizar de que eu tinha algum contato com o mundo e que coisas excitantes — coisas sexuais — aconteciam comigo. E eu não tinha. Elas não aconteciam.

— A sra. Foley me perguntou onde Jane estava — eu havia dito quando a sra. Montjoy e eu estávamos polindo a prataria, ou quando ela fiscalizava meu polimento da prataria.

— Jane foi uma das outras meninas que trabalhavam aqui no verão? — Por um momento pensei que ela poderia não responder, mas o fez.

— Jane era minha outra filha — disse ela. — Era irmã de Mary Anne. Ela morreu.

Eu disse:

— Oh. Eu não sabia — e disse: — Oh, eu sinto muito. Ela morreu de pólio? — disse eu, porque não tive o juízo ou, como poderia dizer, a decência, de não se continuar. E naquele tempo as crianças morriam de pólio, todo verão.

— Não — disse a sra. Montjoy. — Ela morreu quando meu marido arrastava o guarda-roupa em nosso quarto. Ele estava procurando algo que ele achava que poderia ter caído atrás dele. Ele não percebeu que ela estava no caminho. Uma das rodinhas prendeu no tapete e a coisa toda desabou em cima dela.

Eu conhecia cada detalhe disso, claro. Mary Anne já havia me contado. Ela me contara até antes de a sra. Foley me perguntar onde Jane estava e arranhar meu peito.

— Que horror — disse eu.

— Bem. Foi só uma dessas fatalidades.

Meu embuste me fez sentir náusea. Derrubei um garfo no chão.

A sra. Montjoy o apanhou.

— Lembre-se de lavar este de novo.

Que estranho eu não questionar meu direito de indagar, de me intrometer e trazer isso à tona. Parte do motivo deve ter sido que, na sociedade de onde eu vinha, coisas como essa jamais eram enterradas para sempre, mas eram ritualisticamente ressuscitadas, e que tais horrores eram como uma insígnia que as pessoas usavam; ou, quase sempre, que as mulheres usavam; por toda a vida.

Também pode ter sido porque eu nunca abriria mão quando se tratava de exigir privacidade, ou pelo menos de algum tipo de igualdade, mesmo com uma pessoa de quem eu não gostava.

A crueldade era algo que eu não conseguia identificar em mim mesma. Achei que eu era inocente aqui e em quaisquer tratos com essa família. Tudo por ser jovem, e pobre, e saber sobre Nausicaa.

Eu não tinha a graça ou a fortaleza para ser uma criada.

Em meu último domingo eu estava sozinha na casa de barcos, acomodando minhas coisas na valise que eu tinha trazido, a mesma valise que acompanhara minha mãe e meu pai em sua viagem de núpcias e a única que tínhamos na casa. Quando a puxei de sob meu catre e a abri, tinha cheiro de casa — do armário ao final do corredor da escada onde ela normalmente ficava, próximo aos casacos de inverno com naftalina e o lençol de borracha outrora usado na cama das crianças. Mas quando você a abria em casa ela sempre tinha um leve cheiro de trens e chaminés de carvão e cidades — de viagem.

Ouvi passos na trilha, um passo trôpego na casa de barcos, umas batidinhas na parede. Era o sr. Montjoy.

— Você está aí? Você está aí?

Sua voz era rude, jovial, como eu a ouvira antes, quando ele estivera bebendo. E claro que ele estivera bebendo; pois mais uma vez havia pessoas em visita, comemorando o fim do verão. Subi até o alto da escada. Ele tinha uma das mãos apoiada na parede para se firmar, um barco tinha passado pelo canal e mandava suas ondas para a casa de barcos.

— Veja aqui — disse o sr. Montjoy, olhando para mim com concentração no cenho franzido. — Veja aqui, achei que podia trazer isso e lhe dar enquanto me lembro. Este livro — disse ele.

Ele estava segurando *Sete contos góticos*.

— Porque eu vi que o estava olhando naquele dia — disse ele. — Pareceu-me que você estava interessada. Por isso, agora terminei de lê-lo e pensei que poderia também passá-lo para você. Ocorreu-me passá-lo adiante para você. Achei que talvez você pudesse gostar dele.

Eu disse:

— Obrigada.

— Provavelmente não vou lê-lo novamente, embora eu o tenha achado muito interessante. Muito incomum.

— Muito obrigada.

— Não tem de quê. Achei que você poderia gostar dele.

— Sim — disse eu.

— Muito bem. Espero que você goste.

— Obrigada.

— Então está bem — disse ele. — Adeus.

Eu disse:

— Obrigada. Adeus.

Por que estávamos nos despedindo quando certamente iríamos nos ver de novo antes que partíssemos da ilha e antes que eu tomasse o trem? Podia significar que esse incidente, de ele me dar o livro, deveria ficar em segredo, e eu não deveria revelá-lo nem referir-me a ele. O que não fiz. Ou poderia ter sido apenas que ele estava bêbado e não percebeu que me veria mais tarde. Embriagado ou não, eu o via agora como puro de motivação, apoiando-se contra a parede da casa de barcos. Uma pessoa que podia me achar digna desse presente. Desse livro.

No momento, porém, não me senti particularmente satisfeita, ou grata, apesar de meus repetidos "obrigada". Eu estava surpresa demais, e em certo sentido constrangida. A ideia de ter um cantinho meu veio à tona, e ser verdadeiramente entendida disparou o alarme, da mesma forma que não ser notada desencadeava o ressentimento. E o sr. Montjoy provavelmente foi a pessoa que menos me interessava, cuja consideração significava o mínimo para mim, dentre todas as pessoas que eu conhecera naquele verão.

Ele saiu da casa de barcos e eu o ouvi caminhando pesadamente pela trilha, de volta a sua esposa e a seus convidados. Empurrei a valise para o lado e sentei-me no catre. Abri o livro ao acaso, como havia feito da primeira vez, e comecei a ler.

> As paredes do quarto tinham sido outrora pintadas de carmesim, mas com o tempo a cor havia esmaecido em uma profusão de matizes, como um copo cheio de rosas moribundas... Alguma mescla de flores aromáticas estava sendo queimada no alto fogão, nas paredes do qual Netuno, com um tridente, comandava sua manada de cavalos pelas altas ondas...

Esqueci-me do sr. Montjoy quase de imediato. Raramente houve um momento em que eu não acreditasse que esse presente sempre tinha sido meu.

O BILHETE

Às vezes sonho com minha avó e sua irmã, minha tia Charlie — que, claro, não era minha tia, mas minha tia-avó. Sonho que elas ainda estão vivas na casa em que viveram por cerca de vinte anos, até a morte de minha avó e o recolhimento de tia Charlie para uma casa de saúde, o que aconteceu pouco depois. Fico chocada em descobrir que estão vivas e fico espantada, envergonhada, de pensar que não as visitei, não tendo me aproximado delas em todo esse tempo. Quarenta anos ou mais. Sua casa é exatamente a mesma, embora cheia de crepúsculo, e elas são praticamente as mesmas — usam o mesmo tipo de vestidos e aventais e cortes de cabelo que sempre usaram. Cabelos cacheados e soltos que não conhecem o cabeleireiro, vestidos de raiom ou algodão escuros estampados com pequenas flores ou formas geométricas — nenhum terno nem slogans concisos ou fazenda azul-turquesa ou estampada com botões-de-ouro ou peônias cor-de-rosa.

Mas elas parecem abatidas, mal se movem, usam suas vozes com dificuldade. Pergunto-lhes como estão indo. Como fazem a mercearia, por exemplo? Assistem à televisão? Mantêm-se informadas sobre o mundo? Elas dizem que estão bem. Não se preocupe. Mas todo dia elas ficam esperando, esperando para ver se eu viria. Deus nos ajude. Todo dia. E mesmo hoje estou apressada, não posso ficar. Digo a elas que tenho muito o que fazer, mas volto logo. Elas dizem sim, sim, assim está ótimo. Logo.

* * *

Na época do Natal eu ia me casar e, depois disso, iria morar em Vancouver. O ano era 1951. Minha avó e minha tia Charlie — uma mais nova, a outra mais velha, do que eu sou agora — estavam enchendo os baús que levaria comigo. Um deles era um velho e robusto baú corcunda que estivera na família fazia muito tempo. Cogitei em voz alta se ele tinha atravessado com elas o Atlântico.

Quem sabe, disse minha avó. Fome por história, mesmo por história da família, não era muito apreciada por ela. Todo esse tipo de coisa era um mau hábito, uma perda de tempo — como ler a reportagem em série no jornal diário. O que ela mesma fazia, mas mesmo assim deplorava.

O outro baú era novo, com cantoneiras de metal, comprado para a ocasião. Foi presente de tia Charlie — sua renda era maior que a de minha avó, embora isso não significasse que era muito grande. Só o bastante para que pudesse se esticar para ocasionais compras imprevistas. Uma cadeira de braços para a sala de estar, estofado em brocado de cor salmão (protegido por uma capa de plástico, exceto quando estivesse chegando alguém). Uma luminária de leitura (seu quebra-luz também envolto em plástico). Meu baú de casamento.

— É o presente dela de casamento? — diria mais tarde meu marido. — Um *baú*? — Porque na família dele algo como um baú era o que se saía para comprar, quando se precisava de um. Não era para dar de presente.

As coisas no baú corcunda eram quebráveis, envolvidas em coisas não quebráveis. Pratos, copos, jarros, vasos, enrolados em jornal e com proteção adicional de panos de prato, toalhas de banho, toalhinhas e cobertas de crochê, esteiras de mesa bordadas. O grande baú chato em sua maior parte estava cheio de lençóis, toalhas de mesa (uma delas era também em crochê), mantas, fronhas, também alguns objetos grandes e chatos quebráveis como um quadro emoldurado pintado por Marian, a irmã de minha avó e de tia Charlie, que morrera jovem. Era o retrato de uma águia em um galho solitário, com um mar azul e árvores muito leves bem abaixo. Aos catorze anos Marian o havia copiado de um calendário, e no verão seguinte ela morrera de febre tifoide.

Alguns desses objetos eram presentes de casamento, de membros da família, que haviam chegado cedo, mas a maioria era de coisas que tinham sido feitas para meu começo como dona de casa. As mantas, as cobertas, os artigos em crochê, as fronhas com seu bordado áspero ao rosto. Eu não tinha preparado nada, mas minha avó e tia Charlie haviam ficado ocupadas, ainda que minhas possibilidades por um bom tempo parecessem frouxas. E minha mãe havia posto de lado alguns elegantes copos para água, colheres de chá, uma travessa de porcelana, do breve e impetuoso período em que ela havia lidado com antiguidades, antes que a rigidez e o tremor de seus membros tornassem qualquer comércio — e condução de carro, caminhada e por fim até conversas — difícil demais.

Os presentes da família de meu marido foram embalados nas lojas em que foram comprados, e despachados para Vancouver. Baixelas de prata, pesadas toalhas de mesa, meia dúzia de taças de cristal para vinho. O tipo de bens domésticos que meus sogros e seus amigos costumavam ter a sua volta.

Nada em meus baús, por acaso, estava pronto para entrar em jogo. Os cálices de minha mãe eram de vidro comprimido e a travessa de porcelana era porcelana pesada de cozinha. Essas coisas não entraram em voga senão anos mais tarde e, para certas pessoas, nunca. As seis colheres de chá datadas do século XIX não eram de prata genuína. As mantas eram para uma cama antiquada, mais estreita que a cama que meu marido havia comprado para nós. As cobertas e as toalhinhas e as capas de colchão e — desnecessário dizer — o quadro copiado de um calendário eram quase uma piada.

Mas meu marido concordou que a embalagem tinha sido um bom trabalho, nada se quebrara. Ele estava constrangido mas tentando ser gentil. Depois, quando tentei colocar algumas dessas coisas onde pudessem ser vistas por alguém que entrasse em nossa casa, ele teve de falar com franqueza. E entendi o que ele queria dizer.

* * *

Eu tinha dezenove anos quando fiquei noiva, vinte no dia de meu casamento. Meu marido foi o primeiro namorado que tive. A perspectiva não era promissora. Durante aquele mesmo outono, meu pai e meu irmão estavam reparando a tampa do poço em nosso quintal lateral e meu irmão disse:

— É bom a gente fazer um bom trabalho aqui. Porque se esse camarada cair lá dentro ela nunca vai arrumar outro.

E essa se tornou uma piada favorita na família. Claro que eu também ria. Mas a preocupação dos que me rodeavam também tinha sido uma preocupação minha, pelo menos de modo intermitente. O que estava errado comigo? Não era uma questão de beleza. Alguma outra coisa. Outra coisa, clara como um sino de alarme, afastava de meu caminho os possíveis namorados e potenciais maridos. Porém, eu tinha fé de que o que quer que fosse desapareceria assim que eu saísse de casa e me afastasse dessa cidade.

E isso tinha acontecido. Subitamente, de modo irresistível. Michael se apaixonara por mim e estava decidido a se casar comigo. Um jovem alto, bonito, forte, cabelos negros, inteligente, ambicioso, havia depositado suas esperanças em mim. Ele me comprara um anel de diamante. Encontrara um emprego em Vancouver que certamente levaria a coisas melhores, e se comprometera a apoiar a mim e nossos filhos pelo resto de sua vida. Nada o faria mais feliz.

Ele assim dizia e acreditei que era verdade.

A maior parte do tempo eu mal podia acreditar em minha sorte. Ele escrevia que me amava e eu escrevia respondendo que eu o amava. Eu pensava em como ele era bonito, e inteligente e leal. Pouco antes dele sair, tínhamos dormido juntos; não, tínhamos feito sexo juntos, no terreno irregular sob um salgueiro à margem de um rio; e acreditamos que isso era tão sério quanto uma cerimônia de casamento, porque não tínhamos condições, agora, de fazer a mesma coisa com mais ninguém.

* * *

Este foi o primeiro outono depois de meus cinco anos de idade em que eu não estava passando os dias da semana na escola. Eu ficava em casa e fazia trabalho de casa. Eu era muito necessária lá. Minha mãe não era mais capaz de segurar o cabo de uma vassoura ou de puxar as cobertas sobre a cama. Seria preciso encontrar alguém para ajudar, depois que eu partisse, mas por ora eu assumia tudo sozinha.

A rotina me envolvia e logo era difícil acreditar que um ano antes eu tinha me sentado nas manhãs de domingo a uma mesa de biblioteca, em lugar de me levantar cedo para esquentar água no fogão para encher a máquina de lavar e mais tarde passar as roupas pelo espremedor e finalmente pendurá-las no varal. Ou que eu tivesse comido minha ceia nos balcões da farmácia, um sanduíche preparado por outra pessoa.

Eu encerava o desgastado linóleo. Passava os panos de prato e pijamas, bem como as camisas e blusas, areava as amassadas panelas e frigideiras e passava palha de aço nas enegrecidas prateleiras de metal atrás do fogão. Essas eram as coisas que importavam na época, nas casas dos pobres. Ninguém pensava em substituir o que estava lá, apenas em manter tudo decente, por tanto tempo quanto possível e muito mais. Tais esforços mantinham uma linha fixa, entre o respeitável empenho e a rude derrota. E eu me importava mais com isso quanto mais me aproximava de ser uma desertora.

Notícias do trabalho doméstico chegaram em cartas a Michael e ele ficou irritado. Durante a breve visita que ele havia feito a minha casa ele tinha visto muita coisa que o surpreendera de modo desagradável e que o tornaram ainda mais decidido quanto a me resgatar. E agora, como eu não tinha mais nada sobre o que escrever e queria explicar por que minhas cartas tinham de ser curtas, ele foi obrigado a ler sobre como eu estava imergindo em tarefas diárias no próprio local, na própria vida, que eu deveria estar me apressando em abandonar.

No seu modo de pensar, eu deveria estar ansiosa por raspar a lama caseira de meus sapatos. Concentrar-me na vida, na casa, que iríamos construir juntos.

Eu tirava duas horas de folga em algumas tardes, mas o que eu fazia então, se eu tivesse escrito sobre isso, não o teria deixado nem um pouco mais satisfeito. Eu aconchegava minha mãe na cama para seu segundo cochilo do dia e dava uma esfregada final nos balcões da cozinha e caminhava de nossa casa nos confins da cidade até a rua principal, onde fazia umas comprinhas e ia para a biblioteca para devolver um livro e retirar outro. Eu não tinha desistido de ler, embora parecesse que os livros que eu lia agora não eram tão chocantes ou exigentes quanto os livros que eu estivera lendo um ano antes. Li os contos de A. E. Coppard — um deles tinha um título que achei permanentemente sedutor, embora não consiga me lembrar de mais nada dele. "Dusky Ruth" ["Morena Ruth"]. E li um romance curto de John Galsworthy, que tinha uma frase na folha de rosto que me encantou: *The apple tree, the singing and the gold...**

Encerrado meu afazer na rua principal, eu ia visitar minha avó e tia Charlie. Às vezes, a maioria das vezes, eu preferia dar uma volta sozinha, mas sentia que não podia negligenciá-las quando estavam fazendo tanta coisa para me ajudar. Eu não podia passar por ali em um devaneio, atabalhoadamente, como eu podia fazer na cidade onde eu ia para a faculdade. Naquele tempo ninguém na cidade saía para caminhar, exceto por alguns velhos proprietários que andavam a passos largos observando e criticando projetos municipais. As pessoas certamente marcavam você se você fosse notado em uma parte da cidade onde não tinha nenhum motivo particular para estar. Depois alguém diria: *vimos você outro dia* — e esperavam que você se explicasse.

E mesmo assim a cidade me atraía, ela era maravilhosa nesses dias de outono. Era encantada, com uma luz melancólica sobre as

---

* *A macieira, o cantar e o ouro...* [N. T.]

paredes de tijolos cinzas ou amarelos, e uma quietude peculiar, agora que os pássaros tinham voado para o sul e as colheitadeiras no cinturão rural estavam mudas. Um dia, enquanto eu subia a ladeira na rua Christena, rumo à casa de minha avó, ouvi algumas frases em minha cabeça, o começo de uma história. *Por toda a cidade as folhas caíram. Suave, silenciosamente as folhas amarelas caíram — era outono.* E realmente escrevi uma história, naquela época ou algum tempo depois, começando com essas frases — não consigo me lembrar sobre o que era. Exceto que alguém salientava que era natural que fosse outono e que era tolice e afetação poética dizer isso. Por que mais as folhas estariam caindo, a menos que as árvores na cidade tivessem contraído algum tipo de praga nas folhas?

Minha avó teve seu nome dado a um cavalo, quando ela era jovem. A intenção era ser uma homenagem honrosa. O nome do cavalo, e de minha avó, era Selina. O equino — uma égua, naturalmente — era dita *uma grande trotadora*, o que significava que ela era animada, enérgica e inclinada a saltitar com estilo próprio. Assim, minha avó mesmo deve ter sido uma grande trotadora. Havia muitas danças na época em que essa tendência podia ser exibida — quadrilhas, polcas, *scottisches*. E minha avó de qualquer modo era uma jovem notável — era alta, peituda, cintura fina, com pernas compridas e fortes e cabelos ruivos escuros, cacheados e rebeldes. E aquela mancha audaciosa de azul celeste em uma das íris de seus olhos castanhos.

Todas essas coisas aumentavam, e eram aumentadas, por alguma coisa em sua personalidade, e certamente era isso que o homem estava tentando comentar, quando lhe prestou o elogio de dar o nome dela a sua égua.

Esse homem não era aquele a quem se creditava estar apaixonado por ela (e por quem se acreditava que ela estivesse apaixonada). Apenas um vizinho admirador.

O homem por quem ela estava apaixonada também não foi aquele com quem ela se casou. Ele não era meu avô. Mas era alguém que ela conheceu a vida inteira, e de fato eu o encontrei uma vez. Talvez mais de uma vez, quando eu era criança, mas uma vez que eu consigo me lembrar.

Foi quando eu estava morando com minha avó, em sua casa em Downey. E foi depois que ela ficou viúva, mas antes que tia Charlie também enviuvasse. Quando ambas ficaram viúvas mudaram-se para morar juntas na cidade em cuja periferia vivíamos.

Normalmente era verão quando eu ficava em Downey, mas isso foi em um dia invernal, com uma neve ligeira caindo. Início do inverno, porque quase não havia neve no chão. Eu deveria estar com cinco ou seis anos de idade. Meus pais devem ter me deixado lá para passar o dia. Talvez tivessem de ir a um funeral, ou levar minha irmãzinha, que era frágil e ligeiramente diabética, para consultar um médico da cidade.

De tarde atravessávamos a rua para entrar nos jardins da casa em que Henrietta Sharples morava. Era a maior casa em que eu já entrara e sua propriedade ia de uma rua até a outra. Eu ansiava por ir lá, porque eu tinha permissão para correr à vontade e olhar tudo que eu quisesse, e Henrietta sempre mantinha uma tigela cheia de caramelos embrulhados em papel vermelho, verde, dourado ou violeta. Se dependesse de Henrietta eu podia comer todos eles, mas minha avó me vigiava e fixava um limite.

Nesse dia fizemos um desvio. Em vez ir para a porta dos fundos de Henrietta, viramos rumo a um barracão em seus jardins, ao lado de sua casa. A mulher que abriu a porta tinha um tufo de cabelo branco, pele rosa brilhante e uma grande largueza de barriga, enfaixada no tipo de avental com peitilho que a maioria das mulheres usava na época, dentro de casa. Disseram-me que eu a chamasse de tia Mabel. Sentamo-nos em sua cozinha, que estava muito quente, mas não tiramos nossos casacos porque seria apenas uma rápida visita. Minha avó tinha trazido algo em uma tigela sob um guardanapo que ela entregou a tia Mabel — podiam ter sido bolinhos frescos ou biscoitos para chá ou um pouco de purê de maçã morno. E o fato de que a havíamos trazido não queria dizer que tia Mabel precisava de alguma caridade especial. Se uma mulher tivesse assado ou cozinhado, costumava levar uma oferenda quando ia até a casa de sua vizinha. Muito provavelmente tia Mabel protestou contra tal generosidade, como era o costume, e depois, aceitando, fez grande alarde sobre o quanto cheirava bem e como deveria estar saboroso, fosse o que fosse.

Depois era provável que ela se ocupasse oferecendo algo seu também, insistindo em preparar pelo menos uma xícara de chá, e parece que ouvi minha avó dizendo não, não, estávamos apenas de passagem. Ela poderia ter explicado ainda que estávamos a caminho da casa dos Sharples. Talvez ela não dissesse o nome, ou que estávamos a caminho de fazer uma visita propriamente dita. Ela poderia apenas dizer que não podíamos parar, íamos parar ao longo do caminho. Como se estivéssemos em uma série de incumbências. Ela sempre falava em ir visitar Henrietta como dar uma passada pelo caminho, para que ela nunca parecesse estar ostentando a amizade. Jamais *se vangloriando*.

Houve um barulho no depósito de lenha ao lado da cabana e em seguida um homem entrou, a face rosada pelo frio ou pelo exercício, e disse olá para minha avó e trocou um aperto de mão comigo. Eu odiava o jeito que os velhos podiam me saudar com um cutucão na barriga ou cócegas sob meus braços, mas esse aperto de mão pareceu cordial e correto.

Foi tudo o que realmente notei nele, exceto que era alto e não era largo em volta da barriga como tia Mabel, embora ele tivesse cabelo branco grosso como ela. Seu nome era tio Leo. Sua mão era fria, provavelmente de cortar lenha para as lareiras de Henrietta, ou de colocar sacos em volta dos seus arbustos para protegê-los da geada.

Foi mais tarde, porém, que fiquei sabendo sobre essas tarefas que ele fazia para Henrietta. Ele fazia o trabalho de inverno para ela — removendo neve e derrubando pingentes de gelo e mantendo o estoque de lenha. E aparava as sebes e cortava a grama no verão. Em troca, ele e tia Mabel não pagavam aluguel da cabana, e talvez ele também recebesse algo. Ele fez isso durante dois anos, até que morreu. Morreu de pneumonia, ou de uma falência cardíaca, o tipo de coisa de que se esperava que morressem pessoas da idade dele.

Disseram-me para chamá-lo de tio, tal como me haviam dito para chamar sua esposa de tia, e não questionei isso nem quis saber qual era sua relação de parentesco comigo. Não era a primeira vez que eu aceitava uma tia ou um tio que era misterioso e marginal.

Tio Leo e tia Mabel não podiam ter vivido lá por muito tempo, com tio Leo empregado dessa maneira, antes que minha avó e eu fizemos a visita. Nunca tínhamos tomado nenhum conhecimento da cabana, ou das pessoas que lá moravam, em visitas anteriores a Henrietta. Assim, parece provável que minha avó tivesse sugerido o arranjo a Henrietta. *Intercedido*, como as pessoas teriam dito. Interceder porque tio Leo estava *na penúria*?

Eu não sei. Nunca perguntei a ninguém. Logo a visita terminou e minha avó e eu atravessamos o passeio cascalhado e batemos na porta dos fundos e Henrietta gritava pelo buraco da fechadura:

— Vão embora, eu posso ver vocês, o que estão vendendo hoje?
— Em seguida ela escancarou a porta e me apertou em seus braços ossudos e exclamou: — Sua pirralha, por que não disse que era você? Quem é esta velha cigana que você trouxe junto?

Minha avó não aprovava mulheres fumarem ou qualquer um beber.

Henrietta fumava e bebia.

Minha avó achava que calças eram abomináveis e óculos de sol uma afetação. Henrietta usava ambos.

Minha avó jogava *euchre*, mas achava que era presunção jogar *bridge*. Henrietta jogava *bridge*.

A lista poderia continuar. Henrietta não era uma mulher rara em seu tempo, mas era uma mulher rara naquela cidade.

Ela e minha avó sentavam-se diante do fogo na sala de estar dos fundos e conversavam e riam a tarde inteira enquanto eu ficava perambulando, livre para examinar o vaso sanitário de flores azuis no banheiro ou olhar pelo vidro de cor rubi da porta do armário das porcelanas. A voz de Henrietta estava alta e era principalmente a fala dela que eu ouvia. Era pontuada por alaridos de risadas, quase do mesmo tipo de risada que eu agora reconheceria como a que acompanha a confissão de uma mulher de uma tolice gigantesca ou algum relato de extrema deslealdade (masculina?).

Mais tarde eu ouviria histórias sobre Henrietta, sobre o homem que ela abandonou e o homem por quem estava apaixonada, um homem casado que ela continuou a ver durante toda a sua vida, e não duvido que ela conversasse sobre isso, e sobre outras coisas que eu não sei, e provavelmente minha avó falava sobre sua própria vida, não de forma tão livre, talvez, ou áspera, mas ainda no mesmo espírito, como uma história que a admirava, que ela mal acreditava que fosse sua. Pois parece-me que minha avó falava naquela casa de modo que não fazia, ou não fazia mais, em nenhum outro lugar. Mas eu nunca consegui perguntar a Henrietta o que era confidenciado, o que era dito, porque ela morreu em um acidente de carro — ela sempre foi uma motorista imprudente — um pouco antes de minha avó morrer. E é bem provável que ela não contaria mesmo.

Esta é a história, ou o máximo que sei dela.

Minha avó, o homem que ela amava — Leo — e o homem com quem se casou — meu avô — moravam todos a poucos quilômetros de distância entre si. Ela teria frequentado a escola com

Leo, que era apenas três ou quatro anos mais velho que ela. Mas não com meu avô, que era dez anos mais velho. Os dois homens eram primos e tinham o mesmo sobrenome. Eles não se pareciam — embora ambos fossem bonitos, até onde eu sei. Meu avô em sua foto de casamento está em pé — ele é apenas um pouco mais alto que minha avó, que conseguiu reduzir sua cintura para sessenta e um centímetros para a ocasião, e em seu vestido branco de debruns parece purificada e composta. Ele tem os ombros largos, é robusto, não sorri, tem um ar de ser muito inteligente, orgulhoso, dedicado ao que quer que lhe fosse solicitado. E ele não mudou muito no flagrante ampliado que tenho dele, feito quando estava em seus cinquenta ou no começo de seus sessenta. Um homem que ainda tem sua força, competência, uma dose necessária de genialidade e uma grande reserva, um homem que é respeitado com razão e não mais desapontado do que se pode esperar de uma pessoa com essa idade.

Minhas lembranças dele vêm do ano que ele passou na cama, o ano antes de sua morte ou, como se poderia dizer, o ano em que ele estava morrendo. Estava com setenta e cinco anos e seu coração estava fracassando, pouco a pouco. Meu pai, com a mesma idade, e na mesma condição, optou por uma operação, e morreu alguns dias depois sem recuperar a consciência. Meu avô não teve essa opção.

Lembro-me de que sua cama ficava no piso de baixo, na sala de jantar, de que ele mantinha um saco de pastilhas de hortelã debaixo de seu travesseiro — supostamente para minha avó não saber — e as oferecia para mim quando ela estava ocupada em outro lugar. Ele tinha um cheiro agradável de creme de barbear e cigarro (eu atentava para o cheiro que tinham os velhos e me sentia aliviada quando esse cheiro era inofensivo), e sua conduta comigo era gentil mas não intrometida.

Depois ele morreu, e fui ao seu enterro com minha mãe e meu pai. Eu não queria olhar para ele e por isso não tive de fazê-lo. Os olhos de minha avó estavam vermelhos. Com a pele toda enrugada em volta. A atenção que ela me dedicava tinha sido reduzida, por isso fui para fora e rolei pelo declive gramado entre a casa e o passeio. Isso era algo que eu adorava fazer quando estava lá e ninguém nunca se opusera. Mas dessa vez minha mãe me chamou para dentro e espanou pedaços de capim de meu vestido. Ela estava no estado de exasperação, que significava que eu estava me comportando de um modo pelo qual ela levaria a culpa.

O que meu avô quando jovem achava do fato de que minha avó quando moça estava apaixonada por seu primo Leo? Ele tinha interesse nela na época? Ele tinha esperanças, mas suas esperanças foram desfeitas pelo ardente namoro que se desenrolava diante de seus olhos? Porque era ardente — um namoro notável mantido com briguinhas e reconciliações e do qual ele e praticamente todos na comunidade estavam fadados a saber. Como se poderia levar adiante um namoro naquele tempo senão publicamente, se a garota fosse de respeito? Passeios nos bosques estavam fora de questão, tal como dar uma escapada dos bailes. Visitas à casa da garota envolviam a família inteira, pelo menos até que o casal chegasse ao noivado. Passeios em uma charrete aberta eram vistos de cada janela de cozinha ao longo do caminho, e se um passeio após o entardecer chegasse a ser arquitetado, ficava dentro de um limite de tempo desanimador.

Apesar disso, as intimidades eram arranjadas. As irmãs mais novas de minha avó, Charlie e Marian, eram enviadas juntas como suas damas de companhia, mas eram às vezes enganadas e subornadas.

— Eram tão malucos um pelo outro quanto um casal pode ser — disse tia Charlie, quando me falou a respeito. — Eram demônios.

Essa conversa ocorreu durante aquele outono antes de meu casamento, a época do acondicionamento dos baús. Minha avó tinha sido forçada a parar um tempo com o trabalho, ela estava no andar de cima, na cama, sofrendo com sua flebite. Durante anos ela tinha usado faixas elásticas para suster suas protuberantes veias varicosas. Tão feias em sua opinião, tanto as faixas como as veias, que ela odiava qualquer um que as visse. Tia Charlie me contou em tom confidencial que as veias estavam enroladas em volta de suas pernas como grandes cobras negras. A cada doze anos mais ou menos uma veia se inflamava e então ela tinha de se deitar imóvel, para que um coágulo não se soltasse e fosse parar no seu coração.

Durante os três ou quatro dias que minha avó ficou na cama, tia Charlie não se saiu bem com o empacotamento. Ela estava habituada com minha avó tomando as decisões.

— Selina é a chefa — disse ela sem ressentimento. — Eu fico perdida sem Selina. — (E isso se mostrou verdadeiro; depois que minha avó morreu, o domínio de tia Charlie sobre a vida cotidiana imediatamente vacilou, e ela teve de ser levada para a casa de saúde, onde morreu aos noventa e oito anos de idade, após um longo silêncio.)

Em lugar de atacar a tarefa juntas, ela e eu nos sentávamos à mesa da cozinha, tomávamos café e conversávamos. Ou cochichávamos. Tia Charlie tinha uma estratégia de cochichar. Nesse caso pode ter havido um motivo — minha avó com sua audição intacta estava logo acima de nossas cabeças — mas muitas vezes não havia nenhum. Seu cochicho parecia meramente exercitar seu charme — quase todos a achavam charmosa — para puxar você para um tipo de conversa mais íntima, mais importante, mesmo que as palavras que ela estivesse dizendo fossem apenas algo sobre o tempo, não — como agora — sobre a jovem vida apaixonada de minha avó.

O que aconteceu? Eu meio que ansiava e também temia saber que minha avó, naquele tempo em que nem sonhava tornar-se minha avó, tinha descoberto que estava grávida.

Impetuosa como era e astuta como o amor nos deixa, ela não estava.

Mas outra garota estava. Outra mulher, pode-se dizer, já que ela era oito anos mais velha que o delatado pai.

Leo.

A mulher trabalhava numa loja de tecidos na cidade.

— E sua reputação não era o que se poderia chamar de ilibada — disse tia Charlie, como se isso fosse uma triste revelação relutante. Tinha havido amiúde outras garotas, outras mulheres. A isso se deviam as altercações. Foi o que levou minha avó a dar um chute na canela de seu pretendente e empurrá-lo para fora de sua própria charrete e tocar para casa sozinha com o cavalo dele. Foi por isso que ela atirara uma caixa de chocolates na cara dele. E depois pisou em cima, para que não pudessem ser apanhados e desfrutados, se ele fosse tão indiferente e guloso a ponto de tentar.

Mas dessa vez ela estava calma como um *iceberg*.

O que ela disse foi:

— Bem, você terá de simplesmente se casar com ela, não é? — E ele disse que não estava tão certo que era dele.

E ela:

— Mas você não tem certeza de que não é.

Ele disse que tudo poderia ser reparado se ele concordasse em pagar pelo sustento. Disse que tinha quase certeza que isso era tudo o que ela estava buscando.

— Mas não é tudo o que eu estou buscando — disse Selina.

Em seguida disse que o que ela estava buscando era que ele fizesse o que era certo.

E ela venceu. Em pouquíssimo tempo ele e a mulher da loja de tecidos estavam casados. E não muito tempo depois disso, minha avó, Selina, também estava casada, com meu avô. Ela escolheu a mesma época que eu tinha escolhido, final do inverno, para o seu casamento.

O bebê de Leo, se era dele, e provavelmente era, nasceu no final da primavera e no momento em que foi parido estava morto. A mãe não durou mais que uma hora depois.

Logo chegaria uma carta, endereçada a Charlie. Mas não era absolutamente para ela. Dentro havia outra carta, que ela devia levar para Selina.

Selina leu-a e riu.

— Diga a ele que estou grande como um celeiro — disse ela. Embora mal estivesse aparentando, foi quando Charlie soube que estava grávida.

— E diga a ele que a última coisa que preciso é de outras cartas idiotas de alguém como ele.

O bebê que ela levava na barriga na época era meu pai, nascido dez meses após o casamento com considerável dificuldade para a mãe. Ele foi o único filho que ela e meu avô teriam. Perguntei a tia Charlie por quê. Houve algum dano a minha avó, ou algum problema congênito que tornava arriscado demais outro parto? Obviamente não era porque ela tivesse dificuldade de conceber, disse eu, já que meu pai devia ter sido gerado um mês após o casamento.

Um silêncio, e então tia Charlie disse:

— Eu não saberia dizer.

Ela não cochichou, mas falou em um tom de voz normal e ligeiramente distante, ligeiramente magoado ou reprovador.

Por que esse retraimento? O que a havia magoado? Acho que foi minha pergunta clínica, meu uso de uma palavra como *conceber*. Devia ser 1951 e em breve eu estaria casada e ela apenas vinha me contando uma história sobre paixão e concepção infeliz. Mas mesmo assim não ficaria bem, não ficava bem, uma mulher jovem, qualquer mulher, falar de modo tão frio, bem informado, desavergonhado, sobre essas coisas. *Conceber*, pois sim.

Pode ter havido outro motivo para a resposta de tia Charlie, que na época não me ocorreu. Tia Charlie e tio Cyril nunca tiveram filhos. Até onde eu sei jamais houve uma gravidez. Por isso, pode ser que eu tivesse tropeçado em terreno delicado.

Por um instante pareceu que tia Charlie não continuaria com sua história. Ela parecia ter concluído que eu não merecia. Mas após um instante ela não conseguiu se conter.

Leo então se afastou, foi para outros lugares. Trabalhou com uma turma de madeireiros no norte do Ontário. Entrou numa excursão de colhedores e se tornou um empregado doméstico no oeste. Quando voltou, anos depois, trazia consigo uma esposa e em algum lugar tinha aprendido marcenaria e forração de casas, e assim fazia isso. A mulher era uma ótima pessoa, tinha sido professora primária. Em algum momento ela tivera um bebê, mas este morreu, como o outro. Ela e Leo moravam na cidade e não frequentavam uma igreja local, ela pertencia a alguma religião esquisita do tipo que havia no oeste. Assim, ninguém chegou a conhecê-la muito bem. Ninguém sequer soube que ela tinha leucemia senão pouco antes de sua morte. Foi o primeiro caso de leucemia que as pessoas tinham ouvido falar nessa parte do país.

Leo continuou lá, conseguiu trabalho. Começou a visitar mais seus parentes. Comprou um carro e ia com ele em suas visitas. Correu a notícia de que ele estava pretendendo se casar uma terceira vez, e que ela era uma viúva de algum lugar perto de Stratford.

Mas antes disso ele apareceu na casa de minha avó na tarde de um dia útil. Era a época do ano, após a geada mas antes da neve pesada, em que meu avô e meu pai, que a essa altura tinha largado a escola, estavam tirando lenha na mata. Eles devem ter visto o carro mas prosseguiram com o que estavam fazendo. Meu avô não veio até a casa cumprimentar seu primo.

E seja como for, Leo e minha avó não ficaram na casa, onde estariam a sós. Minha avó achou adequado vestir o casaco e eles foram até o carro. E tampouco ficaram ali sentados, mas desceram o passeio e depois entraram na rua até a rodovia, onde deram meia-volta e retornaram. Fizeram isso várias vezes, à vista de todos que olhassem das janelas de qualquer casa ao longo da rua. E a essa altura todos ao longo da rua conheciam o carro de Leo.

Durante esse passeio Leo pediu a minha avó que fosse embora com ele. Disse a ela que ele ainda era uma pessoa livre, ainda não estava compromissado com a viúva. E pode-se presumir que mencionou que ainda estava apaixonado. Por ela. Minha avó. Selina.

Minha avó lembrou a ele que ela própria não estava livre, fosse

O BILHETE   279

o que fosse que ele pudesse estar, e por isso a situação dos sentimentos dela não vinha ao caso.

— E quanto mais severa ela falava — disse tia Charlie, com um ou dois pequenos acenos agitados de cabeça — ora, quanto mais severa ela falava com ele, mais o coração dela se abria. Claro que se abria. Leo a levou de volta para casa. Ele se casou com a viúva. Aquela a quem me mandaram chamar de tia Mabel.

— Se Selina souber que lhe contei alguma coisa sobre isso, meu nome irá para lama — disse tia Charlie.

Tive três casamentos para estudar, bem de perto, nessa primeira parte de minha vida. O casamento de meus pais — imagino que se possa dizer que este foi o mais próximo, mas em certo sentido foi o mais misterioso e distante, por causa de minha dificuldade em imaginar meus pais tendo outra ligação além daquela que tinham por mim. Meus pais, como a maioria dos outros pais que conheci, chamavam-se entre si de mãe e pai. Faziam isso mesmo em conversas que nada tinham a ver com seus filhos. Parecia que um tinha esquecido o primeiro nome do outro. E como jamais se pensava em divórcio ou separação, não conheci nenhum pai ou nenhum casal que tivesse feito isso, eu não precisava avaliar seus sentimentos ou prestar ansiosa atenção ao clima entre eles, como hoje os filhos muitas vezes fazem. No que me dizia respeito eram principalmente cuidadores: da casa, da fazenda, dos animais e de nós, os filhos.

Quando minha mãe adoeceu — permanentemente, não apenas perturbada por sintomas estranhos — o equilíbrio se alterou. Isso aconteceu quando eu tinha doze ou treze anos. Daí em diante ela estava fazendo a família pender mais para um lado, e nós — meu pai, meu irmão, minha irmã e eu — estávamos mantendo-a numa espécie de normalidade no outro. Assim, meu pai parecia pertencer mais a nós que a ela. Em todo caso, ela era três anos mais velha que ele — tendo nascido no século xix enquanto ele nascera no século xx, e à medida que seu longo isolamento avançava ela começou a parecer mais mãe que esposa dele, e para nós mais como uma parenta mais velha sob nossos cuidados, do que uma mãe.

Eu sabia que o fato de ela ser mais velha era uma das coisas que minha avó havia julgado inconveniente em minha mãe desde o início. Outras coisas surgiram bem depressa — o fato de que minha mãe aprendera a dirigir o carro, que seu estilo de roupas beirava o original, que ela entrara para o secular Women's Institute em vez de ir para a United Church Missionary Society, sendo o pior de tudo que ela passou a andar pelo meio rural vendendo estolas e casacos de pele feitas das raposas que meu pai criava e estava se transferindo para o ramo de antiguidades quando sua saúde começou a falhar. E por injusto que possa ser pensar assim, e ela própria sabendo que era injusto, minha avó ainda não conseguia deixar de ver essa doença que ficou tanto tempo sem diagnóstico, e era raro na idade de minha mãe, como sendo de algum modo outra mostra de teimosia, outra captura de atenção.

O casamento de meus avós não foi um casamento que cheguei a ver em ação, mas ouvi relatos. De minha mãe, que não se importava com minha avó nem um pouco mais que minha avó se importava com ela — e à medida que eu crescia, também de outras pessoas, que não tinham nenhum interesse envolvido. Vizinhos que quando crianças passaram por sua casa voltando da escola falavam dos *marshmallows* caseiros de minha avó e de suas troças e risadas, mas diziam que sentiam um ligeiro temor em relação a meu avô. Não que ele fosse mal-humorado ou malvado, apenas calado. As pessoas tinham grande respeito por ele — ele participara durante anos do conselho municipal e era conhecido como a pessoa a quem recorrer sempre que se precisava de ajuda para preencher um documento ou redigir uma carta comercial, ou explicação sobre alguma nova intenção do governo. Era um fazendeiro eficiente, um excelente administrador, mas o objeto de sua gestão não era ganhar mais dinheiro, era ter mais tempo de lazer para sua leitura. Seus silêncios incomodavam as pessoas, e elas achavam que ele não era muito companheiro para uma mulher como minha avó. Dizia-se que os dois eram tão diferentes que pareciam ter vindo das duas faces opostas da lua.

Meu pai, crescendo nessa casa de silêncio, nunca disse que a achava particularmente incômoda. Em uma fazenda sempre há muita coisa a fazer. Conseguir terminar o trabalho sazonal era o que compunha o conteúdo de uma vida — ou compunha na época — e nisso se resumia a maioria dos casamentos.

Ele notava, porém, como sua mãe se tornava uma pessoa diferente, como ela explodia de alegria quando chegava companhia.

Havia um violino na sala de visitas, e só quando era quase adulto soube por que estava ali: era de seu pai e seu pai costumava tocá-lo.

Minha mãe dizia que seu sogro tinha sido um refinado cavalheiro, digno e inteligente e que ela não se admirava de seu silêncio, porque minha avó estava sempre irritada com ele por causa de qualquer coisinha.

Se eu tivesse perguntado de supetão à tia Charlie se meus avós tinham sido infelizes juntos, ela teria se tornado mais uma vez recriminadora. O que perguntei a ela foi como era meu avô, além de calado. Eu disse que não conseguia me lembrar muito bem dele.

— Ele era muito inteligente. E muito justo. Embora ninguém se atrevesse a contrariá-lo.

— Mamãe disse que vovó estava sempre irritada com ele.

— Não sei de onde sua mãe tirou isso.

Se você examinasse a foto de família tirada quando eram jovens, e antes de sua irmã Marian morrer, diria que minha avó açambarcou a maior parte da beleza da família. Sua altura, sua postura altiva, seu cabelo magnífico. Ela não está apenas sorrindo para o fotógrafo, ela parece estar escancarando uma risada. Tamanha vitalidade, tamanha confiança! E ela nunca perdeu a postura, ou mais de um quarto de polegada da altura. Mas do tempo de que estou me lembrando (como eu disse, um tempo em que ambas tinham cerca da idade que tenho hoje), tia Charlie era a única de quem as pessoas falavam como uma velha dama bonita. Ela tinha aqueles olhos azuis claros, a cor das flores de chicória, e uma graça dominante em seus movimentos, uma bela inclinação da cabeça. *Encantadora* seria a palavra.

O casamento de tia Charlie foi o que tive melhores condições de observar, porque tio Cyril não havia morrido até eu completar doze anos. Ele era um homem de compleição pesada com uma cabeça grande, tornada enorme pelo espesso cabelo encaracolado. Ele usava óculos, com uma lente de vidro âmbar escuro, escondendo o olho que tinha sido ferido quando ele era criança. Não sei se esse olho era inteiramente cego. Nunca o vi e me sentia mal quando pensava nele, imaginava um monte de geleia escura trêmula. Seja como for, ele tinha permissão para dirigir o carro e dirigia muito mal. Lembro-me de minha mãe chegando em casa e dizendo que o tinha visto com a tia Charlie na cidade e que ele havia feito uma conversão em U no meio da rua e ela não fazia a menor ideia de como ele tinha conseguido sair impune.

— Charlie coloca a vida dela em risco toda vez que entra naquele carro.

Ele tinha permissão de sair impune, imagino, porque era uma figura importante em nível local, bem conhecido e benquisto, sociável e confiante. Como meu avô, ele era fazendeiro, mas não passava muito tempo na fazenda. Era um escrivão público e funcionário do município em que vivia, e era uma influência de peso no Partido Liberal. Havia algum dinheiro que não provinha da atividade rural. Talvez de hipotecas, havia rumores de investimentos. Ele e tia Charlie mantinham algumas vacas, mas nenhuma outra criação. Lembro-me de tê-lo visto no estábulo, operando a desnatadeira, vestindo uma camisa e o colete do terno, com a caneta tinteiro e a lapiseira presas no bolso do colete. Não me lembro dele ordenhando as vacas. Era tia Charlie que fazia tudo ou eles tinham uma pessoa contratada?

Se tia Charlie ficava alarmada com seu modo de dirigir nunca o demonstrou. A afeição deles era proverbial. A palavra *amor* não era usada. Dizia-se que eram *afetuosos um com o outro*. Meu pai comentou comigo, algum tempo depois da morte de tio Cyril, que tio Cyril e tia Charlie tinham sido verdadeiramente afetuosos um com o outro. Eu não sei o que trouxe isso à tona, estávamos andando de carro na hora e talvez tenha sido algum comentário, alguma troça, sobre o modo de tio Cyril dirigir. Meu pai enfatizou *verdadeiramente*, como se para reconhecer que era assim que as pessoas casadas deviam sentir-se e que podiam até afirmar sentir-se assim mas que, de fato, essa condição era rara.

Por um lado, tio Cyril e tia Charlie se chamavam entre si por seus prenomes. Nada de mamãe e papai. Assim, o fato de não terem filhos os distinguia e os mantinha unidos não por função, mas como suas pessoas constantes. (Mesmo meu avô e minha avó se referiam mutuamente, pelo menos aos meus ouvidos, como vovó e vovô, elevando a função um degrau adiante.) Tio Cyril e tia Charlie nunca usavam termos carinhosos ou apelidos e eu nunca os vi se tocarem. Acredito agora que havia harmonia, um fluxo de satisfação entre eles, desanuviando o ar ao redor de tal sorte que mesmo uma criança autocentrada podia percebê-lo. Mas talvez o que penso que me lembro seja somente o que me contaram. Estou certa, porém, que os outros sentimentos de que me lembro — o senso de obrigação e exigência que crescia imensamente em torno de meu pai e minha mãe, e o ar rançoso de irritabilidade, de incômodo acomodado, que circundava meus avós — estavam ausentes desse único casamento, e que isso era visto como algo a se comentar, como um dia perfeito em uma estação incerta.

* * *

Nem minha avó nem tia Charlie faziam muita menção a seu marido morto. Minha avó agora chamava o seu por seu nome — *Will*. Ela falava sem rancor ou tristeza, como de um conhecido de escola. Tia Charlie podia ocasionalmente falar sobre "seu tio Cyril" só para mim, quando minha avó não estava presente. O que ela tinha a dizer podia ser o fato de que ele nunca usava meias de lã, ou que seus biscoitos favoritos eram de aveia com recheio de tâmaras, ou o que ele gostava de tomar primeiro pela manhã era uma xícara de chá. Normalmente ela empregava seu sussurro confidencial — havia uma insinuação de que se tratava de alguém eminente que ambas tínhamos conhecido, e que quando ela dizia *tio*, ela estava me dando a honra de ser parente dele.

Michael ligou para mim. Isso foi uma surpresa. Ele estava sendo cauteloso com seu dinheiro, cônscio das responsabilidades que lhe adviriam, e naquele tempo as pessoas que estavam sendo cuidadosas com seu dinheiro não faziam chamadas interurbanas a menos que houvesse alguma notícia especial, normalmente grave.

Nosso telefone ficava na cozinha. A chamada de Michael ocorreu por volta do meio-dia, em um sábado, quando minha família estava reunida a poucos metros de distância, fazendo a refeição do meio do dia. Claro que era apenas nove da manhã em Vancouver.

— Não consegui dormir a noite toda — disse Michael. — Eu estava muito preocupado por não ter notícias suas. Qual o problema?

— Nenhum — disse eu.

Tentei lembrar quando tinha sido a última vez que lhe havia escrito. Com certeza não mais de uma semana atrás.

— Eu tenho estado ocupada — disse eu. — Tem um bocado de coisas para fazer por aqui.

Alguns dias antes tínhamos enchido a tremonha com serragem. Era o que queimávamos em nosso forno, era o combustível mais barato que se podia comprar. Mas quando foi carregada pela primeira vez na tremonha criou nuvens de poeira muito fina que se assentava em toda parte, até nas roupas de cama. E por mais que se tentasse evitar, não se conseguia deixar de trazê-la nos sapatos para dentro da casa. Foi preciso muita varrição e espanada para nos livrar dela.

— Agora entendi — disse ele, embora eu ainda não lhe tivesse escrito nada sobre o problema da serragem. — Por que você está fazendo o trabalho todo? Por que eles não arranjam uma empregada? Não farão isso assim que você tiver partido?

— Ótimo — disse eu. — Espero que você goste de meu vestido. Eu lhe contei que tia Charlie estava fazendo meu vestido de noiva?

— Você não pode falar?

— Não mesmo.

— Bem, está certo. Apenas me escreva.

— Vou escrever. Hoje.

— Estou pintando a cozinha.

Ele estava morando em um sótão e usava um aquecedor portátil para preparar a comida, mas recentemente encontrara um apartamento de um quarto onde poderíamos começar nossa vida juntos.

— Você não está interessada nem em saber a cor? Vou lhe dizer assim mesmo. Amarelo com madeiramento branco. Armários brancos. Para conseguir o máximo de luz que pudermos.

— Isso parece realmente ótimo — disse eu.

Quando desliguei o telefone meu pai disse:

— Não é uma briguinha de namorados, espero? — ele falou de um modo afetado, provocador, só para quebrar o silêncio na sala. Mesmo assim, fiquei constrangida.

Meu irmão disfarçou uma risada.

Eu sabia o que eles pensavam de Michael. Eles achavam que ele tinha um sorriso brilhante demais, se barbeava bem demais e tinha os sapatos sempre brilhantes, era muito bem educado e cordialmente polido. Era improvável que tivesse alguma vez limpado um estábulo ou emendado uma cerca. Eles tinham um hábito de gente pobre, talvez em especial de gente pobre onerada com mais inteligência do que sua condição pode lhes creditar, um hábito ou necessidade de converter em tais caricaturas aqueles que estão em melhor situação, ou aqueles de quem desconfiam que se julgam melhores que eles. Minha mãe não era assim. Ela aprovava Michael. E ele era educado com ela, embora ficasse inquieto perto dela por causa de sua terrível fala engrossada e membros trêmulos e do modo como os olhos dela podiam sair do controle e girar para cima. Ele não estava habituado a pessoas doentes. Ou pessoas pobres. Mas ele tinha feito o melhor que podia, durante uma visita que lhe deve ter sido aterradora, um cativeiro desolador.

Do qual ele ansiava me resgatar.

Essas pessoas à mesa, exceto minha mãe, julgavam-me até certo ponto uma traidora por não permanecer no lugar a que pertencia, nesta vida. Embora na verdade tampouco quisessem que eu ficasse. Sentiam-se aliviados por alguém me querer. Talvez tristes ou um pouco envergonhados porque não era um dos rapazes de perto de casa, mesmo compreendendo que aquilo não era possível e que isso seria melhor para mim, para todos. Eles queriam fazer muita troça comigo quanto a Michael (teriam dito que era apenas troça), mas no geral eram de opinião que eu devia me agarrar a ele.

Eu pretendia me agarrar a ele. Gostaria que eles pudessem entender que ele tinha senso de humor, não era tão pomposo quanto eles pensavam e que ele não tinha medo do trabalho. Tal como queria que ele entendesse que minha vida aqui não era tão triste ou miserável quanto ele achava.

Eu pretendia me agarrar a ele e também a minha família. Eu achava que estaria sempre ligada a eles, enquanto eu vivesse, e que ele não conseguiria me fazer sentir vergonha ou me convencer a me afastar deles.

E eu achava que o amava. Amor e casamento. Esse era um lugar iluminado e agradável no qual se entrava, onde se estaria a salvo. Os amantes que eu havia imaginado, os predadores de plumas exuberantes, não tinham aparecido, talvez não existissem e de qualquer modo eu mal podia imaginar-me páreo para eles.

Ele merecia coisa melhor que eu, Michael merecia. Ele merecia um coração inteiro.

Naquela tarde, fui até a cidade, como sempre. Os baús estavam quase cheios. Minha avó, agora livre da flebite, estava terminando o bordado na fronha de um travesseiro, um de um par que ela pretendia adicionar a minha coleção. Tia Charlie estava agora se dedicando a meu vestido de noiva. Ela havia montado a máquina de costura na metade da frente da sala de estar, que era separada por portas deslizantes de carvalho da metade de trás onde estavam os baús. Fazer vestidos era o que ela sabia — minha avó jamais poderia igualar-se a ela ou interferir nesse ponto.

Eu iria me casar em um vestido de veludo vinho que descia até os joelhos, com uma saia pregueada e cintura justa e o que se chamava de decote coração e mangas bufantes. Percebo agora que ele parecia feito em casa; não devido a algum defeito no corte e costura da tia Charlie, mas apenas por causa do padrão, que era a seu modo bastante lisonjeiro, mas tinha em si um despojamento, um suave abatimento, uma falta de estilo assertivo. Eu estava tão habituada a roupas feitas em casa que isso me passou despercebido.

Depois que eu havia provado o vestido e estava vestindo de novo minhas roupas comuns, minha avó nos chamou para tomar café na cozinha. Se ela e tia Charlie estivessem sozinhas estariam bebendo chá, mas por minha causa haviam passado a comprar Nescafé. Foi tia Charlie que havia começado com isso, quando minha avó estava de cama.

Tia Charlie me contou que ela se reuniria a nós em um instante, ela estava retirando alguns alinhavos.

Enquanto eu estava a sós com minha avó, perguntei a ela como se sentira antes de seu casamento.

— Isto é forte demais — disse ela, referindo-se ao Nescafé, e se levantou com o dedicado resmungo ligeiro que agora acompanhava qualquer movimento súbito. Acendeu o fogo da chaleira para ter mais água quente. Pensei que ela não fosse me responder, mas ela disse: — Não me lembro de ter sentido coisa alguma. Lembro-me de que não comia, porque tinha de reduzir minha cintura para caber naquele vestido. Por isso acho que estava me sentindo faminta.

— Você nunca sentiu medo de... — eu queria dizer *de viver a sua vida só com aquela pessoa*. Mas antes que eu pudesse dizer alguma coisa mais, ela respondeu com vivacidade:

— Esse assunto irá se resolver com o tempo, não se preocupe.

Ela pensou que eu estava falando de sexo, a única matéria sobre a qual eu acreditava que não precisava de instrução ou coragem.

E seu tom me sugeria que talvez houvesse algo desagradável naquele assunto que eu trouxera e que ela não tinha intenção nenhuma de me dar uma resposta mais completa.

A chegada de tia Charlie naquele momento de qualquer modo teria tornado improvável um comentário adicional.

— Ainda estou preocupada com as mangas — disse tia Charlie. — Estou pensando: será que deveria encurtá-las um dedinho?

Depois de tomar seu café ela voltou para lá e o fez, alinhavando apenas uma manga para ver como ficaria. Ela me chamou para provar o vestido novamente, e quando o fiz ela me surpreendeu, olhando intencionalmente para meu rosto em vez de olhar para o meu braço. Ela tinha alguma coisa em seu punho que estava querendo me dar. Estendi a mão e ela cochichou:

— Aqui.

Quatro notas de cinquenta dólares.

— Se você mudar de ideia — disse ela, ainda em um vacilante cochicho urgente. — Se você não quiser se casar, precisará de algum dinheiro para fugir.

Quando ela disse *mudar de ideia*, pensei que ela estivesse troçando de mim, mas quando chegou ao *você precisará de algum dinheiro*, eu sabia que era sério. Fiquei em pé, petrificada em meu vestido de veludo, com uma dor nas têmporas, como se eu tivesse abocanhado uma coisa fria demais ou doce demais.

Os olhos de tia Charlie ficaram pálidos de alarme diante do que tinha acabado de dizer. E do que ela ainda tinha a dizer, com mais ênfase, embora seus lábios estivessem tremendo.

— Pode não ser exatamente o bilhete certo para você.

Eu nunca tinha ouvido ela empregar o termo *bilhete* naquele sentido antes, era como se estivesse tentando falar do jeito que faria uma mulher mais nova. O modo como achava que eu falaria, mas não com ela.

Podíamos ouvir os sapatos pesados de minha avó no corredor.

Meneei a cabeça e enfiei o dinheiro sob um pedaço do tecido do casamento estendido sobre a máquina de costura. Ele nem sequer parecia real para mim, eu não estava habituada à visão de notas de cinquenta dólares.

Eu não podia deixar ninguém examinar meu íntimo, muito menos uma pessoa simples como tia Charlie.

A dor e a claridade na sala e dentro de minhas têmporas recuaram. O instante de perigo passou como um acesso de soluços.

— Pois bem — disse tia Charlie em um tom de voz animador, agarrando apressadamente a manga. — Talvez fiquem melhor do jeito que estavam.

Isso era para os ouvidos de minha avó. Para os meus, um sussurro partido.

— Então você tem que ser, tem que prometer, *que será uma boa esposa*.

— Naturalmente — disse eu, como se não houvesse necessidade nenhuma de sussurrar. E minha avó, entrando na sala, pôs a mão em meu braço.

— Tire-a desse vestido antes que ela o estrague — disse ela. — Ela está toda banhada de suor.

LAR

Volto para casa como fiz várias vezes no ano passado, tomando três ônibus. O primeiro é grande, com ar-condicionado, rápido e confortável. Nele as pessoas prestam pouca atenção umas nas outras. Olham para o trânsito na rodovia lá fora, que o ônibus contorna com maior facilidade. Viajamos rumo oeste, depois norte a partir da cidade, e após cerca de noventa quilômetros chegamos a uma grande e próspera cidade comercial e industrial. Aqui, com os passageiros que estão seguindo na mesma direção que eu, passo para um ônibus menor. Ele já está bastante cheio de pessoas cuja viagem para casa começa nesta cidade — fazendeiros muito velhos para dirigir e esposas de fazendeiros de todas as idades; estudantes de enfermagem e estudantes de agronomia indo passar o fim de semana em casa; crianças sendo transferidas entre pais e avós. Esta é uma área com uma forte população de colonos alemães e holandeses e alguns dos mais velhos estão falando em uma dessas línguas. Neste trecho da viagem pode-se ver o ônibus parar para entregar um cesto ou um pacote para alguém que aguarda na porteira de uma fazenda.

A viagem de quarenta e oito quilômetros até a cidade onde se faz a última baldeação demora tanto ou mais que o trecho inicial de noventa quilômetros a partir da cidade. No momento em que alcançamos essa cidade, os bem-humorados grandalhões descendentes de alemães e os holandeses mais recentes já partiram, e a tarde se torna mais escura e mais fria e as fazendas com menos manejo e trato dos campos. Caminho pela rua com um ou dois sobreviventes do primeiro ônibus, dois ou três do segundo; aqui trocamos sorrisos, reconhecendo um companheirismo ou mesmo uma similaridade que não se evidenciara para nós nos locais de onde partimos. Subimos para o pequeno ônibus parado defronte a um posto de gasolina. Não há estações rodoviárias aqui.

Este é um velho ônibus escolar, com muitos assentos desconfortáveis que não há como ajustar, e janelas divididas por armações horizontais de metal. Isso torna necessário que o passageiro se curve para baixo ou se sente muito ereto e estique seu pescoço para ter uma visão desobstruída. Acho isso irritante porque a zona rural daqui é a que mais desejo ver — os bosques outonais se avermelhando e os campos secos de restolho e as vacas se aglomerando nos pátios dos celeiros. Essas cenas insípidas, nesta parte do país, são o que eu sempre pensara como a última coisa que eu gostaria de ver na vida.

E me ocorre que isso possa se mostrar verdadeiro, e mais cedo do que eu havia esperado, à medida que o ônibus é conduzido no que parece ser uma velocidade imprudente, saltando e desviando-se, pelos trinta e poucos quilômetros restantes de estrada toscamente pavimentada.

Esse é um campo excelente para acidentes. Rapazes jovens demais para terem habilitação virão se acidentar dirigindo a cento e quarenta por hora em estradas de cascalho com colinas sem saída. Motoristas festivos passarão fazendo barulho pelas aldeias tarde da noite sem os faróis acesos e a maioria dos adultos homens parece ter sobrevivido pelo menos a uma trombada em um poste telefônico e a uma capotagem na valeta do acostamento.

* * *

Meu pai e minha madrasta podem me contar sobre essas baixas quando chego em casa. Meu pai fala simplesmente de um terrível acidente. Minha madrasta vai mais longe. Decapitação, um rombo no peito feito pelo volante, o rosto esmagado pela garrafa de onde alguém bebia.

— Idiotas — digo secamente. Não é só que eu não tenha simpatia nenhuma pelos corredores em cascalho, pelos bêbados cegos. É que acho que essa conversa, o exagero e a satisfação de minha madrasta, possa estar constrangendo meu pai. Mais tarde entenderei que provavelmente não era assim.

— Esta é a palavra certa para eles — diz minha madrasta. — Idiotas. Não têm ninguém a quem culpar além de si mesmos.

Sento-me com meu pai e minha madrasta, cujo nome é Irlma, à mesa da cozinha, tomando uísque. O cachorro deles, Buster, descansa aos pés de Irlma. Meu pai serve o uísque em três copos de suco até que estejam cerca de três-quartos cheios, depois os completa com água. Enquanto minha mãe estava viva não havia uma garrafa de bebida destilada nesta casa, ou mesmo de cerveja ou vinho. Ela tinha feito meu pai prometer, antes de se casarem, que ele jamais tomaria um drinque. Isso não foi porque ela tivesse sofrido com bebedeiras de homens em sua casa, era apenas a promessa que muitas mulheres de respeito exigiam antes de aceitarem casar-se com um homem naquele tempo.

A mesa de madeira da cozinha na qual sempre comíamos e as cadeiras em que sentávamos, tinham sido levadas para o celeiro. As cadeiras não combinavam. Estavam muito velhas, e duas delas devem ter vindo do que se chamava a fábrica de cadeiras, provavelmente era apenas uma oficina, em Sunshine, uma aldeia que deixara de existir ao final do século XIX. Meu pai está disposto a vendê-las em troca de quase nada, ou dá-las, se alguém as quiser. Ele não é capaz de entender essa admiração por aquilo que ele chama de traste velho e acha que as pessoas que a professam estão sendo pretensiosas. Ele e Irlma compraram uma mesa nova com uma superfície de plástico que parece um pouco com madeira e não fica marcada, e quatro cadeiras com almofadas revestidas de plástico com um desenho de flores amarelas e são, para falar a verdade, muito mais confortáveis para sentar que as velhas cadeiras de madeira.

Agora que estou morando somente a uns cento e cinquenta quilômetros de distância venho para casa a cada dois meses mais ou menos. Antes disso, durante um bom tempo, morei a mais de mil e seiscentos quilômetros de distância e passei anos sem ver esta casa. Na época eu pensava nela como um lugar que talvez eu nunca mais visse novamente e ficava muito comovida com sua lembrança. Eu passeava por seus cômodos em minha cabeça. Todos esses cômodos são pequenos e, como é hábito nas velhas casas de fazenda, não são projetados para aproveitar o lado de fora da casa, mas, se possível, para ignorá-lo. As pessoas podiam não querer passar seu tempo de repouso ou abrigo olhando para os campos em que tinham de trabalhar, ou para os montes de neve que tinham de remover para abrir passagem para alimentar suas criações. Pessoas que admiravam francamente a natureza, ou que até chegavam ao ponto de usar essa palavra, *natureza*, muitas vezes eram tomadas como um pouco fracas da cabeça.

Em minha memória, quando eu estava distante, eu também via o forro da cozinha, feito de tábuas estreitas de encaixe macho e fêmea, enodoadas de fumaça, e a esquadria da janela da cozinha mordida por algum cachorro que tinha ficado trancado dentro da casa antes de meu tempo. O papel de parede estava palidamente encardido pelo vazamento de uma chaminé e o linóleo era repintado por minha mãe a cada primavera, enquanto ela foi capaz. Ela o pintava de uma cor escura, marrom ou verde ou azul-marinho, e depois, usando uma esponja, fazia nele um desenho, como pintas claras de amarelo ou vermelho.

Esse teto está agora escondido por trás de quadrados de azulejos brancos, e uma nova esquadria de janela em metal substituiu a de madeira mordida. O vidro da janela também é novo e não contribui com estranhas volutas ou ondas ao que há para ver através dele. E o que há para ver, em todo caso, não é a mata de brilho dourado que raramente era derrubada e que preenchia ambos painéis da vidraça, ou o pomar com os pés de maçãs ásperas e as duas pereiras que nunca davam muito fruto, por estarem demasiado ao norte. Há agora apenas um comprido celeiro cinzento sem janelas e um pátio para perus, que meu pai conseguiu vendendo barato uma faixa de terra.

Os cômodos da frente receberam um novo papel de parede — um papel branco com um desenho alegre, porém formal, em relevo vermelho — e foi instalado carpete verde musgo de fora a fora. E porque tanto meu pai como Irlma cresceram e viveram parte de suas vidas adultas em casas iluminadas por lampiões a querosene, há luz por toda parte: luzes de teto e luzes de tomada, compridos tubos incandescentes e lâmpadas de cem velas.

Mesmo o exterior da casa, os tijolos vermelhos cuja argamassa em decomposição era particularmente permeável a um vento leste, serão cobertos com revestimento em metal branco. Meu pai está pensando em aplicá-lo ele mesmo. Assim, parece que essa casa peculiar, a parte da cozinha construída nos anos 1860, pode ser, de certo modo, dissolvida e perdida no interior de uma casa confortável comum da época presente.

Não lamento essa perda como outrora poderia ter feito. De fato digo que o tijolo vermelho tem uma cor bela, suave, e que eu soube de pessoas (pessoas da *cidade*) pagando um bom preço exatamente por esses velhos tijolos, mas digo isso principalmente porque acho que meu pai o espera. A seus olhos sou agora uma pessoa da cidade, e quando é que já fui prática? (Isso não é tido como uma falha tal como antes era, porque fiz meu caminho, ao contrário do que se esperava, entre pessoas que provavelmente são tão pouco práticas quanto eu.) E ele sente prazer em explicar novamente sobre o vento leste e o custo do combustível e a dificuldade dos reparos. Sei que ele fala a verdade e sei que a casa que estava sendo perdida não era, de modo algum, uma casa ótima ou bonita. A casa de um homem pobre, sempre, com as escadas subindo entre paredes, e quartos dando um para o outro. Uma casa em que as pessoas têm vivido no nível da subsistência por mais de cem anos. Assim, se meu pai e Irlma desejam ficar confortáveis combinando suas pensões de velhice, que os tornam mais ricos do que jamais foram em suas vidas, se eles desejam ser (eles usam esta palavra sem aspas, de modo bem simples e positivo) *modernos*, quem sou eu para reclamar da perda de alguns tijolos rosados, uma parede em decomposição?

Mas é verdade também que de certo modo meu pai deseja de mim algumas objeções, alguma tolice. E sinto-me obrigada a ocultar dele o fato de que a casa não significa para mim tanto quanto outrora significava, e que realmente agora não me importa o modo como ele a modifique.

— Eu sei como você ama este lugar — diz ele a mim, em tom de desculpa mas com satisfação.

E não digo a ele que hoje não sei muito bem se amo algum lugar, e que me parece que era a mim mesma que eu amava aqui, algum eu com quem rompi e que já foi tarde.

Não vou agora para a sala da frente, para vasculhar o banco do piano em busca de velhas fotos e partituras. Não saio em busca de meus velhos textos do colégio, minha poesia latina, *Maria Chapdelaine*. Ou dos *best-sellers* de algum ano da década de 1940 quando minha mãe fazia parte do Clube do Livro do Mês, um ano excelente para romances sobre as mulheres de Henrique VIII, e para mulheres escritoras com três nomes, e livros para compreender a União Soviética. Não abro os "clássicos" encadernados em imitação tosca de couro, comprados por minha mãe antes de se casar, só para ver seu nome de solteira escrito em caligrafia graciosa e convencional de professora nas guardas finais marmorizadas, após o juramento do editor: *Homem comum, irei contigo, e serei teu guia, em tua maior necessidade irei ao teu lado.*

Lembranças de minha mãe nessa casa não são muito fáceis de localizar, embora ela a dominasse por tanto tempo com o que nos pareciam ser suas embaraçosas ambições, e depois com suas queixas igualmente embaraçosas ainda que justificadas. A doença que ela tinha era tão pouco conhecida na época, e tão bizarra em seus efeitos, que realmente parecia ser apenas o tipo de coisa que ela poderia ter inventado, por perversidade e sua verdadeira necessidade de atenção, de dimensões maiores em sua vida. Atenção que sua família veio dar a ela por necessidade, não a contragosto, mas de um modo tão rotineiro que parecia — às vezes era — frio, impaciente, duro. Nunca o bastante para ela, nunca.

Os livros que costumavam ficar sob as camas e sobre as mesas por toda a casa foram capturados por Irlma, encadernados e espremidos dentro dessa estante da sala da frente, cerrados atrás de portas de vidro. Meu pai, leal a sua esposa, informa que ele já quase não lê mais, tem muito o que fazer. (Embora ele de fato goste de examinar o *Atlas histórico* que lhe enviei.) Irlma não gosta da visão de pessoas lendo porque isso não é sociável e no final de tudo o que se consegue? Ela acha que as pessoas ficam melhor jogando cartas ou fazendo coisas. Os homens podem fazer marcenaria, as mulheres podem fazer almofadas e pendurar tapetes ou fazer crochê ou bordados. Sempre há muito o que fazer.

Ao contrário do que se esperava, Irlma respeita os escritos que meu pai retomou na velhice.

— Sua escrita é muito boa, exceto quando está muito cansado — diz ela a mim. — Em todo caso é melhor que a sua.

Custo um momento a perceber que ela estava falando de caligrafia. É isso que "escrever" sempre significou por aqui. A outra atividade era ou é chamada de "inventar coisas". Para ela as duas coisas são de algum modo reunidas e ela não levanta objeções. A nenhuma delas.

— Isso mantém a cabeça dele funcionando — diz ela.

Jogar cartas, ela acredita, faria o mesmo. Mas ela nem sempre tem tempo para sentar-se e fazer isso no meio do dia.

Meu pai fala comigo sobre a colocação do revestimento nas paredes da casa.

— Preciso de um trabalho como esse para me colocar de novo na forma que eu estava dois anos atrás.

Cerca de quinze meses antes ele teve um grave infarto.

Irlma coloca na mesa canecas de café, uma travessa de *cream crackers* e biscoitos de farinha integral, queijo e manteiga, bolinhos de farelo, biscoitos de fermento artificial, fatias de bolo de ervas com calda quente.

— Não é muita coisa — diz ela. — Estou ficando preguiçosa na velhice.

Digo que isso nunca acontecerá, ela jamais ficará preguiçosa.

— O bolo é até de mistura pronta, tenho vergonha de lhe dizer. Quando você vê, já está comprando.

— É bom — digo. — Algumas misturas são muito boas.

— Isso é verdade — diz Irlma.

Harry Crofton, que trabalha meio período no celeiro de perus onde meu pai costumava trabalhar, no dia seguinte chega na hora da comida, e após alguns protestos necessários e esperados é persuadido a ficar. A refeição acontece ao meio-dia. Vamos comer bifes redondos batidos e passados na farinha e levados ao forno, purê de batatas ao molho de carne, pastinaca refogada, salada de repolho, biscoitos, bolachas de passas, maçã silvestre em conserva, torta de abóbora com cobertura de *marshmallow*. E também pão e manteiga, vários petiscos, café solúvel, chá.

Harry dá o recado de que Joe Thoms, que mora rio acima em um trailer, sem telefone, agradeceria muito se meu pai levasse até lá um saco de batatas. Claro que ele pagará por elas. Ele viria e as apanharia se pudesse, mas não pode.

— Aposto que não pode — diz Irlma.

Meu pai acoberta esse sarcasmo dizendo a mim:

— Ele está quase ficando cego.

— Mal consegue chegar até a loja de bebidas — diz Harry.

Todos riem.

— Ele consegue chegar lá pelo nariz — diz Irlma. E se repete, com satisfação, como faz com frequência. — Chegar lá pelo nariz!

Irlma é uma mulher robusta e rosada, com cabelos anelados tingidos em tom caramelo, olhos castanhos em que há ainda uma centelha, um ar de prontidão emocional, de estar sempre a beira da hilaridade. Ou à beira da impaciência dilatando-se para a ofensa. Ela gosta de fazer as pessoas rirem, e de rir também. Em outros momentos ela coloca as mãos nos quadris e projeta a cabeça para frente e faz alguma declaração ríspida, como se esperasse provocar uma briga. Ela associa esse comportamento ao fato de ser irlandesa e ter nascido em um trem.

— Eu sou irlandesa, você sabe. Sou irlandesa briguenta. E nasci num trem andando. Eu não podia esperar. Ferrovia do Cavalo Coiceiro, o que acha disso? Nascendo num cavalo coiceiro você sabe como se defender por si mesmo, e isso é fato.

Depois, quer seus ouvintes repliquem com simpatia ou se retraiam em desconcertado silêncio, ela dará uma risada provocadora.

Ela diz a Harry:

— Joe ainda está com aquela Peggy morando com ele?

Eu não sei quem é Peggy, então pergunto.

— Você não se lembra de Peggy? — diz Harry em tom de reprovação. E para Irlma: — Pode acreditar que sim.

Harry costumava trabalhar para nós quando meu pai tinha a criação de raposas e eu era uma menininha. Ele me dava balas de alcaçuz, que tirava do fundo esfiapado de seus bolsos e tentava me ensinar a dirigir o caminhão e me fazia cócegas com o elástico de minhas bombachas.

— Peggy Goring? — diz ele. — Ela e os irmãos, moravam perto dos trilhos deste lado da Canada Packers? Meio índia. Hugh e Bud Goring. Hugh trabalhava na fábrica de manteiga?

— Bud era o vigia na Prefeitura — interpôs meu pai.

— Você se lembra deles agora? — diz Irlma com um ligeiro sarcasmo. Esquecer nomes e fatos locais pode ser visto como se de propósito, indelicado.

Digo que sim, embora de fato não me lembre.

— Hugh partiu e jamais voltou — diz ela. — Por isso Bud fechou a casa. Ele ocupa apenas o quarto dos fundos. Agora conseguiu a pensão, mas mesmo assim é econômico demais para aquecer a casa toda.

— Ficou um pouco esquisito — diz meu pai. — Como o restante de nós.

— E Peggy, então? — diz Harry, que sabe e sempre soube de cada caso, boato, desgraça e possível paternidade num raio de muitos quilômetros. — Peggy não costumava sair com Joe? Anos atrás? Mas depois ela se mandou e se casou com outro e estava morando no norte. Depois de algum tempo, Joe se mandou para lá também e estava morando com ela, mas se meteram numa briga grande e ele se foi para o oeste. — Ele ri como sempre fez, em silêncio, com um grande escárnio reservado que parece ser mantido dentro dele, estremecendo por seu peito e seus ombros.

— Foi assim que eles fizeram — diz Irlma. — Foi assim que continuaram.

— Aí, Peggy partiu para o oeste atrás dele — retoma Harry — e eles acabaram morando juntos lá e parece que ele estava batendo muito nela até que finalmente ela tomou o trem e voltou para cá. Bateu tanto nela antes dela tomar o trem que acharam que teriam de parar e levá-la para um hospital.

— Eu gostaria de ver isso — diz Irlma. — Gostaria de ver um homem tentar fazer isso comigo.

— Pois é — diz Harry. — Mas ela deve ter conseguido algum dinheiro ou fez Bud lhe pagar uma parte da casa, porque ela comprou o trailer. Talvez ela achasse que iria viajar. Mas Joe apareceu de novo e mudaram o trailer para o rio e se casaram. O outro marido dela deve ter morrido.

— Casado, segundo o que dizem — diz Irlma.

— Eu não sei — diz Harry. — Dizem que ele ainda dá uns bons murros nela quando lhe dá na veneta.

— Se alguém tentasse fazer isso comigo — diz Irlma — eu iria mostrar pra ele. Ele ia ver só bem lá-onde-você-sabe.

— Ora, ora — diz meu pai, com falsa consternação.

— Ela ser meio índia pode ter algo a ver com isso — diz Harry.

— Dizem que os índios volta e meia batem nas mulheres e isso as faz amá-los melhor.

Sinto-me obrigada a dizer:

— Ora, isso é só um jeito que as pessoas falam dos índios.

— E Irlma, farejando imediatamente algum altruísmo ou superioridade, diz que o que as pessoas dizem sobre os índios tem muito de verdade, ora se tem.

— Bem, esta conversa está estimulante demais para um sujeito velho como eu — diz meu pai. — Acho que vou subir e me deitar um pouco.

— Ele não é mais o mesmo — diz Irlma, após termos ouvido os passos lentos de meu pai na escada. — Faz dois ou três dias hoje que ele não tem se sentido bem.

— É mesmo? — digo, culpada por não ter notado. Ele me pareceu do jeito que sempre parece agora, quando uma visita junta Irlma e eu — apenas um pouco vacilante e apreensivo, como se precisasse ficar em guarda, como se precisasse de energia para explicar uma para a outra e nos defender uma da outra.

— Ele não está bem — diz Irlma. — Dá para perceber.

Ela se volta para Harry, que vestiu a jaqueta para sair.

— Só me diga uma coisa antes de sair por aquela porta — diz ela, colocando-se entre ele e a porta para bloquear sua passagem.

— Diga-me: quanto barbante é preciso para amarrar uma mulher?

— Harry finge calcular.

— Mulher grande ou pequena, qual seria?

— Qualquer tamanho de mulher.

— Ah, eu não sei lhe dizer. Sei lá.

— Duas bolas e quinze centímetros — grita Irlma, e alguns gorgolejos distantes chegam até nós, do gozo subterrâneo de Harry.

— Irlma, você é impossível!

— Sou sim. Sou uma velha impossível. Sou sim.

Vou ao carro com meu pai para levar as batatas para Joe Thoms.

— Você não está se sentindo bem?

— Não muito bem.

— *Onde* você não está se sentindo bem?

— Não sei. Não consigo dormir. Eu não estranharia se estivesse gripado.

— Você vai chamar o médico?

— Se não melhorar eu vou chamá-lo. Chamá-lo agora seria apenas fazê-lo desperdiçar seu tempo.

Joe Thoms, um homem cerca de dez anos mais velho que eu, está assustadoramente frágil e trôpego, com braços compridos e fibrosos, um rosto bonito, maltratado, barba por fazer, os olhos opacos. Não consigo imaginar como ele conseguiria esmurrar alguém. Ele anda tateando para vir ao nosso encontro e apanhar o saco de batatas, insiste para que entremos no trailer esfumaçado.

— Essas aqui eu quero pagar — diz ele. — Só me diga quanto é.

Meu pai diz:

— Nada, não.

Uma mulher enorme está diante do fogão, mexendo algo numa panela.

Meu pai diz:

— Peggy, esta é minha filha. Não sei o que está fazendo aí, mas o cheiro é bom.

Ela não responde e Joe Thoms diz:

— É só um coelho que nos deram de presente. Não adianta falar com ela, ela está com o ouvido surdo virado para você. Ela está surda e eu cego. Isso não é um inferno? É só um coelho mas não temos nada contra coelho. Coelho come só coisas limpas.

Percebo agora que a mulher não é toda tão enorme. A parte superior do braço próxima a nós é desproporcional ao resto de seu corpo, é inchada como um cogumelo. A manga tinha sido rasgada de seu vestido, deixando a cava puída, fios dependurados e o grande inchaço da carne exposto e reluzente na fumaça e sombra do trailer.

Meu pai diz:

— Com certeza pode ficar muito bom, coelho.

— Desculpe não lhe oferecer um trago — diz Joe. — Mas não temos mais em casa. Não bebemos mais.

— Eu também não estou podendo, para falar a verdade.

— Nada na casa desde que entramos para o Tabernáculo. Peggy e eu, nós dois. Você soube que entramos?

— Não, Joe. Não fiquei sabendo.

— Entramos. E é um conforto para nós.

— Que bom.

— Percebo agora que passei grande parte de minha vida no caminho errado. Peggy também.

Meu pai diz:

— Ã-hã.

— Penso comigo que não admira que o Senhor me deixou cego. Ele me deixou cego mas eu vejo seu propósito com isso. Eu vejo o propósito do Senhor. Não tomamos nem uma gota de álcool na casa desde o fim de semana de primeiro de julho. Essa foi a última vez. Primeiro de julho.

Ele mantém o rosto próximo ao de meu pai.

— Você vê o propósito do Senhor?

— Ah, Joe — diz meu pai, suspirando. — Joe, acho tudo isso um monte de asneiras.

Fico surpresa com isso, porque meu pai normalmente é um homem de grande diplomacia, de evasões gentis. Ele sempre me falou, quase como advertência, sobre a necessidade de *adaptar-se*, de não irritar as pessoas.

Joe Thoms está ainda mais surpreso que eu.

— Você não está falando sério. Você não fala sério. Você não sabe o que está dizendo.

— Sim, eu sei.

— Bem, você deve ler sua Bíblia. Deve ver tudo o que está dito na Bíblia.

Meu pai espalma as mãos, nervoso ou impaciente, em seus joelhos.

— Uma pessoa pode concordar ou discordar da Bíblia, Joe. A Bíblia é apenas um livro como qualquer outro.

— É um pecado dizer isso. O Senhor escreveu a Bíblia e Ele planejou e criou o mundo e cada um de nós aqui.

Mais mãos espalmadas.

— Eu não sei disso, Joe. Eu não sei. Em se tratando de planejar o mundo, quem disse que ele teve de ser planejado?

— Pois bem, então quem criou o mundo?

— Eu não sei a resposta para isso. E não me interessa.

Vejo que a expressão no rosto de meu pai não está como de costume, que não está bem-disposta (que era sua expressão mais constante) e tampouco mal-humorada. É teimosa mas não provocadora, apenas travada em si mesma em uma apatia inflexível. Algo se fechou nele, estagnando-se.

* * *

Ele mesmo dirige até o hospital. Sento-me ao lado dele com uma lata vazia em meus joelhos, pronta para segurá-la para ele caso ele tenha de parar no acostamento se enjoar novamente. Ele esteve acordado a noite inteira, vomitando muitas vezes. Nos intervalos se sentava à mesa da cozinha examinando o *Atlas histórico*. Ele que raramente esteve fora da província de Ontário sabe sobre rios na Ásia e fronteiras antigas no Oriente Médio. Sabe onde fica a falha mais profunda no leito do oceano. Conhece a rota de Alexandre, e a de Napoleão, e que os cázaros tinham sua capital onde o Volga corre para o mar Cáspio.

Ele disse que sentia uma dor atravessando-lhe os ombros, as costas. E o que ele chamava de sua velha inimiga, a dor no intestino.

Por volta das oito ele subiu para tentar dormir e Irlma e eu passamos a manhã conversando e fumando na cozinha, na expectativa de que ele estivesse dormindo.

Irlma falava do efeito que costumava despertar nos homens. Isso começou cedo. Um homem tentou atraí-la para fora de um desfile a que ela estava assistindo, quando tinha apenas nove anos. E durante os primeiros anos de seu primeiro casamento ela estava caminhando por uma rua em Toronto, procurando um lugar do qual ouvira falar, que vendia peças de aspiradores de pó. E um homem, um total desconhecido, disse a ela: "Deixe eu lhe dar um conselho, mocinha. Não ande pela cidade com um sorriso desses. As pessoas podem levar a mal".

— Eu não sabia como estava sorrindo. Eu não pretendia fazer nada de mal. Eu sempre preferira sorrir a franzir o cenho. Nunca fiquei tão confusa em minha vida. Não ande pela cidade com um sorriso desses no rosto — ela se recosta na cadeira, abre os braços em desamparo, ri. — Mulher fogosa — diz ela. — E eu nem mesmo sabia.

Ela me conta o que meu pai lhe disse. Ele disse que gostaria que ela sempre tivesse sido sua mulher, e não minha mãe.

— Foi o que ele disse. Ele disse que eu era a única que o teria satisfeito. Deveria ter me encontrado da primeira vez.

E essa é a verdade, diz ela.

* * *

Quando meu pai desceu ele disse que se sentia melhor, havia dormido um pouco e a dor passara, ou pelo menos ele achava que estava passando. Ele podia tentar comer algo. Irlma ofereceu um sanduíche, ovos mexidos, purê de maçãs, uma xícara de chá. Meu pai experimentou a xícara de chá e em seguida vomitou e continuou vomitando bile. Mas antes de sair para o hospital ele tinha de me levar até o celeiro e me mostrar onde estava o feno, como colocá-lo para as ovelhas. Ele e Irlma mantêm cerca de duas dúzias de ovelhas. Não sei por que fazem isso. Acho que não ganham com as ovelhas dinheiro que compense o trabalho que dá. Talvez seja apenas reconfortante ter alguns animais por perto. Claro que eles têm Buster, mas ele não é exatamente um animal de fazenda. As ovelhas dão ocupação, trabalho rural ainda a ser feito, o tipo de trabalho que eles conheceram a vida inteira.

No carro sento-me ao lado dele segurando a lata e seguimos lentamente aquela rota antiga, habitual — rua Spencer, rua Church, rua Wexford, rua Ladysmith — até o hospital. A cidade, ao contrário da casa, continua quase a mesma, ninguém a está reformando ou modificando. Apesar disso, ela mudou para mim. Escrevi sobre ela e a esgotei. Aqui se encontram mais ou menos os mesmos bancos e lojas de ferragem e mercearias e a barbearia e a torre da prefeitura, mas todas as mensagens secretas, copiosas, para mim haviam secado.

Não para meu pai. Ele viveu aqui e em mais nenhum lugar. Ele não fugiu das coisas mediante tal uso.

Duas coisas ligeiramente estranhas acontecem quando levo meu pai para o hospital. Eles me perguntam qual a sua idade e eu digo imediatamente: — Cinquenta e dois —, que é a idade de um homem por quem estou apaixonada. Depois rio e peço desculpas e corro até a cama na ala de emergência onde ele está deitado e pergunto a ele se ele tem setenta e dois ou setenta e três. Ele olha para mim como se a pergunta também o deixasse confuso. Ele diz:

— Como disse? — de uma maneira formal, para ganhar tempo, depois consegue me dizer, setenta e dois.

Ele tem um ligeiro tremor em todo o corpo, mas seu queixo está tremendo visivelmente, do mesmo jeito que o de minha mãe tremia. No curto lapso de tempo depois que ele entrou no hospital, ocorreu certa abdicação. Ele sabia o que aconteceria, claro, era por isso que ele se recusava a vir. A enfermeira chega para tirar sua pressão e ele tenta arregaçar a manga da camisa mas não consegue, ela tem de fazer isso para ele.

— Você pode ir sentar na sala lá fora — diz-me a enfermeira. — Lá estará mais confortável.

A segunda coisa estranha: acontece de o dr. Parakulam, o médico de meu pai, conhecido localmente como médico "hindu", ser o médico de plantão na ala de emergência. Ele chega após um instante e ouço meu pai fazer um esforço para cumprimentá-lo de um modo cordial. Ouço as cortinas sendo puxadas ao redor do leito. Após o exame o dr. Parakulam sai e fala com a enfermeira, que agora está ocupada à mesa na sala em que estou aguardando.

— Tudo bem. Pode interná-lo. Lá em cima.

Ele se senta defronte a mim enquanto a enfermeira apanha o telefone.

— Não? — diz ela no aparelho. — Bem, ele quer ele aí em cima. Não. Está bem, direi a ele.

— Estão dizendo que ele terá de ir para o 3-C. Não há leitos.

— Eu não quero ele no Crônico — diz o médico; talvez ele fale com ela de um modo mais autoritário, ou em um tom mais ofendido, que o de um médico que tivesse sido criado neste país. — Eu quero ele no Intensivo. Eu quero ele no andar de cima.

— Bem, talvez o senhor deva conversar com eles então — diz ela. — Quer falar com eles?

Ela é uma enfermeira alta e esguia, com certo ar de mulher-macho de meia idade, enérgica e vulgar. Seu tom com ele é menos discreto, menos correto e respeitoso, que o tom que eu esperava que uma enfermeira usasse com um médico. Talvez ele não seja um médico que conquiste respeito. Ou talvez seja apenas que as mulheres do campo e de cidades pequenas, que geralmente têm opinião muito conservadora, costumam ser mandonas e de modos destemidos.

O dr. Parakulam apanha o telefone.

— Eu não quero ele no Crônico. Eu quero ele no andar de cima. Bem, você não pode... Sim, eu sei. Mas você não pode?... Este é um caso... Eu sei. Mas estou dizendo... Sim. Sim, tudo bem. Tudo bem. Entendo.

Ele baixa o telefone e diz para a enfermeira:

— Leve-o para baixo, para o 3.

Ela apanha o telefone para providenciar.

— Mas você o quer no Tratamento Intensivo — digo, julgando que deve haver algum modo de as necessidades de meu pai prevalecerem.

— Sim. Eu quero ele lá mas não há nada que eu possa fazer a respeito.

Pela primeira vez o médico olha diretamente para mim e agora talvez seja eu sua inimiga, e não a pessoa ao telefone. Ele é um homem baixo, moreno, elegante, com grandes olhos brilhantes.

— Fiz o melhor que pude — diz ele. — O que mais você acha que posso fazer? O que é um médico? Um médico já não é mais nada.

Não sei quem ele acha que merece a culpa — as enfermeiras, o hospital, o governo — mas não estou habituada a ver médicos explodirem como este e a última coisa que desejo dele é uma confissão de impotência. Parece um mau presságio para meu pai.

— Não estou culpando o senhor... — digo.

— Pois é. Não me culpe.

A enfermeira terminou de falar ao telefone. Ele me diz que terei de ir até o setor de internações e preencher alguns formulários.

— Você está com o cartão dele? — diz ela. E para o médico:

— Estão trazendo alguém que se acidentou na estrada de Lucknow. Até onde entendi não é muito grave.

— Tudo bem. Tudo bem.

— É só o seu dia de sorte.

Meu pai foi colocado em um pavilhão com quatro leitos. Um leito está vazio. Na cama ao lado dele, próximo à janela, há um velho que precisa deitar-se estendido de costas e receber oxigênio mas consegue conversar. Durante os últimos dois anos, diz ele, passou por nove operações. Passou a maior parte do último ano no Hospital dos Veteranos na cidade.

— Eles tiraram tudo que podiam tirar e depois me entupiram de comprimidos e me mandaram para casa para morrer — ele diz isso como se fosse uma frase pronta que ele enunciou várias vezes com sucesso.

Ele tem um rádio que sintonizou em uma estação de rock. Talvez seja tudo o que o rádio consegue pegar. Talvez ele goste disso.

Defronte à cama de meu pai está a de outro velho, que foi retirado dela e colocado em uma cadeira de rodas. Ele tem cabelo branco cortado rente, ainda espesso, e a cabeça grande e o corpo frágil de uma criança enferma. Ele veste um avental hospitalar curto e senta-se na cadeira de rodas com as pernas separadas, revelando um ninho de ovos marrons secos. Há uma bandeja atravessada na frente de sua cadeira, como a mesinha de uma cadeira alta de criança. Ele recebe uma toalha com que brincar. Enrola a toalha e bate três vezes nela com seu punho. Depois a desenrola e enrola de novo, com cuidado, e a golpeia outra vez. Ele sempre a golpeia três vezes, uma vez em cada ponta e uma no meio. O procedimento continua e o ritmo não varia.

— Dave Ellers — diz meu pai em voz baixa.

— Você o conhece?

— Mas claro. Um velho ferroviário.

O velho ferroviário nos dirige um rápido olhar, sem quebrar sua rotina.

— Rá! — diz ele, em sinal de aviso.

Meu pai diz, aparentemente sem ironia:

— Ele partiu morro abaixo.

— Bem, você é o homem mais bonito no quarto — digo. — Também o mais bem-vestido.

Ele então sorri, fraca e formalmente. Deixaram-no vestir o pijama listrado de marrom e cinza que Irlma separou da bagagem para ele. Um presente de Natal.

— Você acha que estou com um pouco de febre?

Toco sua testa, que está ardendo.

— Talvez um pouco. Eles vão lhe dar alguma coisa — inclino-me para perto para cochichar: — Acho que você conseguiu também uma dianteira nas paradas intelectuais.

— O quê? — diz ele. — Ah — ele olha em volta. — Pode ser que eu não a mantenha.

No instante mesmo em que diz isso ele me dirige o desvairado olhar de desamparo que hoje aprendi a interpretar e agarro a bacia do suporte ao lado da cama e a seguro para ele.

Enquanto meu pai tenta vomitar, o homem que fez nove operações aumenta o volume de seu rádio.

Sitting on the ceiling
Looking upside down
Watching all the people
Goin' roun' and roun'

Vou para casa e janto com Irlma. Depois do jantar, voltarei para o hospital. Irlma irá no dia seguinte. Meu pai disse que seria melhor se ela não viesse esta noite.

— Espere até eles me deixarem sob controle — disse ele. — Eu não quero incomodá-la.

— Buster está em algum lugar lá fora — diz Irlma. — Não consigo fazê-lo entrar. E se ele não vier para mim, não virá para ninguém. Buster é na verdade o cachorro de Irlma. É o cachorro que ela trouxe consigo quando se casou com meu pai. Metade pastor-alemão, metade collie, ele é muito velho, fedido e em geral desanimado. Irlma tem razão, ele não confia em ninguém além dela. Nos intervalos durante nossa refeição ela se levanta e chama da porta da cozinha.

— Aqui, Buster. Buster, Buster. Venha para dentro.

— Você quer que eu vá lá fora e o chame?

— Não vai adiantar. Ele nem vai lhe dar atenção.

Parece-me que sua voz está mais fraca e mais desanimada quando ela chama Buster do que ela se permite quando fala com alguém. Ela assovia para ele, o mais forte que consegue, mas seu assovio também carece de vigor.

— Aposto com você que sei aonde ele foi — diz ela. — Até o rio.

Estou pensando que, o que quer que ela diga, terei de calçar as botas de borracha de meu pai e ir procurar por ele. Depois, diante de nenhum barulho que eu possa ouvir, ela levanta a cabeça e corre até a porta e chama:

— Buster, aqui, amigão. Aí está ele. Aí está ele. Agora entre. Venha, Buster. Aí está o amigão.

— Onde você esteve? — diz ela, curvando-se e abraçando-o.

— Onde esteve, velho companheiro? Eu sei. Eu sei. Você foi até o rio e se molhou.

Buster cheira a podre e ervas do rio. Ele se espicha na esteira entre o sofá e o televisor.

— Ele teve o problema intestinal de novo, é isso. Foi por isso que ele foi até a água. Fica queimando e queima tanto que ele vai até a água para aliviar a dor. Mas ele não vai conseguir nenhum alívio de verdade até que evacue. Não, não vai — diz ela, abraçando-o na toalha que usa para enxugá-lo. — Pobre amigão.

Ela me explica, tal como fez antes, que o problema intestinal de Buster se deve a ele ficar remexendo em volta do celeiro de perus e comendo qualquer coisa que encontra.

— Coisas velhas de peru morto. Com penas. Ele leva pra dentro de seu sistema e não consegue evacuá-las do jeito que um cachorro mais novo conseguiria. Não dá conta delas. Ficam todas paradas no seu intestino e bloqueiam tudo lá e ele não consegue evacuá-las e entra em agonia. Escute só.

É certo que Buster está grunhindo e gemendo. Ele se obriga a ficar em pé. *Hunh. Hunh.*

— Ele talvez fique a noite inteira assim. Não sei. Talvez não consiga evacuar nada. Por isso só posso ficar receosa. Levá-lo ao veterinário eu sei que não vai ajudá-lo. Só vão me dizer que ele está velho demais e vão querer sacrificá-lo.

Hunh. Hunh.

— Ninguém sequer virá para me botar na cama — diz o sr. Ellers, o ferroviário. Ele está na cama, escorado. Sua voz é rouca e forte mas ele não desperta meu pai. As pálpebras de meu pai tremem. Seus dentes falsos foram retirados e com isso sua boca afunda nos cantos, os lábios quase desaparecidos. Em sua face adormecida há uma expressão do mais inalterável desapontamento.

— Fechem aquela matraca lá fora — diz o sr. Ellers para o corredor silencioso. — Calem a boca ou eu vou multar vocês em cento e oitenta dólares.

— Cale a boca você, velho demente — diz o homem com o rádio e o liga.

— Cento e oitenta dólares.

Meu pai abre os olhos, tenta sentar-se, afunda de volta e me diz em um tom de certa urgência:

— Como podemos dizer que o produto final seja o homem? *Get yo'hans outa my pocket*—

— Evolução — diz meu pai. — Pode ser que não tenhamos visto pelo lado certo. Alguma coisa acontecendo de que não conhecemos o começo.

Toco sua cabeça. Quente como nunca.

— O que você acha disso?

— Eu não sei, papai.

Porque eu não penso, eu não penso em coisas desse tipo. Uma vez eu pensei, mas não penso mais. Agora eu penso sobre meu trabalho, e sobre homens.

Sua energia para conversar já está se esgotando.

— Pode estar vindo, a nova Idade das Trevas.

— Você pensa assim?

— Irlma passou a perna em você e em mim.

Sua voz soa afetuosa para mim, embora arrependida. Depois ele sorri debilmente. A palavra que acho que ele diz é... *maravilha*.

— Buster conseguiu — saúda-me Irlma quando chego em casa. Um brilho de alívio e triunfo inunda seu rosto.

— Oh, isso é ótimo.

— Logo depois que você saiu para o hospital ele se pôs a obrar. Vou lhe preparar uma xícara de café agora mesmo.

Ela acende o fogo da chaleira. Sobre a mesa ela colocou sanduíches de presunto, picles de mostarda, queijo, biscoitos, mel escuro e claro. Foi apenas há duas horas que terminamos de jantar.

— Ele começou a grunhir e andar de um lado para o outro na esteira. Ele estava simplesmente maluco com o sofrimento e não havia nada que eu pudesse fazer. Então por volta de quinze para sete eu ouvi a mudança. Eu sei pelo som que ele faz quando consegue achar uma boa posição em que ele pode fazer o esforço. Sobrou um pouco de torta, nunca acabamos com ela, você prefere a torta?

— Não, obrigado. Isso está ótimo.

Apanhei um sanduíche de presunto.

— Aí eu abri a porta e tentei convencê-lo a ir lá para fora onde ele pudesse evacuar.

A chaleira assovia. Ela despeja água em meu café solúvel.

— Espere um pouco, vou apanhar manteiga de verdade, mas foi tarde demais. Bem ali na esteira ele evacuou. Um troço daquele tamanho — ela me mostra os punhos juntos. — E *duro*. Minha Nossa! Você tinha de ver. Como pedra. — E eu estava certa — diz ela. — Estava repleto de penas de peru.

Mexo o café pastoso.

— E após aquele *fuuch*, evacuou a massa mole. Detonou a barragem, não foi? — disse ela a Buster, que ergueu a cabeça. — Você foi e empesteou a casa com um troço atroz, não foi? Mas a maior parte foi na esteira, por isso eu a levei para fora e abri a mangueira nela — disse, voltando-se para mim. — Depois eu peguei o sabão e o escovão e torci jogando água com a mangueira tudo de novo. Depois esfreguei o assoalho também e joguei desinfetante e deixei a porta aberta. Você não consegue sentir cheiro agora, consegue?

— Não.

— Fiquei muito feliz de vê-lo conseguir se aliviar. Coitado! Ele estaria com noventa e quatro se fosse humano.

Durante a primeira visita que fiz a meu pai e Irlma depois que deixei meu casamento e vim para o leste, fui dormir na sala que antes era o quarto de meus pais. (Meu pai e Irlma agora dormem no quarto que antes era o meu.) Sonhei que eu acabara de entrar nesse quarto onde eu estava de fato dormindo e encontrei minha mãe de joelhos. Ela estava pintando o rodapé de amarelo. Você não sabe, disse eu, que Irlma vai pintar este quarto de azul e branco? Sim, eu sei, disse minha mãe, mas achei que se me apressasse e conseguisse fazer tudo ela o deixaria como está, não se daria ao trabalho de pintá-lo com tinta fresca. Mas você precisa me ajudar, disse ela. Terá de me ajudar a terminar porque tenho que fazer isso enquanto ela está dormindo.

E foi exatamente como ela, nos velhos tempos, começaria uma coisa com um grande surto de energia, depois convocaria todos para ajudá-la, por causa de um súbito ataque de fadiga e desamparo.

— Estou morta, sabe? — disse ela explicando. — Por isso, tenho de fazer enquanto ela está dormindo.

Irlma passou a perna em você e em mim.

O que meu pai quis dizer com isso?

Que ela conhece apenas as coisas que lhe são úteis, mas ela conhece muito bem essas coisas? Que ela pode contar consigo mesma para conseguir o que precisa, sob quase todas as circunstâncias? Por ser uma pessoa que não questiona suas vontades, não questiona que ela esteja certa no que quer que sinta ou diga ou faça.

Ao descrevê-la para uma amiga eu disse que ela é uma pessoa que tiraria as botas de um cadáver na rua. E claro que depois eu digo: o que há de errado nisso?

... maravilha.

Ela é uma maravilha.

Aconteceu algo de que me envergonho. Quando Irlma disse o que disse sobre o desejo de meu pai de ter sempre vivido com ela, sobre tê-la preferido em relação a minha mãe, eu disse a ela em um frio tom judicioso — aquele tom educado que em si mesmo tem o poder de magoar — que eu não duvidava que ele tivesse dito isso. (E não duvidava mesmo. Meu pai e eu compartilhamos o hábito, não muito digno de louvor, de frequentemente dizer às pessoas mais ou menos o que achamos que elas gostariam de ouvir.) Eu disse que não duvidava que ele o tivesse dito mas que não achava muito diplomático da parte dela ter me contado. *Diplomático*, sim. Foi essa a palavra que usei.

Ela ficou admirada de que alguém pudesse tentar chamuscá-la assim, quando ela estava feliz consigo mesma, florescente. Ela disse que se havia uma coisa que ela não conseguia suportar eram pessoas que a levassem a mal, pessoas que eram muito suscetíveis. E seus olhos se encheram de lágrimas. Mas logo meu pai desceu e ela esqueceu sua própria queixa, pelo menos temporariamente, ela a esqueceu, em sua ansiedade de cuidar dele, de lhe dar algo que ele conseguisse comer.

Em sua ansiedade? Eu poderia dizer, em seu amor. Seu rosto extremamente suavizado, róseo, terno, inundado de amor.

Falo com o dr. Parakulam ao telefone.

— Por que o senhor acha que ele está com essa temperatura?

— Ele tem uma infecção em algum lugar.

Obviamente, é o que ele não diz.

— Ele está tomando, bem, imagino que ele esteja tomando antibiótico para isso...

— Ele está tomando tudo.

Silêncio.

— Onde o senhor acha que a infecção...

— Estou providenciando exames para ele hoje. Exames de sangue. Outro eletrocardiograma.

— O senhor acha que é o coração?

— Sim. Acho que basicamente é isso. Esse é o problema principal. O coração dele.

* * *

Na tarde de segunda-feira, Irlma foi ao hospital. Eu iria levá-la, ela não dirige, mas Harry Crofton apareceu com sua camionete e ela decidiu ir com ele, para que eu pudesse ficar em casa. Tanto ela quanto meu pai ficam apreensivos quando não há *ninguém na casa*.

Saio para o celeiro. Desço um fardo de feno e corto o barbante que o cinge e o separo e espalho.

Quando venho aqui normalmente fico de sexta-feira à noite até domingo à noite, não mais, e agora que fiquei até a semana seguinte algo em minha vida parece ter escapado de controle. Não me sinto tão certa de que seja apenas uma visita. Os ônibus que saem de um lugar para o outro não mais parecem tão seguramente conectados comigo.

Estou usando sandálias abertas, sandálias baratas de búfalo. Esse tipo de calçado é usado por muitas mulheres que conheço e é visto como indicador de preferência pela vida rural, uma fé no que é simples e natural. Não é prático quando se está fazendo o tipo de tarefa que estou fazendo agora. Pedaços de feno e bolotas de ovelhas, que são como grandes uvas passas pretas, se esmagaram entre meus dedos do pé.

As ovelhas se aglomeram ao meu redor. Como foram tosquiadas no verão, sua lã cresceu novamente, mas ainda não está muito comprida. Logo depois da tosquia, a distância elas se parecem surpreendentemente com cabras e mesmo agora não estão fofas e pesadas. Os grandes ossos ilíacos projetados, as testas protuberantes. Converso com elas bem timidamente, espalhando o feno. Dou-lhes aveia no cocho comprido.

Pessoas que conheço dizem que um trabalho como esse é revigorante e tem uma dignidade peculiar, mas eu nasci com ele e o sinto de forma diferente. Tempo e lugar podem se fechar sobre mim, pode facilmente parecer que eu nunca fui embora, que estive aqui minha vida inteira. Como se minha vida como adulta fosse algum tipo de sonho que nunca se apoderou de mim. Vejo a mim mesma não como Harry e Irlma, que em certa medida prosperaram nesta vida, ou como meu pai, que se talhou para ela, porém mais como um desses deslocados, cativos — quase inúteis, solteiros, enferrujando —, que deviam ter partido mas não partiram, não puderam, e agora não cabem em lugar nenhum. Penso em um homem que deixou suas vacas morrerem de fome em certo inverno depois que sua mãe morreu, não porque estivesse paralisado no luto mas porque não conseguia se dar ao trabalho de sair até o celeiro para alimentá-las, e não havia ninguém para dizer a ele que ele tinha de fazer isso. Eu consigo acreditar nisso, posso imaginar. Consigo ver a mim mesma como uma filha de meia-idade que fazia sua obrigação, ficava em casa, pensando que algum dia sua oportunidade chegaria, até que ela acordou e soube que não chegaria. Agora ela lê toda noite e não atende à porta e sai em um transe carrancudo para distribuir feno para as ovelhas.

O que acontece quando estou terminando com as ovelhas é que a sobrinha de Irlma, Connie, chega de carro no pátio do celeiro. Ela apanhou seu filho mais novo no colégio e veio ver como estamos.

Connie é viúva com dois filhos e uma fazenda na periferia a alguns quilômetros de distância. Trabalha como auxiliar de enfermagem no hospital. Além de sobrinha de Irlma ela é minha prima em segundo grau — foi graças a ela, acho, que meu pai conheceu melhor Irlma. Seus olhos são castanhos e vivos, como os de Irlma, mas são mais profundos, menos inquisitivos. Seu corpo está em forma, sua pele seca, os braços com músculos rígidos, o cabelo escuro curto e grisalho. Há um encanto errático em sua voz e em sua expressão e ela ainda tem o movimento de uma boa dançarina. Ela retoca o batom e maquia os olhos antes de ir para o trabalho e outra vez quando o trabalho termina; ela emerge cheia do que se poderia descrever inadequadamente como animação ou bom humor ou bondade humana, de uma vida cujas opções não foram abundantes, cuja sorte não tem estado em grande oferta.

Ela manda o filho fechar o portão para mim, eu deveria ter feito isso, para impedir que as ovelhas se extraviem para o campo de baixo.

Ela diz que passou para ver meu pai no hospital e que ele parece bem melhor hoje, sua febre baixou e ele comeu toda a refeição.

— Você deve estar querendo voltar para sua vida — diz ela, como se isso fosse a coisa mais natural do mundo e exatamente o que ela estaria desejando em meu lugar. Ela não sabe nada sobre minha vida sentada numa sala escrevendo e às vezes saindo para encontrar uma amiga ou namorado, mas se ela soubesse, provavelmente diria que tenho direito a isso. — Os meninos e eu podemos acudir e fazer o que for preciso para tia Irlma. Um deles pode ficar com ela se ela não quiser ficar sozinha. Podemos dar conta por ora, seja como for. Você pode ligar para ver como estão as coisas. Você poderia voltar novamente no final da semana. O que acha?

— Tem certeza de que estaria tudo bem?

— Não acho que isso seja tão calamitoso — diz ela. — Do jeito que é normalmente, você precisa passar por muitos sustos antes, você sabe, antes de baixar as cortinas. Quer dizer, normalmente.

Acho que posso chegar aqui depressa, se precisar, sempre posso alugar um carro.

— Posso passar para vê-lo todo dia — diz ela. — Ele e eu somos amigos, ele falará comigo. Eu me certificarei e informarei tudo a você. Qualquer mudança ou qualquer coisa.

E parece que será assim que vamos ficar.

Lembro-me de algo que meu pai me disse certa vez. *Ela restabeleceu minha fé nas mulheres.*

Fé no instinto das mulheres, seu instinto natural, algo carinhoso, ativo e sincero. Algo não meu, eu tinha pensado, contendo-me. Mas agora, conversando com Connie, pude ver melhor o que significava. Embora não fosse de Connie que ele falasse. Era de Irlma.

* * *

Quando pensar sobre tudo isso mais tarde, reconhecerei que o próprio canto do estábulo onde eu estava parada, para distribuir o feno, e onde o começo do pânico chegou a mim, é a cena da primeira lembrança clara de minha vida. Há nesse canto um lance de íngremes degraus de madeira subindo para a pilha de feno e, na cena, lembro-me que estou sentada no primeiro ou segundo degrau observando meu pai ordenhar a vaca preta e branca. Sei que ano era, a vaca preta e branca morreu de pneumonia no pior inverno de minha infância, que foi 1935. Uma perda dispendiosa como essa não é difícil de lembrar.

E como a vaca ainda está viva e estou usando roupas quentes, um casaco e polainas de lã e na hora da ordenha já está escuro, há um lampião pendurado em um prego ao lado da baia, é provavelmente o final do outono ou começo do inverno. Talvez ainda fosse 1934. Pouco antes do peso da estação nos atingir.

O lampião pende no prego. A vaca preta e branca parece extremamente grande e definitivamente marcada, pelo menos em comparação com a vaca vermelha, ou vaca vermelha-barrenta, sua sobrevivente, na baia seguinte. Meu pai está sentado na banqueta de ordenha de três pernas, à sombra da vaca. Consigo evocar o ritmo dos dois jatos de leite dentro do balde, mas não exatamente o som. Algo duro e leve, como minúsculas pedras de granizo talvez? Lá fora a pequena área do estábulo iluminada pelo lampião são as manjedouras cheias de feno felpudo, o tanque de água onde alguns anos no futuro um de meus gatinhos será afogado; as janelas com teias de aranha, as grandes ferramentas brutais — foices e machados e ancinhos — penduradas fora de meu alcance. Afora isso, o escuro das noites no campo onde poucos carros passavam por nossa estrada e não havia luzes ao ar livre.

E o frio que mesmo na época devia estar aumentando, acumulando-se no frio daquele inverno extraordinário que matou todos os castanheiros e muitos pomares.

PARA QUE VOCÊ QUER SABER?

Vi a cripta antes de meu marido. Estava do lado esquerdo, o seu lado do carro, mas ele estava ocupado dirigindo. Estávamos em uma estrada estreita, esburacada.

— O que era aquilo? — eu disse. — Que coisa estranha.

Demos meia-volta assim que encontramos um lugar, embora não tivéssemos muito tempo. Estávamos a caminho de um almoço com amigos que moram em Georgiana Bay. Mas somos possessivos com essa terra e procuramos não deixar passar nada batido.

Lá estava ela, instalada no meio de um pequeno cemitério rural. Como um grande animal peludo — como algum urso gigante, refestelando-se em uma paisagem pré-histórica.

Subimos uma rampa e destravamos um portão e fomos examinar a frente dessa coisa. Uma parede de pedra, entre um arco superior e um inferior, e uma parede de tijolos dentro do arco inferior. Nenhum nome nem data, nada além de uma cruz raquítica toscamente entalhada no pilar principal do arco superior, como se feita com um bastão ou um dedo. No outro, no lado inferior do outeiro, nada além de terra e grama e algumas pedras grandes protuberantes, provavelmente ali colocadas para contenção da terra. Também nenhuma marca nelas — nenhuma pista quanto a quem ou o que poderia estar oculto lá dentro.

Voltamos para o carro.

* * *

Cerca de um ano depois disso, recebi um telefonema da enfermeira do consultório de meu médico. O médico queria me ver, uma consulta foi marcada. Sem perguntar, eu sabia do que se tratava. Cerca de três semanas antes, eu tinha ido a uma clínica da cidade para fazer uma mamografia. Não havia nenhum motivo especial para eu fazer isso, nenhum problema. Só que cheguei à idade em que é recomendável fazer uma mamografia por ano. Contudo, eu tinha deixado de fazer a do ano anterior, devido a muitas outras coisas a fazer.

Os resultados da mamografia tinham sido agora enviados ao meu médico.

Havia um nódulo no fundo de meu seio esquerdo, que nem meu médico nem eu tínhamos conseguido sentir. Ainda não conseguíamos senti-lo. Meu médico disse que a mamografia mostrava que ele tinha aproximadamente o tamanho de uma ervilha. Ele marcou uma consulta para eu ver um médico da cidade que faria uma biópsia. Quando eu estava saindo ele pousou a mão em meu ombro. Um gesto de preocupação ou para me tranquilizar. Ele é um amigo e eu sabia que a morte de sua primeira esposa tinha começado exatamente dessa forma.

Dez dias se passariam até que eu pudesse ver o médico. Ocupei o tempo respondendo cartas e limpando a casa e examinando meus arquivos e convidando pessoas para jantar. Para mim foi uma surpresa estar me ocupando dessa maneira em vez de pensar sobre o que se poderia chamar de assuntos mais graves. Não fiz nenhuma leitura séria nem ouvi música e não entrei em um transe conturbado como tantas vezes faço, olhando para fora da grande janela no início da manhã à medida que a luz do sol se insinua pelos cedros. Nem mesmo quis sair para passear sozinha, embora meu marido e eu saíssemos juntos para nossas habituais caminhadas ou passeios de carro. Enfiei na cabeça que gostaria de ver a cripta de novo e descobrir algo sobre ela. Por isso saímos certos — ou razoavelmente certos — de que lembrávamos em qual estrada ela ficava. Mas não a encontramos. Tomamos a próxima estrada acima, e também não a encontramos. Com certeza era no condado de Bruce, dissemos, e ficava no lado norte de uma estrada leste-oeste sem pavimentação, e havia muitas árvores perenes por perto. Passamos três ou quatro tardes procurando por ela e ficamos intrigados e desconcertados. Mas era um prazer, como sempre, estar juntos nessa parte do mundo examinando o meio rural que julgávamos conhecer tão bem e que estava sempre nos pregando algum tipo de surpresa.

A paisagem aqui é um registro de eventos antigos. Foi formada pelo avanço, parada e recuo do gelo. O gelo tem encenado aqui suas conquistas e recuos várias vezes, tendo se afastado pela última vez cerca de quinze mil anos atrás.

Bem recente, pode-se dizer. Bem recente agora que estou habituada a uma certa maneira de avaliar a história.

Uma paisagem glacial como essa é vulnerável. Muitos de seus vários contornos são compostos de cascalho, e cascalho é fácil de encontrar, fácil de escavar e sempre há demanda para ele. É o material que torna transitáveis essas estradas vicinais — cascalho das colinas desbastadas, dos terraços saqueados, que foram se convertendo em buracos na terra. E é uma maneira de os fazendeiros abocanharem algum dinheiro vivo. Uma de minhas lembranças mais antigas é a do verão em que meu pai liquidou o cascalho dos baixios de nosso rio e tivemos a emoção dos caminhões passando todo dia, bem como a importância da placa em nossa entrada. *Crianças brincando.* Éramos *nós.* Depois, quando os caminhões partiram, o cascalho tinha sido retirado, havia a novidade de covas e ocos que seguravam, quase até o verão, os restos das cheias da primavera. Essas cavidades acabaram criando tufos de ervas floridas, depois capim e arbustos.

Nos grandes poços de cascalho viam-se outeiros convertidos em ocos, como se uma parte da paisagem tivesse conseguido, de um modo fortuito, virar do avesso. E pequenos lagos passaram a ondular onde antes havia apenas terraços ou charcos do rio. As faces verticais dos ocos se tornaram viçosas e, com o tempo, com as folhagens, irregulares. Mas os rastros da geleira se foram para sempre.

Por isso, é preciso continuar a examinar, aceitar as mudanças e ver as coisas enquanto duram.

Temos mapas especiais com os quais viajamos. São mapas vendidos para acompanhar um livro chamado *The physiography of southern Ontario* [*A fisiografia do sul de Ontário*] de Lyman Chapman e Donald Putnam — a quem nos referimos, familiarmente mas de modo um tanto reverente, como Put e Chap. Esses mapas mostram as costumeiras estradas e cidades e rios, mas mostram também outras coisas — coisas que foram uma total surpresa para mim quando as vi pela primeira vez.

Examine apenas um mapa — uma seção do Ontário meridional ao sul da baía Georgiana. Estradas. Cidades e rios aparecem, bem como fronteiras municipais. Mas olhe o que mais — faixas de amarelo-claro, verde-musgo, cinza-chumbo e um cinza-argila mais escuro, e um cinza muito pálido e borrões e trechos de caudas gordas ou magras de azul e bronze e laranja e rosa e púrpura e marrom vinho. Grupos de pintas. Fitas de um verde como cobras-d'água de colar. Traços estreitos rodopiados de uma caneta vermelha.

O que é tudo isso?

O amarelo denota areia, não ao longo da praia do lago mas bancos de areia, geralmente margeando um pântano ou um lago desaparecido há muito tempo. As pintas não são redondas mas em forma de losangos, e figuram na paisagem como ovos parcialmente enterrados, com a ponta obtusa contra o fluxo do gelo. Esses são *drumlins*, ou pequenas cristas densamente agrupadas em alguns locais, esparsas em outros. Alguns se qualificam como grandes colinas uniformes, outros mal rompem do solo. Dão seu nome ao solo no qual aparecem (argila sedimentar *dumlinizada* — bronze) e ao solo um tanto mais áspero que não contém nada deles em si (argila sedimentar não *drumlinizada* — cinza-chumbo). A geleira de fato as estendeu como ovos, livrando-se de forma asseada e econômica de material que ela havia apanhado em seu avanço nivelador. E onde ela não conseguiu isso, o terreno é naturalmente mais acidentado.

As caudas púrpuras são morenas ou morainas finais, mostram onde o gelo parou em sua longa retirada, estendendo uma cadeia de cascalho em sua margem. Os traços verdes vívidos são *eskers*, e são os aspectos mais fáceis de reconhecer quando se olha pela janela do carro. Cadeias de montanhas em miniatura, costas de dragões — mostram a rota dos rios que abriram passagem sob o gelo, em ângulos ortogonais a sua testeira. Torrentes carregadas de cascalho, que eles descarregavam à medida que seguiam. Normalmente haverá um pequeno riacho brando, fluindo ao lado de um *esker* — um descendente direto desse antigo rio destroçador.

A cor laranja representa vertedouros, os enormes canais que levavam a água do degelo. E o cinza escuro mostra os pântanos que se desenvolveram nos vertedouros e ainda estão lá. O azul mostra o solo argiloso, onde a água foi capturada em lagos. Esses locais são planos mas não uniformes e há algo de ácido e rugoso nos campos de argila. Solo pesado, capim áspero, drenagem fraca.

O verde prado representa a argila sedimentar chanfrada, a superfície maravilhosamente lisa que o velho lago Warren aplainou nos depósitos ao longo da praia do atual lago Huron.

Traços vermelhos e linhas vermelhas interrompidas que aparecem na argila sedimentar chanfrada, ou na areia próxima, são remanescentes de escarpas e das praias abandonadas desses ancestrais dos Grandes Lagos, cujos contornos são hoje discerníveis apenas por uma suave elevação do terreno. Receberam esses nomes prosaicos, modernos, que transpiram seriedade — lago Warren, lago Whittlesey.

Na península Bruce existe calcário sob um solo fino (cinza-pálido), e em torno de Owen Sound e em Cape Rich encontra-se xisto, ao fundo do talude Niagara, exposto onde o calcário se encontra desgastado. Rocha quebradiça que pode ser convertida em tijolo da mesma cor é mostrada no mapa, cor-de-rosa.

Meu tipo favorito dentre todos do país é o que deixei para o fim. É o *kame*, ou morena *kame*, que no mapa é uma cor vinho-chocolate e está geralmente em gotas, não em fitas. Uma grande gota aqui, uma pequena acolá. As morenas *kame* mostram onde um monte de gelo profundo se assentou, apartado do resto da geleira em movimento, matéria terrosa vertendo através de todos os seus furos e fendas. Ou às vezes mostra onde dois lobos de gelo se afastaram e a fenda se encheu. Morenas finais são montanhosas no que parece uma forma razoável, não tão lisas como os *drumlins*, mas ainda harmoniosas, rítmicas, ao passo que as morenas *kame* são todas desenfreadas e irregulares, imprevisíveis, com um ar de acaso e segredos.

Não aprendi nada disso na escola. Acho que havia certa ansiedade na época, quanto a entrar em conflito com a Bíblia na questão da criação da Terra. Aprendi isso quando passei a morar aqui com meu segundo marido, um geógrafo. Quando voltei para onde nunca esperei estar, no meio rural onde eu tinha crescido. Assim, meu conhecimento é imaculado, fresco. Tiro um prazer ingênuo e pessoal de casar o que vejo no mapa com o que posso ver pela janela do carro. Também de tentar descobrir em qual pedaço da paisagem estamos, antes de olhar para o mapa, e de estar certa numa boa parte do tempo. Acho estimulante divisar as fronteiras, quando se trata das diferentes planícies de argila sedimentar ou de onde a morena *kame* assume a partir da morena final.

Mas há sempre mais do que apenas o prazer intenso da identificação. Há o fato desses domínios distintos, cada um com sua própria história e razão, suas safras e árvores e ervas favoritas — carvalhos e pinheiros, por exemplo, crescendo sobre areia, e cedros e lilases extraviados sobre calcário — cada um com sua expressão especial, seu apelo à imaginação. O fato dessas pequenas regiões se estenderem abrigadas e insuspeitas, semelhantes e díspares como podem ser irmãos por parte dos mesmos pais, em uma paisagem que normalmente é desconsiderada, ou desqualificada como monótona cobertura agrícola. O que você valoriza é o fato.

Achei que minha hora marcada era para uma biópsia, mas acabou que não. Era uma consulta para deixar que o médico da cidade decidisse se faria uma biópsia e, após examinar meu seio e os resultados da mamografia, decidiu que faria. Ele tinha visto apenas os resultados de minha mamografia mais recente — as de 1990 e 1991 ainda não haviam chegado do hospital rural onde tinham sido feitas. A biópsia foi marcada para uma data dali a duas semanas e recebi uma folha com instruções sobre como me preparar para ela.

Eu disse que duas semanas parecia um tempo bem longo para esperar.

Nessa altura do campeonato, disse o médico, duas semanas eram irrelevantes.

Não era o que eu tinha sido levada a crer. Mas não me queixei — não depois de olhar para algumas das pessoas na sala de espera. Estou com mais de sessenta. Minha morte não seria um desastre. Não em comparação com a morte de uma jovem mãe, um arrimo de família, uma criança. Não seria *evidente* como desastre.

* * *

Incomodava-nos o fato de não conseguirmos encontrar a cripta. Ampliamos nossa busca. Poderia não ser no condado de Bruce, talvez no vizinho condado de Grey? Algumas vezes tínhamos convicção de que estávamos na estrada certa, mas sempre ficávamos decepcionados. Fui até a biblioteca da cidade para consultar os atlas municipais do século XIX, para ver se por acaso os cemitérios rurais estavam assinalados nos mapas do município. Eles pareciam estar assinalados nos mapas do condado de Huron, mas não em Bruce ou Grey. (Isso não era verdade, descobri mais tarde — estavam assinalados, ou alguns deles estavam, mas não consegui ver os pequenos cs indistintos.)

Na biblioteca encontrei um amigo que tinha nos visitado no último verão, logo depois de nossa descoberta. Tínhamos dito a ele sobre a cripta e lhe dado algumas indicações aproximadas quanto ao modo de encontrá-la, porque ele estava interessado em velhos cemitérios. Ele dizia agora que havia escrito as indicações assim que chegara em casa. Eu me esquecera até que as havia dado a ele. Ele foi direto para casa e encontrou o pedaço de papel — encontrou-o por milagre, disse ele, em uma confusão de outros papéis. Ele voltou para a biblioteca onde eu ainda estava consultando os atlas.

Peabody, Scone, Lago McCullough. Era o que ele havia escrito.

Mais ao norte do que havíamos pensado — logo depois da fronteira do território que vínhamos teimosamente cobrindo.

Assim que encontramos o cemitério correto, a cripta com cobertura de mato parecia tão surpreendente, tão primitiva, quanto lembrávamos. Agora dispúnhamos de tempo suficiente para olhar em volta. Vimos que a maior parte das velhas lajes tinha sido reunida e disposta em forma de uma cruz. Praticamente todas eram lápides de crianças. Em qualquer um desses velhos cemitérios as datas mais antigas tendiam a ser as de crianças, ou jovens mães mortas no parto, ou de homens jovens que tinham morrido de acidente — afogados ou atingidos pela queda de uma árvore, mortos por um cavalo selvagem ou envolvidos em um acidente durante a construção de um celeiro. Quase não havia velhos para morrer, naquele tempo. Os nomes eram quase todos alemães e muitas inscrições estavam totalmente em alemão. *Hier ruhet in Gott.* E *Geboren*, seguido pelo nome de alguma cidade ou província alemã, depois *Gestorben*, com uma data nos anos sessenta ou setenta do século XIX.

Gestorben, aqui na municipalidade de Sullivan no condado de Grey em uma colônia da Inglaterra, no meio da mata.

Das arme Herz hienieden
Von manches Sturm bewegt
Erlangt den renen Frieden
*Nur wenn es nicht mehr schlagt.**

Sempre tive a sensação de que sou capaz de ler alemão, ainda que não seja. Achava que isso dizia algo sobre o coração, a alma, a pessoa aqui enterrada estando agora fora de perigo e totalmente em melhor situação. Dificilmente poderia haver equívoco quanto a *Herz* e *Sturm* e *nicht mehr*. Mas quando cheguei em casa e conferi as palavras em um dicionário Alemão-Inglês — encontrando todas elas exceto *renen*, que poderia ser facilmente uma grafia incorreta de *reinen* — descobri que a estrofe não era tão consoladora. Parecia dizer algo sobre o pobre coração aqui enterrado que só encontrou paz quando parou de bater.

Mais feliz morto.

Talvez isso viesse de um livro de versos tumulares e não houvesse muita escolha.

Nenhuma palavra na cripta, embora procurássemos com muito mais atenção do que havíamos feito antes. Nada além daquela cruz isolada, amadoristicamente desenhada. Mas encontramos uma sur-

---

* Em tradução livre: "O pobre coração aqui embaixo,/ agitado por tempestades,/ só atinge a pura paz/ quando não bate mais". [N. E.]

presa no canto nordeste do cemitério. Havia ali uma segunda cripta, muito menor que a primeira, com uma cumeeira lisa de concreto. Sem terra nem capim, mas um cedro de bom tamanho crescendo de uma rachadura no concreto, as raízes nutridas pelo que quer que estivesse lá dentro.

É algo do tipo elevação tumular, dissemos. Algo que teria sobrevivido na Europa Central de tempos pré-cristãos?

Na mesma cidade onde eu iria fazer minha biópsia, e onde fiz a mamografia, há uma faculdade onde meu marido e eu outrora estudamos. Não tenho autorização para retirar livros, porque não me formei, mas posso usar o cartão dele e posso xeretar nas estantes e salas de referência, para alegria de meu coração. Durante nossa visita seguinte fui até a Sala de Referência Regional para ler alguns livros sobre o condado de Grey e descobrir o que pudesse sobre o município de Sullivan.

Li sobre uma praga de pombos silvestres que destruíam tudo o que podiam das safras, em um dado ano do final do século XIX. E sobre um inverno terrível nos anos quarenta daquele século, que durou tanto tempo e com tamanho frio aniquilador que os primeiros colonos estavam vivendo de repolhos de vaca arrancados do solo. (Eu não sabia o que era repolho de vaca — seriam repolhos comuns reservados para alimentar os animais ou algo silvestre e mais grosseiro, como repolho de gambá? E como poderiam ser escavados em tal clima, com a terra dura como pedra? Sempre existem enigmas.)

Um homem chamado Barnes havia morrido de fome deixando sua parte para sua família, para que eles pudessem sobreviver.

Alguns anos depois disso uma mulher jovem escrevia para uma amiga em Toronto dizendo que havia uma safra maravilhosa de cerejas, mais do que alguém poderia apanhar ou comer ou secar, e que quando ela as estava apanhando tinha visto um urso, tão próximo que ela conseguiu ver os respingos do sumo de cereja cintilando em seus bigodes. Ela não teve medo, disse, iria caminhando pela mata para postar essa carta, com ou sem ursos.

Procurei por histórias de igrejas, imaginando que poderia haver algo sobre as igrejas luteranas ou católicas alemãs que me ajudaria. É difícil fazer tais pedidos em bibliotecas de referência porque sempre lhe perguntam o que exatamente você quer saber e para quê você quer saber. Às vezes é até necessário que você explique seus motivos por escrito. Se você estiver escrevendo um trabalho, um estudo, claro que você terá um bom motivo, mas e se você estiver *apenas interessado?* Provavelmente a melhor coisa é dizer que você está escrevendo uma história da família. Bibliotecários estão habituados com pessoas que fazem isso — particularmente pessoas com cabelos grisalhos — e geralmente se julga que é uma maneira razoável de uma pessoa gastar o seu tempo. *Apenas interessado* tem tom de desculpa, se não de ardil, e faz você correr o risco de ser visto como um ocioso fazendo hora na biblioteca, uma pessoa indecisa, sem direção certa na vida, sem *nada melhor a fazer.* Pensei em escrever no meu formulário: *pesquisa para trabalho relacionado à sobrevivência de sepultamento em montículos na colonização do Ontário.* Mas não tive coragem. Achei que poderiam pedir-me para provar isso.

Localizei uma igreja que julguei que poderia estar vinculada ao nosso cemitério, estando a dois lotes para oeste e um ao norte. Chamava-se Luterana Evangélica de São Pedro, se ainda estivesse lá.

No município de Sullivan você é lembrado de como deviam ser em toda parte os campos de cultivo antes do advento da grande fazenda mecanizada. Esses campos conservaram o tamanho que pode ser trabalhado com um arado puxado a cavalo, a enfardadeira, a segadeira. Cercas de mourões ainda estão no lugar — aqui e ali há um tosco muro de pedra — e ao longo desses limites crescem espinheiros, abrunheiros, virga-áurea, barba de velho.

Esses campos se encontram inalterados porque não há lucro a ser obtido com sua abertura. Os cultivares que podem ser neles praticados não compensam o trabalho. Duas grandes morainas irregulares se curvam através da zona sul do município — as fitas púrpuras aqui se convertem em cobras inchadas como se cada uma delas tivesse engolido um sapo — e há um vertedouro pantanoso entre elas. Ao norte o terreno é argiloso. Safras ali cultivadas provavelmente nunca foram significativas, embora as pessoas fossem mais resignadas com o trabalho em terra não lucrativa, mais gratas com o que pudessem obter, do que são hoje. Onde tal terreno é destinado a algum uso hoje é nos pastos. As áreas arborizadas — a mata — estão realizando um sólido retorno. Em uma região como essa a tendência não é mais rumo a uma domesticação da paisagem e um adensamento da população, mas o contrário. A mata nunca tomará conta inteiramente outra vez, mas está fazendo uma boa captura. Os veados, os lobos, que em dada época tinham quase desaparecido por completo, recuperaram parte de seu território. Talvez logo haja ursos, banqueteando-se novamente com as framboesas e amoras silvestres, e nos pomares silvestres. Talvez já estejam aqui.

À medida que desaparece a noção de atividade rural, empresas inesperadas brotam para substituí-la. É difícil imaginar que durarão. GRANDE OFERTA DE CARTÕES ESPORTIVOS, diz uma placa que já está desbotando. VENDEM-SE CASAS DE CACHORRO COM DUAS PORTAS. Um lugar onde assentos de cadeira podem ser reempalhados. SUPERPÁTIO DE PNEUS. Oferecem-se antiguidades e tratamentos de beleza. Ovos caipiras, xarope de bordo, aulas de gaita de fole, cortes de cabelo unissex.

Chegamos à Igreja Luterana de São Pedro em uma manhã de domingo no instante em que o sino tocava para o culto e os ponteiros na torre da igreja marcavam onze horas. (Descobrimos mais tarde que esses ponteiros não marcam a hora, sempre apontam para onze horas. Hora da igreja.)

A Igreja de São Pedro é grande e elegante, construída com blocos de calcário. Um elevado campanário na torre e uma moderna varanda de vidro para bloquear o vento e a neve. Também um longo abrigo de carro construído em pedra e madeira — lembrança do tempo em que as pessoas iam para a igreja em charretes e barcos a vela. Uma bela construção de pedra, a casa paroquial, cercada de flores de verão.

Seguimos dirigindo para Williamsford na Highway 6, para almoçar, e para dar à ministra um intervalo decente para se recuperar do culto matinal antes de batermos na porta da casa paroquial em busca de informações. Cerca de um quilômetro e meio na estrada fizemos uma descoberta desanimadora. Outro cemitério — o próprio cemitério da igreja de São Pedro, com suas próprias datas antigas e nomes alemães — fazendo o nosso cemitério, tão perto dali, parecer ainda mais enigmático, um órfão.

Mesmo assim voltamos, por volta de duas horas da tarde. Batemos na porta da frente da casa paroquial e após um instante uma garotinha aparece e tenta destrancar a porta. Ela não consegue e nos faz sinais para darmos a volta até os fundos. Ela vem correndo para nos encontrar no caminho.

A ministra não está em casa, diz ela. Ela saiu para assumir cultos vespertinos em Williamsford. Apenas nossa informante e sua irmã estão aqui, cuidando do cachorro e dos gatos da ministra. Mas se quisermos saber algo sobre igrejas ou cemitérios ou história devemos ir perguntar à mãe da ministra, que mora no alto da colina na grande casa nova de madeira.

Ela nos diz o nome da ministra. Rachel.

A mãe de Rachel não parece nada surpresa por nossa curiosidade ou incomodada com nossa visita. Ela nos convida a entrar em sua casa, onde há um cachorro barulhento interessado e um marido tranquilo terminando um almoço tardio. O andar principal da casa é um único grande cômodo com uma ampla vista de campos e árvores.

Ela apanha um livro que não vi na Sala de Referência Regional. Uma velha brochura de história do município. Ela acha que há ali um capítulo sobre cemitérios.

E de fato há. Em pouco tempo ela e eu estamos lendo juntas uma seção sobre o cemitério de Mannerow, "famoso por suas duas criptas". Há uma foto granulada da cripta maior. Diz-se que ela foi construída em 1895 para receber o corpo de um menino de três anos, um dos filhos da família Mannerow. Outros membros da família foram enterrados lá nos anos seguintes. O casal Mannerow foi colocado na cripta menor no canto do cemitério. O que originalmente era um cemitério familiar mais tarde se tornou público e seu nome foi alterado, de Mannerow para Cedardale.

As abóbadas tinham teto com concreto do lado de dentro.

A mãe de Rachel diz que havia apenas um descendente da família morando hoje no município. Ele mora em Scone.

— Na casa vizinha àquela em que mora meu irmão — diz ela. — Não tem como errar, há apenas essas três casas em Scone. É tudo o que há. Tem a casa amarela de tijolos, que é a de meu irmão, depois a do meio, que é a dos Mannerows. Assim, talvez eles possam lhes contar mais alguma coisa, se vocês forem lá e perguntarem a eles.

Enquanto eu estava conversando com a mãe de Rachel e examinando o livro de história, meu marido se sentou à mesa e conversou com o marido dela. Esse é o jeito correto de acontecerem as conversas nessa nossa região. O marido perguntou de onde vínhamos e ao saber que vínhamos do condado de Huron, disse que o conhecia muito bem. Ele foi para lá direto do navio, disse ele, quando veio da Holanda não muito depois da guerra. Em 1948, sim. (Ele é um homem consideravelmente mais velho que sua esposa.) Durante algum tempo ele morou próximo a Blyth e trabalhou em uma fazenda de perus.

Entreouvi-o dizendo isso e quando minha própria conversa se aproximava de um final, perguntei-lhe se foi na fazenda Wallace de perus que ele havia trabalhado.

Sim, disse ele, era esta. E sua irmã se casou com Alvin Wallace.

— Corrie Wallace — disse eu.

— Isso mesmo. É ela.

Perguntei-lhe se ele conhecia algum Laidlaw das imediações daquela área e ele disse que não.

Eu disse que se ele trabalhou com os Wallaces (outra regra em nossa região é que você nunca diz *o* fulano de tal, apenas o sobrenome), deve ter conhecido Bob Laidlaw.

— Ele também criava perus — digo a ele. — E ele conhecia os Wallaces desde quando frequentaram a escola juntos. Às vezes ele trabalhava com eles.

— Bob Laidlaw? — diz ele, em um tom crescente. — Mas claro, eu o conheci. Mas achei que você tinha dito ao redor de Blyth. Ele tinha uma casa perto de Wingham. A oeste de Wingham. Bob Laidlaw.

Digo que Bob Laidlaw cresceu perto de Blyth, na Linha 8 do município de Morris, e foi como ele conheceu os irmãos Wallace, pai e tio de Alvin. Todos eles foram para a escola na s.s. nº 1, Morris, logo ao lado da fazenda Wallace.

Ele me olha mais de perto e ri.

— Você não está me dizendo que ele era seu pai, está? Você não é Sheila, é?

— Sheila é minha irmã. Sou a mais velha.

— Eu não sabia que havia uma mais velha — diz ele. — Eu não sabia disso. Mas Bill e Sheila, eu os conheci. Eles trabalhavam nos perus conosco, antes do Natal. Você nunca esteve lá?

— Nessa época eu estava longe de casa.

— Bob Laidlaw. Bob Laidlaw era seu pai. Ora! Eu devia ter pensado nisso na hora. Mas quando você disse ao redor de Blyth eu não entendi. Eu estava pensando: Bob Laidlaw era do norte, em Wingham. Nunca soube que ele era de Blyth, para começo de conversa. Ele ri e estende o braço por cima da mesa para apertar minha mão.

— Ora essa. Eu posso ver em você. A filha de Bob Laidlaw. Os mesmos olhos. Faz muito tempo. Muito tempo.

Não sei bem se ele quer dizer que foi muito tempo atrás que meu pai e os garotos Wallace iam à escola em Morris, ou muito tempo desde que ele mesmo era um jovem recém-chegado da Holanda e trabalhava com meu pai e meu irmão e irmã preparando os perus de Natal. Mas concordo com ele, e ambos dizemos então que é um mundo pequeno. Dizemos isso, como as pessoas geralmente dizem, com uma sensação de surpresa e alívio. (Pessoas que não irão se consolar com essa descoberta normalmente evitam fazê-la.) Exploramos a ligação ao máximo e logo descobrimos que não há muito mais a ser extraído dela. Mas ambos estamos contentes. Ele está contente por ter lembrado de si mesmo quando jovem, novato no país e capaz de se dedicar a qualquer trabalho que lhe fosse oferecido, com confiança no que se estendia a sua frente. E pelo aspecto dessa casa bem construída com sua vista ampla, e sua animada esposa, sua bela Rachel, seu próprio corpo ainda alerta e capaz, parece que as coisas correram muito bem para ele.

E eu contente por encontrar alguém que ainda pode me ver como parte de minha família, que consegue se lembrar de meu pai e do lugar onde meus pais trabalharam e viveram durante toda a sua vida de casados, primeiro na esperança e depois em respeitável persistência. Um lugar pelo qual eu raramente passo e mal consigo associar com a vida que levo hoje, embora não esteja a muito mais que trinta quilômetros de distância.

O lugar mudou, claro, mudou radicalmente, tornando-se um local de desmanche de carros. O jardim e o quintal lateral e a horta e os canteiros de flores, o campo de feno, a mata de lauréis, os lilases, o tronco do castanheiro, o pasto e o solo outrora coberto pelas gaiolas de raposas, tudo desapareceu sob uma maré de peças de automóveis, carcaças de carros eviscerados, faróis amassados, grades e para-choque, assentos de carros tombados com estofamento podre inflado — montes de metal pintado, enferrujado, enegrecido, reluzente, inteiro ou torcido, desafiador e sobrevivente.

Mas isso não é a única coisa que o priva de significado para mim. Não. É o fato de *estar* a apenas trinta e dois quilômetros de distância, o fato de que eu poderia vê-lo todo dia, se quisesse. O passado precisa ser abordado de certa distância.

A mãe de Rachel nos pergunta se gostaríamos de olhar o interior da igreja, antes de irmos para Scone, e dizemos que sim. Descemos a colina e ela nos conduz, hospitaleira, para o interior atapetado de vermelho. Cheira um pouco a umidade ou mofo como costuma acontecer com edifícios de pedra, mesmo quando são mantidos bem limpos.

Ela fala sobre o que tem sido este prédio e sua congregação.

A igreja inteira foi erigida alguns anos atrás, para agregar a Escola Dominical e a cozinha embaixo.

O sino ainda badala para anunciar a morte de cada membro da igreja. Uma batida para cada ano de vida. Todos dentro do raio de audição podem ouvir e contar as vezes que ele bate e tentar descobrir por quem ele está dobrando. Às vezes é fácil — uma pessoa cuja morte era esperada. Outras vezes é uma surpresa.

Ela menciona que a varanda da frente da igreja é moderna, como devemos ter notado. Houve uma grande celeuma quando foi instalada, entre os que a julgavam necessária e até gostavam dela, e os que discordavam. Finalmente houve uma cisão. Os que não gostaram dela foram para Williamsford e lá formaram sua própria igreja, embora com o mesmo ministro.

O ministro é uma mulher. A última vez que foi preciso contratar um ministro, cinco dentre sete candidatos eram mulheres. A atual é casada com um veterinário, e ela também era veterinária antes. Todos gostam muito dela. Embora houvesse um homem da Fé Luterana em Desboro que se levantou e saiu de um funeral quando descobriu que era ela quem estava pregando. Ele não tolerava a ideia de uma mulher pregando.

A Fé Luterana faz parte do Sínodo do Missouri, e é assim que eles são.

Houve um grande incêndio na igreja algum tempo atrás. Destruiu grande parte do interior mas deixou a estrutura intacta. Quando as paredes internas sobreviventes foram posteriormente raspadas, camadas de tinta saíram com a fuligem e havia uma surpresa embaixo. Um texto indistinto em alemão, em letras góticas, que não foi totalmente lavado. Tinha ficado oculto sob a tinta.

E lá está ele. Retocaram a tinta e lá está ele.

Ich hebe meine Augen auf zu den Bergen, von welchen mir Hilfe Kommt. Isso está em uma parede lateral. E na parede oposta: *Dein Wort ist meines Fusses Leuchte und ein Licht auf meinem Wege.*

Erguerei meus olhos para os montes, de onde vem meu socorro.

Tua palavra é lâmpada que ilumina os meus passos e luz que clareia o meu caminho.

Ninguém tinha conhecimento, ninguém lembrava que as palavras alemãs estavam lá, até que o fogo e a limpeza as revelaram. Elas devem ter recebido uma pintura em algum momento, e depois ninguém falou delas, e assim a lembrança de que estavam lá havia totalmente se extinguido.

Em que momento? É muito provável que tenha sido no começo da Primeira Guerra Mundial, a guerra de 1914-18. Não era um momento para exibir inscrições em alemão, mesmo expressando textos sagrados. E não era algo a ser mencionado por muitos anos depois.

Estar na igreja com essa mulher como guia me dá uma sensação ligeiramente perdida, ou um sentimento de desorientação, de ter entendido as coisas ao contrário. As palavras na parede me atingem no coração, mas eu não sou crente e elas não me tornam crente. Ela parece pensar em sua igreja, inclusive nessas palavras, como se ela fosse sua vigilante zeladora. De fato ela menciona criticamente que um pouco da tinta — no ornamentado "L" de *Licht* — esmaeceu ou descascou, e deve ser substituído. Mas ela é a crente. É como se você devesse sempre cuidar do que está na superfície, e o que está atrás, tão imenso e perturbador, cuidará de si mesmo.

Em painéis distintos dos vitrais coloridos são exibidos os símbolos:

A Pomba (sobre o altar).

As letras Alfa e Ômega (na parede de trás).

O Santo Graal.

O Feixe de Trigo.

A Cruz na Coroa.

O Navio Ancorado

O Cordeiro de Deus carregando a Cruz.

O Pelicano Mítico com penas de ouro, que se acredita alimentar seus filhotes no sangue de seu próprio seio dilacerado, como Cristo a Igreja. (O Pelicano Mítico tal como aqui representado assemelha-se ao pelicano real apenas em virtude de ser um pássaro.)

Apenas alguns dias antes de fazer minha biópsia recebo um telefonema do hospital da cidade para dizer que a operação foi cancelada.

Assim mesmo devo manter a consulta, para ter uma conversa com o radiologista, mas não preciso me apressar nos preparativos para cirurgia.

Cancelada.

Por quê? Informações sobre as outras duas mamografias?

Certa vez conheci um homem que entrou no hospital para tirar um pequeno nódulo em seu pescoço. Ele colocou minha mão nele, naquele estúpido carocinho, e rimos de como poderíamos exagerar

PARA QUE VOCÊ QUER SABER? 339

sua gravidade e lhe conseguir duas semanas de licença do trabalho para sairmos juntos de férias. O nódulo foi examinado, mas cancelou-se uma posterior cirurgia porque havia tantos, tantos outros nódulos descobertos. O veredicto foi que qualquer operação seria inútil. De repente, ele era um homem com os dias contados. Não houve mais risos. Quando fui vê-lo ele fixou os olhos em mim com raiva quase inconsciente, ele não conseguia escondê-la. Seu corpo estava *todo tomado*, disseram.

Eu ouvia muito essa mesma coisa dita quando eu era criança, sempre dita em uma voz abafada que parecia meio que voluntariamente convidar a calamidade a entrar. Meio voluntariamente, até com uma insinuação obscena de convite.

Paramos, sim, diante da casa do meio em Scone, não depois de visitar a igreja, mas no dia seguinte ao telefonema do hospital. Estávamos procurando alguma diversão. Alguma coisa já mudou — notamos como a paisagem do município de Sullivan e a igreja, os cemitérios e as aldeias de Desboro e Scone e a cidade de Chesley estão começando a ficar familiares para nós, como as distâncias entre os locais se encurtaram. Talvez tivéssemos descoberto tudo o que iríamos descobrir. Deve haver uma explicação adicional — a ideia do jazigo pode ter surgido da relutância de alguém de colocar uma criança de três anos de idade sob o solo — mas o que foi tão cativante está traçado agora em um padrão de coisas que conhecemos.

Ninguém atende à porta de fora. A casa e o quintal são mantidos com capricho. Olho em volta para os canteiros de plantas anuais e uma moita de hibiscos e um negrinho sentado em um tronco com uma bandeira canadense na mão. Não há tantos negrinhos nos jardins das pessoas como antes. Crianças mais maduras, moradores urbanos, podem ter alertado contra isso — embora eu não acredite que insulto racial possa ter sido uma intenção consciente. Era mais como se as pessoas achassem que um negrinho acrescentava um toque de desportividade e encanto.

A porta exterior dá para uma varanda estreita. Passo para dentro e toco a campainha da casa. Há espaço apenas para passar por uma cadeira de braços, onde está um cachorro galgo afegão, e um par de mesas de vime com plantas em vasos. Ainda assim, ninguém aparece. Mas posso ouvir sonoros cantos religiosos dentro da casa. Um coro cantando "Onward, Christian Soldiers" ["Avante, Soldados de Cristo"]. Pela janela na porta vejo os cantores no televisor de um cômodo interno. Togas azuis, vários rostos reverentes contra um céu crepuscular. O Coral Tabernáculo Mórmon?

Ouço as palavras, que eu costumava conhecer. Até onde consigo perceber, esses cantores estão no final da primeira estrofe.

Deixo a campainha em paz até terminarem.

Tento de novo e a sra. Mannerow aparece. Uma mulher baixa, de ar competente, com cabelos de esmerados anéis castanhos acinzentados, trajando um bustiê azul florido para combinar com suas calças compridas azuis.

Ela diz que seu marido tem a audição muito ruim e por isso não adiantaria muito conversar com ele. E ele chegou há poucos dias do hospital, portanto não está muito disposto a conversar. Ela própria não tem muito tempo para conversar porque está se preparando para sair. Sua filha está vindo de Chesley para apanhá-la. Irão a um piquenique familiar para comemorar o quinquagésimo aniversário de casamento dos sogros de sua filha.

Mas ela não se incomoda de me contar o máximo que ela souber.

Por ter entrado na família apenas pelo casamento, ela nunca soube muita coisa.

E mesmo a família não sabia muita coisa.

Noto algo novo no desembaraço tanto dessa mulher mais velha como da enérgica mulher mais jovem na casa de madeira. Não parecem achar estranho que alguém queira saber coisas que não são de nenhum benefício particular ou importância prática. Elas não insinuam que têm coisas melhores em que pensar. Ou seja, coisas concretas. Trabalho concreto. Quando eu estava crescendo, um apetite por conhecimento não prático de qualquer natureza não recebia incentivo. Tudo bem saber qual campo conviria para certos plantios, mas não estava certo saber algo sobre a geografia glacial que mencionei. Era necessário aprender a ler, mas nem um pouco desejável ficar com o nariz enfiado nos livros. Se era preciso aprender história e línguas estrangeiras para passar na escola, era mais que natural esquecer esse tipo de coisa o mais depressa possível. Caso contrário você se *destacaria*. E essa não era uma boa ideia. E indagar sobre os *tempos antigos* — como era aqui, o que acontecia acolá, por quê? — era uma maneira tão segura de se destacar como qualquer outra.

Claro que algo desse tipo seria esperado em forasteiros, pessoas da cidade, que têm tempo de sobra à disposição. Talvez essa mulher ache que é isso que eu sou. Mas a mulher mais jovem achou diferente, e mesmo assim pareceu achar compreensível minha curiosidade.

A sra. Mannerow diz que ela costumava se questionar. Quando era recém-casada costumava se questionar. Por que eles colocavam sua gente lá dentro dessa forma, de onde eles tinham tirado a ideia? Seu marido não sabia por quê. Todos os Mannerows presumiam que era assim que devia ser. Não sabiam por quê. Aceitavam de antemão porque era desse jeito que sempre tinham feito. Esse era seu jeito e nunca pensaram em perguntar por que ou de onde sua família tirou a ideia.

Eu sabia que o jazigo era todo de concreto por dentro?

O menor deles do lado de fora também. Sim. Fazia tempo que ela não ia ao cemitério e tinha se esquecido daquele.

Ela se lembrava do último enterro que tiveram quando colocaram a última pessoa na cripta grande. A última vez que a abriram.

Foi para a sra. Lempke, que era Mannerow de nascimento. Havia lugar apenas para mais uma pessoa e essa pessoa foi ela. Depois não havia lugar para mais ninguém.

Escavaram no final e tiraram os tijolos e então deu para ver parte do interior, antes de colocarem o caixão lá dentro. Deu para ver que havia caixões lá dentro antes dela, de ambos os lados. Lá colocados ninguém sabe quanto tempo atrás.

— Tive uma sensação estranha — diz ela. — Foi sim. Porque você fica acostumada a ver os caixões quando são novos, mas não tanto quando estão velhos.

E a mesinha postada bem à frente da passagem, uma mesinha lá no final. Uma mesa com uma Bíblia aberta sobre ela.

E ao lado da Bíblia, um lampião.

Era apenas um velho lampião comum, do tipo que se usava queimando querosene.

Parada lá do mesmo jeito hoje, toda trancada e ninguém jamais irá vê-la de novo.

— Ninguém sabe por que o fizeram. Apenas fizeram.

Ela sorri para mim com um tipo sociável de perplexidade, seus olhos quase sem cor, ampliados, tornados corujescos por seus óculos. Ela faz um par de anuências trêmulas com a cabeça. Como se dissesse: está além de nós, não é? Uma multidão de coisas, além de nós. Sim.

A radiologista diz que quando examinou as mamografias que tinham vindo do hospital rural, ela viu que o nódulo estava lá em 1990 e em 1991. Não tinha se alterado. Ainda no mesmo lugar, ainda do mesmo tamanho. Ela diz que não se pode nunca ter cem por cento de certeza de que um nódulo desses é seguro, a menos que se faça uma biópsia. Mas você pode estar bastante segura. Uma biópsia em si mesma é um procedimento invasivo e, no meu lugar, ela não o faria.

Em vez disso, faria uma mamografia daqui a outros seis meses. Se fosse o seio dela, ela ficaria atenta, mas por ora o deixaria em paz.

Pergunto por que ninguém me havia dito sobre o nódulo quando ele apareceu pela primeira vez.

Ah, diz ela, não devem tê-lo visto.

Assim, essa é a primeira vez.

Esses sustos virão e passarão.

Depois haverá um que não. Um que não passará.

Mas, por ora, o milho no pendão, o auge do verão passando, o tempo abrindo espaço novamente para questiúnculas e trivialidades. Nada mais de irritação com o tempo, nenhum sentido de destino pairando nas veias como um enxame de insetos minúsculos e incansáveis. De volta ao ponto onde nenhuma grande mudança parece estar augurada além da mudança das estações. Alguma rigidez, indiferença, até uma possibilidade casual de tédio novamente nos domínios da terra e do céu.

No caminho de volta do hospital para casa digo a meu marido:

— Você acha que eles colocam algum querosene naquele lampião?

Ele imediatamente sabe do que estou falando. Ele diz que tem se perguntado a mesma coisa.

EPÍLOGO
MENSAGEIRO

Meu pai escreveu que o meio rural criado pelos esforços dos pioneiros tinha mudado muito pouco em seu tempo. As fazendas ainda eram do tamanho que tinham sido viáveis naquela época e os lotes de mata estavam nos mesmos lugares, e as cercas, embora muitas vezes reparadas, ainda estavam onde costumavam estar. O mesmo acontecia com os grandes celeiros de encosta — não os primeiros celeiros mas prédios criados por volta do final do século XIX, principalmente para a armazenagem do feno e o abrigo para os animais passarem o inverno. E muitas das casas — casas de alvenaria sucedendo às primeiras estruturas de madeira — estiveram lá desde algum momento dos anos 1870 ou 1880. Primos nossos haviam de fato mantido a casa de madeira construída pelos primeiros rapazes Laidlaw no município de Morris, simplesmente construindo acréscimos a ela em diversas épocas. O interior dessa casa era desconcertante e encantador, com tantas voltas e estranhos pequenos lances de escada.

Agora esta casa se foi, os celeiros foram demolidos (também o estábulo original para vacas, construído de toras). O mesmo aconteceu com a casa em que meu pai nasceu, e com a casa em que minha avó morou quando criança, com todos os celeiros e galpões. O terreno em que ficavam os prédios talvez possa ser identificado por uma ligeira elevação no solo, ou por uma pequena mata de lilases — em outros pontos tornou-se apenas um trecho de campo.

Nos primeiros tempos no condado de Huron havia um grande comércio de maçãs — centenas de milhares de caixas despachadas, assim nos contaram, ou vendidas para o desidratador em Clinton. Esse comércio se extinguiu muitos anos atrás quando os pomares na Colúmbia Britânica entraram em operação, com sua vantagem de uma temporada mais longa de cultivo. Agora talvez haja uma ou duas árvores restantes, com suas pequenas maçãs caroquentas. E os perpétuos arbustos de lilases. Estes os únicos sobreviventes da herdade perdida — nenhum outro sinal de que aqui viveram pessoas. As cercas são derrubadas onde quer que haja agricultura em lugar de pecuária. E claro que na década recente surgiram os celeiros baixos, tão extensos quanto quarteirões de cidade, tão vedados e reservados quanto penitenciárias, com as criações abrigadas em seu interior, para nunca serem vistas — frangos e perus e porcos criados com o eficiente e lucrativo método moderno.

A eliminação de tantas cercas e dos pomares, casas e celeiros parece ter produzido o efeito de fazer o meio rural parecer menor, em vez de maior — o modo como o espaço outrora ocupado por uma casa parece espantosamente pequeno, desde que se veja apenas a fundação. Todos esses postes e fios e sebes e quebra-ventos, as fileiras de árvores de sombra, os usos variados de parcelas de terreno, as colônias particulares de casas e celeiros ocupados e anexos úteis a cada quatrocentos metros mais ou menos — toda a acomodação e abrigo para vidas que eram conhecidas e secretas. Isso fazia cada canto de cerca ou meandro de córrego parecer extraordinário.

Como se então você pudesse ver mais, embora hoje você possa ver mais longe.

No verão de 2004 visitei Joliet, procurando algum vestígio da vida de William Laidlaw, meu trisavô, que morreu ali. Dirigimos de Ontário até Michigan passando pelo que era outrora o pedágio de Chicago e antes disso a rota de La Salle e de muitas gerações de viajantes das Primeiras Nações, e é hoje a Highway 12, passando pelas antigas cidades de Coldwater e Sturgis e White Pigeon. Os carvalhos eram magníficos. Carvalho branco, carvalho vermelho, carvalho bur, seus galhos em arco sobre as ruas das cidades e trechos das estradas rurais. Também grandes castanheiras, bordos, claro, toda a exuberância da zona caroliniana que me é apenas ligeiramente desconhecida, estando ao sul da região que conheço. A hera venenosa cresce aqui a quase um metro de altura em lugar de ser um tapete no chão da floresta, e as trepadeiras parecem envolver cada tronco de árvore, de sorte que você não consegue olhar para os bosques ao lado da estrada — por toda parte há espirais e cortinas de verde.

Ouvimos música na Rádio Pública Nacional, e depois, quando esse sinal desapareceu, ouvimos um pastor respondendo perguntas sobre demônios. Os demônios podem possuir animais e casas e aspectos da paisagem, bem como pessoas. Às vezes, congregações e seitas inteiras. O mundo está enxameado deles e profecias estão se confirmando de que proliferarão durante os Últimos Dias. Que estão agora se abatendo sobre nós.

Bandeiras por toda parte. Cartazes. Deus Salve a América.

Em seguida, as vias expressas ao sul de Chicago, reparos rodoviários, pedágios inesperados, o restaurante que foi construído sobre um viaduto e que agora está vazio e escuro, uma maravilha de tempos anteriores. E Joliet está circundado por novas casas suburbanas, como acontece com toda cidade hoje em dia, hectares de casas, quilômetros de casas, unidas ou separadas, todas parecidas. E até essas são preferíveis, creio, ao tipo mais imponente de casas novas que também estão aqui — apartadas, não exatamente a mesma coisa mas todas aparentadas, com vastos abrigos para carros e janelas altas o bastante para uma catedral.

* * *

Nenhum óbito registrado em Joliet até 1843. Nenhum Laidlaw relacionado na lista mais antiga dos colonos ou daqueles enterrados nos primeiros cemitérios. Que tolice singular a minha, vir a um lugar como este — ou seja, a qualquer lugar que prosperou, ou mesmo cresceu, durante o último século — esperando encontrar alguma sensação de como eram as coisas há mais de cento e cinquenta anos. Procurando um túmulo, uma memória. Há apenas uma listagem que chama minha atenção.

Cemitério desconhecido.

Em certa esquina do município de Homer, um túmulo no qual apenas duas lápides foram encontradas, mas no qual se diz ter havido até vinte em dada época. As duas lápides restantes, segundo as listas, trazem os nomes de pessoas que morreram no ano 1837. Especula-se que algumas das demais possam ter sido a de soldados que morreram na guerra do Falcão Negro.

Isso significa que havia um cemitério antes da morte de Will.

Fomos até lá, dirigindo até a esquina das ruas 143 e Parker. No canto noroeste há um campo de golfe, nos cantos nordeste e sudeste encontram-se casas recém-construídas com lotes ajardinados. No canto sudoeste, casas também relativamente novas, mas com a diferença de que seus lotes na esquina não alcançam a rua, sendo dela separados por uma cerca alta. Entre essa cerca e a rua há uma faixa de terreno que ficou totalmente entregue ao mato.

Subo a custo o muro, afastando para o lado a vigorosa hera venenosa. Em meio às árvores semicrescidas e ao mato embaixo quase impenetrável, escondida da rua, espio por toda a volta — não consigo ficar totalmente em pé, por causa dos galhos das árvores. Não vejo lápides inclinadas nem caídas nem quebradas, e nenhuma planta cultivada — roseiras, por exemplo — que poderiam ser um sinal de que outrora havia túmulos aqui. É inútil. Fico apreensiva com a hera venenosa. Busco com cuidado a saída.

Mas por que o terreno inculto permaneceu ali? Sepultamento humano é um dos raros motivos para um terreno não ser tocado, atualmente, quando toda a terra em volta é posta em uso. Eu poderia ir atrás disso. É o que as pessoas fazem. Uma vez que começarem seguirão qualquer indicação. Pessoas com pouca leitura na vida mergulharão em documentos, e outras que teriam dificuldade para dizer em que ano começou e terminou a Primeira Guerra Mundial vomitarão datas de séculos passados. Ficamos seduzidos. Acontece principalmente em nossa velhice, quando nossos futuros pessoais se fecham e não conseguimos imaginar o — às vezes não conseguimos acreditar no — futuro dos filhos de nossos filhos. Não conseguimos resistir a esse remexer no passado, filtrando a evidência não confiável, vinculando nomes desgarrados e datas e anedotas discutíveis, apegando-nos a fios, insistindo em estar ligados a pessoas mortas e portanto à vida.

Outro cemitério, em Blyth. Para onde o corpo de James foi transferido para sepultamento, décadas depois de ter morrido pela queda da árvore. E é aqui que Mary Scott está enterrada. Mary, que escreveu a carta do Ettrick para seduzir o homem que ela queria que viesse desposá-la. Em sua lápide há o nome desse homem, *William Laidlaw*. *Morto em Illinois*. E enterrado só Deus sabe onde.

Além dela está o corpo e a lápide de sua filha Jane, a menina nascida no dia da morte de seu pai, que foi levada ainda bebê de Illinois. Ela morreu quando estava com vinte e seis anos, dando à luz seu primeiro filho. Mary não morreu senão dois anos depois. Assim ela teve essa perda, também, para assimilar antes de morrer.

O marido de Jane jaz por perto. Seu nome era Neil Armour e também morreu jovem. Era irmão de Margaret Armour, que era esposa de Thomas Laidlaw. Eles eram filhos de John Armour, o primeiro professor na s.s. nº 1, município de Morris, onde muitos Laidlaws iam estudar. O bebê que custou a Jane sua vida foi chamado de James Armour.

E aqui uma lembrança viva vem dar um puxão em minha cabeça. Jimmy Armour. *Jimmy Armour*. Não sei o que aconteceu com ele mas conheço seu nome. E não só isso — acho que o vi uma vez, ou mais de uma, um velho que chega em visita vindo de onde quer que então morasse para o lugar onde ele havia nascido, um velho entre outros velhos — meu avô e minha avó, as irmãs de meu avô. E ocorre-me agora que ele deve ter sido criado com essas pessoas — meu avô e minhas tias-avós, filhos de Thomas Laidlaw e Margaret Armour. Eles eram seus primos primeiros, no fim das contas, seus duplos primos primeiros. Minha tia Annie, tia Jenny, tia Mary, meu avô William Laidlaw, o "papai" das memórias de meu pai.

Agora todos esses nomes que venho registrando estão ligados aos vivos em minha cabeça, e às cozinhas perdidas, o polido adorno de níquel nos espaçosos e nobres fogões negros, os azedos escorredores de madeira que nunca secavam totalmente, a luz amarela dos lampiões a querosene. As latas de manteiga na varanda, as maçãs no porão, as chaminés do fogão subindo pelos buracos no telhado, o estábulo aquecido no inverno pelos corpos e hálito das vacas — essas vacas com quem ainda falamos com palavras comuns nos tempos de Troia. Ô-boi. Ô-boi. A fria saleta encerada onde era colocado o caixão quando uma pessoa morria.

E em uma dessas casas — não consigo me lembrar de quem — um protetor mágico de porta, uma grande concha marinha de madrepérola que reconheci como um mensageiro de perto e de longe, porque eu podia segurá-lo junto ao ouvido — quando ninguém estava lá para me impedir — e descobri o tremendo estrondo de meu próprio sangue e do mar.

ESTE LIVRO, COMPOSTO NAS FONTES FAIRFIELD E LINOTYPE UNIVERS,
FOI IMPRESSO EM PAPEL PÓLEN SOFT 80 G/M, NA IMPRENSA DA FÉ.
SÃO PAULO, BRASIL, MAIO DE 2014.